UNION GÉNÉRALE D'ÉDITIONS
8, rue Garancière, Paris VIe

LE FOND
DU PROBLÈME

PAR

GRAHAM GREENE

Traduit de l'anglais
par Marcelle SIBON

10|18

Série «Domaine étranger»
dirigée par Jean-Claude Zylberstein

ROBERT LAFFONT

Texte original:
The Heart of the Matter

Evelyn Waugh m'écrivit un jour qu'il ne pouvait trouver d'autres excuses à *Brideshead Revisited*[1] que « conserves, blackout et huttes Nissen ». J'ai le même sentiment à l'égard du *Fond du Problème* bien que mon excuse porte d'autres noms : « marécages, pluie et un cuisinier fou », car nos deux guerres furent très différentes.

Au cours des six années qui séparèrent la fin de *The Power and the Glory*[2] du départ de *The Heart of the Matter*[3] mon style s'était rouillé par faute d'usage ou par mauvais usage (le mauvais comprenant d'innombrables télégrammes et rapports partant de Freetown, Sierra Leone, pour mes quartiers généraux à Londres). Je commençai mon livre peu après la fin de la guerre, en 1946, trois ans après que j'eus fermé mon petit bureau et brûlé mes fichiers et mes codes secrets. Pour des raisons de sécurité, je n'avais pas pu tenir un journal intime; mais en retrouvant mes quelques notes, prises à la volée, qui ont survécu, il me semble qu'entre les télégrammes et les rapports, j'avais déjà joué avec l'idée d'un roman... mais

[1] *Retour à Brideshead.*
[2] *La Puissance et la Gloire.*
[3] *Le Fond du Problème.*

ce ne fut pas le roman qu'éventuellement j'écrivis.

J'avais par hasard, pendant une de mes tournées dans l'intérieur du pays, fait la connaissance d'un certain Père B. que j'ai aujourd'hui oublié complètement, bien que son souvenir fût revenu sans doute à ma mémoire quand j'imaginais le Père Clay que Scobie rencontre sur la route de Bamba, en allant faire une enquête sur le suicide du jeune Pemberton. « Pauvre petit jeune homme aux cheveux roux, venu du Nord et abandonné de ses camarades », trouvé-je dans mon carnet de notes. « Son tableau des fièvres (hématurie) : « Je me promène ici en long et en large. » (Telles sont les paroles mêmes du Père Clay.) « 38 livres sterling, en espèces, à son arrivée à la Mission, mais une note de 28 à payer. Apparemment, pas d'intérêts. » Six ans de voyages : trois et demi accomplis. Le vieux manteau imperméable sur une chemise blanche, sale. »

Je ne pensais nullement au commissaire Scobie à cette époque. C'était le jeune prêtre venu du Nord qui grandissait dans mon imagination, si bien que je trouve, écrites d'un crayon qui s'efface, quelques lignes, évidemment le début de son histoire.

« Si j'étais écrivain, je serais tenté de faire un roman de ceci. Sans doute est-ce ce que ressentent tous les écrivains : la présence obsédante d'un individu qu'ils veulent comprendre. Mais je n'ai ni le temps, ni le talent d'entreprendre ce travail et tout ce que je pus faire fut de rassembler les impressions diverses que faisait cet homme sur ceux qui le connaissaient, les documents pour ainsi dire, dans le cas du Père X. Je doute qu'un personnage puisse surgir d'une telle collection. Dans les

revues que j'ai lues, les romanciers sont loués ou blâmés
pour leur succès ou leur échec dans la création d'un
personnage; mais ces personnages semblent habituelle-
ment avoir le même rapport avec la vie que les images
que l'on voit dans ce pays, peintes sur les murs de torchis
des huttes indigènes. Un train est représenté par une
rangée de rectangles en équilibre sur deux cercles. De
même, un personnage est simplifié par le romancier : les
contradictions qui se trouvent dans les êtres humains
sont ébarbées ou effacées par une explication. Le résultat
est l'Art, lequel est arrangement et simplification, dans le
but de transmettre une condition mentale. Ce livre ne
peut prétendre être une œuvre d'art parce que le compi-
lateur y a laissé toutes les contradictions : son seul but
est de présenter une énigme, bien que je suppose cette
énigme connue de la plupart d'entre nous du moins de
tous ceux qui possèdent un carnet de notes.

« Je m'appelle... Je suis directeur-adjoint de la sûreté
dans le district... »

Le nom et celui de l'endroit ne remplirent jamais la
formule, et le roman s'arrêta là. Ce ne fut qu'un objet
de plus abandonné sur la plage, comme les vieux canons
sur l'île Bunce dans le fleuve Sierra Leone... Je suis
heureux de dresser ce petit mémorial à ce qui aurait bien
pu être un livre meilleur que *Le Fond du problème*.

En feuilletant mon vieux carnet de notes, je retrouve
des incidents et des personnages qui pouvaient fort bien
entrer dans mon roman; ils appartenaient à la vie de
routine d'un représentant du S.I.S.[1] à Freetown, et

---

[1] *Secret Information Service.*

quelques-uns d'entre eux ont peut-être trouvé un
« blanc » ou un coin corné dans le livre (qui finalement
fut écrit), mais je n'ai pas envie de les chercher à présent.

« Les lettres de l'agent allemand. La liste des bateaux
qui jetaient l'ancre au port. Dire à Untel qu'il est trop
optimiste lorsqu'il dit que pas un bâtiment n'y peut faire
relâche. La touche du pacifisme. « Qu'aurait dit Living-
stone ? » (Qui était cet agent ? Oublié aussi profondément que le Père B.)

« Le petit chevreau brun, mort au milieu de la rue et
le vautour qui sautille autour de lui, en tournant la tête
vers le ruisseau quand passe une voiture. »

« La valise du suspect — misère et saleté dans l'intimité d'une valise d'homme. »

« Dans la rue, des gens qui avaient suivi un cortège
funèbre rentraient chez eux. — J'avais cru que c'était
un mariage. La foule des femmes en brillantes toilettes
portaient une sorte de tablier noir sur leurs jupes. Les
joueurs de trombone faisaient boum, boum, boum, et
les femmes esquissaient des petits pas de danse, prenaient
des poses et poussaient des cris vers les soldats en passant devant leur camp. Tous ces gens un peu ivres.
Chez eux, des jeunes gens lançaient des coups de pied
dans un ballon. Les dernières personnes du cortège,
calmes et sombres, avaient des mouchoirs à la main.
Une femme seule, vêtue d'une robe blanche de style
européen, marchait à l'écart. »

« Le frère de mon boy est mourant. De blennorragie.
Lui aussi en est atteint. « Ça se guérit maintenant ».
« Injections ? » « Non ». Il agite les mains en un geste
expressif. « Le docteur n'en veut pas. » Ses fesses en

saillie rendent sa marche guindée et il sent l'alcool. « On boit quand on voit son frère — son propre père, sa propre mère — allongé sur un lit, sans vous voir. On boit, pour garder l'eau de ses yeux. » Il n'a pas encore osé le dire à la femme de son frère. Si les gens apprennent qu'il est mourant, ils vont tous arriver pour voler ses affaires. Toute la nuit, il y aura la fête chez son frère, ils boiront pour que l'eau ne coule pas de leurs yeux, et, tout doucement, il passe la revue des affaires du moribond et en fait écrire la liste par son petit frère. Le lendemain matin, il me dira d'un air intéressé qu'il y a deux machines à coudre... et son frère n'est pas encore mort. »

Ce dut être le premier boy dont je fus mécontent, un Mende, que mon cuisinier fou essaya de tuer à coups de hachette, parce qu'il avait emprunté un ustensile de cuisine : une boîte de sardines vide. Je fus très content de perdre ce boy quand il fut arrêté pour crime de parjure, offense qui passait son entendement. Plus tard, mon cuisinier fut accusé d'avoir accepté de l'argent destiné à des sorcelleries et de n'avoir pas accompli ses engagements. Quand j'allai le voir à la prison, je ne pus supporter l'aspect de sa sinistre cellule. Je me mis en contact, ce qui n'était pas aisé, avec un commissaire du district de Vichy, au delà de la frontière, en Guinée française, lequel renvoya mon boy dans son village natal où il allait terminer ses jours, bien surveillé, en liberté, si ce n'est qu'il portait un anneau de fer autour de la cheville, pour montrer que Dieu l'avait frappé d'une affliction.

« La lettre à l'agitateur africain qui, dans sa réclusion,

s'est remarié et qui, en Angleterre, semble avoir eu des relations avec une Anglaise, ardente humanitaire, qui le finançait. La lettre vient d'un Africain du district de Gower Street, Grays Inn district. D'abord, pour avoir la permission de déposer ses cols à la blanchisserie. Allusion à la nouvelle histoire d'amour de l'agitateur. « Oh, elle sera jalouse quand elle apprendra la nouvelle. « Vous êtes un vrai bourreau des cœurs ». La photo du bourreau des cœurs dans le dossier. Les noms des respectables humanitériens carillonnent en bonne place : Victor Gollanz, Ethel Mannin... »

« Le Messager de la Cour à Yengema. (Quartier Général des mines de diamants) avec son visage stupide et ses jambes arquées, souffrant de ju-ju. (Il devait être renvoyé à son village natal pour y être traité par un sorcier guérisseur).

« Les mammas au marché enveloppant leurs fruits et leurs légumes dans le papier des télégrammes confidentiels sortis des dossiers du secrétariat. »

« Le Commissaire revenant soucieux d'une pendaison : « Je ne peux pas manger de viande pendant huit jours après avoir vu une exécution. »

« Il y eut un autre événement que je ne pus pas noter dans mon carnet et qui me donna la nausée : l'interrogatoire d'un jeune marin scandinave qui était soupçonné d'être un agent allemand. J'avais appris, par un rapport, qu'il avait aimé une jeune fille à Buenos Aires — une prostituée probablement, mais il en était vraiment épris à sa manière romanesque — s'il parlait, il pourrait aller la retrouver, lui dis-je; s'il refusait d'avouer, il serait emprisonné pendant toute la durée de la guerre. « Et combien de temps pensez-vous qu'elle vous restera fidèle ? » C'était une besogne de policier, besogne pour les Wilson. J'étais furieux d'en avoir été chargé. Je n'avais pas été engagé pour cette forme de sale besogne. J'abandonnai l'interrogatoire prématurément, sans résultat, en me haïssant.

Il m'arriva aussi, en cherchant dans le répertoire d'adresses d'un homme embarqué sur un paquebot portugais et soupçonné d'être un espion, de trouver le nom et l'adresse de la meilleure amie que j'avais en France (elle mourut plus tard dans un camp de concentration). Je demandai à Londres ce que cela signifiait, mais on ne me répondit pas. Je n'avais pas le droit d'être curieux, même du sort d'un ami.

L'expérience ne manquait pas de richesse, mais je n'ai jamais été satisfait de ce que j'en fis. Mes critiques me reprochaient, peut-être avec justice, de dépasser la mesure, mais le matériau *était* démesuré. Mon seul défaut, comme je l'ai écrit, venait de ce que j'étais rouillé après ma longue inaction. J'étais, en ces années de guerre, engagé non en une action pure, mais en une évasion de la réalité et de la responsabilité. Comme l'homme atteint du ju-ju, il fallait que je retourne dans mon pays natal pour guérir.

En 1946, j'étais fort embarrassé. Comment, dans le passé, avais-je trouvé les progrès d'une scène à l'autre ? Comment limiter la narration à un seul point de vue ou à deux au plus ? Une douzaine de questions techniques me tourmentaient comme elles ne l'avaient jamais fait avant la guerre quand la solution était toujours venue aisément. Mon travail n'était jamais facilité parce que les attrape-nigauds que j'avais étourdiment plantés dans ma vie privée, éclataient l'un après l'autre. J'avais toujours pensé qu'en guise de solution, la guerre apporterait la mort, sous une forme ou l'autre, dans le blitz, au fond d'un sous-marin, en Afrique dans une crise d'hématurie, mais j'étais ici, vivant, porteur de désolation aux gens que j'aimais, reprenant l'antique profession de l'enfant du bordel. C'est ainsi que, dans le livre, ce que je n'aime vraiment pas est le souvenir d'une angoisse personnelle. Comme l'écrivait Scott Fitzgerald : « Le tempérament d'un écrivain le force à faire continuellement des choses qu'il ne peut jamais réparer ». J'en arrivai même à songer, un soir, au premier pas menant au suicide, quand mon jeu fut interrompu par l'arrivée d'un télégramme à dix heures du soir (j'ignorais complètement qu'on distribuait les télégrammes aussi tard). Il était de quelqu'un que j'avais fait souffrir et qui maintenant venait s'enquérir de ma sécurité.

Mais longtemps avant que ce point de désespoir fût atteint, je m'étais trouvé dépourvu d'exercice et dépourvu de confiance, tellement que pendant des mois, je ne pus faire descendre mon personnage Wilson du balcon de l'hôtel, d'où il regardait Scobie le directeur de la police passer sur la large rue sans pavés. Le faire descendre signifiait : prendre une décision. Deux romans très différents commençaient sur le même balcon, avec le même personnage, et je devais choisir celui que j'allais écrire.

L'un serait le roman que j'écrivis; l'autre devrait être un « divertissement ». J'étais, depuis longtemps, hanté par la possibilité d'une histoire policière dans laquelle le criminel serait connu du lecteur, mais où le détective était soigneusement caché, sous le déguisement de fausses pistes qui égareraient le lecteur jusqu'à l'apogée. L'histoire devait être racontée du point de vue du criminel et le détective serait nécessairement une espèce d'agent masqué. M.I.5 serait évidemment l'organisation à choisir et Wilson la relique peu satisfaisante du divertissement, car en abandonnant Wilson sur le balcon pour rejoindre Scobie, je choisissais le roman.

Ce livre devait se révéler plus goûté par le public, même par les critiques, que par l'auteur. Pour moi, les plateaux de la balance me semblaient trop lourdement chargés, l'intrigue un pesant fardeau, les scrupules religieux de Scobie poussés à l'extrême. J'avais voulu dans l'histoire de Scobie étendre un thème que j'avais esquissé dans *Le Ministère de la Peur*, le désastreux effet de la pitié sur les humains lorsqu'elle se distingue de la compassion. J'avais écrit dans *Le Ministère de la Peur* : « La pitié est cruelle. La pitié détruit. L'amour n'est pas en sécurité quand la pitié rôde autour de lui ».

Le personnage de Scobie était destiné à montrer que la pitié peut être l'expression d'un orgueil presque monstrueux. Mais je m'aperçus que l'effet produit sur le lecteur était totalement différent. Pour eux, Scobie était disculpé, Scobie était un « brave homme », il avait été poussé vers son destin par la dureté de sa femme.

Ici se trouve une faute, plutôt technique que psychologique. Louise Scobie est surtout vue par les yeux de Scobie et nous n'avons pas l'occasion de corriger l'opinion qu'il nous donne d'elle. Hélène, la jeune femme dont Scobie est amoureux profite d'un injuste avantage. Dans le brouillon original du roman, une scène se jouait entre

Mrs Scobie et Wilson au cours de leur promenade du
soir le long d'une ligne de chemin de fer abandonnée,
au-dessous de la gare de Hill. Elle se trouvait entre la
fin de la deuxième partie, chapitre I et au commencement de la deuxième partie, chapitre II. Cela montrait
le caractère de Mrs Scobie dans un jour plus favorable,
mais la scène nous est représentée par ce qu'en voit
Wilson. Cette scène — à ce que je pensais en préparant
le roman pour sa publication — brisait prématurément
le point de vue de Scobie; l'impulsion du récit sembla
ralentir. En l'éliminant, je crus que j'avais gagné de l'intensité et un nouvel élan, mais j'avais sacrifié le ton.
Maintenant, j'ai rétabli le passage, de sorte que cette
édition, pour la première fois, présente le roman comme
je l'ai écrit la première fois, à part quelques révisions
mineures, peut-être plus nombreuses que dans les autres
œuvres de cette édition.

Si je suis peut-être trop sévère pour ce livre, c'est
parce que j'ai été fatigué par trop de discussions parues
dans les journaux catholiques au sujet du salut ou de la
damnation de Scobie. Je n'étais pas assez sot pour croire
que cela pût jamais être le dénouement d'un roman. En
outre, j'ai peu de foi en la doctrine du châtiment éternel
(c'était la croyance de Scobie non la mienne). Le suicide
était la fin inévitable de Scobie; le motif particulier de
son suicide, sauver jusqu'à Dieu de lui-même était le
dernier tour d'écrou de son orgueil démesuré. Peut-être
Scobie aimait-il offrir le sujet d'une comédie cruelle
plutôt que d'une tragédie...

Cela dit, il y a dans le livre des pages que j'aime,
descriptions de Freetown et de l'intérieur de la Sierra

Leone qui me rappellent de nombreux mois heureux et quelques-uns malheureux. Les cargos portugais, avec leurs lettres et leurs diamants passés en contrebande, tiennent une très grande part dans la vie étrange que j'y menais en 1942-43. Scobie n'est fondé sur rien si ce n'est mon propre inconscient. Il n'avait rien de commun avec le directeur de la police dont l'amitié fut la chose humaine que j'appréciai le plus durant quinze mois assez solitaires. Pas plus que Wilson — qui refusa obstinément de devenir vivant — n'était fondé sur aucun des agents du M.I.5 qui suivirent à cette époque, des pistes (dont deux furent désastreuses) le long de la côte ouest africaine.

« Cette époque »... je suis heureux de l'avoir vécue ; là, s'approfondit mon amour de l'Afrique, amour en particulier de ce qu'on appelle dans le monde entier *la côte*. J'ai souvent été accusé d'inventer un pays du nom de Greeneland, mais ce monde aux toits de zinc, aux vautours qui piquent de haut en faisant claquer leurs ailes, aux sentiers couverts de latérite qui deviennent roses sous la lumière du crépuscule, existe vraiment. Mon cuisinier qui fut condamné injustement pour parjure, le boy qui sortit de la brousse, sans recommandation de qui que ce soit, et me prit en charge aussi fidèlement qu'Ali soignait Scobie, refusant les pots-de-vin offerts par les représentants d'un autre service secret, le S.O.E. pour lui faire quitter mon emploi... n'étaient-ils vraiment que de simples habitants du Greeneland ? Autant dire à un homme amoureux d'une femme qu'elle n'est qu'une invention de son imagination romantique.

G. G. 1971

Le pécheur est au cœur même de chrétienté... Nul n'est aussi compétent que le pécheur en matière de chrétienté. Nul si ce n'est le saint.

Péguy.

LIVRE PREMIER

Première partie

CHAPITRE PREMIER

I

Wilson était assis à la terrasse de l'Hôtel Bedford, ses genoux nus et roses pressés contre la balustrade de fer. C'était dimanche et la cloche de la cathédrale sonnait les matines. De l'autre côté de Bond-Street, on pouvait voir, par les fenêtres de l'Ecole secondaire, les jeunes négresses en tunique de gymnastique bleu marine se livrer à la tâche sans espoir d'onduler leurs tignasses crépues. Wilson caressait sa très jeune moustache et rêvait, en attendant son vermouth-gin.

Le visage ainsi tourné vers Bond-Street, il faisait face au port. Son teint clair montrait qu'il n'avait que depuis peu quitté la mer pour le continent: un autre signe de sa récente arrivée était son indifférence à l'endroit des écolières de l'autre côté de la rue. Wilson s'attardait, comme l'aiguille du baromètre est encore au beau fixe quand sa compagne est depuis longtemps tournée vers l'orage. A ses pieds, les employés de bureau indigènes se rendaient à l'église, mais leurs femmes en robes d'après-midi aux couleurs vives: bleu clair ou cerise, n'éveillaient chez Wilson aucun intérêt. Il était seul sur la terrasse, à l'exception d'un Indien barbu enturbanné qui avait déjà essayé de lui prédire l'avenir; ce

n'était ni l'heure ni le jour, pour rencontrer des Blancs;
ils devaient être sur la plage, à cinq milles de là, mais
Wilson n'avait pas de voiture. Il se sentait perdu dans
un isolement presque intolérable. De côté et d'autre
de l'école, les toits de tôle descendaient vers la mer;
au-dessus de sa tête, leur surface ondulée vibrait et
cliquetait chaque fois qu'un vautour s'y posait.

Trois officiers de la marine marchande appartenant
au convoi mouillé en rade apparurent à sa vue, remontant du quai. Ils furent immédiatement encerclés par
des petits garçons coiffés de casquettes d'uniforme scolaire. Le refrain des gamins parvenait aux oreilles de
Wilson comme l'écho assourdi d'une ronde enfantine:
« Cap'taine veut gigue-gigue? Ma sœur maîtresse d'école
jolie. Cap'taine veut gigue-gigue? » L'Indien barbu se
livrait, en fronçant les sourcils, à des calculs compliqués, sur le dos d'une enveloppe: un horoscope, le coût
de la vie? Quand les regards de Wilson plongèrent de
nouveau dans la rue, les officiers s'étaient frayé une
route, et les petits écoliers grouillaient autour d'un
marin de deuxième classe isolé qu'ils conduisirent en
triomphe jusqu'au bordel, à côté du poste de police,
comme s'ils l'emmenaient à l'école maternelle.

Un négrillon apporta à Wilson son vermouth au gin.
Il le but doucement, à petites gorgées, parce qu'il n'avait
rien d'autre à faire, s'il ne voulait rentrer dans sa
chambre étouffante et sordide et lire un roman... ou un
poème. Wilson aimait la poésie, mais il l'absorbait en
secret, comme on se drogue. *The Golden Treasury* [1]

---

[1] Célèbre anthologie des poètes anglais.

l'accompagnait partout où il allait, et le soir, il s'en régalait à petites doses, un doigt de Longfellow, de Macaulay, de Mangan: « Allez dire comment le génie se dépense en vain. L'amitié est trahie, l'amour ridiculisé... » — il avait des goûts romantiques. En public, il exhibait Wallace. Il désirait éperdument n'être à la surface différent en rien des autres hommes; il portait sa moustache comme on arbore une cravate aux couleurs d'un club: c'était son plus grand dénominateur commun, mais ses yeux le trahissaient, des yeux couleur noisette, des yeux de chien couchant, tournés mélancoliquement vers Bond-Street.

— Excusez-moi, fit une voix, n'êtes-vous pas Wilson?

Levant les yeux, il vit un homme entre deux âges, portant l'inévitable short kaki, et dont le visage tiré était couleur de paille.

— Oui, c'est moi.

— Puis-je m'asseoir à votre table? Mon nom est Harris.

— Enchanté, Mr Harris.

— Vous êtes le nouveau comptable de la UAC.

— Lui-même. Qu'est-ce que vous prenez?

— Pour moi, un citron pressé, si vous voulez bien. Peux pas boire entre les repas.

L'Indien se leva, quitta sa table et s'approcha d'eux avec déférence.

— Vous vous souvenez de moi, Mr Harris. Peut-être voudriez-vous parler à votre ami de mes talents, Mr Harris. Peut-être aimerait-il lire mes attestations...

Il tenait toujours à la main son petit tas d'enveloppes crasseuses.

— Les gens les plus éminents de la société...

— Laisse-nous tranquilles. Décampe, vieille fripouille, dit Harris.

— Comment savez-vous mon nom? demanda Wilson.

— L'ai lu, sur un câble. Je fais la censure des câbles, répondit Harris. Quel travail! Quel bled!

— A cette distance, je peux voir, Mr Harris, que votre destinée a changé considérablement. Si vous consentiez à m'accompagner un moment dans la salle de bains.

— Débarrasse le plancher, Gunga Din.

— Pourquoi dans la salle de bains? demanda Wilson.

— C'est toujours là qu'il prédit l'avenir. Je pense que c'est la seule pièce disponible. Je n'ai jamais songé à demander pourquoi.

— Ici depuis longtemps?

— Dix-huit bon Dieu de mois.

— Vous rentrez chez vous bientôt?

Harris regarda par-dessus les toits de tôle l'endroit où se trouvait le port.

— Tous les bateaux vont du mauvais côté. Mais le jour où je partirai, ce sera pour de bon, on ne me reverra plus.

Il baissa la voix et, d'un ton plein de venin, ajouta, le nez sur son citron pressé:

— Je hais cet endroit. Je hais ses habitants. Je hais ces sales nègres. Vous savez qu'il ne faut pas les appeler des nègres.

— Mon boy a l'air bien.

— Le boy d'un Blanc est toujours très bien. C'est un nègre authentique. Mais ceux-ci... regardez-les. Regar-

dez celle-ci avec son boa de plumes. Ce ne sont même
pas de vrais nègres. Ce ne sont que des Antillais, et ils
règnent sur la côte. Employés dans les magasins, conseil-
lers de ville, magistrats, hommes de loi, bon Dieu! Tout
ça, c'est parfait là-haut dans le fond du protectorat. Je
n'ai rien à dire contre les nègres purs: Dieu nous a
créés d'une couleur ou d'une autre. Mais ces gens-là...
bon Dieu! Le gouvernement les craint. La police les
craint. Regardez, là, en bas... Regardez Scobie.

Un vautour battit des ailes et changea de place sur le
toit de fer, au moment où Wilson regarda Scobie. Il
le fit d'un œil indifférent, et pour obéir à l'invitation
de cet inconnu; il lui sembla que l'homme grisonnant
et courtaud qui remontait seul la rue ne pouvait susciter aucun intérêt spécial. Comment Wilson aurait-il
deviné qu'il vivait un de ces moments qu'un homme
n'oublie jamais? Une petite cicatrice s'était inscrite sur
sa mémoire, une blessure qui saignerait chaque fois
que certaines circonstances se trouveraient réunies: le
goût du gin à midi, le parfum des fleurs sous un
balcon, le cliquetis de la tôle ondulée, un affreux oiseau,
volant lourdement de perchoir en perchoir.

— Il les aime tellement, dit Harris, qu'il couche
avec.

— Est-ce l'uniforme de la police?

— Oui, oui. Notre grande force publique. « Ils ne
retrouveront jamais ce qui est perdu »...[1] Vous savez ce
que dit le poète.

— Je ne lis jamais de poésie, dit Wilson.

[1] Poème de Hilaire Belloc.

Ses yeux suivirent Scobie le long de la rue noyée de soleil. Scobie s'arrêta pour échanger deux ou trois mots avec un Noir coiffé d'un panama blanc: un agent de police noir salua d'un geste vif en passant. Scobie poursuivit son chemin.

— Probablement à la solde des Syriens, en plus, si l'on savait toute la vérité.

— Des Syriens?

— Nous sommes ici dans l'authentique Tour de Babel, expliqua Harris, Antillais, Africains, Hindous, Syriens, Anglais, Ecossais employés aux Travaux publics, prêtres irlandais, prêtres français, prêtres alsaciens.

— Que font les Syriens?

— Ils gagnent de l'argent. Ils dirigent tous les magasins de l'intérieur et la plupart des magasins de cette ville. Contrebande des diamants par-dessus le marché.

— Je suppose que ça se fait beaucoup?

— Oui. Les Allemands les paient très cher.

— Est-ce qu'il n'est pas marié?

— Qui? Ah! Scobie. Oh! mais si. Il a une femme; à vrai dire, si j'avais une femme comme la sienne, peut-être que, moi aussi, je coucherais avec des négresses. Vous ne tarderez pas à faire sa connaissance. C'est l'intellectuelle de la ville. Elle aime l'art, la poésie. Vous voyez ça d'ici: des poèmes sur l'exil écrits par des aviateurs, des aquarelles peintes par des hommes de chauffe, des bois pyrogravés dans les écoles des missions étrangères. Pauvre vieux Scobie! Encore un gin?

— Je ne dis pas non, répondit Wilson.

II

En suivant James-Street, Scobie passa devant la légation. Avec ses longs balcons, cet édifice évoquait toujours à son esprit l'idée d'un hôpital. Depuis quinze
ans, il y avait vu arriver toute une succession de malades: périodiquement, au bout de dix-huit mois, certains patients nerveux, le teint jaune, étaient renvoyés
dans leurs foyers et d'autres prenaient leur place: attachés coloniaux, attachés pour l'agriculture, trésoriers
et directeurs des travaux publics... Il avait surveillé
une à une leurs feuilles de température: premier accès
de colère déraisonnable, premier verre d'alcool en trop,
brusque revendication de principe, après une année
d'acceptation. Les employés noirs, marchant le long
des corridors, gardaient, comme font les médecins, l'attitude prise au chevet du malade. Ils supportaient toutes
les insultes avec jovialité et respect. Le malade a toujours raison.

Au coin, devant le vieux fromager, à l'endroit où
les premiers colons s'étaient réunis le jour de leur
débarquement sur ce rivage hostile, s'élevaient le Palais
de Justice et le commissariat de police, dans un grand
édifice de pierre qui était comme une manifestation
de forfanterie grandiloquente d'hommes faibles. Au
milieu de cette carcasse massive, l'être humain était
secoué dans les couloirs comme l'amande sèche dans
un noyau. On ne pouvait être que hors de proportion
devant une construction aussi emphatique. Mais chaque
idée, en tout cas, n'y dépassait pas la profondeur d'une

chambre. Dans le passage de derrière étroit et sombre, dans le poste de police et les cellules, Scobie retrouvait toujours l'odeur de la médiocrité et de l'injustice humaines — mêmes relents que dans un zoo: sciure, excréments, ammoniaque, privation de liberté. C'était nettoyé tous les jours, mais l'on ne pouvait faire disparaître cette odeur. Aussi tenace que la fumée des cigarettes, les prisonniers et les agents de police l'emportaient dans leurs vêtements.

Scobie gravit les larges marches et, tournant à droite, gagna son bureau par la galerie extérieure couverte: il retrouva sa table, deux chaises de cuisine, une petite armoire, une paire de menottes rouillées pendues à un clou comme un vieux chapeau, un fichier; aux yeux d'un étranger, la pièce eût semblé nue et sans confort, mais Scobie s'y sentait chez lui. D'autres hommes créent lentement, par accumulation, cette atmosphère d'intimité: un tableau nouveau, un nombre de plus en plus grand de livres, un presse-papier de forme étrange, le cendrier acheté pour une raison oubliée au cours de vacances oubliées. Scobie avait échafaudé ce lieu de refuge par un procédé d'élimination. Quand il avait débuté, quinze ans auparavant, la pièce contenait beaucoup plus d'objets que cela. Il y avait une photographie de sa femme, des coussins de cuir aux couleurs vives achetés au marché, un fauteuil, et, sur le mur, une grande carte en couleurs du port. La carte lui avait été empruntée par de jeunes collègues, elle ne lui servait plus à rien, les moindres détails de la côte étaient dessinés sur son cerveau: de Kufa-Bay à Medley, son secteur. Quant aux coussins et au fauteuil, il avait vite découvert que, dans cette ville sans air, les commodités de ce genre étaient synonymes de chaleur. Partout où le corps entrait en contact avec un objet, ou était enfermé, il transpirait. Enfin, la photographie avait été rendue inutile par la présence de sa femme. Elle était venue le rejoindre, la première année de la « drôle de guerre », et n'avait jamais pu repartir : les dangers d'attaques sous-marines avaient fait d'elle un objet aussi inamovible que les menottes pendues au clou. En outre, la photo était vieille et Scobie ne tenait pas à se rappeler les traits encore informes, l'expression calme et douce à force d'ignorance, les lèvres docilement écartées par le sourire que le photographe avait exigé. Quinze années pétrissent un visage, la douceur cède devant l'expérience, et Scobie était hanté par l'idée de sa propre responsabilité. C'était lui qui avait montré le chemin : l'expérience acquise par sa femme avait été celle qu'il avait choisie. C'était lui qui avait formé ce visage.

Il s'assit devant sa table nue et, presque aussitôt, son sergent mende fit claquer ses talons sur le seuil de la porte.

— Missié ?
— Quoi de nouveau ?
— Directeur vouloir vous parler, missié.
— Quelque chose au cahier des délits ?
— Deux Noirs s'est battus su marché, missié.
— Dispute mamma ?
— Oui, missié.
— Rien d'autre ?
— Miss Wilberforce vouloir parler Missié. Moi dire :

« Missié à l'église, vous, revenir plus tard », tout de même elle rester. Elle dire: elle pas bouger.

— De quelle miss Wilberforce s'agit-il, sergent?

— Moi pas savoir, missié. Elle venir Sharp Town, missié.

— Bon, je la verrai quand j'aurai parlé au directeur. Mais attention, je ne veux voir personne d'autre.

— Compris, missié.

En suivant le couloir conduisant au bureau du directeur, Scobie vit la jeune fille, assise sur un banc, seule, adossée au mur: il n'eut pas à regarder deux fois. De ce simple coup d'œil, il emporta l'impression vague d'un jeune visage noir africain et d'une robe de cotonnade aux couleurs vives, qui lui sortirent de l'esprit immédiatement. Il se demanda ce qu'il allait dire au directeur de la Sûreté. Il en avait été préoccupé toute la semaine.

— Asseyez-vous, Scobie.

Le directeur était un vieillard de cinquante-trois ans — on compte l'âge d'après les années de service, à la colonie. Le directeur, avec ses vingt-deux ans d'ancienneté, était le doyen de l'endroit, exactement de la même manière que le gouverneur était, à soixante-cinq ans, un jouvenceau comparé à un chef de district qui avait cinq ans d'expérience du pays.

— Je prends ma retraite après cette tournée, Scobie, dit le directeur.

— Je le sais.

— Je suppose que tout le monde le sait.

— J'ai entendu les hommes en parler.

— Et cependant vous êtes la seconde personne à qui

je l'annonce. Est-ce que les gens nomment aussi mon successeur?

— Ils savent qui ne le sera pas, dit Scobie.

— C'est tout à fait immérité, dit le directeur. J'ai fait mon possible, Scobie, mais vous n'avez pas votre pareil pour vous faire des ennemis. Comme Aristide le Juste.

— Je ne pense pas être aussi juste que ça.

— La question est: que voulez-vous faire? Ils vont envoyer de Gambie un homme du nom de Baker. Il est plus jeune que vous. Voulez-vous démissionner, prendre votre retraite, demander une mutation?

— Je veux rester ici, répondit Scobie.

— Voici qui ne plaira guère à votre femme.

— Il y a trop longtemps que je suis ici pour partir.

Scobie pensait: «Pauvre Louise, si je lui en avais laissé l'initiative, où serions-nous à présent?» et il s'avouait sans ambages qu'ils n'occuperaient sûrement pas leur poste actuel; ils seraient dans un endroit meilleur au meilleur climat, avec un traitement meilleur, un prestige plus grand. Elle aurait su profiter de toutes les occasions de réussite: elle aurait escaladé d'un pied agile tous les échelons sociaux, en évitant habilement les serpents. «C'est moi qui l'ai fait échouer ici», songea Scobie, avec l'étrange sentiment de culpabilité prémonitoire qu'il ressentait toujours, comme s'il était responsable d'une chose encore à venir et qu'il ne pouvait même pas prévoir. Tout haut, il ajouta:

— Vous savez bien que j'aime cet endroit.

— Oui, je crois bien que vous l'aimez; et je me demande pourquoi.

— C'est joli, le soir, répondit Scobie d'un air vague.

— Connaissez-vous la dernière histoire dont on se sert contre vous à la légation?

— Sans doute dit-on que je suis à la solde des Syriens.

— Ils n'en sont pas encore là. Ce sera leur prochaine étape. Non, mais vous couchez avec des négresses. Vous savez ce qui en est, Scobie. Vous avez négligé de faire la cour à leurs épouses: ils se sentent insultés.

— Peut-être devrais-je coucher réellement avec une petite négresse. Ça leur éviterait une nouvelle invention.

— Votre prédécesseur a couché avec des douzaines, dit le directeur, et personne ne s'en est inquiété. Ils ont inventé quelque chose de différent, pour lui. Ils ont dit qu'il buvait en cachette. Ils se sentaient d'autant plus vertueux de boire publiquement. Quelle bande de cochons, Scobie!

— Le premier secrétaire de la légation n'est pas un mauvais type.

— Non, le premier secrétaire de la légation est très bien, dit le directeur en éclatant de rire. Vous êtes terrible, Scobie, Scobie le Juste.

Scobie suivit le couloir dans l'autre sens: la jeune fille était assise dans la pénombre; ses pieds étaient nus et posés à côté l'un de l'autre comme un moulage dans un musée: ils n'avaient rien de commun avec la robe de cotonnade aux couleurs criardes.

— Etes-vous miss Wilberforce? demanda Scobie.

— Oui, missié.

— Vous n'habitez pas ici.

— Non, missié, je viens de Sharp Town.

— Bon, entrez.

Il la précéda dans son bureau et s'assit devant sa table. Il n'y vit pas de crayon et ouvrit son tiroir. C'était dans le tiroir et seulement là que les objets s'accumulaient: lettres, gommes, un chapelet brisé... pas de crayon.

— Qu'est-ce qui ne va pas, miss Wilberforce?

Son regard tomba sur un instantané pris pendant une baignade à Medley Beach; sa femme, la femme du secrétaire de la légation, le directeur de l'enseignement tenant une chose qui avait l'air d'un poisson mort, la femme du trésorier-payeur. L'étalage de leurs chairs blanches leur donnait l'aspect d'une réunion d'albinos et ils riaient tous, la bouche grande ouverte.

— Ma propriétaire, expliqua la jeune fille, y en a venir cambrioler ma maison, hier soir. A la nuit, elle entré et démoli cloisons et y en a volé mon coffre avec toutes mes affaires dedans.

— Vous prendre locataires trop?

— Non, missié, trois seulement.

Il connaissait exactement la situation: quelqu'un louait une case d'une seule pièce pour cinq shillings par semaine, y plantait quelques minces cloisons et louait les soi-disant « chambres » ainsi obtenues pour une demi-couronne chaque, transformant la case en une maison de rapport horizontale. La « chambre » était meublée à l'aide d'une caisse contenant quelques verres et quelques assiettes, donnés par un patron, ou volés à un patron, un lit fait de vieux emballages et une lanterne tempête. Le verre de ces lanternes ne survivait jamais longtemps et les petites flammes libérées étaient toujours prêtes à mettre le feu aux moindres gouttes de paraffine répandues; elles léchaient les cloisons de contreplaqué et causaient d'innombrables incendies. Parfois, une propriétaire s'introduisait par surprise dans sa propre case, et démolissait les dangereuses cloisons; d'autres fois, elle volait les lampes de ses locataires, et le remous causé par son larcin se répandait, en cercles toujours grandissants de vols de lampes, jusqu'au quartier européen où l'incident devenait au club un sujet de commérages: « Impossible de garder une lampe par aucun moyen. »

— Ta propriétaire, dit Scobie d'un ton sec, y en a dire toi faire beaucoup ennuis, trop beaucoup locataires, trop lampes.

— Non, missié. Pas dispute lampe.

— Dispute femmes, alors. Toi, mauvaise vie ?

— Non, missié.

— Pourquoi toi venir ici ? Pourquoi toi pas appeler caporal Laminah, à Sharp Town ?

— Lui frère avec ma propriétaire, missié.

— Ah ! oui, tiens, tiens. Même père, même mère ?

— Non, missié. Même père.

L'entretien ressemblait au rituel entre prêtre et répondant; Scobie savait d'avance ce qui arriverait lorsqu'un de ses agents irait faire une enquête sur place. La propriétaire dirait qu'elle avait demandé à sa locataire d'abattre les cloisons et que, devant son refus, elle avait agi elle-même. Elle nierait l'existence d'un coffre plein de vaisselle. Le caporal confirmerait cette déclaration. On découvrirait qu'il n'était pas du tout le frère de la propriétaire, mais qu'ils avaient une autre parenté, vague et probablement inavouable. Des pots-de-vin, affublés du nom respectable de « présents », se mettraient à circuler; la tempête d'indignation et de colère qui avait paru si sincère se calmerait; les cloisons se relèveraient; personne n'entendrait plus parler du coffre et plusieurs agents de police se seraient enrichis de quelques shillings. Au début de sa carrière, Scobie s'était jeté tête première dans ce genre d'enquête: il s'était trouvé à mainte et mainte reprise forcé de prendre parti, et avait soutenu (à ce qu'il croyait) le pauvre locataire innocent contre la riche et coupable propriétaire. Mais il découvrit bientôt que coupable et innocent étaient aussi difficiles à discerner que riche et pauvre. Le locataire frustré se trouvait être en même temps le riche capitaliste qui tirait de bons profits d'une pièce unique louée pour cinq shillings par semaine, et était logé lui-même gratuitement. Après cela, il avait tenté d'étouffer ces abus dans l'œuf: il raisonnait avec la plaignante et lui démontrait que l'enquête ne mènerait à rien et lui coûterait beaucoup de temps et d'argent; parfois, il refusait même d'informer. Cette inaction eut pour résultat que les vitres de sa voiture furent lapidées, ses pneus lacérés et que le surnom de Mauvais Homme lui fut donné et lui resta attaché pendant toute une longue et triste tournée, ce qui, dans la chaleur et l'humidité, le tourmenta plus que de raison: il ne pouvait prendre ces choses à la légère. Déjà, il aspirait à la confiance et à l'affection des indigènes. Ce fut l'année où il attrapa une hématurie et faillit être réformé pour raisons de santé.

La jeune fille attendait patiemment qu'il prît une

décision: quand il faut être patient, ces gens ont une
infinie capacité de patience, mais leur impatience ne
connaît pas plus de bornes, elle n'est arrêtée par aucune
convenance, lorsqu'ils savent qu'elle leur rapportera
quelque chose. Ils peuvent rester assis, immobiles, derrière la maison d'un Blanc pour mendier ce que le
Blanc n'a aucun pouvoir de leur accorder, mais pous-
sent des cris, se battent et invectivent pour se faire
servir, dans une boutique, avant leur voisin. Scobie
songeait: « Comme elle est belle. » Il était étrange de
se dire que, quinze ans auparavant, il n'aurait pas
remarqué sa beauté: les petits seins haut placés, les
poignets frêles, les jeunes fesses fermes; jadis il l'aurait confondue avec ses semblables: une négresse parmi
les autres. A cette époque, il trouvait que sa femme
était belle. Une peau blanche n'évoquait pas alors pour
lui l'image d'un albinos. Pauvre Louise.

— Donne ce papier écrit au sergent qui est derrière
le pupitre.

— Merci, missié.

— Bon, bon. Essaie de lui dire la vérité, ajouta-t-il
en souriant.

Et il regarda sortir du bureau sombre ce symbole de
quinze années perdues.

III

Dans l'interminable guerre du logement, Scobie avait
été vaincu par la ruse. Pendant sa dernière permission,
son bungalow de Cape Station, le plus important quartier européen, lui avait été subtilisé par un inspecteur

de santé du nom de Fellowes, et il s'était trouvé relégué dans une maison carrée à un seul étage qui avait été bâtie, à l'origine, pour un marchand syrien, sur un terrain bas d'alluvion — marécage asséché qui redeviendrait marécage dès que les pluies auraient recommencé. Ses fenêtres donnaient directement sur la mer, par-dessus une rangée de maisons créoles; de l'autre côté de la route, les camions d'un dépôt de voitures militaires faisaient marche arrière ou laissaient tourner leurs moteurs à grand bruit et les vautours se promenaient comme des dindons domestiques au milieu des ordures du régiment. Derrière lui, bordant la crête des collines basses, les bungalows de la station gisaient à l'horizon, parmi les nuages; des lampes brûlaient toute la journée dans les alcôves, les bottes se couvraient de moisissure, et néanmoins ces maisons étaient celles qui convenaient aux hommes de son rang. Les femmes ont un si grand besoin de fierté: elles veulent être fières d'elles-mêmes, de leurs maris, de leur entourage. Elles sont rarement, pensa-t-il, fières de l'invisible.

— Louise! appela-t-il, Louise!

Il était inutile d'appeler: si elle n'était pas dans le salon-salle à manger, elle était forcément dans la chambre (la cuisine n'était qu'un appentis dans la cour en face de la porte de service); mais il avait l'habitude de crier le nom de Louise; cette habitude datait des jours d'angoisse et d'amour. Moins Louise lui était nécessaire, plus il avait conscience d'être responsable de son bonheur. Lorsqu'il l'appelait, il criait son nom, comme Canute, pour lutter contre les flots, ces flots

de mélancolie, d'insatisfaction, de déception, qu'il sentait monter en elle.

Au début, elle avait répondu, mais elle n'était pas
comme lui une créature d'habitudes; elle était moins
hypocrite, se disait-il parfois. La bonté, la pitié n'avaient
aucun pouvoir sur elle: elle n'aurait jamais pu feindre
une émotion qu'elle ne ressentait pas; comme un animal, elle s'effondrait complètement sous l'effet d'une
maladie passagère et guérissait avec la même soudaineté.
Quand il la trouva, dans la chambre, cachée sous la
moustiquaire, elle était si absolument prostrée qu'elle
lui rappela un chien ou un chat. Ses cheveux étaient
emmêlés, ses yeux clos. Scobie resta tout à fait immobile et muet comme un espion sur territoire ennemi,
car, en fait, il était sur territoire ennemi. Tandis que
pour lui l'idée de foyer naissait de la réduction des
objets à un nombre minimum ferme, amical, et stable,
le foyer, pour Louise, était l'accumulation. Sa coiffeuse
était encombrée de petits pots et de photographies.
Lui-même y figurait sous l'aspect d'un jeune officier
portant l'uniforme singulièrement démodé de la dernière guerre; il y avait aussi la femme du président
du tribunal que Louise considérait pour le moment
comme son amie; leur unique enfant, une fillette morte
en Angleterre, en pension, trois ans auparavant et
dont le pieux petit visage de neuf ans apparaissait
enveloppé du voile de mousseline blanche, le jour de
sa première communion; d'innombrables photographies
de Louise elle-même, dans des groupes avec les infirmières de l'hôpital, parmi les invités de l'amiral à
Medley Beach, sur une lande du Yorkshire à côté de

Teddy Bromley et de sa femme. On eût dit qu'elle accumulait ces images pour prouver qu'elle avait des amis, comme tout le monde. Il la contempla à travers le rideau de mousseline. Son visage avait la teinte jaune ivoire de l'atabrine: ses cheveux, jadis blonds comme le miel, étaient noircis et collés par la sueur. C'est à ces moments de laideur qu'il l'aimait, que son sentiment de pitié et de responsabilité atteignait à l'intensité de la passion. Ce fut la pitié qui lui suggéra de se retirer; il n'aurait pas tiré du sommeil son pire ennemi... à plus forte raison Louise. Il sortit sur la pointe des pieds et descendit l'escalier. (Dans cette ville de bungalows, on ne trouvait nulle part d'escaliers intérieurs, sauf dans le palais du gouvernement, et Louise avait essayé d'en faire une source d'orgueil en couvrant les marches d'une moquette et en suspendant des tableaux au mur.) Dans la grande salle, il y avait une bibliothèque pleine de ses livres, à elle, des tapis au sol, et au milieu d'autres photographies, un masque indigène du Niger. Il fallait essuyer les livres tous les jours pour en effacer l'humidité et elle n'avait pas tout à fait réussi à dissimuler, sous des rideaux de percale fleurie, le garde-manger dont les quatre pieds plongeaient dans des petits récipients émaillés pleins d'eau, afin d'écarter les fourmis. Le boy disposait sur la table un seul couvert.

Ce boy, petit, trapu, avait le large, plaisant et laid visage des Temnes. Ses pieds nus faisaient sur le sol un bruit de gants vides.

— La madame est malade, qu'est-ce qu'elle a? demanda Scobie.

— Beaucoup coliques, répondit Ali.

Scobie prit dans la bibliothèque une grammaire mende qu'on avait fourrée tout en bas, au dernier rayon, là où sa vieille couverture abîmée se voyait le moins. Sur les planches supérieures, se trouvait le maigre alignement des auteurs de Louise: des poètes modernes, point trop jeunes... et les romans de Virginia Woolf. Scobie ne parvint pas à se concentrer: il faisait trop chaud et l'absence de sa femme agissait sur lui comme un compagnon querelleur qui l'aurait suivi dans la pièce pour lui rappeler sa responsabilité. Une fourchette tomba sur le sol et il vit Ali l'essuyer subrepticement sur sa manche; il le regarda avec affection: il y avait quinze ans qu'ils vivaient ensemble, une année avant son mariage. On garde rarement aussi longtemps un serviteur. Il avait commencé par être « petit boy », puis assistant maître d'hôtel, au temps où l'on avait quatre domestiques, et maintenant il était tout simplement « le » domestique. Après chaque permission, Scobie trouvait au débarcadère Ali qui l'attendait pour s'occuper de ses bagages avec trois ou quatre porteurs en haillons. Pendant ses permissions, bien des gens avaient essayé de s'approprier les services d'Ali, mais jamais il n'avait manqué de se trouver au débarcadère, sauf une fois, parce qu'il était en prison. Il n'y a pas de déshonneur à aller en prison; c'est un ennui qu'on ne peut pas toujours éviter.

— Ticki, gémit une voix (et Scobie quitta immédiatement sa chaise). Ticki.

Il monta au premier.

Sa femme était assise sur le lit, derrière la moustiquaire, et, pendant un moment, il eut l'impression de

voir une pièce de viande sous une mousseline. Mais la
pitié arriva sur les talons mêmes de l'image cruelle et
la chassa.

— Te sens-tu mieux, chérie?

— Mrs Castle est venue me voir, dit Louise.

— Assez pour rendre malade n'importe qui, remarqua Scobie.

— Elle m'a parlé de toi.

— Et qu'est-ce qu'elle en a dit?

Il lui fit un sourire de fausse gaieté; on passe tant
d'heures dans la vie à remettre à plus tard ce qui doit
faire souffrir. On ne perd jamais à surseoir. Scobie
avait une vague notion que si l'on pouvait reculer assez
longtemps, de sursis en sursis, la mort finirait par
vous libérer de toute décision à prendre.

— Elle dit que le directeur se retire et qu'ils t'ont
laissé de côté.

— Son mari parle beaucoup trop dans son sommeil.

— Est-ce vrai?

— Oui. Il y a des semaines que je le sais. Ça n'a
aucune importance, en réalité, chérie.

— Je n'oserai jamais me montrer au cercle après ça,
dit Louise.

— N'exagérons rien. Ces choses-là se produisent, tu
sais.

— Tu vas démissionner, n'est-ce pas, Ticki?

— Je ne crois pas que je le puisse, chérie.

— Mrs Castle est avec nous. Elle est furieuse. Elle
dit que tout le monde en parle et raconte des potins.
Dis-moi, chéri, ce n'est pas vrai que tu es à la solde
des Syriens?

— Non, chérie.

— J'étais si bouleversée que je suis sortie de la messe avant la fin. Comme ils sont dégoûtants, Ticki! Tu ne vas pas laisser passer cela sans bouger. Il faut penser à moi.

— C'est ce que je fais. Tout le temps.

Il s'assit sur le lit et passa la main sous le tulle pour prendre celle de Louise. De petites gouttes de sueur jaillirent à l'endroit où leurs peaux se touchèrent.

— Je pense vraiment à toi, mon petit. Mais il y a quinze ans que je suis dans cet endroit. Je me trouverais perdu n'importe où, même si l'on me donnait un emploi ailleurs. Ce n'est pas une recommandation merveilleuse, tu sais, qu'on m'ait passé par-dessus le dos.

— Tu pourrais prendre ta retraite.

— La pension n'est pas suffisante pour vivre.

— Je suis sûre que je pourrais gagner un peu d'argent en écrivant. Mrs Castle me dit que je devrais faire ça professionnellement. Avec toute l'expérience que j'ai.

Son regard, traversant le tulle, erra rêveusement sur la coiffeuse, mais rencontra un autre visage entouré d'un voile blanc et Louise détourna les yeux.

— Si seulement, dit-elle, nous pouvions partir pour l'Afrique du Sud. Je ne peux pas souffrir les gens d'ici.

— Peut-être pourrais-je m'arranger pour te prendre un billet. Il n'y a pas eu beaucoup de torpillages par là, ces temps-ci. Cela te ferait du bien de partir en vacances.

— Dans le temps, tu parlais, toi aussi, de prendre

ta retraite. Tu comptais les années. Tu faisais des projets... pour nous.

— Ah bien! tout le monde change! répondit-il évasivement.

Impitoyable, elle poursuivit:

— Tu ne pensais pas, à ce moment-là, que tu resterais seul avec moi.

Il serra sa main qui transpirait:

— Quelles sottises tu peux dire, chérie. Allons, lève-toi. Il faut prendre un peu de nourriture...

— Aimes-tu quelqu'un, Ticki, en dehors de toi-même?

— Non. Je m'aime et c'est tout. Ah! et Ali. J'oubliais Ali. Bien entendu, je l'aime aussi. Mais pas toi.

Il débitait ses mélancoliques plaisanteries usées, tout en lui caressant la main, et il souriait pour l'apaiser.

— Et la sœur d'Ali?

— Est-ce qu'il a une sœur?

— Est-ce qu'ils n'ont pas tous des sœurs? Pourquoi n'es-tu pas venu à la messe, aujourd'hui?

— C'était ma matinée de service, voyons, chérie, tu le sais.

— Tu aurais pu la changer. Tu n'as pas une foi très grande, n'est-ce pas, Ticki?

— Tu en as pour nous deux, chérie. Viens prendre un peu de nourriture.

— Ticki, je pense quelquefois que tu t'es converti au catholicisme uniquement pour m'épouser. Ça n'a aucune signification pour toi, n'est-ce pas?

— Ecoute, chérie, sais-tu ce qu'il te faut? D'abord,

descendre et manger un peu. Et puis, prendre la voiture
et aller faire un tour à la plage pour respirer de l'air
frais.

— Comme la journée aurait été différente, dit-elle
en le fixant à travers le tulle, si tu étais rentré à la
maison en disant: « Chérie, je viens d'être nommé
directeur. »

— Comprends, mon petit, expliqua lentement Scobie, que dans un endroit comme celui-ci, en temps de
guerre, un port important, avec les Français de Vichy
très près, de l'autre côté de la frontière, tous ces diamants qui sont passés en fraude dans le protectorat...
ils ont besoin d'un homme plus jeune.

Il ne pensait pas un mot de ce qu'il disait.

— Je n'avais pas pensé à ça.

— Tu ne peux en vouloir à personne. C'est la seule
raison. C'est la guerre.

— La guerre démolit vraiment tout, n'est-ce pas?

— Elle donne aux jeunes leur chance.

— Chéri, je crois que je vais descendre et grignoter
un peu de viande froide.

— Bravo. (Il retira sa main qui ruisselait de sueur.)
Je vais prévenir Ali.

Une fois au rez-de-chaussée, il alla jusqu'à la porte
de service pour crier:

— Ali.

— Missié?

— Mets deux couverts. Maîtresse va mieux.

La première brise fraîche de la journée, un souffle,
s'élevait de la mer, se glissait au-dessus des buissons,
entre les huttes créoles. Un vautour s'envolant du toit

de zinc monta lourdement, puis se laissa tomber dans la cour de la maison voisine. Scobie respira profondément. Il se sentait épuisé et victorieux: il était parvenu à convaincre Louise de prendre un léger repas. Il s'était toujours senti le devoir de rendre heureuses les créatures qu'il aimait. L'une était en sécurité à jamais, et l'autre allait manger son déjeuner.

IV

Le soir, pendant environ cinq minutes, le port devenait beau. Les routes de latérite, d'une pesanteur d'argile, qui étaient si affreuses en plein jour, se teintaient alors du rose délicat des fleurs. C'était l'heure de la béatitude. Ceux qui s'éloignaient pour toujours de ce port se rappelleraient souvent, par les soirs gris et mouillés de Londres, sa couleur et sa lumière évanouies presque aussi vite qu'elles naissaient: ils se demanderaient pourquoi ils avaient violemment détesté la côte et, le temps de vider un verre, ils en auraient la nostalgie.

Scobie arrêta sa Morris à l'un des grands virages de la route en corniche et regarda derrière lui. Il était arrivé un peu trop tard. La ville avait déjà perdu son éclat de fleur, ses pétales étaient flétris, mais les pierres blanches qui marquaient le bord de la falaise abrupte flambaient comme des cierges dans le jeune crépuscule.

— Je me demande s'il y aura du monde, Ticki.

— Sûrement, c'est le soir de la bibliothèque.

— Dépêche-toi, chéri. Il fait tellement chaud dans la voiture. Je serais heureuse que les pluies commencent.

— Tu crois?

— Oui, si elles ne duraient qu'un mois ou deux.

Scobie lui fit la réponse qu'elle attendait. Il n'écoutait jamais quand sa femme parlait. Il continuait de travailler, à l'accompagnement régulier de ses paroles; mais si une note de détresse résonnait, il l'entendait au même moment. Ainsi qu'un opérateur de radio, un roman ouvert devant lui, il écoutait tous les signaux, mais n'entendant que l'indicatif du navire et le SOS. Scobie travaillait même plus facilement pendant qu'elle parlait que lorsqu'elle était silencieuse, car tant que ce ronron paisible (commérages du cercle, commentaires sur les sermons prêchés par le Père Rank, intrigue d'un nouveau roman, et même récriminations au sujet du temps) frappait son tympan, il savait que tout allait bien. C'était le silence qui l'empêchait de travailler, un silence qui le forçait de lever les yeux et de voir les larmes suspendues au bord des paupières pour qu'il les remarquât.

— Le bruit court que tous les frigidaires qui devaient arriver la semaine dernière sont au fond de l'eau.

Tandis qu'elle parlait, il pensait à la conduite qu'il allait tenir à l'endroit du bâtiment portugais qui devait entrer au port dès que les vannes de barrage s'ouvriraient, le lendemain matin. L'arrivée bimensuelle d'un bateau neutre représentait une détente pour les jeunes officiers: changement de nourriture, quelques verres de vrai vin, et même l'occasion d'acheter, dans les stocks du navire, quelque bibelot décoratif destiné à une petite

amie. On ne leur demandait en échange que d'aider le
Service de sécurité en campagne à examiner les passeports et à fouiller les cabines des passagers suspects; tout
le travail pénible ou déplaisant était fait par les agents
du SSC: dans la cale, ils tamisaient les sacs de riz
pour y trouver les diamants de contrebande, et dans l'intense chaleur des cuisines plongeaient leurs mains dans
les jarres de saindoux ou éventraient les dindons farcis.

C'est une tâche absurde que d'essayer de trouver quelques diamants dans un paquebot de quinze mille ton-
nes: jamais dans un conte de fées aucun tyran perfide
n'a imposé à une gardeuse d'oies une aussi impossible
gageure, et cependant, chaque fois qu'un navire faisait
escale, régulièrement, les télégrammes chiffrés annonçaient: « Un tel, voyageant première classe, soupçonné
transporter diamants. Membres équipage suivants suspects... » Personne ne découvrirait jamais rien. Scobie
pensa: « C'est le tour de Harris d'aller à bord et Fraser
peut l'accompagner. Je suis trop vieux pour ces expé-
ditions. Que les jeunes s'amusent un peu. »

— La dernière fois, les livres sont arrivés tout abî-
més.

— Vraiment?

A en juger par le nombre des voitures, il pensa qu'il
n'y avait pas encore grand monde au cercle. Il éteignit
ses phares et attendit que Louise bougeât, mais elle
restait assise et il voyait son poing serré éclairé par la
lumière du tableau de bord.

— Voilà, mon petit, nous y sommes, dit-il de cette
voix cordiale que les étrangers prenaient pour un signe
de stupidité.

— Crois-tu qu'ils le savent tous, à cette heure-ci?
demanda Louise.

— Qu'ils savent quoi?

— Que tu n'as pas de promotion.

— Ma chérie, je croyais que nous en avions fini
avec cette histoire. Pense à tous les généraux qui sont
restés en plan depuis 1940. Pourquoi veux-tu qu'ils se
préoccupent d'un directeur adjoint de la Sûreté?

— C'est vrai. Mais ils ne m'aiment pas, ajouta-t-elle.

« Pauvre Louise, pensait-il, c'est affreux de n'être pas
aimé. » Et son esprit fit un bond en arrière vers cette
tournée de ses débuts où les Noirs avaient lacéré ses
pneus et écrit des injures sur sa voiture.

— Chérie, que tu es sotte. Je n'ai jamais connu personne qui eût autant d'amies.

Il nomma sans conviction: « Mrs Halifax, Mrs Castle... » puis décida qu'après tout, il valait mieux ne
pas les énumérer.

— Elles doivent être toutes là à m'attendre, dit-elle,
à attendre rien que pour me voir entrer... Je n'ai pas
du tout envie d'aller au club, ce soir. Ramène-moi à
la maison.

— Impossible. Voici la voiture de Mrs Castle.

Il essaya de rire:

— Nous sommes pris comme des rats, Louise!

Il vit s'ouvrir et se refermer le poing où la poudre
de talc humide et inefficace restait comme de la neige
aux plis des jointures.

— Oh! Ticki, Ticki, dit-elle, tu ne me quitteras
jamais, n'est-ce pas? Je n'ai pas d'amis. Je n'ai personne depuis que les Tom Barlows sont partis.

Il prit la main humide qu'il leva jusqu'à ses lèvres pour en baiser la paume: cette femme l'attachait par le pathétique de son manque de charme.

Ils marchèrent côte à côte, du même pas, comme deux agents de police en patrouille, jusqu'à la salle où Mrs Halifax distribuait les livres de la bibliothèque. C'est rare qu'une chose soit aussi tragique qu'on se l'est imaginé; rien ne portait à croire qu'ils eussent été le sujet des conversations.

— Bonne nouvelle, leur cria Mrs Halifax, le nouveau Clemence Dane est arrivé!

C'était la femme la plus inoffensive de la station: elle avait de longs cheveux mal peignés et l'on retrouvait dans les livres de la bibliothèque les épingles à cheveux avec lesquelles elle marquait ses pages. Scobie sentait qu'il pouvait en toute sécurité laisser sa femme avec elle, car Mrs Halifax était sans méchanceté et tout à fait incapable de raconter des potins. Elle avait une mémoire trop mauvaise pour qu'un souvenir quelconque y demeurât longtemps. Elle relisait les mêmes romans un nombre incalculable de fois sans s'en apercevoir.

Scobie alla rejoindre un groupe d'hommes sur la terrasse. Fellowes, l'inspecteur du service sanitaire, s'adressait avec violence à Reith, le premier secrétaire de la légation, et à un officier de marine du nom de Brigstock.

— Après tout, disait-il, ceci est un cercle privé, ce n'est pas un buffet de gare.

Depuis qu'il lui avait chipé sa maison, Scobie avait fait de son mieux pour traiter Fellowes amicalement; c'était une des lois qu'il s'imposait dans la vie: être bon

joueur, savoir perdre. Mais il trouvait souvent difficile
d'avoir de la sympathie pour Fellowes. Ce soir-là, la
chaleur n'embellissait pas ses cheveux carotte, rares et
mouillés, ni sa petite moustache hérissée, ou ses yeux
en boules de loto, ses joues écarlates, et sa vieille cravate aux couleurs de Lancing.

— Evidemment, dit Brigstock qui oscillait légèrement.

— Qu'est-ce qui ne va pas? demanda Scobie.

— Il trouve que nous ne sommes pas assez exclusifs,
dit Reith.

Il parlait sur le ton d'ironie complaisante de l'homme
qui a été dans sa vie tout à fait exclusif; il avait — en
fait — exclu de sa table solitaire tous les habitants du
protectorat pour n'y admettre que lui-même.

— Il y a des limites, dit Fellowes avec chaleur et
tout en tripotant sa cravate de Lancing pour se donner
de l'assurance.

— C'est bien vrai, acquiesça Brigstock.

— Je savais, poursuivit Fellowes, que ça arriverait,
dès le moment que nous avons admis comme membres
honoraires tous les officiers de la place. Tôt ou tard, il
était fatal qu'ils amèneraient des indésirables. Je ne suis
pas snob, mais dans un endroit comme celui-ci, il faut
qu'il y ait une limite... nous devons penser à nos
femmes. Ce n'est pas comme à la métropole.

— Mais qu'est-ce qu'il y a de cassé? demanda Scobie.

— Les membres honoraires, dit encore Fellowes, ne
devraient pas être autorisés à introduire des invités.
Tenez, l'autre jour, quelqu'un a amené un simple soldat. Que l'armée se démocratise si ça l'amuse, mais pas

à nos dépens. Autre chose: il n'y a pas assez à boire pour tout le monde, inutile d'avoir des gens en surplus.

— Ça, ça, c't'important, dit Brigstock qui vacillait de plus en plus.

— Je voudrais bien savoir ce qui se passe, insista Scobie.

— Le dentiste du 49ᵉ a amené un civil du nom de Wilson et ce Wilson voudrait devenir membre du club, ce qui met tout le monde dans une situation très embarrassante.

— Qu'est-ce que vous lui reprochez?

— C'est un des employés de l'UAC. Il peut appartenir au club de Sharp Town. Pourquoi veut-il venir ici?

— Leur club ne fonctionne pas, dit Reith.

— Ça, ça les regarde, n'est-ce pas?

Par-dessus l'épaule de l'inspecteur de santé, Scobie apercevait l'immense étendue de la nuit. Les lucioles allaient et venaient au flanc de la colline, allumant et éteignant leurs feux comme des signaux, et l'on ne distinguait la lampe d'un patrouilleur parcourant la baie qu'à l'immobilité de sa flamme.

— Couvre-feu, dit Reith. Ferions mieux de rentrer.

— Lequel est Wilson? lui demanda Scobie.

— Le voilà, là-bas. Le pauvre type a l'air bien seul. Il n'est ici que depuis quelques jours.

Wilson était debout, dans un isolement embarrassant au milieu d'un désert hostile de fauteuils, et il faisait semblant d'étudier une carte accrochée au mur. Sa figure pâle et ruisselante brillait comme du plâtre. Il avait évidemment acheté son costume colonial à un commissionnaire

qui lui avait refilé un laissé pour comptes; l'étoffe bizar-
rement rayée en était couleur de bile.

— Vous êtes Wilson, n'est-ce pas? demanda Reith.
J'ai vu votre nom sur le registre de la légation, tantôt.

— Oui, c'est moi, Wilson.

— Je suis Reith. Je suis premier secrétaire adjoint à la
légation, et voici Scobie, le directeur adjoint de la Sûreté.

— Je vous ai vu ce matin devant l'Hôtel Bedford,
monsieur, dit Wilson.

Scobie eut l'impression qu'il y avait dans l'attitude
de ce garçon une sorte d'abandon sans défense: il restait
là, à attendre que les gens lui donnent ou lui refusent
leur amitié; il ne semblait pas compter sur l'une des
deux réactions plutôt que sur l'autre. Il faisait penser à
un chien. Personne n'avait encore tracé sur son visage
les lignes qui marquent un être humain.

— Nous buvons quelque chose, Wilson?

— Volontiers, monsieur.

— Voici ma femme, dit Scobie. Louise, je te présente Mr Wilson.

— J'ai déjà beaucoup entendu parler de Mr Wilson,
dit Louise avec raideur.

— Vous voyez, Wilson, vous êtes célèbre, dit Scobie.
Vous venez de la ville et vous êtes entré au club de
Cape Station par effraction!

— Je ne savais pas que je faisais quelque chose
d'interdit. C'est le major Cooper qui m'a invité.

— Ceci me rappelle, dit Reith, qu'il faut que je
prenne rendez-vous avec Cooper. Je crois que j'ai un
abcès.

Il s'éclipsa.

— Cooper m'a parlé de la bibliothèque, dit Wilson, et j'ai pensé que peut-être...

— Aimez-vous la lecture? demanda Louise.

Scobie fut très soulagé de voir qu'elle paraissait bien disposée envers le pauvre diable. Avec Louise, c'était toujours un peu une question de pile ou face. Elle pouvait se montrer par moments la femme la plus snob de toute la colonie, mais, pensa-t-il avec pitié, Louise aurait-elle découvert qu'il ne lui était plus permis d'être snob? Tout visage nouveau, celui de quelqu'un qui ne « savait pas » était le bienvenu.

— Mon Dieu!... dit Wilson en tiraillant désespérément sa maigre moustache, mon Dieu...

On eût dit qu'il rassemblait tout son courage pour une grande confession ou une grande évasion.

— Les romans policiers? demanda Louise.

— J'aime assez les romans policiers, répondit Wilson très mal à l'aise, certains romans policiers.

— Personnellement, dit Louise, j'aime la poésie.

— Ah! oui, dit Wilson, la poésie...

Il détacha comme à regret ses doigts de sa moustache; il se mit à ressembler tellement à un chien reconnaissant, et plein d'espoir, que Scobie pensa avec joie: « Aurais-je vraiment trouvé là un ami pour elle? »

— Moi aussi, dit Wilson, j'aime la poésie.

Scobie les quitta pour aller vers le bar: une fois de plus, son cœur était délivré d'un poids. La soirée n'était pas gâchée: Louise rentrerait à la maison contente, elle se coucherait contente. En une nuit, l'humeur n'a pas le temps de changer et sa joie durerait jusqu'à ce qu'il aille prendre son service. Il pourrait dormir.

Il vit que dans le bar étaient réunis un certain nombre de ses jeunes officiers subalternes. Il y avait Fraser et Tod et un nouvel arrivé venant de Palestine qui portait le nom extraordinaire de Thimblerigg, Scobie hésita à entrer. Ils s'amusaient et n'avaient probablement pas envie de voir s'introduire parmi eux un officier supérieur.

— Toupet infernal, disait Tod.

Ils parlaient probablement de ce malheureux Wilson. Et Scobie, avant de s'éloigner, entendit la voix de Fraser :

— Il en est bien puni : Louise, notre intellectuelle, a mis le grappin sur lui.

Thimblerigg eut un petit gloussement de rire qui fit rouler une bulle de gin sur sa lèvre dodue.

Scobie revint dans le salon d'un pas rapide. Il se cogna en plein dans un fauteuil et s'arrêta. Sa vision redevint normale par une série de mises au point saccadées, mais la sueur coula jusque dans son œil droit. Les doigts qui l'essuyèrent tremblaient comme ceux d'un ivrogne. « Prends bien garde, se dit-il. Ce climat n'est pas fait pour l'émotion. C'est un climat propice à la bassesse, à la méchanceté, au snobisme, mais tout ce qui ressemble à l'amour ou à la haine vous y fait perdre la tête. » Il se rappela Bowers renvoyé en Angleterre pour avoir boxé la figure de l'aide de camp du gouverneur, pendant une réception, Makin le missionnaire qui avait fini dans un asile de fous à Chislehurst.

— Il fait bougrement chaud, dit-il à quelqu'un dont la forme vague s'était dressée à côté de lui.

— Vous avez l'air souffrant, Scobie. Buvez quelque chose.

— Non, merci. Il faut que j'aille faire une ronde d'inspection.

A côté des étagères garnies de livres, Louise bavardait d'un air heureux avec Wilson, mais Scobie avait la sensation que la malignité et la morgue du monde s'approchaient d'elle et tournaient autour d'elle à pas feutrés, comme des loups. « Ils ne lui accordent même pas son amour pour les livres », pensa-t-il, et sa main se remit à trembler. En approchant, il entendit qu'elle disait de son air protecteur de Dame Patronnesse [1] :

— Il faudra venir dîner avec nous un soir. J'ai beaucoup de livres qui pourraient vous intéresser.

— J'en serais ravi, répondit Wilson.

— Vous n'avez qu'à téléphoner, vous mangerez à la fortune du pot.

Quelle est donc la valeur de ces gens, pensait Scobie, pour qu'ils aient l'audace de tourner en dérision un être humain, quel qu'il soit? Il connaissait tous les défauts de sa femme. Combien de fois les airs condescendants qu'elle se donnait à l'endroit d'un étranger l'avaient-ils horripilé. Il connaissait chaque phrase, chaque intonation qui lui aliénaient les gens. Parfois, il avait envie de la mettre en garde: « Ne porte pas cette robe, ne répète pas ces mots », comme une mère guiderait sa fille; mais il lui fallait garder le silence et

----

[1] *Lady Bountiful* (allusion devenue proverbiale à un des personnages de *The Beaux' Stratagem*, de Farquhar).

souffrir de savoir d'avance qu'elle allait éloigner des amis. Le pire, c'était quand il sentait chez ses camarades un regain de cordialité envers lui-même, comme s'ils le prenaient en commisération. « Quel droit avez-vous de la critiquer, brûlait-il de leur crier? Elle est mon œuvre. C'est moi qui l'ai faite ce qu'elle est. Elle n'a pas toujours été ainsi. »

Il s'approcha brusquement d'eux et dit:

— Il faut que j'aille faire mon inspection, Louise.

— Déjà?

— Excuse-moi.

— Je reste, chéri. Mrs Halifax me ramènera dans sa voiture.

— J'aimerais que tu viennes avec moi.

— Avec toi? Faire la ronde? Il y a des siècles que je n'y suis allée.

— C'est justement pour ça que je voudrais que tu viennes.

Il souleva jusqu'à ses lèvres la main de sa femme: c'était comme un défi. Il voulait proclamer au club tout entier qu'il n'était pas à plaindre, qu'il aimait sa femme, qu'ils étaient heureux. Mais personne ne le vit qui eût quelque importance. Mrs Halifax s'occupait de ses livres, Reith était parti depuis longtemps, Brigstock était au bar, Fellowes était trop absorbé dans sa conversation pour remarquer quoi que ce fût... personne ne le vit, hormis Wilson.

— J'irai une autre fois, chéri, dit Louise. Mais Mrs Halifax vient de proposer de ramener Mr Wilson chez lui en passant devant la maison. Il y a un livre que je voudrais lui prêter.

Scobie fut envahi d'une immense gratitude envers Wilson.

— C'est parfait, dit-il, parfait. Mais restez un peu chez nous pour vous rafraîchir et attendez-moi. Je vous reconduirai au Bedford. Je ne rentrerai pas tard.

Il posa la main sur l'épaule de Wilson et pria silencieusement: « Mon Dieu, qu'elle ne prenne pas trop d'airs protecteurs avec ce garçon; qu'elle ne se montre pas absurde; qu'elle conserve au moins cet ami. »

— Je ne vous dis pas bonsoir, ajouta-t-il. Je compte vous trouver chez moi en rentrant.

— C'est très aimable à vous, monsieur.

— Et ne me donnez pas du « monsieur ». Vous n'êtes pas un agent de police, Wilson, bénissez-en votre bonne étoile!

V

Scobie rentra plus tard qu'il ne s'y attendait. Ce fut sa rencontre avec Yusef qui lui fit perdre du temps. A mi-chemin, dans la descente, il trouva la voiture de Yusef immobilisée sur le bord de la route, Yusef lui-même dormant tranquillement sur le siège arrière: les lampes de la voiture de Scobie illuminèrent sa large face de papier mâché, la mèche raide de cheveux blancs qui lui retombait sur le front, et vinrent faiblement éclairer le haut des cuisses énormes, boudinées dans la toile blanche d'un vêtement trop étroit. La chemise de Yusef s'ouvrait sur son cou, et des bouclettes de poils noirs s'enroulaient autour des boutons.

— Puis-je vous aider? demanda Scobie sans aucun empressement.

Yusef ouvrit les yeux. Ses dents, aurifiées par son frère le dentiste, lancèrent des éclairs comme une lampe de poche qu'on allume. Si jamais Fellowes passait en ce moment, pensa Scobie, quelle bonne histoire il pourrait raconter à la légation demain matin. Le directeur adjoint de la Sûreté rencontrant clandestinement et nuitamment Yusef le boutiquier. Venir au secours d'un Syrien n'était que d'un cran moins dangereux que d'accepter son assistance.

— Ah! major Scobie, dit Yusef, un ami dans la détresse est un véritable ami.

— Que puis-je faire pour vous?

— Il y a une demi-heure que nous sommes en panne, dit Yusef. Des voitures sont passées sans s'arrêter et je me suis demandé quand viendrait le bon Samaritain.

— Je n'ai pas d'essence de reste pour en laver vos blessures!

— Ha! ha!... major Scobie. Excellente plaisanterie. Mais si vous pouviez me ramener en ville...

Yusef s'installa dans la Morris en étalant ses larges cuisses jusqu'à toucher les leviers.

— Faites monter votre boy à l'arrière.

— Non, qu'il reste ici, dit Yusef. Il réparera la voiture s'il sait qu'il n'ira se coucher qu'à cette condition.

Il joignit ses grosses mains sur son genou et ajouta:

— Vous avez une très belle voiture, major Scobie. Vous avez dû la payer quatre cents livres.

— Cent cinquante, répondit Scobie.

— Je vous en donne quatre cents.

— Elle n'est pas à vendre, Yusef. Où pourrais-je en trouver une autre?

— Pas maintenant. Mais peut-être quand vous partirez...

— Je ne pars pas.

— Oh! j'avais entendu dire que vous alliez démissionner, major Scobie.

— C'est faux.

— Nous autres, boutiquiers, nous entendons dire tellement de choses... qui ne sont que des commérages sans fondement.

— Comment vont les affaires?

— Oh! pas mal. Ni bien.

— Ce qu'on m'a raconté à moi, c'est que vous aviez fait plusieurs fortunes depuis la guerre. Commérages sans fondement, bien entendu.

— Mon Dieu, major Scobie, vous savez ce qui en est. Mon magasin de Sharp Town, ça marche bien parce que je suis sur place pour surveiller. Mon magasin de Macaulay-Street, ça ne marche pas mal parce que ma sœur y est. Mais mes magasins de Durban-Street et de Bond-Street, eux, alors, ils marchent mal. Je me fais rouler sans arrêt. Je suis comme tous mes compatriotes, je ne sais ni lire ni écrire, alors tout le monde me roule.

— La rumeur publique dit que vous avez parfaitement en tête le compte de tous les stocks de vos magasins.

Yusef pouffa de rire, l'air rayonnant.

— Je n'ai pas mauvaise mémoire. Mais ça m'empêche

de dormir la nuit, major Scobie. Si je ne bois pas beaucoup de whisky, je passe mon temps à réfléchir à
Durban-Street et Bond-Street et Macaulay-Street.

— Devant laquelle de vos boutiques voulez-vous que
je vous dépose?

— Oh! à cette heure-ci, je vais me coucher, major
Scobie. Déposez-moi, à mon domicile, à Sharp Town,
s'il vous plaît. Voulez-vous entrer et prendre un peu
de whisky?

— Désolé. Je suis de service, Yusef.

— Vous avez été chic, major Scobie, de me transporter. Voulez-vous me permettre de vous témoigner
ma reconnaissance en envoyant à Mrs Scobie une pièce
de soie?

— C'est exactement ce que je vous demande de ne
pas faire.

— Oui, oui, je sais. C'est très déplaisant, tous ces
potins. Simplement parce qu'il existe des Syriens comme
Tallit.

— Vous voudriez bien être débarrassé de Tallit,
n'est-ce pas, Yusef?

— Oui, major Scobie. Ce serait dans mon intérêt,
mais ce serait aussi dans le vôtre.

— C'est à lui que vous avez vendu de faux diamants l'an passé, n'est-il pas vrai?

— Oh! major Scobie, vous ne croyez pas vraiment
que je suis capable de refaire quelqu'un de cette façon.
Il y a de pauvres Syriens qui ont beaucoup souffert à
cause de ces diamants. Ce serait honteux d'abuser de la
confiance de ses propres compatriotes.

— Ils n'auraient pas dû enfreindre la loi en achetant

les diamants. Certains ont même osé se plaindre à la police.

— Ce sont de pauvres types, très ignorants.

— Mais vous, Yusef, vous n'étiez pas si ignorant que ça?

— Si vous me le demandez, le coupable c'est Tallit. Autrement, pourquoi prétendrait-il que je lui ai vendu les diamants?

Scobie conduisait lentement. La rue, au sol inégal, était envahie par la foule. De minces corps noirs s'y frayaient un chemin sur de longues jambes de faucheux, sous les lumières camouflées.

— Combien de temps va durer encore la disette de riz, Yusef?

— Vous en savez autant que moi sur ce sujet, major Scobie.

— Je sais seulement que ces pauvres gens ne peuvent pas acheter de riz au prix taxé.

— J'ai entendu dire, major Scobie, qu'ils ne peuvent toucher leurs distributions gratuites que s'ils donnent un pourboire à l'agent de police qui garde l'entrée.

C'était absolument vrai. Dans cette colonie, l'on pouvait toujours répondre à une accusation par une autre. Il y avait toujours une corruption plus noire à signaler ailleurs. Les mauvaises langues de la légation faisaient œuvre utile: elles entretenaient, présente à l'esprit, l'idée qu'on ne doit se fier à personne. Cela vaut mieux que l'ignorance béate. « Pourquoi, se demanda Scobie en faisant un crochet pour éviter de passer sur le cadavre d'un chien errant, pourquoi suis-je si attaché à cet endroit? Est-ce parce que la nature humaine n'a pas eu le temps de s'y déguiser? » Personne ici ne pouvait parler d'un paradis sur terre. Le paradis restait inflexiblement à sa place, de l'autre côté de la mort, et sur ce bord-ci florissaient les injustices, les cruautés, les bassesses que dans les autres pays les gens étouffent avec tant d'habileté. Ici, l'on pouvait aimer les créatures humaines presque comme Dieu les aime, en sachant le pire: ce n'était pas une attitude, une jolie robe ou un sentiment adroitement assumé que l'on aimait. Il se sentit une brusque affection pour Yusef.

— Deux délits ne font pas un droit, dit-il. Un de ces jours, Yusef, vous trouverez mon pied sous votre gros cul.

— Peut-être, major Scobie, répondit Yusef, ou peut-être que nous deviendrons de bons amis. C'est ce que je désire plus que tout au monde.

Ils s'arrêtèrent devant la maison de Sharp Town et le domestique de Yusef accourut avec une lampe électrique pour le guider.

— Major Scobie, dit Yusef, cela me ferait un bien grand plaisir si vous acceptiez un verre de whisky. Je crois que je pourrais vous être d'une grande aide. Je suis très bon patriote, vous savez.

— C'est pourquoi vous stockez vos cotons en attendant l'invasion de Vichy, sans doute. Ils vaudront plus alors que des livres anglaises.

— La *Esperança* entre demain, n'est-ce pas?

— Probablement.

— Quelle perte de temps de fouiller un aussi gros bateau pour y trouver des diamants! A moins de savoir d'avance exactement où ils se trouvent. Vous savez que lorsque le navire retourne à Angola, un marin dresse la liste de tous les endroits où vous avez regardé. Vous allez tamiser tout le sucre qui est dans la cale. Vous fouillerez la graisse des cuisines parce qu'on a raconté un jour au capitaine Druce qu'un diamant peut se chauffer et s'enfouir au milieu d'un pot de saindoux. Bien entendu, les cabines, les ventilateurs, les coffres des matelots. Les tubes de pâte dentifrice. Croyez-vous qu'un jour vous finirez pas découvrir un seul petit diamant?

— Non.

— Moi non plus.

VI

A chaque angle de la pyramide de cageots en bois brûlait une lanterne tempête. Par-delà l'eau lente et noire, il pouvait tout juste distinguer le dépôt de la marine, un paquebot désaffecté, amarré — disait la légende — sur un récif de bouteilles à whisky vides. Il resta immobile un instant à respirer les lourdes senteurs de la mer: à moins d'un demi-mille de lui, un convoi tout entier était au mouillage, mais il n'en apercevait que l'ombre allongée du ravitailleur et un éparpillement de petites lumières rouges luisant comme celles d'une rue éclairée. Il n'entendait de bruit venant de la mer que le clapotis de l'eau elle-même qui battait contre les jetées. La magie de cet endroit agissait toujours sur lui: il se dressait ici de pied ferme sur l'extrême bord d'un mystérieux continent.

Dans les ténèbres, deux rats se battaient bruyamment.

Ces rats d'eau étaient gros comme des lapins; les indigènes les avaient baptisés cochons et les mangeaient
rôtis: ce nom aidait à les distinguer des rats qui han-
tent les quais et sont des parasites humains. En suivant une petite ligne de chemin de fer d'intérêt local,
Scobie prit la direction des marchés. Au coin d'un
entrepôt, il rencontra deux agents de police.

— Rien à signaler?

— Non, missié.

— Vous êtes allés voir de ce côté?

— Oh! oui, missié, nous en venons.

Scobie savait qu'ils mentaient: jamais ils ne se seraient
aventurés seuls jusqu'au bout de ce quai, lieu de divertissement des rats humains, à moins qu'ils n'eussent à
portée de voix un officier blanc pour les protéger. Les
rats étaient lâches mais dangereux; c'étaient des garçons de seize ou dix-sept ans, armés de rasoirs ou de
tessons de bouteilles, qui grouillaient autour des entrepôts, chapardaient lorsqu'ils découvraient une caisse
facile à ouvrir, s'abattaient comme des mouches sur le
matelot ivre que sa marche titubante amenait dans
leurs parages et balafraient à l'occasion l'agent de police
qui s'était mis à dos quelque membre de leur pullu-
lante famille. Aucune barrière n'avait pu leur interdire
l'accès des quais: leurs bandes venues de Kru Town
ou des pêcheries s'y faufilaient à travers tout.

— Venez, dit Scobie. Nous allons y jeter un nouveau
coup d'œil.

D'un pas traînant et résigné, les agents de police le
suivirent, cinq cents mètres d'un côté, cinq cents mètres
de l'autre. Seuls les cochons s'agitaient sur le quai que

l'eau giflait à grands coups. Un des agents dit hypo-
critement :

— Nuit tranquille, missié.

Ils promenèrent la lueur de leurs lampes avec conscience et assiduité d'un coin à l'autre, découvrant brusquement un châssis de voiture abandonné, une camionnette vide, un morceau de bâche, une bouteille fichée
à l'angle d'un dépôt de marchandise, le goulot bourré
de feuilles de palmier en guise de bouchon.

— Qu'est-ce que c'est que ça ? demanda Scobie.

Un de ses cauchemars officiels était la bombe incen-
diaire : c'est tellement facile à préparer. Tous les jours,
des hommes sortant des territoires soumis à Vichy ame-
naient du bétail de contrebande ; on les y encourageait
pour aider au ravitaillement. De ce côté-ci de la frontière, on dressait des saboteurs indigènes pour les utiliser en cas d'invasion ; pourquoi n'en ferait-on pas autant
de l'autre côté ?

— Montrez-moi ça, dit Scobie.

Mais ni l'un ni l'autre de ses agents de police ne
fit un geste pour toucher l'objet.

— C'est seulement une médecine de nèg', missié, dit
l'un, en ricanant sans conviction.

Scobie ramassa la bouteille. C'était une bouteille à
whisky, mais lorsqu'il retira le bouchon de feuilles de
palme, il en sortit comme d'un tuyau d'échappement
de gaz une puanteur d'urine de chien et d'indescrip-
tible pourriture. Dans la tête de Scobie, un nerf se mit
brusquement à vibrer d'irritation. Sans la moindre raison, il se rappela le visage congestionné de Fraser et le
rire stupide de Thimblerigg. L'odeur fétide lui souleva

le cœur et il sentit que les feuilles de palmier lui avaient souillé les doigts. Il lança la bouteille par-dessus le quai et d'une seule éructation, la bouche vorace de l'eau l'engloutit, mais son contenu se répandit dans l'air que n'agitait aucun souffle de vent, l'imprégnant des relents aigres du liquide ammoniaqué. Les agents de police gardaient le silence. Scobie avait conscience de leur muette désapprobation. Il aurait dû laisser la bouteille à l'endroit où elle se trouvait: elle y avait été placée dans un but précis et était destinée à une certaine personne, mais maintenant qu'il en avait dispersé le contenu, c'était comme s'il avait permis à la pensée maléfique d'errer à l'aveuglette dans l'atmosphère, pour aller se poser, qui sait? sur un innocent.

— Bonsoir, dit Scobie, qui tourna brusquement les talons.

Il n'avait pas fait vingt mètres qu'il entendait leurs pas précipités fuyant la zone dangereuse.

Scobie remonta en voiture et gagna le poste de police en passant par Pitt-Street. A gauche, devant la porte du bordel, les filles prenaient l'air, assises le long du trottoir. A l'intérieur du poste, derrière les stores qui camouflaient les lumières, l'odeur de singerie devenait plus épaisse avec la nuit. Le sergent de faction ôta ses jambes de la table du bureau et se mit au garde-à-vous.

— Rapport?

— Cinq ivresses sur la voie publique, missié. Moi l'enfermé cinq dans grande cellule.

— Rien d'autre?

— Deux Français, missié, pas laissez-passer.

— Noirs?

— Oui, missié, noirs.

— Où les a-t-on arrêtés?

— Pitt-Street, missié.

— Je les verrai demain matin. Et la vedette? Est-ce qu'elle marche bien? Il faudra que j'aille jusqu'à l'*Esperança*.

— C'est cassé, missié. Missié Fraser, lui essayé réparer, missié, mais vedette trop cassé, malade.

— A quelle heure Mr Fraser vient-il prendre son service?

— Sept heures, missié.

— Dis-lui que je n'ai pas besoin qu'il aille sur l'*Esperança*. J'irai moi-même. Si la vedette n'est pas en état de marche, j'irai avec le SSC.

— Oui, missié.

Tout en remontant dans sa voiture et en appuyant sur le démarreur paresseux, Scobie pensa qu'un homme a toujours le droit de se venger, si peu que ce soit. La vengeance est bonne pour le caractère; de la vengeance naît le pardon. Il se mit à siffler en traversant Kru Town. Il était presque heureux. Il ne lui manquait plus que d'avoir la certitude que rien ne s'était produit au cercle après son départ, qu'à ce moment précis, 22 h. 55, Louise était satisfaite, sans souci. L'heure qui suivrait pouvait venir: il l'attendait d'un cœur ferme.

VII

Avant d'entrer chez lui, il fit le tour de la maison pour vérifier le noircissement des fenêtres tournées vers la mer. Il entendait à l'intérieur la voix murmurante de Louise: elle devait être en train de lire de la poésie. «Bon Dieu, pensa Scobie, de quel droit ce jeune imbécile de Fraser la tourne-t-il en ridicule à cause de cela?» Puis son ressentiment le quitta comme s'écarte un mendiant loqueteux, parce qu'il songea à la déception de Fraser quand viendrait le matin: pas de visite au bateau portugais, pas de cadeau pour sa petite amie, rien que le train-train quotidien du bureau étouffant. En cherchant à tâtons la poignée de la porte de service, il se déchira la main droite à un éclat de bois.

Il entra dans la pièce éclairée et vit que du sang coulait de sa main.

— Oh! chéri, qu'est-il arrivé? dit Louise en se cachant le visage dans les mains.

Elle ne pouvait supporter la vue du sang.

— Puis-je vous aider, monsieur? demanda Wilson.

Il essaya de se lever, mais il était assis sur une chaise très basse, aux pieds de Louise, des livres en pile sur les genoux.

— Aucun mal, dit Scobie, ce n'est qu'une égratignure. Je peux arranger ça tout seul. Dis simplement à Ali d'apporter une bouteille d'eau.

A mi-hauteur de l'escalier, il entendit la voix de Louise reprendre:

— Un ravissant poème au sujet d'un pylône.

Scobie pénétra dans la salle de bains et dérangea un rat couché sur le bord frais de la baignoire comme un chat sur une pierre tombale.

Assis sur la baignoire, Scobie laissa pendre sa main au-dessus du seau de toilette où le sang tomba goutte à goutte parmi les copeaux de bois. Comme dans son propre bureau, il avait là l'impression de se retrouver chez lui. L'ingéniosité de Louise n'avait guère réussi à transformer cette pièce: restaient la baignoire à l'émail égratigné dont l'unique robinet cessait toujours de fonctionner avant la fin de la saison sèche; le seau en fer-blanc placé sous le siège des cabinets et qu'on vidait une fois par jour; la cuvette du lavabo surmontée d'un autre robinet inutile; le sol nu; les rideaux verts de défense passive décolorés et ternes. Les seuls embellissements qu'avait pu imposer Louise étaient le petit tapis de liège près de la baignoire et l'armoire à pharmacie d'un blanc éblouissant.

Le reste de la pièce appartenait entièrement à Scobie. C'était comme les reliques de sa jeunesse transportées de maison en maison. Rien n'y avait changé depuis sa première demeure qui datait d'une époque lointaine, bien avant son mariage. C'était la pièce où il était toujours seul.

Ali, dont les pieds nus aux plantes roses faisaient doucement flip flap sur le plancher, entra, une bouteille d'eau filtrée à la main.

— Porte de service coupé moi, expliqua Scobie.

Il tint la main au-dessus du lavabo, tandis qu'Ali versait de l'eau sur la blessure. Le boy faisait de petits bruits de gorge très doux pour exprimer sa commisération,

ses mains étaient aussi légères que des mains de fille.
Quand Scobie grogna avec impatience: « Ça suffit », Ali
n'y fit aucune attention.

— Saleté trop, dit-il.

— Maintenant, iode.

Dans ce pays, la moindre écorchure verdissait si on
la négligeait ne fût-ce qu'une heure.

— Encore, dit-il, verse.

Il grimaça sous la brûlure. Au rez-de-chaussée, au
milieu du ronronnement des voix, le mot « beauté »
se détacha, monta, puis retomba dans le vide.

— Maintenant, sparadrap.

— Non, dit Ali, pansement meilleur.

— Très bien. Va pour le pansement.

Bien des années avant, il avait dressé Ali à panser
une plaie. Maintenant, le boy posait une bande aussi
adroitement qu'un médecin.

— Bonsoir, Ali. Va te coucher. Plus besoin de toi.

— Maîtresse veut boissons.

— Non. Je m'en occuperai. Tu peux te coucher.

Seul, il s'assit de nouveau sur le bord de la baignoire.
Sa blessure l'avait un peu secoué et d'ailleurs il n'avait
pas très envie de se joindre au couple du salon, car sa
présence allait intimider Wilson. Nul homme ne peut
écouter une femme lire des vers, en présence d'un
autre homme.

« Moi, j'aimerais mieux miauler comme un petit
chat... »

Mais, en réalité, telle n'était pas son attitude. Il ne
méprisait pas ces primitifs échanges de sentiments intimes, il ne les comprenait pas. En outre, il se sentait

heureux, assis à la place même d'où il avait délogé le rat: il se sentait dans son propre univers. Il se mit à songer à l'*Esperança* et à son travail du lendemain.

— Chéri, cria Louise du bas de l'escalier. Te sens-tu tout à fait bien? Peux-tu reconduire Mr Wilson chez lui?

— Je peux rentrer à pied, Mrs Scobie.

— Jamais de la vie.

— Mais si, je vous assure.

— Je descends, répondit Scobie. Naturellement, je vous reconduis.

Quand il fut près d'eux, Louise prit tendrement dans la sienne la main bandée.

— Oh! ta pauvre main! dit-elle, est-ce qu'elle te fait mal?

Le pansement blanc et propre ne lui faisait pas peur: c'est comme à l'hôpital quand les draps sont remontés avec soin jusqu'au menton du malade. On peut lui apporter du raisin et ne jamais penser au travail du scalpel dans la blessure bien dissimulée. Elle posa les lèvres sur le pansement où elles laissèrent une petite trace orangée de rouge gras.

— Ça va très bien, dit Scobie.

— Vraiment, monsieur, je peux rentrer à pied.

— Mais non, vous n'irez pas à pied, voyons. Voulez-vous monter?

La lumière du tableau de bord éclairait un fragment de l'extraordinaire costume de Wilson. Il se pencha par la portière et cria:

— Bonsoir, Mrs Scobie, j'ai passé une soirée merveilleuse. Je ne sais comment vous remercier.

Ses paroles étaient vibrantes de sincérité: ils eurent l'impression d'entendre une langue étrangère; l'anglais qu'on parle en Angleterre. Ici, les intonations changeaient en quelques mois; elles prenaient une note stridente et perdaient leur sincérité, ou bien elles se faisaient ternes et prudentes. On pouvait entendre que Wilson était tout récemment arrivé du pays.

— Il faut revenir bientôt, lui dit Scobie, en descendant la route de Burnside dans la direction de l'Hôtel Bedford.

Il avait devant les yeux le visage heureux de Louise.

VIII

La douleur cuisante de sa main blessée éveilla Scobie à deux heures du matin. Il resta enroulé sur le bord du lit comme un ressort de montre, à essayer de maintenir son corps loin de celui de Louise... chaque fois qu'ils se touchaient — ne fût-ce qu'un doigt posé sur un doigt — la sueur jaillissait. Même lorsqu'ils étaient séparés, la chaleur était entre eux et palpitait. Le clair de lune baignait d'une illusoire fraîcheur la table à coiffer où il éclairait les bouteilles de lotion, les petits pots de crème, le bord d'un cadre. Immédiatement, Scobie se mit à écouter la respiration de Louise. Le souffle lui en arrivait par saccades. Elle était éveillée. Il avança la main et toucha les cheveux mouillés et chauds. Elle était étendue rigide, comme la gardienne d'un secret. Le cœur défaillant, sachant d'avance ce qu'il allait trouver, il fit descendre ses doigts jusqu'à toucher les paupières. Louise pleurait. Scobie se sentit pris d'une immense lassitude, et rassembla toutes ses forces pour la réconforter.

— Chérie, lui dit-il, je t'aime.

Il commençait toujours ainsi. Réconforter un être devient à la longue une routine, autant que l'acte sexuel.

— Je sais, dit-elle, je sais.

Elle répondait toujours les mêmes mots. Scobie se reprocha de manquer de cœur, parce que la pensée lui vint qu'il était deux heures du matin, que ceci allait peut-être durer très longtemps, et qu'à six heures, le travail du jour recommençait pour lui. Il écarta les cheveux du front de sa femme et dit:

— Les pluies vont bientôt commencer. Tu te sentiras mieux.

— Je me sens très bien, dit-elle.

Et elle éclata en sanglots.

— Que se passe-t-il, chérie? Dis-moi. (Il avala sa salive.) Raconte à Ticki.

Il détestait le petit nom qu'elle lui avait donné, mais qui agissait toujours.

— Oh! Ticki, dit-elle, je ne peux pas continuer.

— Je croyais que tu étais contente, ce soir.

— Je l'étais. Mais songes-y: être contente parce qu'un employé de l'UCA est gentil pour moi! Ticki, pourquoi ne m'aiment-ils pas?

— Ne sois pas stupide, chérie. C'est une question de température, rien d'autre. La chaleur te fait imaginer des choses. Ils t'aiment tous.

— Rien que Wilson, répéta-t-elle avec désespoir et humiliation.

Puis elle se remit à sangloter.

— Wilson est bien gentil.

— On ne veut pas de lui au cercle. Il a resquillé avec le dentiste. Tout le monde va se moquer de lui et de moi. Oh! Ticki, Ticki, je t'en prie, laisse-moi partir et tout recommencer.

— Bien sûr, chérie, bien sûr, dit-il, les yeux fixés, à travers la moustiquaire et les vitres de la fenêtre, sur la paisible, plate et dangereuse mer. Où irais-tu?

— Je pourrais aller en Afrique du Sud et attendre ta prochaine permission. Ticki, tu vas bientôt prendre ta retraite. Je te préparerai une maison agréable.

Il eut un petit recul qui l'éloigna d'elle et immédiatement, de peur qu'elle ne s'en fût aperçue, souleva sa main humide et en baisa la paume.

— Ça coûterait très cher, mon petit.

La pensée de la retraite lui faisait mal aux nerfs: il priait toujours pour que la mort le prît avant. Il avait préparé son assurance sur la vie dans cette pensée. L'argent n'était payable qu'à sa mort. Il évoqua un foyer, un foyer permanent: les rideaux aux couleurs joyeuses, au dessin artistique, les étagères chargées des livres de Louise, une jolie salle de bains carrelée; pas de bureau, nulle part, un foyer pour deux où l'on vivrait jusqu'à la mort, sans nouveau changement avant de tomber dans l'éternité.

— Ticki, je ne peux plus supporter d'être ici.

— Je vais y réfléchir, chérie.

— Ethel Maybury est en Afrique du Sud. Les Collins aussi. Nous avons des amis, là-bas.

— La vie y est chère.

— Tu pourrais renoncer à quelques-unes de tes ridicules assurances vieillesse. Sans compter, Ticki, que tu ferais des économies, ici, sans moi. Tu prendrais tes repas au mess et tu renverrais le cuisinier.

— Il ne nous coûte pas grand-chose.

— Les petites économies s'additionnent, Ticki.

— Tu me manquerais beaucoup.

— Non, Ticki, je ne te manquerais pas, répondit-elle.

Il fut surpris par la profondeur de sa triste et spasmodique perspicacité.

— Après tout, ajouta-t-elle, nous n'avons personne pour qui nous devions économiser.

— Je vais tâcher d'arranger quelque chose, dit-il avec douceur. Tu sais que je ferai pour toi tout ce qu'il est possible de faire, tout.

— Ce n'est pas une simple consolation de deux heures du matin, Ticki, n'est-ce pas? Tu feras vraiment quelque chose?

— Oui, ma chérie. Je m'arrangerai d'une façon ou d'une autre.

Il fut surpris de la rapidité avec laquelle elle s'endormit: on eût dit un porteur fatigué qui vient de laisser tomber son fardeau. Elle dormait avant qu'il eût terminé sa phrase, serrant un de ses doigts au creux de sa main, respirant aussi régulièrement qu'un enfant. Le fardeau était posé à côté de lui, et il se prépara à le soulever.

CHAPITRE II

I

En allant à la jetée, à huit heures du matin, Scobie s'arrêta à la banque. Le bureau du directeur était plongé dans une pénombre fraîche. On voyait un verre d'eau glacée sur le haut d'un coffre-fort.

— Bonjour, Robinson.

C'était un homme de grande taille, avec la poitrine en creux. Plein de rancœur, parce qu'on ne lui avait pas donné le poste de Nigeria.

— Est-ce que ce temps infect ne va jamais finir? Les pluies sont en retard.

— Elles ont commencé dans le protectorat.

— Au Niger, dit Robinson, on sait toujours où l'on en est. Qu'y a-t-il pour votre service, Scobie?

— Vous permettez que je prenne un siège?

— Naturellement. Moi, je ne m'assieds jamais avant dix heures du matin. Ça facilite ma digestion de rester debout.

Il arpentait son bureau d'un air agité sur des jambes pareilles à des échasses: il but une gorgée d'eau glacée d'un air dégoûté, comme si c'était un produit pharmaceutique. Scobie aperçut sur son bureau un livre intitulé: *Maladies des Voies urinaires*, qui était ouvert à une page illustrée d'une planche en couleurs.

— Qu'y a-t-il pour votre service? répéta Robinson.

— Je voudrais deux cent cinquante livres, répondit Scobie en essayant de plaisanter pour se donner une contenance.

Robinson répondit par une facétie également mécanique:

— Les gens s'imaginent vraiment qu'une banque fabrique de l'argent! Combien voulez-vous, sérieusement?

— Trois cent cinquante.

— Combien avez-vous actuellement à votre compte?

— Trente livres environ, je crois. C'est la fin du mois.

— Nous allons vérifier cela.

Il appela un employé et, pendant qu'ils attendaient, Robinson parcourut de long en large la pièce exiguë: six enjambées jusqu'au mur, six au retour.

— Cent soixante-treize fois, dans les deux sens, dit-il, font un mille. J'essaie de couvrir trois milles tous les matins, avant le déjeuner. J'entretiens ma santé. A Nigeria, je faisais une heure et demie de marche pour aller prendre mon petit déjeuner au club, autant pour revenir au bureau. Ici, pas une seule promenade convenable, conclut-il en faisant demi-tour sur le tapis.

L'employé entra et posa une fiche sur le bureau. Robinson approcha le papier de son visage comme s'il voulait le renifler.

— Vingt-huit livres, quinze shillings, six pence, annonça-t-il.

— Je veux faire partir ma femme pour le Sud.

— Ah! oui, oui.

— Sans doute, concéda Scobie, pourrais-je m'arranger avec un peu moins. Mais je ne pourrais pas lui envoyer grand-chose sur ma solde.

— Je ne vois vraiment pas...

— J'imaginais que vous pourriez me consentir un prêt, dit Scobie d'un air vague. Vous prêtez de l'argent à des quantités de gens, non? A moi, ça ne m'est arrivé qu'une fois, pour quelques semaines, environ quinze livres... Cela m'a été très désagréable. Je vivais dans l'inquiétude. J'avais l'impression que je devais cet argent au directeur de la banque en personne.

— L'ennui, Scobie, dit Robinson, c'est que nous avons reçu l'ordre d'être très sévères, en matière d'emprunts. A cause de la guerre, vous comprenez. Personne ne peut plus offrir en garantie aujourd'hui la valeur la plus précieuse: sa propre vie.

— Oui, je vois, bien entendu. Mais ma vie est assez solide et je ne bouge pas d'ici. Je ne crains pas les sous-marins. En plus, ma situation est de tout repos, Robinson, poursuivit-il, en essayant une fois de plus, vainement, de prendre un ton léger.

— Est-ce que le directeur de la Sûreté ne prend pas sa retraite? demanda Robinson, en allant jusqu'au coffre-fort et en revenant sur ses pas.

— Si, mais moi, je ne prends pas la mienne.

— Je suis ravi de l'entendre, Scobie. Des bruits ont couru...

— Je suppose qu'il faudra que ça m'arrive un jour. Mais pas avant très longtemps. Je préférerais de beaucoup mourir sur la brèche. Il y a toujours ma police d'assurance sur la vie, Robinson, qu'en pensez-vous, comme garantie?

— Vous savez que vous avez abandonné une des polices, il y a trois ans.

— Oui, c'est l'année où Louise est allée en Angleterre pour se faire opérer.

— Je ne crois pas qu'on réalise une grosse somme en libérant les deux autres.

— Et pourtant, c'est une assurance en cas de mort?

— A condition de continuer à payer les primes. Nous n'avons aucune garantie, vous savez.

— Naturellement, dit Scobie, je m'en rends bien compte.

— Je suis tout à fait désolé, Scobie. Ceci n'a rien de personnel. Ce sont les statuts de la banque. Si vous aviez eu besoin de cinquante livres, je vous les aurais prêtées de ma propre poche.

— Oubliez-le, Robinson. Ce n'est pas très important. (Il eut un rire embarrassé.) Les types de la légation diraient que je peux toujours trouver cet argent dans les pots-de-vin. Comment va Molly?

— Sa santé est excellente, merci. Je voudrais pouvoir en dire autant de la mienne.

— Vous lisez trop de livres de médecine, Robinson.

— Il faut savoir ce qui ne va pas dans son propre corps. Vous serez au cercle, ce soir?

— Je ne sais pas. Louise est fatiguée. Vous savez comment on se sent avant les pluies. Je regrette d'avoir pris sur votre temps, Robinson. Il faut que j'aille jusqu'au quai.

Il descendit vers la berge d'un pas rapide, la tête

penchée. On eût dit qu'il avait été surpris en train
de faire une mauvaise action... il avait demandé de
l'argent, on le lui avait refusé. Louise aurait mérité
mieux. Il lui semblait, obscurément, qu'il avait failli
dans sa mission d'homme.

II

Druce vint en personne à bord de l'*Esperança* accompa-
pagné de son peloton de SSC. A la passerelle, un
steward l'attendait avec une invitation du capitaine à
venir boire dans sa cabine. L'officier commandant la
patrouille de la marine était arrivé avant eux. Cela
faisait partie de la routine bimensuelle; des relations
amicales s'établissaient. En acceptant leurs invitations,
ils essayaient d'adoucir pour les neutres l'amère pilule
de la fouille; dans l'entrepont, l'équipe des fouilleurs
poursuivait tranquillement les recherches sans eux. Pendant qu'on examinait les passeports des voyageurs de
première classe, leurs cabines étaient mises à sac par
la brigade des SSC. Déjà, d'autres douaniers exami-
naient la cale, tâche monotone et sans espoir qui consiste
à tamiser le riz. Qu'avait dit Yusef? « Avez-vous jamais
trouvé un seul petit diamant? Croyez-vous que vous
en trouverez un? » Dans quelques minutes, quand les
rapports seraient devenus assez cordiaux, après boire,
à Scobie écherrait la désagréable besogne de fouiller
la propre cabine du commandant. La conversation guindée, à bâtons rompus, était entretenue surtout par le
lieutenant de la marine royale.

Le commandant du bateau essuya sa grasse figure jaune et dit :

— Naturellement, pour les Anglais, je ressens dans le cœur une énorme admiration.

— Ce travail nous est désagréable, vous le savez, dit le lieutenant. Pas drôle d'être neutre.

— Mon cœur, reprit le Portugais, est plein d'admiration pour votre grande lutte. Il n'y a pas de place dedans pour le ressentiment. Certains de mes compatriotes ont du ressentiment. Moi pas.

Son visage ruisselait de sueur et ses yeux étaient injectés de sang. Cet homme parlait sans cesse de son cœur, mais Scobie eut l'impression qu'il faudrait une longue et profonde opération chirurgicale pour mettre à nu cet organe.

— Vous êtes tout à fait aimable, dit le lieutenant. Nous apprécions votre attitude.

— Un autre verre de porto, messieurs ?

— Volontiers. Nous n'avons rien de semblable à terre, vous savez. Et vous, Scobie ?

— Non, merci.

— J'espère que vous ne jugerez pas nécessaire, major Scobie, de nous faire rester ce soir à bord ?

— Je ne crois pas, dit Scobie, qu'il y ait la moindre possibilité que vous rentriez à terre avant demain, vers midi.

— Nous ferons de notre mieux, naturellement, dit le lieutenant.

— Sur mon honneur, messieurs, ma main sur mon cœur, vous ne trouverez pas de vauriens parmi mes passagers. Et l'équipage... j'en connais personnellement chaque membre.

— C'est une formalité, commandant, dit Druce, il
faut que nous nous y soumettions.

— Un cigare, capitaine? Jetez cette cigarette. Cette
boîte en contient de très spéciaux.

Druce alluma le cigare qui se mit à crépiter et à lancer
des étincelles. Le commandant pouffa de rire.

— Petite plaisanterie, messieurs. Tout à fait inoffensive. Je garde la boîte pour mes amis. Les Anglais
ont un sens de la plaisanterie merveilleux. Je savais
que vous ne seriez pas fâché. Un Allemand, oui, fâché,
un Anglais, non. C'est un bon jeu, n'est-ce pas?

— Très drôle, dit Druce sèchement, en reposant le
cigare sur le cendrier que lui tendait le commandant.

Le cendrier, probablement mis en mouvement par le
doigt du Portugais, se mit à jouer un petit air grêle.
Druce sursauta une seconde fois: son départ en permission avait été retardé et il avait les nerfs à vif.
Le commandant, ruisselant de transpiration, eut un sourire.

— Suisse, dit-il, des gens merveilleux. Neutres aussi.

Un des hommes du service de sécurité entra apportant une petite lettre à Druce. Celui-ci la fit passer à
Scobie qui lut:

*Steward ayant reçu notification congé dit que le
commandant a des lettres cachées dans sa salle de bains.*

— Je crois qu'il faut que je descende, dit Druce, et
que je leur fasse presser un peu le mouvement. Vous
venez, Evans? Merci mille fois pour le porto, commandant.

Scobie resta seul avec le commandant. C'était le côté
de la besogne qu'il détestait: ces hommes n'étaient pas
des criminels, ils se contentaient d'enfreindre les règlements imposés aux compagnies de navigation par le
système navicert. Vous ne savez jamais ce que vous
allez trouver, au cours d'une visite. La chambre à coucher d'un homme représente sa vie privée: en fouillant les tiroirs, on découvre des choses humiliantes,
de petits vices médiocres qui sont enfoncés dans les
coins, cachés comme des mouchoirs sales; sous une
pile de linge, on peut tomber sur un chagrin que
l'homme essaie d'oublier. Scobie dit avec douceur:

— Excusez-moi, commandant, mais il faut que je
jette un coup d'œil chez vous. Vous savez que c'est
une formalité.

— Il faut faire votre devoir, major, dit le Portugais.

Scobie fouilla la cabine avec rapidité et minutie: chaque fois qu'il déplaçait un objet, il le remettait strictement au même endroit avec des gestes de ménagère
méticuleuse. Le commandant tournait le dos à l'officier
de police et regardait le pont, comme pour éviter de
gêner son hôte, contraint à cette tâche odieuse. Scobie
termina, referma la boîte de capotes anglaises qu'il remit
soigneusement dans le premier tiroir de la commode avec
les mouchoirs, les cravates aux couleurs criardes et le
petit paquet de photographies pornographiques.

— Vous avez fini? demanda poliment le commandant, en tournant la tête.

— Cette porte, demanda Scobie, où conduit-elle?

— Rien que dans la salle de bains, et les W.-C.

— Je crois qu'il faut que je jette un coup d'œil.

— Naturellement, major, mais il n'y a pas beaucoup de coins là-dedans où l'on pourrait dissimuler quelque chose.

— Si vous le permettez...

— Naturellement. C'est votre devoir.

La salle de bains était nue et extraordinairement sale. Dans la baignoire, il y avait d'épaisses traces grises de savon sec et le carrelage gras était glissant de crasse. Il s'agissait de trouver rapidement le bon endroit. Il ne pouvait s'attarder dans ce réduit, sans trahir le fait qu'il avait reçu une dénonciation précise. Il fallait que la fouille eût tous les aspects de la routine, ni trop nonchalante, ni trop stricte.

— Ça ne prendra pas longtemps, dit-il gaiement.

Il aperçut dans le miroir à raser le visage calme et gras du Portugais. Il se pouvait naturellement que le renseignement fût faux et donné par le steward dans le seul but de causer des ennuis à son capitaine.

Scobie ouvrit l'armoire à pharmacie et en parcourut très vite le contenu. Il dévissa le tube de pâte dentifrice, ouvrit la boîte du rasoir, trempa le doigt dans la crème de savon à barbe. Il ne s'attendait pas à y trouver quoi que ce fût. Mais ces gestes lui donnaient le temps de réfléchir. Il alla jusqu'aux robinets, fit couler un peu d'eau, enfonça le doigt dans l'ouverture. Son attention fut attirée par le carrelage: impossible d'y rien dissimuler. Le hublot: il en examina les gros écrous et fit aller et venir le panneau intérieur deux ou trois fois. Chaque fois qu'il se retournait, il apercevait dans la glace le visage du commandant, calme, patient, satisfait. Ce visage lui disait: « Tu gèles, tu gèles... » comme dans le jeu enfantin.

Enfin les cabinets: il souleva le siège. Rien entre la porcelaine et le rond de bois. Il saisit la chaîne de la chasse d'eau et, pour la première fois, surprit dans le miroir le reflet d'une angoisse: les yeux bruns ne le regardaient plus en face, ils étaient fixés sur autre chose et, en suivant la direction de ce regard, il vit sa propre main serrer la chaîne.

« Le réservoir serait-il vide? » se demanda-t-il. Il tira. A grand renfort de chocs et de gargouillis, l'eau dégringola le long du tuyau. Scobie se retourna et le Portugais lui dit avec un air suffisant qu'il ne put dissimuler:

— Vous voyez, major?...

Et, à ce moment-là, Scobie vit, effectivement. « Je deviens distrait », songea-t-il. Il souleva le couvercle du réservoir; collée sous ce couvercle à l'aide de chatterton pour que l'eau ne pût l'atteindre, il y avait une lettre.

Il regarda l'adresse: *Frau Groener, Friedrichstrasse, Leipzig.*

— Désolé, commandant, répéta Scobie.

Et comme l'autre ne répondait pas, il leva les yeux et vit que des larmes s'étaient jointes, sur les grosses joues brûlantes, au ruissellement de sueur.

— Il faut que je l'emporte, dit Scobie, et que je fasse un rapport...

— Oh! cette guerre, éclata le commandant, comme je hais cette guerre!

— Nous avons, nous aussi, quelque raison de la haïr, vous savez.

— Un homme ruiné parce qu'il écrit à sa fille!

— Votre fille?

— Oui. Elle s'appelle Frau Groener. Ouvrez et lisez. Vous verrez.

— Je ne peux pas. Il faut que je laisse cette tâche aux censeurs. Pourquoi n'avez-vous pas attendu d'être à Lisbonne pour écrire à votre fille, commandant?

L'homme avait laissé choir sa lourde masse sur le rebord de la baignoire, comme un fardeau écrasant que ses épaules ne pouvaient plus porter. Il essuyait les yeux du dos de la main... comme un enfant, un enfant laid, le gros garçon de l'école. On peut livrer une guerre sans pitié aux êtres beaux, brillants, à ceux qui réussissent, mais pas à ceux qui sont aussi dénués d'attraits: c'est alors que la meule de pierre pèse sur la poitrine. Scobie savait qu'il aurait dû prendre la lettre et s'en aller: sa sympathie ne pouvait faire que du mal.

Le commandant gémissait:

— Si vous aviez une fille, vous comprendriez. Vous n'en avez pas, ajouta-t-il d'un ton accusateur, comme si la stérilité était un crime.

— Non.

— Elle est inquiète à mon sujet. Elle m'aime... elle m'aime, répéta-t-il d'une voix lugubre, en levant sa figure trempée de larmes, pour donner plus de force à une affirmation sans vraisemblance.

— Mais pourquoi ne pas lui écrire de Lisbonne? redemanda Scobie. Pourquoi courir ce risque?

— Je suis seul. Je n'ai pas de femme. On ne peut pas toujours attendre. A Lisbonne — vous savez com-

ment les choses se passent — les copains, le vin. J'ai
une petite amie qui est très jalouse, même de ma fille.
Il y a des scènes terribles, les jours filent. Au bout
d'une semaine, je repars. Tout a été si facile jusqu'à
ce voyage-ci.

Scobie le croyait. L'histoire était assez absurde pour
être vraie. Même en temps de guerre, on a besoin
d'exercer quelquefois ses facultés de crédulité pour ne
pas les laisser s'atrophier.

— Je suis désolé, dit-il. Je ne puis rien y faire.
Peut-être n'y aura-t-il pas de suites.

— Vos autorités, dit le commandant, vont me coucher sur leurs listes noires. Vous savez ce que cela
signifie. Le consul ne donnera plus de navicert à aucun
bateau que je commanderai. Je mourrai de faim à
terre.

— Il y a tellement de négligences dans ce genre
d'affaires, dit Scobie. Il y a des fiches qui se perdent.
Il se peut que vous n'en entendiez jamais parler.

— Je vais prier, dit l'homme sans espoir.

— Pourquoi pas?

— Vous êtes Anglais. Vous ne croyez pas au pouvoir
de la prière.

— Je suis catholique comme vous, dit Scobie.

Le gros visage se leva vers lui d'un mouvement vif.

— Catholique? s'écria le Portugais reprenant espoir.

Il se mit pour la première fois à plaider sa cause. On
eût dit un homme qui rencontre un compatriote au
milieu d'un continent étranger. Il commença à parler
avec volubilité de sa fille, à Leipzig: il sortit de sa
poche un portefeuille fatigué d'où il tira l'instantané

jaunissant d'une jeune Portugaise bien en chair aussi dépourvue de grâce que lui-même. Il faisait une chaleur étouffante dans la petite salle de bains et le commandant ne cessait de répéter : « Vous allez comprendre. »

Il venait brusquement de découvrir combien lui et Scobie avaient de points communs : les statues de plâtre où des épées plongent dans un cœur saignant; le chuchotement derrière les rideaux du confessionnal; les saintes tuniques et la liquéfaction du sang; les sombres chapelles latérales et les gestes compliqués, avec, à la base de tout, l'amour de Dieu.

— Et à Lisbonne, dit-il, l'autre m'attend. Elle va me conduire à la maison, cacher mon pantalon pour que je ne puisse pas sortir seul. Tous les jours, une soûlerie et des querelles jusqu'à ce que nous allions nous coucher. Vous allez comprendre. De Lisbonne, je ne peux pas écrire à ma fille. Elle m'aime tant et elle attend.

Il changea sa grosse cuisse de place et ajouta :

— La pureté de cet amour...

Il se remit à pleurer. Ils avaient en commun le vaste domaine du repentir et de l'espoir.

Cette parenté donna au Portugais le courage de tenter une autre manœuvre.

— Je suis un homme pauvre, dit-il, mais j'ai un peu d'argent de côté...

Il n'aurait jamais osé corrompre un Anglais; c'était le compliment le plus sincère qu'il pût faire à leur religion commune.

— Je regrette, dit Scobie.

— Je possède des livres anglaises. Je vous donnerai vingt livres anglaises... cinquante.

Il supplia:

— Cent livres... ce sont toutes mes économies.

— Rien à faire, dit Scobie.

Il enfonça très vite la lettre dans sa poche et s'en alla. A la porte de la cabine, il se retourna et son dernier coup d'œil vers le commandant le lui montra en train de se frapper la tête contre le réservoir à eau, des larmes arrêtées dans les replis de ses joues. En descendant rejoindre Druce au carré des officiers, Scobie sentait la meule de pierre peser sur sa poitrine. « Comme je hais cette guerre », pensa-t-il, en employant les termes mêmes dont le commandant s'était servi.

III

La lettre à la jeune femme de Leipzig et un petit tas de correspondance trouvé dans les cuisines, tel était leur butin après huit heures de recherches effectuées par quinze hommes. On pouvait considérer que c'était une journée moyenne. Quand Scobie fut de retour au poste de police, il entra dans le bureau du directeur, mais le trouva vide. Il s'assit donc dans son propre cabinet, sous les menottes, et commença à rédiger son rapport.

Une visite spéciale des cabines et des objets appartenant aux passagers dont vos télégrammes donnent les noms... sans résultat.

La lettre destinée à la fille de Leipzig gisait sur le pupitre devant lui. Dehors, il faisait noir. L'odeur des cellules suintait et passait sous sa porte; dans la pièce voisine, Fraser chantait tout seul la même scie qu'il avait chantée tous les soirs depuis sa dernière permission:

> *Que nous importeront*
> *Les pourquoi, les comment,*
> *Lorsque nous planterons*
> *Les pissenlits par la racine...*

La vie parut à Scobie d'une longueur incommensurable. L'épreuve imposée à l'homme ne pourrait-elle se soutenir en moins de temps? Ne pourrions-nous commettre notre premier péché mortel à sept ans, nous ruiner par amour ou par haine à dix ans et lutter pour tenter d'atteindre la rédemption sur notre lit de mort à quinze ans?

Il écrivit:

> *Un steward, renvoyé pour incompétence, a signalé que le commandant cachait de la correspondance dans sa cabine. J'ai fait une visite et ai trouvé la lettre incluse adressée à Frau Groener à Leipzig, cachée dans le couvercle du réservoir des cabinets. Il serait bon de signaler cette cache qui n'a pas encore figuré dans les rapports à cette escale. La lettre était fixée par une bande de chatterton au-dessus du niveau de l'eau...*

Il resta un moment à regarder fixement son papier, l'esprit en proie au conflit dont l'issue s'était en réalité

décidée des heures auparavant lorsque, dans le carré,
Druce lui avait demandé: « Trouvé quelque chose »?
et qu'il avait haussé les épaules en un geste que Druce
pouvait interpréter comme il le voudrait. Avait-il eu
l'intention de répondre: « La correspondance privée que
nous trouvons toujours »? Druce avait compris: « Non. »
Scobie posa la main sur son front et frissonna. La
sueur filtra entre ses doigts et il pensa: « Est-ce que je
prépare un petit accès de paludisme? »

Peut-être était-ce cette hausse brusque de température qui lui donnait l'impression d'être au bord d'une
vie nouvelle. On ressent cela à l'instant de faire une
demande en mariage ou de commettre son premier crime.

Scobie prit la lettre et l'ouvrit. C'était un acte impardonnable, car, dans cette ville, personne n'avait le droit
d'ouvrir la correspondance clandestine. Une microphotographie aurait pu être cachée dans la partie collée de
l'enveloppe. Même le plus simple mot en code lui
échapperait. D'ailleurs, sa connaissance du portugais ne
dépassait pas le sens le plus superficiel. Toutes les
lettres trouvées — même les plus évidemment inno-
centes — devaient être expédiées intactes aux censeurs
de Londres. Contre tous les ordres, Scobie était donc
en train d'exercer son propre jugement imparfait. Il
pensa: « Si la lettre est suspecte, j'enverrai mon rapport.
Je puis expliquer l'enveloppe déchirée. Le commandant a voulu absolument ouvrir la lettre pour me la
montrer. » Mais s'il écrivait cela, il aggraverait le cas
du Portugais, car c'était le meilleur moyen de détruire
une microphotographie. Il faudrait trouver un mensonge. Et Scobie n'avait pas l'habitude des mensonges.

La lettre à la main, il la tint soigneusement au-dessus
du buvard blanc afin de distinguer la plus petite
chose qui pourrait tomber de ses plis, et il décida de
ne pas mentir. Si la lettre était suspecte, il enverrait
un rapport détaillé dans lequel il raconterait tout, y
compris ce qu'il avait fait.

Il lut:

*Ma petite coccinelle, ton père qui t'aime plus que
tout au monde va essayer de t'envoyer un peu d'argent
cette fois-ci. Je sais que tu as de grandes difficultés
et mon cœur saigne. Petite bête à Bon Dieu, si seulement je pouvais sentir tes doigts passer sur ma joue.
Comment un grand, gros père comme moi peut-il avoir
une fille aussi menue et aussi belle? Maintenant, je
vais te raconter tout ce qui m'est arrivé. Nous avons
quitté Lobito voilà une semaine, après quatre jours au
port seulement. J'ai passé une soirée avec le señor Aran-
juez et j'ai bu plus de vin qu'il n'est bon pour moi,
mais je n'ai parlé que de toi. J'ai été sage pendant
toute l'escale parce que j'avais fait une promesse à ma
petite bête à Bon Dieu et je suis allé me confesser
et communier, afin que si quelque chose m'arrivait pendant le voyage de Lisbonne (on ne peut pas savoir à
cette époque terrible) je ne sois pas condamné à passer
l'éternité loin de ma petite coccinelle. Depuis que nous
avons quitté Lobito, le temps a été calme. Les passagers eux-mêmes n'ont pas le mal de mer. Demain soir,
parce que nous laissons enfin l'Afrique derrière nous,
il y aura un concert donné par l'équipage et je jouerai
un morceau sur mon rossignol. Tout en jouant, je pen-*

serai aux jours où ma petite coccinelle était sur mes
genoux et m'écoutait jouer. Ma chérie, je vieillis et,
après chaque voyage, je suis plus gros; je suis plein de
défauts et parfois je crains que mon âme, au milieu
de cette masse de chair, ne soit pas plus grosse qu'un
pois. Tu ne peux savoir combien il est facile à un
homme comme moi de commettre le péché sans rémis-
sion, de perdre l'espoir. Alors, je pense à ma fille. Il
s'est trouvé en moi juste assez de bien pour que tu en
sois façonnée. Une épouse partage trop le péché de
l'homme pour que leur amour soit parfait. Mais une
fille peut le sauver à la fin. Prie pour moi, petite cocci-
nelle. Ton père qui t'aime plus que la vie.

Mais que a vida. Scobie n'eut pas le moindre doute
concernant la sincérité de cette lettre. Ceci n'avait pas
été écrit pour dissimuler une photographie des défenses
de Cape Town ou un rapport en réduction microsco-
pique sur les mouvements de troupes à Durban. Il aurait
fallu, évidemment, y chercher des traces d'encre invisible, l'examiner à la loupe, analyser la doublure intérieure
de l'enveloppe. Rien ne doit être laissé au hasard lorsqu'on tient une lettre clandestine. Mais s'étant engagé
dans la foi, Scobie ne pouvait revenir à la méfiance.
Il déchira la lettre, ainsi que son rapport, en petits
morceaux et alla les jeter dans l'incinérateur qui était
dans la cour: un bidon à pétrole, dressé sur deux
briques et dont les côtés étaient troués pour assurer le
tirage. Au moment où il frottait une allumette pour
faire flamber les papiers, Fraser vint le rejoindre
dans la cour: *Que nous importeront les pourquoi les*

comment... Au-dessus des lambeaux de papier, une demi-enveloppe portant une adresse étrangère était bien visible: on pouvait même lire une partie de l'adresse, Friedrichstrasse. Il posa vivement l'allumette enflammée sur le haut du petit tas tandis que de son pas d'une irritante jeunesse Fraser traversait la cour. Le papier brûla et dans la chaleur de la flamme un autre fragment se déroula, révélant le nom de Groener. Fraser dit allégrement: « Vous brûlez les pièces à conviction? » et baissa les yeux vers le foyer. Le nom était devenu charbonneux; il ne restait plus rien que Fraser pût voir... si ce n'est un triangle d'enveloppe brune qui parut à Scobie manifestement étrangère. Il le pulvérisa du bout d'un bâton, lui supprima toute existence, puis regarda Fraser pour distinguer sur son visage la surprise ou la suspicion. Il ne put rien lire du tout dans cette face dénuée d'expression, aussi vide que le tableau d'affichage d'une école, pendant les vacances. Seuls les battements de son propre cœur lui disaient qu'il était coupable, qu'il avait pris rang parmi les officiers de police corrompus: Bailey qui avait un coffre-fort dans une autre ville, Crayshaw sur qui on avait trouvé des diamants, Boyston contre qui rien n'avait été vraiment prouvé, mais qui avait été mis à la retraite d'office. Ils avaient été corrompus par l'argent, lui par le sentiment. Le sentiment est plus dangereux, parce qu'on ne peut en évaluer le prix. Un homme corruptible par l'argent est encore digne de confiance au-dessous d'une certaine somme, mais le sentiment peut se développer dans un cœur, au seul souvenir évoqué par un nom, une photographie, voire même une odeur.

— Comment la journée s'est-elle passée? demanda Fraser, les yeux fixés sur le petit tas de cendres et pensant peut-être que ç'aurait dû être sa journée à lui.

— Comme se passent toujours ces journées, dit Scobie.

— Et le commandant? demanda Fraser sans cesser de regarder le bidon à pétrole et se remettant à chantonner son air languissant.

— Le commandant? dit Scobie.

— Oh! c'est Druce qui m'a raconté qu'un type l'avait dénoncé.

— Toujours la même histoire, dit Scobie, un steward renvoyé qui s'est vengé. Druce a dû vous dire que nous n'avions rien trouvé.

— Non, répondit Fraser. Il n'avait pas l'air d'en être sûr. Bonsoir, monsieur. Il est temps que je file au mess.

— Thimblerigg de garde?

— Oui, monsieur.

Scobie le regarda partir. Son dos était aussi vide que son visage. On ne pouvait rien y lire. Scobie pensa: « Quel idiot j'ai été. » Quel idiot. Il avait des devoirs envers Louise. Il n'en avait pas envers un capitaine de bateau portugais, obèse et sentimental, qui avait violé les règlements de sa propre compagnie de navigation pour l'amour d'une fille également dépourvue d'attraits. C'est cette fille qui avait été le pivot de l'histoire. « Maintenant, pensa Scobie, il faut que je rentre à la maison. Je vais ranger la voiture dans le garage et Ali sortira avec sa lampe électrique pour m'éclairer jusqu'à la porte. Elle sera assise en plein courant d'air, à

chercher la fraîcheur, et je lirai sur sa figure la chronique
de ce qu'elle a pensé pendant toute la journée. Elle
aura nourri l'espoir que son départ est arrangé, que je
vais dire: « J'ai donné ton nom et retenu ta place à
l'Agence Sud-Africaine », mais elle aura peur: elle pen-
sera qu'une chose aussi heureuse ne peut pas nous arriver, à nous. Et elle attendra que j'en parle le premier
et j'essaierai de bavarder, de raconter n'importe quoi,
pour retarder le moment où il me faudra voir son
chagrin (ce chagrin qui guette aux deux coins de sa
bouche, prêt à envahir le visage tout entier). » Il
savait exactement comment les choses se dérouleraient:
c'était déjà arrivé si souvent! Il en fit une répétition
générale, mot pour mot, en rentrant dans son bureau,
en fermant à clé son tiroir, en regagnant sa voiture.
Les gens parlent du courage d'un condamné à mort
qui marche jusqu'au lieu de l'exécution: il faut parfois autant de courage pour garder une façade accep-
table en allant au-devant de la souffrance quotidienne
d'un autre être. Il oublia Fraser. Il oublia tout, sauf la
scène qui l'attendait. « J'entrerai et je dirai: « Bonsoir
mon petit cœur », et elle répondra: « Bonsoir, chéri,
bonne journée?... » et je me mettrai à parler, parler,
parler, mais, tout en parlant, je sentirai venir le moment
où je devrai dire à mon tour: « Et toi, chérie, quelle
journée? », ouvrant ainsi la porte au désespoir. »

IV

— Et toi, chérie, quelle journée?

Il détourna vivement la tête et se mit à préparer deux cocktails de plus: deux « roses ». Il y avait entre eux un accord tacite suivant lequel « l'alcool aide »; alors qu'à chaque verre ils se sentaient plus malheureux en attendant toujours le point où viendrait la détente.

— Tu ne veux pas réellement savoir quelle journée j'ai passée?

— Bien sûr que si, chérie. Comment s'est passé ta journée?

— Ticki, pourquoi es-tu aussi lâche? Pourquoi ne me dis-tu pas que tout est abandonné?

— Abandonné?

— Tu sais ce que je veux dire... mon projet de départ. Depuis que tu es rentré, tu parles, tu parles, rien que de l'*Esperança*. Il passe un navire portugais tous les quinze jours. Tu ne bavardes pas de cette façon toutes les fois. Je ne suis pas une enfant, Ticki. Pourquoi ne me dis-tu pas franchement: « Tu ne peux pas partir »?

Il eut une grimace douloureuse, en regardant son verre qu'il faisait tourner dans un sens, puis dans l'autre, pour laisser l'angostura adhérer au bord.

— Ce ne serait pas la vérité, dit-il. Je vais trouver un moyen.

A regret, il eut recours au petit nom d'amitié qu'il détestait. Si ce truc restait sans effet, le chagrin allait se creuser et durer tout au long de cette courte nuit pendant laquelle il avait si grand besoin de dormir.

— Fie-toi à Ticki, dit-il.

Il lui semblait que, tel un ligament, l'angoisse de l'attente formait dans son cerveau un nœud de plus en plus serré. « Si seulement, pensait-il, je pouvais remettre au lever du jour toute cette misère. La souffrance est pire dans le noir: on ne peut poser les yeux sur rien, hormis les rideaux verts imposés par la défense passive, le mobilier du gouvernement, les fourmis volantes qui sèment leurs ailes sur les tables, tandis que cent mètres au-delà, on entend japper et gémir les chiens errants des créoles. »

— Regarde ce petit brigand! dit Scobie en désignant le margouillat qui venait toujours sur le mur à cette heure-là pour chasser les mites et les cafards.

» Cette idée ne nous est venue qu'hier soir, ajouta-t-il. Il faut du temps pour arranger ces choses. Voies et moyens... voies et moyens.

Il parlait avec un humour forcé.

— Es-tu allé à la banque?

— Oui, dut-il admettre.

— Et tu n'as pas pu te procurer d'argent?

— Non, ils n'ont pas pu s'arranger pour m'en donner. Veux-tu un autre rose, chérie?

Elle lui tendit son verre, et se mit à pleurer silencieusement; son visage rougissait toujours lorsqu'elle pleurait, il paraissait de dix ans plus vieux et devenait celui d'une femme mûre et délaissée; on eût dit que le souffle terrifiant de l'avenir le frappait au visage. Il se mit sur un genou près d'elle et présenta le gin rose à ses lèvres comme si c'était un remède à prendre.

— Ma chérie, dit-il, je trouverai un moyen. Bois, je t'en prie.

— Ticki, je ne peux plus supporter cet endroit. Je sais que je l'ai déjà dit, mais maintenant je suis vraiment à bout de forces. Je me sens devenir folle. Ticki, je suis tellement seule. Je n'ai pas d'amis.

— Invitons Wilson demain.

— Pour l'amour du Ciel, Ticki, ne parle pas tout le temps de Wilson. Je t'en prie, je t'en prie, fais quelque chose.

— Bien sûr, mon petit. Aie un peu de patience. Cela prend du temps, tu sais.

— Que vas-tu faire, Ticki ?

— Je suis plein d'idées, chérie, dit-il avec lassitude (quelle journée il avait eue !). Il faut les laisser mijoter quelque temps.

— Dis-moi une de tes idées. Rien qu'une.

Ses yeux suivirent le margouillat qui fit un bond, puis il enleva de son gin une aile de fourmi et but. Il pensait : « Quel imbécile j'ai été de ne pas accepter ces cent livres. J'ai détruit la lettre pour rien. J'ai accepté de courir un risque. J'aurais pu aussi bien... »

— Il y a des années que je sais, dit Louise, que tu ne m'aimes pas.

Elle parlait avec calme ; Scobie connaissait ce calme, il signifiait qu'ils avaient atteint le centre immobile de l'orage : dans une telle atmosphère, à ce moment, ils commençaient immanquablement à se dire la vérité. La vérité, pensa-t-il, n'a jamais eu de valeur réelle pour aucun être humain ; elle est un symbole que poursuivent les mathématiciens et les philosophes. Dans les rapports humains, la bonté et les mensonges valent mieux que mille vérités. Il s'obstina dans une lutte dont il n'avait jamais ignoré qu'elle fût vaine pour rester dans le domaine du mensonge:

— Ne sois pas absurde, chérie. Qui aimerais-je, si je ne t'aimais pas?

— Tu n'aimes personne.

— Est-ce pour cela que je te traite si mal?

Il essaya de faire résonner une note légère dont l'écho lui revint avec un son creux.

— Ça, dit-elle tristement, c'est ta conscience, ton sens du devoir. Tu n'as aimé personne depuis la mort de Catherine.

— Sauf moi-même, naturellement. Tu dis toujours que je n'aime que moi.

— Non, je ne le crois même pas.

Il se défendait au moyen d'évasions: parvenu au centre cyclonique, il était sans pouvoir pour administrer le mensonge réconfortant.

— Je ne cesse de faire tout ce que je peux pour te rendre heureuse. J'y travaille de toutes mes forces.

— Ticki, tu refuses de dire que tu m'aimes... Allons, dis-le-moi une seule fois.

Par-dessus le cocktail rose, il examina avec amertume sa femme qui était le témoignage vivant de son échec: teint jaunâtre, yeux rougis par les larmes. Nul homme ne peut promettre d'aimer toujours, mais quatorze ans auparavant, à Ealing, au cours d'une horrible petite cérémonie élégante parmi les cierges et les dentelles, il avait juré de veiller du moins à ce qu'elle fût heureuse.

— Ticki, je n'ai rien que toi, et toi, tu as... presque tout.

Le margouillat traversa en flèche le mur et s'arrêta net, une aile de papillon entre ses petites mâchoires de crocodile. Les fourmis venaient cogner à menus coups mats contre le globe électrique.

— Et pourtant tu veux partir loin de moi, dit-il, l'air accusateur.

— Oui, répondit-elle, je sais que tu n'es pas heureux toi non plus. Sans moi, tu auras la paix.

C'était ce dont il oubliait toujours de tenir compte: l'exactitude des observations de Louise. Il possédait presque tout, il ne lui manquait que la paix. *Tout* signifiait: son travail, la routine quotidienne régulière dans le petit bureau aux murs nus, le changement des saisons dans un endroit qu'il aimait. Combien de fois l'avait-on plaint à cause de l'austérité de son métier et de la modicité de ses émoluments. Mais Louise le connaissait mieux que cela. S'il était redevenu jeune, cette vie était celle qu'il aurait choisi de revivre; seulement, cette seconde fois, il n'aurait pas entraîné une autre personne à partager avec lui le rat dans la baignoire, le lézard sur le mur, la tornade qui ouvre violemment les fenêtres à une heure du matin et le dernier rayon rose du couchant sur les routes couvertes de latérite.

— Tu dis des bêtises, ma chérie, murmura-t-il en accomplissant les gestes rituels pour mélanger les ingrédients d'un nouveau cocktail.

De nouveau, dans sa tête, le même nerf se crispa; la détresse déroulait ses anneaux suivant son inévitable

routine: d'abord, Louise parlait de son désenchantement
tandis qu'il faisait de grands efforts pour qu'aucune
parole pesante ne fût prononcée; puis elle exposait
calmement des vérités qu'il eût bien mieux valu dissimuler sous des mensonges, si bien qu'à la fin, le
contrôle qu'il avait sur lui-même cédait tout d'un coup
et il se mettait à lui renvoyer d'autres vérités au visage,
comme à une ennemie. Il entama cette dernière phase
en lui criant, avec violence et sincérité, tandis que
l'angostura tremblait dans sa main: « Tu es incapable
de me donner la paix ! » sachant, au moment même
qu'il parlait, ce qui allait suivre: la réconciliation, les
mensonges commodes, jusqu'à la prochaine scène.

— C'est bien ce que je dis, fit remarquer Louise, si
je pars, tu auras la paix.

Furieux, il se mit à l'accuser:

— Tu n'as aucune notion de ce qu'est la paix.

C'était comme si elle avait parlé dédaigneusement d'une
femme qu'il aurait aimée. Car il rêvait de paix, nuit
et jour. Une fois, elle lui était apparue dans son sommeil sous l'aspect de l'orbe immense et brillant de la
lune traversant la fenêtre comme un iceberg. Arctique
et destructrice, sur le point de frapper le monde. Dans
la journée, il réussissait à passer quelques instants en
sa compagnie quand, le dos rond, sous les menottes
rouillées, après avoir fermé à clé la porte de son bureau,
il lisait les rapports des postes auxiliaires... Le mot
« paix » lui semblait le plus beau de tous. Je vous donne
Ma paix, que la paix soit avec vous, Agneau de Dieu
qui effacez les péchés du monde, accordez-nous la
paix. Pendant la messe, il appuyait ses doigts sur ses

paupières pour maintenir au fond de ses yeux les larmes
de son ardent désir de paix.

Louise lui dit avec sa tendresse d'autrefois:

— Mon pauvre chéri, tu voudrais bien que je sois
morte, comme Catherine. Tu voudrais être seul.

Il s'obstina à lui répondre:

— Je veux que tu sois heureuse.

— Alors, dit-elle d'un air las, dis-moi que tu m'aimes. Ça m'aidera un peu.

Ils étaient parvenus, une fois de plus, de l'autre côté
de la scène: avec sang-froid, il pensa: « Ça n'a pas été
trop mal cette fois-ci, nous pourrons dormir ce soir. »

Il dit tout haut:

— Je t'aime, chérie, cela va de soi. Et je vais arranger ce voyage, tu verras.

Il lui aurait fait cette promesse, même s'il avait pu
en prévoir toutes les conséquences. Il avait toujours
été prêt à accepter la responsabilité de ses actes, et il
avait toujours su obscurément, depuis le jour où il
avait pris cet engagement terrible de la rendre heureuse, que cet acte-là pouvait le mener loin. Le désespoir est le prix qu'on doit payer lorsqu'on s'est fixé un
but impossible. C'est, dit-on, le péché impardonnable,
mais c'est un péché où ne tombent ni l'homme vraiment mauvais, ni le corrompu. Il leur reste toujours
l'espoir. Ils n'atteignent jamais le point de congélation
où l'on connaît l'échec absolu. Seul l'homme de bonne
volonté porte toujours en son cœur ce pouvoir de se
damner.

Deuxième partie

I

Debout près de son lit, à l'Hôtel Bedford, Wilson
contemplait d'un air sombre son cummerbund[1] déroulé
et boursouflé comme un serpent en colère: la petite
chambre d'hôtel bouillait encore du combat qu'ils
venaient de se livrer. A travers la cloison, il entendait
Harris se brosser les dents pour la cinquième fois
depuis le début de la journée. Harris croyait à l'hygiène
dentaire.

— C'est à force de me nettoyer les dents avant et
après chaque repas que je me suis maintenu en bon
état dans cet immonde climat, disait-il en levant vers
vous, derrière un verre de jus d'orange, un visage
exsangue et épuisé...

Voilà maintenant qu'il se gargarisait: on aurait dit
un grondement dans les conduites d'eau.

Wilson s'assit au bord de son lit pour se reposer. Il
avait laissé sa porte ouverte à la fraîcheur et, de l'autre
côté du couloir, il voyait l'intérieur de la salle de
bains.

L'Hindou au turban était assis en grand costume sur le

---

[1] Large ceinture drapée portée aux Indes.

rebord de la baignoire: il lança à Wilson un regard
énigmatique et s'inclina:

— Un court moment, monsieur, cria-t-il, si vous voulez vous donner la peine d'entrer ici...

Wilson furieux fit claquer la porte. Puis il entreprit
une fois de plus d'enrouler son cummerbund.

Il avait vu un film, autrefois — était-ce *Les Quatre
Lanciers du Bengale?* — dans lequel le commerbund
était merveilleusement discipliné. Un indigène enturbanné tenait la bande d'étoffe tandis qu'un officier
immaculé tournait comme une toupie, et le cummerbund l'enserrait étroitement, sans une ride. Un autre
serviteur attendait près de lui, une boisson glacée à la
main, et un punkah se balançait à l'arrière-plan. Apparemment, ces choses sont mieux agencées aux Indes.
Pourtant, après un nouvel effort, Wilson parvint à
enrouler la maudite ceinture autour de son corps. Elle
le serrait trop, les plis n'allaient pas du tout et le bout
se repliait en avant, de sorte que l'ajustage n'était
pas caché par le veston. Il contempla mélancoliquement
son image dans le seul bout de miroir qui restât entier.
On frappait à la porte.

— Qui est là? cria Wilson, imaginant pendant une
minute que l'Hindou avait peut-être l'impertinence de
le poursuivre...

Mais quand la porte s'ouvrit, ce n'était que Harris:
l'Hindou était toujours assis sur la baignoire de l'autre
côté du couloir et il feuilletait bruyamment ses attestations.

— Vous sortez, vieux? demanda Harris, l'air déçu.

— Oui.

— Tout le monde sort ce soir. Je vais avoir la table pour moi tout seul. Et c'est le soir du curry, ajouta-t-il mélancoliquement.

— Tiens, c'est vrai. Je suis désolé de le manquer.

— On voit bien que vous n'en mangez pas depuis deux ans tous les jeudis soir, mon vieux.

Il regarda le cummerbund.

— Ça ne va pas, mon vieux.

— Je le sais bien, mais je ne peux pas faire mieux.

— Je n'en porte jamais. Il est évident que c'est mauvais pour l'estomac. On raconte que ça absorbe la transpiration, mais, moi, ce n'est pas de là que je transpire. Je préfère les bretelles, mon vieux, sauf que l'élastique ne dure pas, alors je me contente d'une ceinture de cuir. Je ne suis pas snob. Où dînez-vous, mon vieux ?

— Chez Tallit.

— Comment le connaissez-vous ?

— Il est venu régler son compte au bureau, hier, et il m'a invité.

— On ne s'habille jamais pour dîner chez un Syrien, mon vieux : enlevez-moi tout ça.

— Etes-vous sûr ?

— Bien entendu. Ça ne se fait pas du tout. Hors de question.

Il ajouta :

— Vous allez faire un bon dîner. Mais méfiez-vous des plats sucrés. On ne défend sa vie qu'au prix d'une incessante vigilance. Je me demande ce qu'il veut obtenir de vous.

Wilson commença à se déshabiller tandis que Harris

bavardait. Il aimait à écouter et le faisait bien. Son
cerveau ressemblait à une passoire qui laissait filtrer
des trivialités tout au long du jour. Assis sur `le lit,
en caleçon, il entendait Harris: « Méfiez-vous du poisson, moi, je n'y touche jamais »... sans que les mots
fissent la moindre impression. Tout en glissant ses
genoux glabres dans son pantalon de toile blanche, il
se récitait intérieurement:

> ... *the poor sprite*
> *Imprisoned for some fault of his*
> *In a body like a grave* [1].

Ses entrailles grondèrent et s'agitèrent: elles le faisaient toujours, un peu avant l'heure des repas.

> *From you he only dares to crave,*
> *For his service and his sorrow,*
> *A smile to-day, a song to-morrow* [2].

Wilson se regarda dans la glace et passa ses doigts
sur sa peau lisse, sa peau trop lisse. Le visage qu'il y vit
était rose et sain, dodu et désespérant. Harris continuait
à pérorer allégrement: « Un jour, j'ai dit à Scobie... »,
immédiatement, l'épaisseur des mots obstrua la passoire
mentale de Wilson. Il pensa tout haut:

---

[1] ... le pauvre esprit
Est enfermé pour ses péchés
Dans un corps comme en une tombe.

[2] Il n'ose implorer de vous pour sa peine
Et pour prix de sa loyauté
Qu'un sourire aujourd'hui, demain une chanson.

— Je me demande comment il a pu l'épouser.

— Nous nous le demandons tous, mon vieux. Scobie n'est pas si mal que ça.

— Elle est merveilleuse.

— Qui ? Louise ? s'écria Harris.

— Naturellement. Qui cela pourrait-il être ?

— Tous les goûts sont dans la nature, mon vieux. Je vous souhaite bonne chance.

— Il faut que je parte.

— Méfiez-vous des entremets, continua Harris avec un petit sursaut d'énergie, Dieu sait que je serais content de pouvoir me méfier d'autre chose que du curry du jeudi soir ! Nous sommes bien jeudi, n'est-ce pas ?

— Oui.

En suivant le couloir, ils passèrent dans le rayon visuel de l'Hindou.

— Il faudra que vous vous laissiez faire un jour ou l'autre, mon vieux, dit Harris. Il prédit l'avenir au moins une fois à chacun de nous ; vous ne serez tranquille que quand il l'aura fait.

— Je ne crois pas aux prédictions, affirma mensongèrement Wilson.

— Moi non plus. Mais il n'est pas mauvais du tout. Il m'a lu dans la main la première semaine que j'étais ici. M'a dit que je resterais plus de deux ans et demi. Je croyais alors que j'aurais ma permission au bout de dix-huit mois. Maintenant, je suis fixé.

Du bord de la baignoire, l'Hindou les regardait d'un air de triomphateur.

— J'ai une lettre du directeur des Services de l'agriculture, dit-il. Et une autre du D.C. Parkes.

— Très bien, dit Wilson, allez-y, mais que ce soit rapide.

— Peut-être qu'il vaut mieux que je m'éclipse, mon vieux, avant que les révélations commencent.

— Je n'ai rien à cacher, dit Wilson.

— Voulez-vous vous asseoir sur la baignoire, monsieur, lui demanda l'Hindou avec une grande courtoisie.

Il prit la main de Wilson dans la sienne.

— C'est une main très intéressante, monsieur, ajouta-t-il d'un ton peu convaincant, tout en la soupesant.

— Quel est votre tarif ?

— C'est suivant le grade, monsieur. A quelqu'un comme vous, je demanderai dix shillings.

— C'est un peu chaud.

— Les subalternes paient cinq shillings.

— J'appartiens à la classe des cinq shillings, dit Wilson.

— Oh ! non, monsieur. Le directeur des Services agricoles m'a donné une livre.

— Je ne suis que comptable.

— C'est vous qui le dites, monsieur. L'aide de camp et le major Scobie m'ont donné dix shillings.

— Oh ! bon, bon, dit Wilson. Va pour dix shillings, Faites vite.

— Vous n'êtes ici que depuis une ou deux semaines, dit l'Hindou. Il vous arrive, le soir, de vous impatienter. Vous trouvez que vous ne faites pas de progrès assez rapides.

— Auprès de qui ? demanda Harris qui traînait sur le seuil de la chambre.

— Vous avez de grandes ambitions. Vous êtes un rêveur. Vous lisez beaucoup de poésie.

Harris ricana et Wilson, détachant ses yeux du doigt qui traçait des lignes sur sa paume, examina le diseur de bonne aventure avec appréhension.

L'Hindou continua inexorablement. Son turban, penché sous le nez de Wilson, exhalait une odeur de nourriture moisie — sans doute cachait-il dans ses plis quelques victuailles dérobées au garde-manger.

— Vous êtes un homme secret, poursuivit-il. Vous ne confiez jamais à vos amis votre goût pour la poésie, sauf à une personne. Une seule personne, répéta-t-il, car vous êtes très timide. Il faut prendre courage. Vous avez une magnifique ligne de chance.

— Allez-y vaillamment, mon vieux, dit Harris.

En somme, tout ça n'était que la méthode Coué : si l'on y croyait assez fort, les choses se réalisaient. La timidité était vaincue. L'erreur d'interprétation était corrigée.

— Vous ne m'en avez pas donné pour mon argent, dit Wilson. Ces prédictions ne valent pas dix shillings, cinq tout au plus. Dites-moi quelque chose de précis, quelque chose qui va arriver.

Il déplaça un peu son postérieur mal à l'aise sur ce rebord de baignoire, et regarda un cafard aplati sur le mur comme une grosse ampoule pleine de sang. L'Hindou se pencha sur ses deux mains.

— Je lis un grand succès, dit-il, le gouvernement sera très satisfait de vous.

— *Il pense*, dit Harris, que vous êtes un *bureaucrate* [1].

---

[1] En français dans le texte.

— Pourquoi le gouvernement sera-t-il content de moi? demanda Wilson.

— Vous capturerez votre homme.

— Allons bon, dit Harris, il s'imagine que vous êtes un nouveau fonctionnaire de la police.

— On le dirait. Je crois qu'il vaut mieux cesser de perdre notre temps.

— Et votre vie privée, elle aussi, sera une grande réussite. Vous allez conquérir le cœur de celle que vous aimez. Vous partirez sur la mer. Tout va être très beau. Pour vous, ajouta-t-il.

— Ça, c'est une vraie prédiction à dix shillings.

— Bonsoir, mon brave, dit Wilson, je ne vais pas vous écrire d'attestation pour ce que vous m'avez dit là.

Il se leva et quitta la baignoire, tandis que le cafard filait comme un trait vers sa cachette.

— Je ne peux pas souffrir ces sales bêtes, dit Wilson en passant de biais par la porte.

Dans le couloir, il se retourna pour répéter:

— Bonsoir.

— Au début, je ne pouvais pas non plus, mon vieux. Mais j'ai inventé un système. Venez une minute dans ma chambre. Je vais vous montrer.

— Il faut que je m'en aille.

— Personne n'est jamais arrivé à l'heure chez Tallit.

Harris ouvrit la porte de sa chambre et Wilson détourna les yeux, par une sorte de pudeur, à la vue de son désordre. Dans sa propre chambre, jamais il ne se serait étalé avec cette absence de gêne: verre à dents sale, serviette-éponge sur le lit...

— Regardez, mon vieux.

Il fixa les yeux avec soulagement sur des symboles crayonnés au mur: la lettre H, sous laquelle s'inscrivaient des chiffres disposés en colonne, à côté de dates, comme dans un livre de caisse. A côté, les lettres T.E. et une autre liste de chiffres.

— C'est mon tableau de chasse aux cancrelats, mon vieux. Hier, journée moyenne: quatre. Mon record, c'est neuf. On finit par voir arriver les sales bêtes avec plaisir.

— Que signifie T.E.?

— Tuyau d'écoulement. C'est quand je les fais tomber dans le lavabo et qu'ils filent par le tuyau d'écoulement. Ce ne serait pas honnête de les compter parmi les morts, n'est-ce pas?

— Non.

— Et il ne faut pas non plus tricher avec soi-même, la chasse perdrait tout intérêt. La seule chose, c'est qu'on finit par s'ennuyer de temps en temps quand on joue seul. Pourquoi est-ce que nous ne ferions pas des compétitions, mon vieux? Il faut de l'adresse, vous savez. Ils vous entendent venir, positivement, et ils se déplacent aussi vite que l'éclair. Je me mets à l'affût tous les soirs avec une lampe de poche.

— Ça m'amuserait assez d'essayer, mais il faut vraiment que je parte.

— Savez-vous ce que nous allons faire? Je ne commencerai pas à chasser avant que vous soyez revenu de chez Tallit. Nous aurons cinq minutes avant de nous coucher, rien que cinq minutes.

— Si vous voulez...

— Je descends avec vous, mon vieux. Je sens déjà l'odeur du curry. Vous savez, j'ai failli éclater de rire quand ce vieux tordu vous a pris pour le nouvel officier de police.

— Presque tout ce qu'il a dit était faux, en définitive, conclut Wilson. Je pense à la poésie, par exemple.

II

A Wilson, qui la voyait pour la première fois, la grande pièce commune de chez Tallit apparut comme une salle de bal villageoise. Tous les meubles étaient alignés contre le mur: des chaises dures aux grands dossiers incommodes; dans les coins, à l'écart, trônaient les chaperons: vieilles femmes en robes de soie noire, des mètres et des mètres de soie; avec elles, un très vieil homme coiffé d'une calotte grecque. Tous examinèrent Wilson attentivement, dans le plus complet silence, et lorsqu'il voulut éviter leur regard, le sien ne rencontra que des murs nus. Seulement, aux quatre angles, des cartes postales françaises sentimentales étaient épinglées dans un *montage* [1] de rubans et de cocardes: jeunes gens respirant des fleurs mauves, une épaule ronde et lisse, un baiser passionné.

Outre Wilson, il n'y avait qu'un invité: le Père Rank, un prêtre catholique vêtu de sa longue soutane. Ils étaient assis aux coins opposés de la pièce, au milieu des chaperons qui, expliqua le Père Rank, étaient les

---

[1] En français dans le texte.

grands-parents de Tallit, ses parents, deux oncles, ce qui devait être une arrière-grand-tante, un cousin. Quelque part, invisible, la femme de Tallit préparait de petits plats qui étaient ensuite présentés aux invités par son plus jeune frère et sa sœur. Aucun d'eux, sauf Tallit, ne savait l'anglais et Wilson était très gêné par la façon dont le Père Rank parlait de son hôte et de la famille de son hôte, d'une voix tonitruante, d'un côté à l'autre de la salle.

— Non, merci, disait le Père Rank, qui refusait un plat doux en secouant sa tête grise ébouriffée. Je vous conseille de vous méfier de ces gâteaux, Mr Wilson. Tallit est un brave type, mais jamais il ne saura ce qui convient à un estomac occidental. Ces vieilles gens ont des digestions d'autruche.

— Tout ceci m'intéresse beaucoup, dit Wilson, et son regard ayant croisé celui d'une grand-mère assise à l'autre bout, il lui fit un signe de tête et lui sourit.

La grand-mère s'imagina évidemment qu'il redemandait des gâteaux, car elle appela sa petite-fille avec colère.

— Non, non, protestait vainement Wilson secouant la tête et souriant au centenaire.

Le centenaire souleva sa lèvre, découvrit une gencive édentée et fit d'un air féroce des signaux au plus jeune frère de Tallit qui se précipita avec un nouveau plat de sucreries.

— Ceux-là sont inoffensifs, cria le Père Rank. C'est du sucre et de la glycérine avec un peu de farine.

Pendant tout ce temps, on remplissait sans arrêt leurs verres de whisky.

— Je voudrais que vous me disiez en confession,
Tallit, où vous vous procurez ce whisky, cria le Père
Rank, avec une espièglerie de vieil éléphant qui fit
s'épanouir le visage de Tallit.

Il glissa d'un pas agile d'un bout à l'autre du plancher,
un mot à Wilson, un mot au Père Rank. Wilson le
comparait mentalement à un jeune danseur de ballet
à cause de son pantalon blanc, de ses cheveux noirs
plaqués et de son visage gris et luisant d'Oriental,
où son œil de verre ressemblait à un œil de poupée.

— Alors l'*Esperança* est repartie, tonna le Père Rank
à travers la pièce. Croyez-vous qu'ils aient trouvé quelque chose ?

— Le bruit en a couru au bureau, dit Wilson. Il
s'agissait de diamants.

— Des diamants ? Bernique ! dit le Père Rank. Ils
ne trouveront jamais de diamants. Ils ne savent pas
où chercher. Pas vrai, Tallit ?

Il expliqua à Wilson :

— Les diamants sont un sujet de conversation douloureux pour Tallit. Il a été roulé dans une histoire de
pierres fausses, l'an passé. Yusef vous a eu, hein donc,
Tallit, jeune canaille ? Pas très malin, ça : vous, un
catholique, vous faire posséder par un mahométan !
J'avais bien envie de vous tordre le cou.

— Il a fait une chose très mauvaise, dit Tallit,
debout entre Wilson et le prêtre.

— Je ne suis ici que depuis quelques semaines, dit
Wilson, et tout le monde me parle de Yusef. On me
raconte qu'il écoule de faux diamants, en passe de vrais
en contrebande, vend de mauvais alcools, stocke des

cotons en prévision d'une invasion française et séduit
les infirmières de l'hôpital militaire.

— C'est une affreuse fripouille, dit le Père Rank
avec une sorte de délectation. Non qu'il soit possible
de croire à une seule des rumeurs qui courent dans
ce pays. Si l'on y croyait, il n'y aurait pas un homme
qui ne coucherait avec la femme de son voisin, et tous
les officiers de police qui ne seraient pas à la solde
de Yusef seraient achetés par notre ami Tallit.

— Yusef est un très mauvais homme, dit Tallit.

— Pourquoi les autorités ne le coffrent-elles pas?

— Il y a vingt-deux ans que je suis ici, dit le Père
Rank, et je n'ai jamais vu prouver une seule chose
contre un Syrien. Oh! il arrive souvent que les gens de
police, fiers comme Artaban, montrent partout des
visages radieux et s'apprêtent à sauter sur leur proie.
Et je me dis toujours: « A quoi bon leur demander
de quoi il s'agit, ils vont simplement sauter sur du
vent. »

— Vous auriez dû être officier de police, mon père.

— Ah! répliqua le Père Rank, qui sait? Il y a plus
de policiers dans cette ville qu'on n'en peut voir à
l'œil nu... c'est du moins ce qu'on dit.

— Qui le dit?

— Méfiez-vous de ces gâteaux: en petit nombre, ils
sont inoffensifs, mais vous en avez déjà mangé quatre.
Dites donc, Tallit, Mr Wilson a l'air d'avoir faim. Ne
pourriez-vous faire apporter les rôts?

— Les rôts?

— Eh! oui, le festin.

La jovialité du Père Rank emplissait la salle d'un

bruit creux. Depuis vingt-deux ans, cette voix riait, plai-
santait, exhortait ses paroissiens avec humour, pendant
la saison sèche comme pendant les pluies. Cette gaieté
avait-elle jamais réconforté une seule âme, se demanda
Wilson, avait-elle jamais donné au père lui-même le
réconfort? Elle ressemblait au brouhaha des piscines
publiques que se renvoient les surfaces carrelées: rires et
jaillissements d'eau des bains de vapeur où circulent des
inconnus.

— Mais naturellement, mon père, tout de suite, mon
père.

Sans y avoir été invité, le Père Rank se leva de sa
chaise et s'assit à une table qui, de même que les
chaises, était plaquée au mur. Il n'y avait que quelques
couverts disposés et Wilson hésita.

— Venez vous asseoir, Mr Wilson. Les vieilles personnes seules mangent avec nous... et Tallit, bien sûr.

— Vous parliez d'un bruit qui courait? demanda
Wilson.

— Ma tête est une ruche où bourdonnent ces bruits,
dit le Père Rank avec un geste drôle de désespoir
feint. Quand on me confie quelque chose, je présume
qu'on désire que je le répète... Savez-vous que c'est
faire œuvre utile, à une époque comme la nôtre, où
tout est secret d'Etat, que de dire aux gens: vos langues
vous ont été données pour que vous vous en serviez
et la vérité doit être proclamée. Regardez ce que fait
Tallit en ce moment.

Tallit avait soulevé le coin de son rideau de « défense
passive » et plongeait ses regards dans la rue noire.

— Comment va Yusef, jeune canaille? cria le Père

Rank. Yusef possède une grande maison de l'autre côté de la rue et Tallit la convoite. N'est-ce pas, Tallit ? Et ce dîner, Tallit ? Nous avons faim.

— Il vient, mon père, il vient.

Tallit se détacha de la fenêtre et vint s'asseoir en silence à côté du centenaire, tandis que sa sœur apportait les plats.

— On fait toujours un bon repas, chez Tallit, dit le Père Rank.

— Yusef reçoit aussi ce soir.

— Il ne convient pas à un prêtre de se montrer difficile, dit le Père Rank, mais je trouve votre dîner plus léger à l'estomac.

Son rire creux se répandit en vagues dans toute la pièce.

— Est-il vraiment si compromettant de se montrer chez Yusef ?

— Oui, Mr Wilson. Si je vous y voyais, je me dirais : « Yusef a grand besoin de certains renseignements sur les cotons — disons, quelles seront les importations le mois prochain ou quelles quantités sont sur mer en ce moment — et il est prêt à payer ces renseignements. » Si je voyais une jeune fille pénétrer dans sa maison, je me dirais : « Ah ! quel dommage, quel dommage ! »

Il piqua dans son assiette et ajouta en riant de nouveau :

— Mais si Tallit y entrait, j'attendrais les appels au secours !

— Et si vous y voyiez un officier de police ? demanda Tallit.

— Je n'en croirais pas mes yeux, répliqua le prêtre. Aucun ne serait assez fou, après ce qui est arrivé à Bailey.

— L'autre soir, une voiture de la police a ramené Yusef chez lui, dit Tallit. Je l'ai vue d'ici très nettement.

— Un des chauffeurs qui faisait de la gratte en douce.

— J'ai cru voir le major Scobie. Il a pris soin de ne pas sortir de la voiture. Naturellement, je ne puis en être certain, mais on aurait bien dit le major Scobie.

— J'ai eu la langue trop longue, dit le prêtre. Quelle vieille commère je fais! Eh bien! si c'était Scobie, je n'hésiterais pas une seconde. (Ses yeux errèrent dans la pièce.) Pas une seconde. Je parierais la quête de dimanche prochain qu'il n'y a rien de suspect, absolument rien de suspect.

Et il balançait à grands coups sa cloche bruyante au son creux, ding, dong, ding, dong, comme un lépreux annonçant son infortune.

III

La lumière brûlait encore dans la chambre de Harris quand Wilson rentra à l'hôtel. Il était fatigué et soucieux, aussi essaya-t-il de passer dans le couloir sur la pointe des pieds, mais Harris l'entendit.

— J'ai guetté votre arrivée, mon vieux, dit-il en brandissant une lampe de poche.

Il avait enfilé par-dessus son pyjama ses bottes de protection contre les moustiques, ce qui lui donnait l'air d'un chef d'îlot de défense passive harassé.

— Il est tard. Je pensais que vous dormiez.

— Je n'aurais pas pu m'endormir sans que nous ayons fait notre partie de chasse. Cette idée m'a poursuivi, mon vieux. Nous devrions fonder un prix mensuel. Je vois déjà le moment où d'autres types demanderont à se joindre à nous.

Wilson dit ironiquement:

— Il pourrait y avoir une coupe d'argent.

— On a vu des choses plus étranges, mon vieux. Le Championnat des cancrelats.

Il entra le premier, en posant avec précaution les pieds sur le plancher, et il s'arrêta au milieu de la chambre: le lit de fer se dressait sous sa moustiquaire d'un blanc douteux; il y avait aussi un fauteuil au dossier rabattable, et la table de toilette couverte de vieux numéros du *Picture Post*. Wilson fut une fois de plus frappé en constatant qu'une chambre pouvait être encore un peu plus sinistre que la sienne.

— Nous chasserons alternativement un soir dans votre chambre, un soir dans la mienne, mon vieux.

— Quelle arme emploierons-nous?

— Je vous prête une de mes pantoufles.

Une planche craqua sous le pied de Wilson, et Harris se retourna pour le mettre en garde:

— Ils ont l'oreille aussi fine que les rats, dit-il.

— Je suis un peu fatigué. Est-ce que vous ne croyez pas que ce soir...

— Rien que cinq minutes, mon vieux. Je ne pourrais

pas dormir si je ne chassais pas. Tenez, en voici un, au-dessus de la toilette. Vous pouvez tirer le premier.

Mais quand l'ombre de la pantoufle tomba sur le mur de plâtre, l'insecte fila.

— Vous n'arriverez à rien de cette manière, mon vieux. Regardez-moi.

Il traqua son gibier qui était à mi-chemin du plafond et Harris, tout en avançant sur la pointe des pieds vers le mur, sur le plancher qui grinçait, se mit à promener la lumière de sa torche sur le cancrelat, en un va-et-vient incessant. Puis, brusquement, il le frappa et laissa une trace sanglante.

— Un pour moi, dit-il. Il faut les hypnotiser.

Ils parcoururent la chambre dans tous les sens, à pas feutrés, agitant leurs lampes, aplatissant leurs pantoufles, perdant parfois la tête et poursuivant follement leur proie jusque dans les coins: la volupté de la chasse toucha l'imagination de Wilson. D'abord, ils se montrèrent « bon joueur » l'un pour l'autre. Ils criaient: « Bravo », ou « Pas de chance », mais à un moment où leurs nombres de points étaient à égalité, ils se rencontrèrent le long de la boiserie, sur le même cancrelat et leur aménité n'y résista pas.

— Ridicule de courir ainsi après le même lièvre, mon vieux, dit Harris.

— C'est moi qui lui ai donné le départ.

— Ah! non, le vôtre vous l'avez perdu, mon vieux. Celui-ci est à moi.

— C'est le même, il est revenu sur ses pas.

— Oh! que non!...

— En tout cas, il n'y a pas de raison pour que je ne

prenne pas le même. Vous l'avez poussé vers moi. C'est vous qui avez mal joué.

— C'est contre les règles, dit Harris d'un ton sec.

— Peut-être contre vos règles, à vous.

— Mais nom de nom, c'est moi qui ai inventé le jeu, dit Harris.

Un cancrelat s'était installé sur le morceau de savon noir, dans la cuvette. Wilson le repéra et à deux mètres lui lança la pantoufle. Le projectile frappa en plein sur le savon et le cancrelat dégringola dans la cuvette: Harris ouvrit le robinet et le fit disparaître.

— Bien joué, mon vieux.

Et il ajouta d'un air conciliant:

— Un T.E.

— Allez vous faire foutre avec vos T.E. Il était mort quand vous avez ouvert le robinet.

— On ne peut jamais en être sûr. Il n'était peut-être qu'évanoui... à la suite du choc! Suivant les règles, c'est un T.E.

— Encore vos règles!

— Mes règles sont les seules acceptées dans ce jeu.

— Elles ne le seront pas longtemps, menaça Wilson.

Il fit claquer si violemment la porte en sortant que, lorsqu'il se retrouva dans sa propre chambre, les murs en vibraient encore. La rage et la nuit tropicale faisaient battre son cœur; la sueur ruisselait de ses aisselles. Mais quand il se mit debout, à côté de son propre lit, au milieu de la réplique exacte de la chambre de Harris: le lavabo, la table, la moustiquaire douteuse, et jusqu'au cancrelat attaché au mur, sa colère se détacha de lui peu à peu et céda à un sentiment de grande solitude. Il

lui sembla qu'il s'était pris de querelle avec sa propre
image dans le miroir.

« Je dois être cinglé, pensa-t-il. Pourquoi me suis-je
emporté de cette manière? J'ai perdu un ami. »

Ce soir-là, il mit très longtemps à s'endormir, et
lorsqu'il tomba enfin dans le sommeil, il rêva qu'il
avait commis un crime, de sorte qu'il s'éveilla encore
tout angoissé par un sentiment de culpabilité. En descendant déjeuner, il s'arrêta à la porte de Harris. Il
n'entendait aucun bruit. Il frappa, mais il n'y eut pas
de réponse. Il entrebâilla la porte et aperçut vaguement
le lit humide sous la moustiquaire grisâtre.

— Etes-vous éveillé? demanda-t-il à voix basse.

— Qu'y a-t-il, mon vieux?

— Je suis désolé, Harris, pour hier soir.

— C'est ma faute, mon vieux. J'ai un petit peu de
fièvre. Ça se préparait, ça me rendait chatouilleux.

— Non, non, c'est ma faute. Vous aviez tout à fait
raison. C'était un T.E.

— On le jouera à pile ou face, mon vieux.

— Je viendrai ce soir.

— Epatant.

Mais après le petit déjeuner, quelque chose vint lui
faire oublier complètement Harris. En descendant en
ville, il alla voir le directeur de la Sûreté, et en sortant
de chez lui, rencontra Scobie.

— Allo, dit Scobie, que faites-vous ici?

— Suis allé voir le directeur pour un laissez-passer.
Le nombre de laissez-passer qu'il faut avoir dans cette
ville, monsieur! J'en voulais un pour aller sur les
quais.

— Quand reviendrez-vous nous faire une visite, Wilson?

— Vous devez redouter d'être envahis par les visiteurs, monsieur.

— Jamais de la vie. Louise est ravie de parler livres. Moi-même, je n'en lis guère, vous savez, Wilson.

— Je suppose que vous n'en avez pas souvent le temps.

— Oh! ce n'est pas le temps qui manque dans un pays comme celui-ci, répondit Scobie. Non, je n'ai pas le goût de la lecture, c'est tout. Entrez dans mon bureau un moment pendant que j'appelle Louise au téléphone. Elle sera très contente de vous voir. Vous me feriez grand plaisir en l'emmenant promener quelquefois: elle ne prend pas assez d'exercice.

— J'en serais enchanté, dit Wilson qui devint hâtivement très rouge, dans l'ombre.

Il regarda autour de lui; c'était le bureau de Scobie. Il l'examina comme un général examinerait le champ où va se livrer la bataille, et pourtant, il était difficile de considérer Scobie en ennemi. Les menottes rouillées tremblèrent sur le mur lorsque Scobie se pencha pour composer le numéro de téléphone.

— Libre, ce soir?

Wilson rassembla vivement ses pensées, en sentant que Scobie l'examinait et que ses yeux légèrement globuleux, légèrement injectés de sang étaient posés sur lui avec une sorte d'attention spéculative.

— Je me demande pourquoi vous êtes venu dans ce pays, dit Scobie, vous n'avez pas le type qu'il faut.

Wilson mentit:

— On se laisse porter par les événements.

— Pas moi, dit Scobie. J'ai toujours fait des plans d'avance. Vous voyez, j'en fais même pour les autres.

Il se mit à parler au téléphone: sa voix prit une autre intonation. On eût dit qu'il lisait un rôle... un rôle qui exigeait de la tendresse, de la patience, un rôle qu'il avait lu si souvent qu'au-dessus de sa bouche, ses yeux étaient vides. En remettant en place l'écouteur, il dit:

— C'est parfait. C'est entendu.

— Ce plan-là me semble excellent, dit Wilson.

— Mes plans démarrent toujours très bien, dit Scobie. Vous irez faire une promenade tous les deux et quand vous rentrerez à la maison, vous m'y trouverez avec quelque chose à boire. Vous resterez à dîner, poursuivit-il avec une nuance d'angoisse, nous serons ravis de vous avoir.

Quand Wilson fut parti, Scobie entra chez le directeur.

— Je venais vous voir, monsieur, dit-il, quand je suis tombé sur Wilson.

— Ah! oui, Wilson, dit le directeur, il venait me parler d'un de leurs déchargeurs.

— Tiens, tiens.

Les volets étaient fermés aux fenêtres du bureau, pour voiler le soleil matinal. Un sergent traversa la pièce, laissant, en même temps que le dossier qu'il apportait, des effluves du zoo. Le ciel était lourd d'une pluie qui ne tombait pas; à huit heures trente du matin, on avait déjà le corps ruisselant de sueur.

— Il m'a dit qu'il était venu pour un laissez-passer. dit Scobie.

— Ah! oui, répondit le directeur, pour cela aussi. Il posa sous son poignet un morceau de buvard pour absorber la transpiration pendant qu'il écrivait.

— Oui, il m'a parlé aussi d'un laissez-passer, Scobie, répéta-t-il.

I

Mrs Scobie marchait en tête, sur le chemin raboteux qui descendait jusqu'au pont enjambant la rivière et où demeuraient fixées les traverses d'une ligne ferroviaire abandonnée.

— Je n'aurais jamais trouvé ce sentier tout seul, dit Wilson, haletant un peu sous le fardeau de son embonpoint.

— C'est ma promenade préférée, dit Louise Scobie.

Sur la pente desséchée et poussiéreuse qui dominait le sentier, un vieil homme était assis, sans rien faire, sur le seuil d'une hutte. Une jeune fille aux petits seins en demi-lune descendait la pente à leur rencontre, un seau d'eau en équilibre sur la tête; un enfant, tout nu si ce n'est qu'un collier de verroterie rouge le ceinturait, jouait dans une petite cour de terre battue, entouré de poulets; des ouvriers portant des hachettes franchissaient le pont, ayant terminé leur journée. C'était l'heure où règne une fraîcheur relative, l'heure de la paix.

— Vous ne devineriez pas, n'est-ce pas, que la ville est tout juste derrière nous? dit Mrs Scobie. Et à quelques centaines de mètres, là-haut, de l'autre côté de la crête, c'est le moment où les boys apportent les boissons fraîches.

Le sentier serpentait au flanc des collines. Au-dessous de lui, Wilson apercevait l'énorme port étalé. Un convoi se constituait à l'intérieur des pannes de barrage; de minuscules embarcations s'agitaient comme des mouches entre les bateaux; au-dessus de leurs têtes, les arbres couverts de cendres et les broussailles brûlées cachaient le haut de la crête. Wilson trébucha une ou deux fois en butant dans les traverses en saillie.

— C'est exactement ce que je m'attendais à trouver ici, dit Louise.

— Votre mari aime beaucoup cet endroit, n'est-ce pas ?

— Oh, je crois par moments qu'il possède une sorte de vision sélective. Il voit ce qu'il aime voir. Le snobisme semble lui demeurer invisible et il n'entend pas les commérages.

— Il vous voit, dit Wilson.

— Dieu merci, non, car j'ai attrapé la maladie.

— Vous n'êtes pas snob.

— Oh, mais si !

— Vous avez bien voulu m'adopter, dit Wilson en rougissant et en se contorsionnant le visage pour produire un sifflement d'une désinvolture appliquée.

Mais il ne savait pas siffler. Ses lèvres rebondies ne lancèrent que de l'air, comme un poisson.

— Pour l'amour du Ciel, dit Louise, ne soyez pas humble.

— Je ne suis pas vraiment humble, dit Wilson. (Il s'écarta pour laisser passer un ouvrier). Il expliqua : j'ai des ambitions démesurées.

— Dans deux minutes, dit Louise, nous serons à

l'endroit le meilleur, là où l'on ne peut plus voir une
seule maison.

— Comme vous êtes bonne! murmura Wilson, de me
montrer...

En murmurant il faillit tomber une fois de plus sur la
piste en surplomb; il ne savait pas tenir des propos légers;
ses conversations avec les femmes étaient romanesques
et rien d'autre.

— Voilà, dit Louise.

Mais à peine avait-il eu le temps de promener son
regard sur le paysage — les pentes d'un vert criard,
tombant vers la grande baie plate et aveuglante de
lumière — que Louise voulait rentrer chez elle, reprendre
la route qu'ils avaient suivie pour venir.

— Henry va bientôt rentrer, dit-elle.

— Qui est Henry?

— Mon mari.

— Je ne connaissais pas son prénom. Je vous avais
entendue l'appeler autrement, quelque chose comme
Ticki.

— Pauvre Henry, dit-elle, comme il déteste cela!
J'essaie de ne pas le faire en présence d'autres gens,
mais j'oublie. Rentrons.

— Est-ce que nous ne pourrions pas aller un peu plus
loin? Jusqu'à la gare?

— Je voudrais me changer, dit Louise, avant la nuit.
Dès la tombée du jour, les rats commencent à venir.

— Au retour, le chemin descend d'un bout à l'autre.

— Alors, dépêchons-nous, dit Louise.

Il la suivit : mince et sans grâce, elle lui semblait
posséder une sorte de beauté d'ondine. Elle l'avait traité

avec bienveillance, elle supportait sa présence et, automatiquement, à la première marque de bonté, l'amour avait
jailli en lui. Il n'était capable ni d'amitié ni d'égalité. Son
esprit romanesque, humble et ambitieux ne pouvait
concevoir que le choix d'une serveuse de restaurant, une
ouvreuse de cinéma, une fille de la logeuse à Battersea,
ou une reine, et cette femme était une reine. Il se remit à
avancer, sur les talons de Louise, en murmurant : « Si
bonne », entre ses halètements, ses genoux grassouillets
s'entrechoquant, sur le chemin pierreux.

Subitement, la lumière changea : le sol de latérite prit
un ton rosé et translucide sur la pente douce qui descendait vers la vaste nappe d'eau de la baie. Cette lumière
crépusculaire avait cet aspect d'accident heureux qu'ont
les choses qui n'ont pas été préparées.

— Nous y voilà, dit Louise.

Et ils s'appuyèrent pour reprendre haleine contre la
cloison de bois de la petite gare abandonnée, en regardant la lumière disparaître aussi vite qu'elle était venue.

Par une porte ouverte — était-ce l'ancienne salle
d'attente ou le bureau du chef de gare ? — les poules
entraient et sortaient. La poussière qui couvrait les vitres
avait l'air d'être la vapeur laissée par le passage d'un
train un court moment avant. Sur le guichet, à jamais
fermé, quelqu'un avait dessiné à la craie une maladroite
image phallique. Wilson la voyait, au-dessus de l'épaule
gauche de Louise adossée au mur pour retrouver sa
respiration.

— Je venais ici tous les jours autrefois, dit-elle, avant
qu'on m'ait gâté cet endroit.

— On ?

— Dieu merci, je serai bientôt loin de tout cela, dit-elle.

— Pourquoi? Vous n'allez pas partir?

— Henry m'envoie en Afrique du Sud.

— Oh, mon Dieu! s'écria Wilson.

La nouvelle était si inattendue que ce fut comme un élancement aigu et que son visage se crispa de souffrance.

Il essaya de déguiser ce qui venait sottement de lui échapper; personne ne savait mieux que lui que ses traits n'étaient pas faits pour exprimer la douleur ou la passion.

— Que va-t-il faire sans vous? demanda-t-il.

— Il se débrouillera.

— Il va se sentir affreusement seul, poursuivit Wilson. (Il, il, il sonnant au fond de son oreille intérieure comme un écho trompeur : je, je, je).

— Il sera plus heureux sans moi.

— C'est impossible.

— Henry ne m'aime pas, dit-elle, avec douceur, comme si elle expliquait à un enfant une chose difficile qu'elle tentait de simplifier en employant des mots simples...

Elle laissa aller sa tête en arrière contre le guichet et sourit à Wilson d'un air qui voulait dire : au fond c'est très facile une fois qu'on a saisi le truc.

— Il sera plus heureux sans moi, répéta-t-elle.

Une fourmi passa de la cloison de bois sur le cou de Louise, et Wilson s'approcha pour la faire fuir. Il n'avait pas d'autre intention. Quand leurs bouches se séparèrent, la fourmi était toujours là. Il la recueillit sur son doigt. Le goût du rouge à lèvres fut pour lui quelque chose d'absolument nouveau et qu'il se rappellerait toujours. Il lui sembla qu'un acte venait de s'accomplir qui avait changé la face du monde.

— Je le déteste, dit-elle, reprenant la conversation exactement où ils l'avaient interrompue.

— Il ne faut pas que vous partiez, implora-t-il.

Une goutte de sueur lui tomba dans l'œil droit et il l'essuya du dos de sa main : sur le guichet, près de l'épaule de Louise, son regard se posa de nouveau sur le graffiti phallique.

— Je serais partie depuis longtemps s'il n'y avait pas eu cette question d'argent. Il a fallu qu'il en trouve, le pauvre !

— Où ça ?

— C'est une besogne d'homme, dit-elle sur un ton de provocation.

Et il l'embrassa une nouvelle fois; leurs bouches se collaient comme les coquilles d'un bivalve et brusquement elle s'écarta en entendant le va-et-vient d'un rire : le Père Rank gravissait le sentier.

— Bonsoir, bonsoir, cria le Père Rank.

Il allongea le pas, se prit le pied dans sa soutane et trébucha au moment où il les dépassait.

— Il y a un orage qui se prépare, ajouta-t-il. Faut que je me dépêche !

Et son : ho, ho, ho... diminua tristement le long de la voie ferrée, n'apportant aucun réconfort à personne.

— Il n'a pas vu qui nous étions, dit Wilson.

— Oh ! mais si, il l'a vu. Qu'est-ce que ça peut faire ?

— C'est le plus grand colporteur de cancans de la ville.

— Rien que sur ce qui a de l'importance, dit-elle.

— Et ceci n'a pas d'importance?

— Naturellement non, répondit-elle, pourquoi serait-ce important?

— Je suis amoureux de vous, Louise, dit Wilson mélancoliquement.

— C'est aujourd'hui notre deuxième rencontre.

— Je ne vois pas quelle différence cela peut faire. Avez-vous quelque affection pour moi, Louise?

— Mais oui, je vous aime bien, Wilson.

— Je voudrais que vous ne m'appeliez pas Wilson.

— Avez-vous un autre nom?

— Edward.

— Voulez-vous que je vous appelle Teddy[1]? Ou Nounours? Ces choses-là s'emparent de vous insensiblement. Vous vous apercevez tout à coup que vous appelez quelqu'un Nounours ou Ticki, et son véritable nom vous semble plat et solennel; puis vous sentez que la personne en question vous déteste à cause de ce sobriquet. Non, je m'en tiens à Wilson.

— Pourquoi ne le quittez-vous pas?

— Je le quitte. Je vous l'ai dit. Je pars pour l'Afrique du Sud.

— Je vous aime, Louise, répéta-t-il.

— Quel âge avez-vous, Wilson?

— Trente-deux ans.

— Un très jeune trente-deux et moi j'ai atteint un très vieux trente-huit.

— Cela ne compte pas.

— La poésie que vous lisez, Wilson, est trop roman-

---

[1] *Diminutif d'Édouard.*

tique. Cela compte. Cela compte beaucoup plus que l'amour. L'amour n'est pas un fait au même titre que l'âge ou la religion...

A l'autre bout de la baie des nuages s'élevèrent : ils formèrent une masse noire au-dessus de Bullom puis, d'un essor vertical, ils bondirent jusqu'en haut du ciel; le vent aplatit Wilson et Louise contre la gare.

— Trop tard, dit Louise, nous sommes coincés.

— Combien de temps cela va-t-il durer?

— Une demi-heure.

Une poignée de pluie les frappa au visage, puis l'averse se déchaîna. Ils restèrent, trempés jusqu'aux os, à l'intérieur de la gare et entendirent les torrents d'eau marteler le toit. Ils étaient dans le noir, et les poulets s'agitaient autour de leurs pieds.

— Quelle calamité! dit Louise.

Il fit un geste pour lui prendre la main et lui toucha l'épaule.

— Ah! non, je vous en prie, Wilson, dit-elle, nous n'allons pas en profiter pour nous peloter.

Elle était forcée de parler fort pour dominer le bruit de tonnerre que faisait la pluie sur la tôle du toit.

— Excusez-moi... je ne voulais pas...

Il l'entendait bouger pour s'éloigner de lui et il était content que l'obscurité cachât son humiliation.

— Je vous aime bien, Wilson, mais je ne suis pas une petite infirmière qui s'attend à être prise chaque fois qu'elle se trouve dans le noir avec un homme. Vous n'avez aucune responsabilité envers moi, Wilson. Je ne veux pas de vous.

— Je vous aime, Louise.

— Oui, oui, Wilson. Vous me l'avez déjà dit. Croyez-vous qu'il y a des serpents par ici, ou des rats?

— Je n'en ai aucune idée. Quand partez-vous pour le Sud, Louise?

— Quand Ticki aura trouvé l'argent nécessaire.

— Cela coûtera très cher. Peut-être ne pourrez-vous pas partir.

— Il s'arrangera d'une façon ou d'une autre. Il me l'a dit.

— Assurance sur la vie?

— Non, il a essayé cela.

— Je voudrais pouvoir vous le prêter moi-même. Mais je suis aussi pauvre qu'un rat d'église.

— Ne parlez pas de rats ici. Ticki finira sûrement par réussir.

Il commençait à distinguer à travers l'ombre le visage de Louise, mince, gris, estompé... c'était comme s'il essayait de se rappeler les traits de quelqu'un qu'il avait connu jadis et qui était parti. Il les reconstituerait exactement dans cet ordre : le nez, puis en se concentrant beaucoup, le front; les yeux lui échappaient toujours.

— Il ferait n'importe quoi pour moi, proclama Louise avec une timide forfanterie.

Wilson répliqua d'un ton amer :

— Il n'y a qu'un moment, vous disiez qu'il ne vous aimait pas.

— Oh! mais il a un sens formidable de sa responsabilité.

Il fit un mouvement et elle se mit à crier avec fureur :

— Restez tranquille. Je ne vous aime pas. J'aime Ticki.

— Je changeais de position pour me dégourdir, voilà tout, dit-il.

Elle se mit à rire.

— Comme c'est drôle! dit-elle. Il y a bien longtemps que rien de drôle ne m'est arrivé. Je vais m'en souvenir pendant des mois et des mois.

Mais Wilson eut le sentiment que toute sa vie, si rien d'autre ne se passait après cela, il se rappellerait son rire. Son short battait agité par le vent de l'orage, et il pensait : « Dans un corps comme en une tombe. »

II

Quand Louise et Wilson retraversèrent le fleuve et pénétrèrent dans Burnside, il faisait tout à fait nuit. Les phares d'une voiture de police éclairaient une porte ouverte et l'on voyait aller et venir des silhouettes chargées de paquets.

— Que se passe-t-il? s'écria Louise, qui se mit à courir sur la route.

Wilson la suivit en haletant. Ali sortait de la maison portant sur sa tête un tub en fer-blanc, une chaise pliante et un ballot ficelé dans une vieille serviette de toilette.

— Qu'est-il donc arrivé, Ali?

— Missié partir brousse, répondit-il avec un large sourire qu'éclairèrent les phares de la voiture.

Scobie était assis dans le salon, un verre à la main.

— Je pensais que je serais obligé de vous laisser un mot.

Et Wilson vit qu'en effet il avait commencé d'écrire

un message. Il avait arraché un feuillet de son carnet de poche et avait griffonné deux lignes de sa grande écriture maladroite.

— Mais qu'est-il donc arrivé, Henry?

— Il faut que j'aille à Bamba.

— Ne peux-tu attendre le train de jeudi?

— Non.

— Puis-je aller avec toi?

— Pas cette fois-ci. Je regrette, chérie. Je suis forcé d'emmener Ali et je ne te laisse que le petit boy.

— Que s'est-il passé?

— Un ennui au sujet du jeune Pemberton.

— Grave?

— Oui.

— C'est un jeune idiot. C'est une folie de l'avoir laissé là-bas comme directeur adjoint.

Scobie but son whisky et dit :

— Excusez-moi, Wilson. Servez-vous. Prenez une bouteille d'eau gazeuse dans la glacière. Les boys sont occupés à faire mes bagages.

— Combien de temps seras-tu absent, chéri?

— Oh! je serai de retour après-demain, sauf accident. Pourquoi n'irais-tu pas chez Mrs Halifax?

— Je serai très bien ici, chéri.

— J'aurai pris le petit boy pour te laisser Ali, mais le petit boy ne sait pas faire la cuisine.

— Tu seras plus heureux avec Ali, mon chéri. Ça te rappellera les jours d'autrefois, avant que je vienne te rejoindre.

— Je crois que je vais vous laisser, monsieur, dit Wilson. Je m'excuse d'avoir gardé Mrs Scobie aussi tard.

— Oh! je ne m'inquiétais pas, Wilson. Le Père Rank est passé et il m'a dit que vous vous abritiez dans l'ancienne gare. Très raisonnable de votre part. Lui, il s'est fait tremper. Il aurait dû s'y abriter aussi. A son âge, un accès de fièvre n'est jamais bon.

— Puis-je remplir votre verre, monsieur? Après, je m'en irai.

— Henry n'en prend jamais qu'un.

— Tout de même, je crois que je vais en reprendre. Mais ne partez pas, Wilson. Tenez compagnie à Louise un petit moment. Il faut que je m'en aille dès que j'aurai vidé ce verre. Je ne dormirai pas de la nuit.

— Pourquoi un des officiers plus jeunes n'y va-t-il pas? Tu es trop vieux, Ticki, pour ces voyages. Une nuit de voiture! Pourquoi n'envoies-tu pas Fraser?

— Le directeur m'a demandé d'y aller. C'est un de ces cas difficiles... doigté, tact. Impossible. Un homme trop jeune ne saurait pas s'y prendre.

Il but encore un peu de whisky et détourna son regard lourd de souci en sentant que Wilson l'examinait attentivement.

— Il faut que je parte.

— Je ne le pardonnerai jamais à Pemberton.

— Ne dis pas de bêtises, chérie, rétorqua Scobie d'un ton bref. Nous pardonnerions à peu près tout, si nous connaissions les faits exacts.

Il sourit involontairement à Wilson :

— Un policier doit être la personne du monde qui pardonne le plus souvent, quand il parvient à rétablir les faits.

— Je voudrais pouvoir vous être utile, monsieur.

— Vous le pouvez. Restez ici. Buvez quelques verres de whisky avec Louise et réconfortez-la. Elle n'a pas souvent l'occasion de parler littérature.

Au mot littérature, Wilson vit la bouche de Louise se crisper, exactement comme il avait vu, quelques minutes avant, Scobie broncher en s'entendant appeler Ticki. Pour la première fois, il connut la souffrance qui naît inévitablement des rapports humains : souffrance subie et souffrance infligée. Quelle folie que de redouter la solitude !

— Au revoir, chérie.

— Au revoir, Ticki.

— Prends bien soin de Wilson. Veille à ce qu'il boive à sa soif. Ne sois pas triste.

Quand elle embrassa Scobie, Wilson resta près de la porte, tenant son verre à la main, et pensant à la gare désaffectée, au flanc de la colline et au goût du rouge à lèvres. Pendant exactement une heure et demie, l'empreinte de sa bouche à lui avait été la dernière qui eût marqué les lèvres de Louise. Il ne ressentait nulle jalousie, rien que l'agacement morose d'un homme qui s'efforce à écrire une lettre importante sur une feuille de papier humide et s'aperçoit que les caractères en sont brouillés.

Côte à côte, ils suivirent des yeux Scobie lorsqu'il traversa la route pour rejoindre le fourgon de police. Il avait bu plus de whisky qu'il n'avait l'habitude d'en boire, sans doute était-ce cela qui le faisait trébucher.

— Ils auraient dû envoyer un homme plus jeune, dit Wilson.

— Ça ne leur viendrait pas à l'idée. Il est le seul en qui le directeur ait confiance.

Ils le regardèrent se hisser péniblement dans la voiture et Louise ajouta avec mélancolie :

— N'est-il pas le sous-ordre type ? Celui qui fait toujours les corvées ?

L'agent de police noir au volant mit sa machine en marche et passa bruyamment en prise sans avoir débrayé.

— On ne lui donne même pas un bon chauffeur, dit-elle. Il est probable que le seul bon chauffeur a conduit Fraser et tous les autres danser à Hill Station.

La camionnette sortit de la cour à grand renfort de pétarades et de cahots.

— Voilà qui est fini, Wilson, dit Louise.

Elle ramassa le papier que Scobie avait eu l'intention de lui laisser et lut à haute voix :

Ma chérie, il faut que je parte pour Bamba. N'en dis rien à personne. Il est arrivé une chose épouvantable. Le pauvre Pemberton...

— Le pauvre Pemberton, répéta-t-elle, furieuse.

— Qui est Pemberton ?

— Un blanc-bec de vingt-cinq ans, un petit esbroufeur. Il était sous-directeur adjoint à Bamba quand Butterworth est tombé malade, alors on l'a laissé en fonctions. N'importe qui pouvait prévoir qu'il aurait des ennuis. Et quand les ennuis arrivent, c'est Henry, naturellement, qui est forcé de rouler en voiture toute la nuit...

— Maintenant, il faut que je vous laisse, Louise, n'est-ce pas ? demanda Wilson. Vous voulez changer de robe...

— Oh! oui, mieux vaut que vous rentriez chez vous...
avant que toute la colonie sache que mon mari est
parti et que nous sommes restés seuls cinq minutes
dans une maison où il y a un lit. Seuls, bien entendu,
si l'on excepte le petit boy, le cuisinier et tous leurs
parents et amis.

— Je voudrais tant vous aider.

— Vous le pouvez, dit-elle. Voulez-vous monter au
premier pour voir s'il n'y a pas de rat dans la chambre? Je ne veux pas que le petit boy sache que j'ai
peur. Et fermez la fenêtre, c'est par là qu'ils entrent.

— Vous allez avoir très chaud.

Il se tint sur le seuil et frappa doucement dans ses
mains, mais n'entendit pas bouger de rat. Alors, très
vite, furtivement, comme s'il n'avait pas le droit d'être
là, il traversa la chambre pour aller fermer la fenêtre.
Une faible odeur de poudre de riz flottait dans l'air;
elle lui parut être l'odeur la plus mémorable qu'il eût
jamais respirée. Il s'arrêta de nouveau sur le seuil,
embrassant d'un coup d'œil toute la pièce, la photo de
la fillette, les pots de crème, la robe qu'Ali avait pré-
parée pour le soir. Il avait appris en Angleterre à
loger les objets dans sa mémoire, à choisir le détail
important, à garder dans l'esprit le témoignage précis,
mais ces chefs ne lui avaient jamais enseigné qu'il
se trouverait un jour dans un pays aussi étrange que
celui-là.

Troisième partie

CHAPITRE PREMIER

I

La voiture de la police prit la file dans la longue queue des camions militaires qui attendaient le bac: leurs lumières faisaient comme un petit village dans la nuit. De chaque côté, les arbres très proches sentaient la chaleur et la pluie, et parfois, au bout de la colonne, un conducteur se mettait à chanter; sa voix gémissante et sans timbre montait et retombait comme le vent qui siffle par un trou de serrure. Scobie s'endormait, s'éveillait, s'endormait et s'éveillait. Lorsqu'il s'éveillait, il pensait à Pemberton et se demandait quels seraient ses sentiments s'il était son père — ce vieux directeur de banque retraité dont la femme était morte en mettant au monde Pemberton — mais lorsqu'il s'endormait, il retombait doucement dans un rêve de bonheur parfait et de liberté. Il marchait au milieu d'une vaste et fraîche prairie, Ali sur ses talons; il n'y avait personne d'autre dans son rêve et Ali ne parlait jamais. Des oiseaux passaient très haut, au-dessus de sa tête, et une fois, lorsqu'il s'assit, l'herbe fut fendue par un petit serpent vert qui se glissa sans crainte sur sa main et le long de son bras et qui, avant de disparaître de nouveau dans le gazon, toucha la joue de Scobie de sa langue froide, amicale, lointaine.

Une autre fois, en ouvrant les yeux, il trouva, debout
à côté de lui, Ali qui attendait son réveil.

— Missié veut lit, déclara-t-il avec fermeté en montrant du doigt le lit de camp qu'il avait installé au
bout du sentier, sous une moustiquaire tendue entre
les branches. Deux, trois heures, dit Ali, beaucoup
camions.

Scobie lui obéit et s'allongea: il retrouva immédiatement les paisibles prairies où rien n'arrivait jamais. A
son réveil suivant, Ali était encore là, tenant cette fois
une tasse de thé et une assiettée de biscuits.

— Une heure, dit Ali.

Puis ce fut enfin le tour de la voiture de police. Ils
descendirent la pente de brique rouge, jusqu'au radeau,
et pied à pied, franchirent le cours d'eau à allure de
Styx, vers les bois qui couvraient l'autre côté. Les deux
passeurs qui tiraient sur la corde ne portaient que leurs
ceintures et semblaient avoir abandonné leurs vêtements
sur le rivage où se termine la vie; un troisième homme
leur battait la mesure en se servant (instrument suffisant dans ce monde intermédiaire) d'une boîte à sardines vide.

La voix gémissante, infatigable, du chanteur était
rabattue en arrière par le vent.

Ce bac n'était que le premier des trois qu'ils devaient
passer, au milieu de la même queue qui se reformait.
Scobie ne parvint plus à s'endormir vraiment: les
secousses de la camionnette lui donnaient un mal de
tête aigu; il avala de l'aspirine et reprit espoir. Il ne
voulait pas être terrassé par la fièvre pendant qu'il était

loin de chez lui. Ce n'était plus Pemberton qui lui cau-
sait du souci — on ne peut plus rien pour les morts —
c'était la promesse qu'il avait faite à Louise. Deux cents
livres, c'était pourtant une somme bien modeste: les
chiffres exécutèrent des trilles dans sa tête comme un
carillon de cloches: 200, 002, 020; il fut tourmenté
en constatant qu'il ne pouvait faire une quatrième
combinaison: 002, 200, 020.

Ils avaient dépassé la région des huttes au toit de
fer-blanc et des cabanes de bois pourrissantes des colons;
les villages qu'ils traversaient étaient des villages de la
brousse, aux cases de boue et de chaume; nulle lumière
n'apparaissait; les portes étaient fermées, les volets mis,
et les seuls yeux de quelques chèvres regardaient défiler
les phares du convoi. 020, 002, 200, 200, 002, 020. Ali,
accroupi dans le coffre de la voiture, lui glissa un bras
autour de l'épaule pour lui faire passer une timbale de
thé brûlant: il était arrivé, Dieu sait comment, à faire
bouillir de l'eau, entre deux embardées. Louise avait
raison... c'était comme autrefois. S'il s'était senti plus
jeune, si le problème ne s'était pas posé: 200, 020, 002,
comme il aurait été heureux! La mort du pauvre Pemberton ne l'aurait pas troublé: elle entrait dans les
devoirs de sa profession; d'ailleurs, il n'avait jamais eu
de sympathie pour Pemberton.

— Ma tête faire très mal, Ali.

— Missié prendre beaucoup aspirine.

— Te rappelles-tu, Ali, ce voyage 200, 002, nous,
il y a douze ans, en dix jours, le long de la frontière;
deux des porteurs sont tombés malades...

Il voyait, dans le rétroviseur, Ali qui hochait la tête

avec un sourire rayonnant. Il lui sembla qu'il ne désirait rien d'autre, en fait d'amour ou d'amitié. Il ne
désirait rien de plus au monde pour être heureux: le
camion grinçant, le goût du thé brûlant aux lèvres, la
pesanteur proche de la forêt humide, jusqu'à sa tête
douloureuse, jusqu'à sa solitude... « Si je pouvais seulement tout arranger pour qu'elle soit heureuse », pensa-
t-il, et, dans la nuit troublante, il oublia momentanément ce que l'expérience lui avait enseigné: qu'aucun
être humain ne peut réellement en comprendre un
autre, et que personne ne peut tout arranger pour le
bonheur d'un être.

— Enco' une heure, dit Ali.

Scobie remarqua que les ténèbres devenaient moins
épaisses.

— Un autre bol de thé, Ali, et mets un peu de whisky
dedans.

Ils avaient perdu le convoi un quart d'heure avant,
lorsque la voiture de la police, quittant la route principale pour s'engager dans un chemin de traverse encore
plus cahoteux, s'était enfoncée dans la brousse. Scobie
ferma les yeux et s'appliqua à détourner sa pensée du
carillon irrégulier des chiffres, pour la ramener à sa
désagréable mission. Il n'y avait à Bamba qu'un sergent
de police indigène, et Scobie voulait que les faits fussent parfaitement clairs dans son esprit avant d'entendre
le rapport de ce sergent illettré. Après réflexion, il
conclut à regret qu'il vaudrait mieux se rendre d'abord
à la Mission et voir le Père Clay.

Le Père Clay était levé et il l'attendait dans la
sinistre petite maison de la Mission qui avait été cons-

truite au milieu des huttes de boue et pour laquelle on avait employé des briques rouges, ce qui lui donnait l'aspect d'un presbytère de l'époque victorienne. Une lanterne-tempête éclairait les cheveux roux coupés court et le visage couvert de taches de rousseur du jeune prêtre venu de Liverpool. Il ne pouvait rester assis plus de quelques minutes, et se mettait brusquement à arpenter sa chambre minuscule, entre une hideuse oléographie et une statuette en plâtre, et retour à l'oléographie.

. — Je le voyais si rarement, gémit-il, faisant des gestes de mains comme s'il était à l'autel. Il n'aimait que boire et jouer aux cartes. Je ne bois pas et je n'ai jamais touché une carte, sauf pour faire un démon, vous voyez ce que je veux dire, un démon: c'est une réussite. Ce qui arrive est affreux, affreux.

— Il s'est pendu?

— Oui. Son boy est venu me trouver hier. Il ne l'avait pas vu depuis la veille au soir. Mais cela arrivait très souvent après une ribote, vous voyez ce que je veux dire: une ribote. Je lui ai conseillé d'aller trouver la police. J'ai eu raison, n'est-ce pas? Il n'y avait rien d'autre à faire. Rien. Il était tout à fait mort.

— Vous avez bien fait. Pourriez-vous me donner un verre d'eau et un peu d'aspirine?

— Attendez. Je vais vous préparer l'aspirine. Vous savez, major Scobie, ici, rien n'arrive pendant des semaines et des mois. Les heures se passent à marcher dans cette pièce, de long en large, de long en large, et puis, brusquement, sans que rien n'y prépare... c'est horrible.

Ses yeux rougis portaient les marques de l'insomnie:
il apparut à Scobie comme un de ces êtres qui sont
incapables de vivre dans la solitude. On ne voyait chez
lui aucun livre, sauf, sur une petite étagère, son bré-
viaire et quelques brochures religieuses. C'était un
homme sans ressources. Il se remit à marcher de long
en large et, se retournant soudain, il lança à Scobie
une question enfiévrée:

— N'y a-t-il aucun espoir qu'il s'agisse d'un meurtre?

— Un espoir!

— Le suicide, dit le Père Clay, est un acte trop
affreux. Il place un homme hors de la rémission des
péchés. J'y ai réfléchi toute la nuit.

— Il n'était pas catholique. Sans doute cela fait-il
une différence. L'ignorance invincible, n'est-ce pas?

— C'est ce dont j'essaie de me persuader.

A mi-chemin entre l'oléographie et la statuette, il
tressaillit brusquement et fit un crochet comme s'il
avait rencontré quelqu'un sur son minuscule terrain de
parade, puis il leva vers Scobie un regard rapide et
furtif pour voir si son geste avait été remarqué.

— Allez-vous quelquefois jusqu'au port? demanda
Scobie.

— J'y suis allé passer une nuit, il y a neuf mois.
Pourquoi?

— Tout le monde a besoin de changer de place.
Avez-vous eu beaucoup de conversions dans ce coin?

— Quinze. J'essaie de me persuader que le jeune
Pemberton a eu le temps... vous savez, au moment de
sa mort, de se rendre compte...

— Difficile de penser avec clarté lorsqu'on s'étrangle, mon père.

Il avala un peu d'aspirine et les grains aigres lui restèrent dans le gosier.

— Si c'était un meurtre, mon père, vous ne feriez que reporter le péché mortel sur un autre homme, dit Scobie en une tentative d'humour qui flotta, indécise, entre l'image de sainteté et la statuette de sainteté.

— Un meurtrier a le temps... répondit le Père Clay.

Il ajouta rêveusement, avec nostalgie:

— J'ai fait pendant quelques mois des visites à la prison de Liverpool.

— Avez-vous quelque idée du motif qui l'a fait agir?

— Je ne le connaissais pas assez. Nous ne nous entendions guère.

— Les seuls Blancs ici. Quel dommage!

— Il m'a offert de me prêter des livres, mais ce n'étaient pas du tout les livres qui m'intéressent: des histoires d'amour, des romans...

— Quelles sont vos lectures, mon père?

— Des ouvrages sur les saints, major Scobie. La chère petite Sœur Thérèse est l'objet de ma dévotion.

— Il buvait beaucoup, n'est-ce pas? Où se procurait-il de l'alcool?

— Dans les magasins de Yusef, à ce que je suppose.

— Oui. Il avait dû faire des dettes.

— Je ne sais pas. C'est affreux, affreux.

Scobie absorba le reste de son aspirine.

— Ah! il faut que je m'en aille.

Dehors, il faisait grand jour et la lumière avait cette

qualité d'innocence spéciale, douce, fluide et fraîche qui précède l'ascension du soleil.

— Je vous accompagne, major Scobie.

Le sergent de police était assis dans un fauteuil d'osier, devant le bungalow du D.C. Il se leva, salua gauchement et se mit incontinent à faire son rapport d'une voix creuse qui n'avait pas fini de muer.

— A 15 h. 30 hier, missié, j'ai été éveillé par le boy du D.C. qui m'a informé, missié, que le D.C. Pemberton, il...

— Ça va, ça va, sergent. Je vais jeter un coup d'œil.

Le greffier l'attendait à l'intérieur, juste à l'entrée du bungalow.

La grande salle du bungalow avait été, de toute évidence, l'orgueil du D.C. (ce devait être au temps de Butterworth). Il y avait dans sa décoration un air d'élégance et de recherche personnelle: les meubles n'étaient pas ceux que fournit d'habitude le gouvernement. Au mur, pendaient des gravures du XVIIIᵉ siècle représentant l'ancienne colonie, et dans une bibliothèque restaient encore les volumes que Butterworth avait abandonnés en partant. Scobie remarqua quelques titres et quelques auteurs: *Histoire de la Constitution*[1], par Maitland; sir Henry Maine; le *Saint Empire romain*[2], de Bryce; les poèmes de Hardy; *Le Grand Cadastre de Little Withington*[3] en tirage limité. Mais, surajoutées, l'on voyait des traces du passage de Pem-

---

[1] *Constitutional History :* Maitland.
[2] *Holy Roman Empire :* Bryce.
[3] *Doomsday Records of Little Withington.*

berton: un pouf de cuir aux couleurs criardes, objet
d'art prétendu indigène, des marques de brûlures que
ses mégots de cigarettes avaient laissées aux fauteuils,
un monceau de bouquins (de ceux que le Père Clay
n'aimait pas), Somerset Maugham, un Edgar Wallace,
deux Horlers, et, grand ouvert sur le canapé, *La Mort
se rit des Serrures*. Il y avait de la poussière partout
et les livres de Butterworth étaient piqués par l'humidité.

— Le corps est dans la chambre, missié, dit le sergent.

Scobie ouvrit la porte et entra... le Père Clay sur ses
talons. Le mort avait été étendu sur le lit, un drap
recouvrant le visage. Quand Scobie rabattit le drap sur
les épaules, il eut l'impression qu'il regardait un enfant
en chemise de nuit, tranquillement endormi; ces boutons étaient ceux de la puberté, et le visage ne semblait
porter la trace d'aucune expérience qui ne fût celle
de la salle de classe et du terrain de football.

— Pauvre petit! dit-il tout haut.

Les pieuses exclamations du Père Clay l'irritaient.
Il lui semblait qu'indiscutablement il devait y avoir
une indulgence spéciale pour un être aussi peu adulte.
Il demanda à brûle-pourpoint:

— Comment s'y est-il pris?

Le sergent de police montra du doigt la tringle que
Butterworth avait si méticuleusement fixée au mur pour
y accrocher ses tableaux. Aucun architecte du gouvernement n'y aurait jamais pensé. Une gravure, représentant un roi indigène d'autrefois recevant des missionnaires sous un parasol d'Etat, était posée contre le mur

et une corde entortillée pendait encore au crochet de
cuivre... Qui eût pensé que ce fragile dispositif fût
assez résistant?... « Il doit peser très peu, pensa Scobie,
se rappelant un squelette d'enfant aussi léger et cas-
sant que celui d'un oiseau. Une fois pendu, ses pieds
devaient être à moins de vingt-cinq centimètres du
sol. »

— A-t-il laissé une lettre? demanda Scobie au greffier. Ils en laissent généralement.

Les hommes qui vont mourir deviennent loquaces,
et désireux de se raconter.

— Oui, missié, dans le bureau.

Il suffisait d'un coup d'œil superficiel pour se rendre
compte que le bureau était fort mal tenu. Le fichier
n'était pas fermé à clé: sur la table, des casiers débor-
daient de papiers négligés couverts de poussière. Le
greffier indigène avait été corrompu par les habitudes
de son chef.

— Là, missié, sur le buvard.

Scobie lut: l'écriture était aussi enfantine que le
visage, ronde et maladroitement typographique, d'un
modèle scolaire que des centaines de ses contemporains
avaient dû répandre dans le monde entier:

Cher Papa,
Pardon pour tout l'ennui que je vous cause. Je ne
crois pas qu'il y ait d'autre solution. C'est dommage
que je ne sois pas dans l'armée, car j'aurais pu me
faire tuer. Surtout, ne remboursez pas l'argent que je
dois: le type n'en vaut pas la peine. Peut-être vont-ils
essayer de vous l'extorquer. Sinon, n'en parlez même

*pas. C'est une sale histoire pour vous, mais elle est
inévitable.*

Votre fils affectionné.

Et il avait signé Dicky. On eût dit une lettre envoyée
de l'école pour s'excuser d'un mauvais bulletin trimes-
triel.

Scobie tendit la lettre au Père Clay.

— Vous n'allez pas me dire qu'il y ait là quelque
chose d'impardonnable, mon père. Si nous l'avions fait,
vous ou moi, c'eût été par désespoir, je vous l'accorde
sans réserve. Nous serions damnés, c'est sûr, car nous
savons, mais *lui,* lui ne savait rien.

— L'Eglise enseigne...

— L'Eglise elle-même ne saurait m'enseigner que
Dieu n'a pas pitié des jeunes...

Scobie s'interrompit brusquement.

— Sergent, veillez à ce qu'on creuse une tombe très
vite, avant que le soleil soit trop chaud. Et dressez
une liste de toutes les factures impayées. Il faut que je
dise un mot à quelqu'un à ce sujet.

Lorsqu'il se retourna vers la fenêtre, il fut ébloui
par la lumière.

Il mit la main devant ses yeux et dit:

— Mon Dieu, comme je voudrais que ma tête...

Puis il s'arrêta, frissonnant.

— Je sens que je couve quelque chose, à moins que
je n'arrive à l'enrayer... Mon père, si ça ne vous ennuie
pas trop qu'Ali dresse mon lit chez vous, je vais
essayer de m'en débarrasser par une bonne suée.

Il prit une forte dose de quinine et s'étendit nu

entre deux couvertures. A mesure que le soleil montait, il lui semblait, par moments, que les murs de pierre de sa petite chambre-cellule suintaient de froid et, à d'autres, cuisaient de chaleur. La porte était ouverte et Ali, accroupi sur la marche, taillait une cheville de bois. De temps en temps, il chassait les villageois qui élevaient la voix à l'intérieur de la zone de silence imposée par la maladie. La *peine forte et dure*[1] pesait sur le front de Scobie: elle pesait par moments si lourdement qu'il s'endormait.

Mais son sommeil n'était pas hanté de rêves agréables. Pemberton et Louise y étaient obscurément liés. Il lisait et relisait une lettre qui se composait uniquement de variations sur le nombre 200 et qui, au bas de la page, était signée quelquefois Dicky et quelquefois Ticki; il avait le sentiment de la fuite du temps et de sa propre immobilité entre les couvertures. Il savait qu'il avait une chose à faire, quelqu'un à sauver, Louise, ou Dicky, ou Ticki, mais il était enchaîné au lit et on lui avait posé des poids sur le front, comme on met un presse-papier sur des feuilles volantes. Une fois, le sergent vint frapper à la porte, mais Ali le chassa; une autre fois, le Père Clay arriva sur la pointe des pieds et prit une brochure sur l'étagère, et une fois encore (mais c'était peut-être un rêve) Yusef s'avança jusqu'au seuil.

Vers cinq heures du soir, il s'éveilla et se sentit très faible, mais au sec et au frais; il appela Ali.

— J'ai rêvé que je voyais Yusef.

---

[1] En français dans le texte.

— Yusef y en a venir vous voir, missié.

— Dis-lui que, maintenant, je peux lui parler.

Il avait conscience d'une grande fatigue et son corps était courbaturé: il se tourna, le visage vers le mur de pierre, et s'endormit aussitôt. Dans son sommeil, Louise pleurait doucement, à côté de lui. Il allongea la main et toucha le mur de pierre. « Tout va s'arranger. Tout. Ticki te l'a promis. » Lorsqu'il s'éveilla, Yusef était à son chevet.

— Un petit accès de fièvre, major Scobie. Je suis au regret de vous trouver souffrant.

— Je suis au regret de vous voir, Yusef.

— Ah! vous me taquinez toujours.

— Asseyez-vous, Yusef. Quelles ont été vos relations avec Pemberton?

Yusef installa le plus commodément possible son puissant arrière-train sur la chaise dure, et remarquant que sa braguette était ouverte, abaissa une main large et velue pour remédier à ce désordre.

— Aucune relation, major Scobie.

— C'est une étrange coïncidence que vous vous trouviez ici juste au moment où il se suicide.

— Je pense pour ma part que c'est la Providence.

— Il vous devait de l'argent, je suppose?

— Il devait de l'argent au gérant de mon magasin.

— Quelle sorte de pression exerciez-vous sur lui, Yusef?

— Major, accusez votre chien de la rage et c'est un chien noyé. Si le D.C. désire acheter dans mon magasin, comment mon gérant peut-il refuser de lui vendre?

S'il refusait, qu'arriverait-il? Tôt ou tard, il y aurait
une bagarre de première grandeur. Le directeur de la
Sûreté pour cette province découvrirait la chose. Le
D.C. serait renvoyé chez lui. Si le gérant continue de
vendre, qu'arrive-t-il alors? Le D.C. entasse facture sur
facture. Mon gérant se met à avoir peur de moi et il
demande au D.C. de payer; alors, bagarre d'une autre
sorte. Quand vous avez affaire à un D.C. du type de
ce pauvre Pemberton la bagarre éclate un jour forcément, quoi que vous fassiez. Et le Syrien a toujours
tort.

— Il y a beaucoup de vrai dans ce que vous dites-là,
Yusef. (Sa douleur venait de se réveiller.) Faites-moi
passer le whisky et la quinine, s'il vous plaît.

— Est-ce que vous ne prenez pas trop de quinine,
major Scobie? Pensez à l'hématurie.

— Je ne veux pas être bloqué ici pendant des jours
et des jours. Je veux étouffer ce bobo dans l'œuf. J'ai
trop de travail qui m'attend.

— Asseyez-vous un instant, major, pour que je
redresse vos oreillers.

— Vous n'êtes pas un mauvais bougre, Yusef.

— Votre sergent a cherché des factures, dit Yusef,
et il n'a pas pu les trouver. Voici les billets signés. Ils
viennent du coffre-fort de mon gérant.

Il se frappa la cuisse avec une petite liasse de
papiers.

— Je vois. Et qu'allez-vous en faire?

— Les brûler, dit Yusef.

Il sortit son briquet et mit le feu aux coins des
billets.

— Là, ajouta-t-il, il a payé, le pauvre gamin. Il n'y a pas de raisons pour qu'on aille tourmenter son père.

— Pourquoi êtes-vous venu jusqu'ici ?

— Mon gérant était inquiet. J'allais proposer un arrangement.

— Il faut se lever de bonne heure pour vous avoir, Yusef.

— C'est vrai pour mes ennemis, pas pour mes amis. Je ferais beaucoup pour vous être agréable, major Scobie.

— Pourquoi me comptez-vous toujours parmi vos amis, Yusef ?

— Major Scobie, expliqua Yusef, penchant en avant sa grosse tête blanche, puant la brillantine parfumée, l'amitié est une émanation de l'âme. C'est quelque chose qu'on sent. On ne la donne pas en échange d'un autre don. Vous rappelez-vous quand vous m'avez fait passer en justice, il y a dix ans ?

— Oui, oui.

Scobie détourna la tête pour éviter la lumière de la porte.

— Cette fois-là, major Scobie, vous avez bien failli me prendre. Il s'agissait de droits sur les importations, rappelez-vous. Vous auriez pu me faire condamner en ordonnant à votre agent de dire une chose légèrement différente. J'ai été abasourdi de surprise, major Scobie, de me trouver devant un tribunal de simple police et d'entendre les policiers exposer des faits exacts. Vous aviez dû vous donner beaucoup de mal pour découvrir la vérité et forcer vos hommes à la dire. J'ai pensé :

« Yusef, un Daniel[1] est entré dans la police coloniale. »

— Je voudrais que vous parliez beaucoup moins, Yusef. Votre amitié ne m'intéresse pas.

— Vos paroles sont plus dures que votre cœur, major Scobie. J'essaie de vous expliquer pourquoi, au fond de mon âme, je me suis toujours senti votre ami. Vous m'avez donné un sentiment de sécurité. Jamais vous ne monterez de cabale contre moi. Il vous faut des faits et je suis certain que les faits seront toujours en ma faveur.

Il épousseta des cendres tombées sur son pantalon blanc, laissant à la place une souillure grise de plus.

— Ceci est un fait: j'ai brûlé toutes les reconnaissances de dette.

— Je puis encore découvrir des traces de l'accord que vous vous disposiez à conclure avec Pemberton, Yusef. Cette station contrôle une des principales routes traversant la frontière et venant de... oh! le diable emporte ma tête. Je ne puis me souvenir des noms propres.

— Contrebande de bétail. Le bétail ne m'intéresse pas.

— D'autres choses que du bétail peuvent prendre la direction opposée.

— Vous continuez à rêver de diamants, major Scobie. Depuis la guerre, les diamants font divaguer tout le monde.

— Ne soyez pas trop certain, Yusef, que je ne vais

---

[1] Allusion au *Marchand de Venise* et à une exclamation célèbre du juif Shylock.

pas découvrir quelque chose en inventoriant le bureau
de Pemberton.

— Je suis tout à fait tranquille, major Scobie. Vous
n'ignorez pas que je ne sais ni lire ni écrire. Rien n'est
jamais couché sur le papier. Tout est toujours dans ma
tête.

Et, tandis que Yusef parlait, Scobie s'endormit: il
tomba dans une de ces somnolences sans profondeur
qui durent quelques secondes, juste assez de temps pour
refléter une préoccupation. Louise avançait vers lui les
deux mains tendues et avec un sourire qu'il n'avait pas
vu sur son visage depuis des années. « Je suis heureuse,
si heureuse », dit-elle, et Scobie s'éveilla une fois de
plus pour entendre la voix de Yusef égale et émol-
liente.

— ... Ce ne sont que vos amis qui se méfient de vous,
major Scobie. Moi, j'ai confiance en vous. Même cette
fripouille de Tallit a confiance en vous.

Il lui fallut un moment pour faire entrer ce nouveau
visage dans son foyer visuel. Son cerveau passa avec
un déclic douloureux de la phrase: « si heureuse » à
cette autre: « ils se méfient ».

— De quoi parlez-vous donc, Yusef? demanda-t-il.

Il sentait le mécanisme de son cerveau craquer, grin-
cer, racler, les engrenages qui n'entraient pas les uns
dans les autres, et tout cela le faisait souffrir.

— D'abord, le poste de directeur de la Sûreté.

— Ils ont besoin d'un homme jeune, riposta Scobie
mécaniquement, tout en se disant: « Si je n'avais pas la
fièvre, jamais je ne discuterais un tel sujet avec Yusef. »

— Puis le spécialiste qu'ils ont envoyé de Londres...

— Il faudra revenir quand j'aurai les idées plus nettes, Yusef. Je me demande de quoi diable vous parlez: je n'y comprends rien.

— Ils ont envoyé un spécialiste de Londres pour faire une enquête au sujet des diamants: ils sont cinglés sitôt qu'on parle de diamants. Il n'y a que le directeur qui connaisse sa mission. Aucun autre officier ne sait qui il est, pas même vous.

— Quelles balivernes vous racontez, Yusef. Il n'existe pas, votre spécialiste.

— Tout le monde a deviné, sauf vous. C'est Wilson.

— Absurde, trop absurde. Vous ne devriez pas prêter l'oreille aux racontars, Yusef.

— Et, troisième chose: Tallit raconte à qui veut l'entendre que vous venez chez moi.

— Tallit! Qui croit ce que dit Tallit?

— Tout le monde, partout, croit au mal qu'il entend.

— Allez-vous-en, Yusef. Pourquoi venez-vous me tourmenter en ce moment?

— Je veux seulement que vous compreniez, major Scobie, que vous pouvez compter sur moi. J'ai pour vous de l'amitié dans mon âme. C'est vrai, major Scobie, c'est vrai.

L'affreuse odeur de brillantine parfumée s'accentua quand la tête se pencha vers le lit; les yeux d'un brun foncé étaient mouillés par ce qui semblait bien être de l'émotion.

— Permettez-moi d'arranger votre oreiller, major Scobie.

— Oh! pour l'amour du Ciel, laissez-moi tranquille! dit Scobie.

— Je sais comment sont les choses, major Scobie, et je peux vous aider... je suis un homme riche.

— Je ne cours pas après les pots-de-vin, Yusef, dit Scobie d'une voix épuisée, en détournant la tête pour fuir l'odeur.

— Je ne vous offre pas de pot-de-vin, major Scobie, mais un prêt sans limite de remboursement, à un taux d'intérêt raisonnable... quatre pour cent l'an sans conditions. Vous pouvez me faire arrêter le lendemain si vous avez des faits. Je veux être votre ami, major Scobie. Vous n'avez pas besoin d'être le mien. Il y a un poète syrien qui a écrit: « De deux cœurs, l'un est toujours chaud, l'autre est toujours froid: le cœur froid est plus précieux que le diamant, le cœur chaud est sans valeur et on le jette. »

— Ça m'a l'air d'un très mauvais poème. Mais je ne suis pas juge.

— C'est une heureuse coïncidence pour moi que nous nous soyons trouvés ici ensemble. En ville, tant de gens nous épient. Mais ici, major Scobie, je puis vraiment venir à votre aide. Puis-je aller vous chercher d'autres couvertures?

— Non, non. Laissez-moi seulement tranquille.

— Je déteste voir maltraiter un homme doué de vos qualités.

— Je ne sais si le jour viendra jamais, Yusef, où j'aurai besoin de votre pitié. Pourtant, si vous voulez faire quelque chose pour moi, allez-vous-en et laissez-moi dormir.

Mais lorsqu'il fut endormi, les rêves douloureux lui revinrent. Au premier étage, Louise pleurait, et lui,

assis devant une table, lui écrivait sa dernière lettre:
« C'est une histoire affreuse pour toi, mais c'est inévitable. Ton mari aimant, Dicky » et puis, au moment où il se retournait pour chercher une arme ou une corde, il lui venait brusquement à l'esprit qu'il ne pouvait accomplir cet acte entre tous. Le suicide lui était à jamais interdit — il ne pouvait se condamner pour l'éternité — aucun motif n'était assez important pour cela. Il déchirait sa lettre et montait en courant dire à Louise qu'après tout, les choses étaient arrangées, mais elle avait cessé de sangloter et Scobie était terrifié par le silence qui sortait de cette chambre. Il essayait d'ouvrir, mais la porte était fermée à clé. Il criait: « Louise, tout est arrangé! J'ai pris ton billet. » Pas de réponse. Il se remettait à hurler: « Louise », et la porte s'ouvrait lentement dans une atmosphère d'irrémédiable malheur et, debout sur le seuil, il voyait le Père Clay qui lui disait: « L'Eglise nous enseigne... » Alors, il s'éveilla de nouveau, dans la chambre étroite aux murs de pierre, pareille à une tombe.

II

Il resta absent une semaine, car il fallut trois jours pour que la fièvre suivît son cours et deux autres jours avant qu'il fût en état de voyager. Il ne revit pas Yusef.

Il était plus de minuit quand sa voiture entra en ville. Les maisons éclairées par la lune étaient d'un blanc d'ossements, les rues paisibles s'allongeaient à droite et à gauche comme des bras de squelette et le léger parfum douceâtre des fleurs flottait dans l'air. S'il avait su trouver à son retour une maison vide, son contentement aurait été parfait. Il était fatigué et redoutait de rompre le silence. Il eût été fou d'espérer que Louise dormirait, d'espérer que les choses seraient, de quelque façon que ce fût, devenues plus faciles en son absence et qu'il allait trouver sa femme heureuse et libérée, ainsi qu'il l'avait vue dans un de ses rêves.

Le petit boy agitait sa lampe électrique de poche à l'entrée: les grenouilles coassaient dans les buissons et les chiens errants hurlaient à la lune. Il était chez lui. Louise l'entoura de ses bras: la table était mise pour un souper tardif, les boys couraient de tous côtés avec ses bagages. Scobie souriait, bavardait et entretenait le tumulte. Il parlait de Pemberton, du Père Clay et il fit en passant une allusion à Yusef, tout en sachant que, tôt ou tard, il serait forcé de lui demander comment elle avait passé son temps. Il essaya de manger, mais il était si fatigué qu'il ne trouvait aucun goût à la nourriture.

— Hier, j'ai débarrassé son bureau et j'ai rédigé mon rapport... et voici une histoire terminée.

Il hésita: « Je n'ai pas d'autres nouvelles », puis enchaîna à contrecœur:

— Et ici, que s'est-il passé?

Il leva vivement les yeux vers le visage de Louise pour les en détourner aussitôt. Il y avait une chance sur mille qu'elle répondît vaguement avec un sourire: « Rien de nouveau », pour passer ensuite à d'autres sujets de conversation; mais à la forme de sa bouche,

il comprit qu'il n'aurait pas cette chance. Un événement
imprévu s'était produit.

Mais la révélation — quelle qu'elle pût être — s'en
fit attendre.

— Oh! Wilson s'est montré plein d'attentions, dit-
elle.

— C'est un gentil garçon.

— Il est trop intelligent pour ce qu'il fait. Je me
demande pourquoi on l'a envoyé ici comme simple
comptable.

— Il m'a dit qu'il s'était laissé porter par les circonstances.

— Je ne crois pas avoir parlé à d'autres personnes
depuis ton départ, sauf au petit boy et au cuisinier. Oh!
si, à Mrs Halifax.

Quelque chose dans sa voix indiqua à Scobie qu'ils
avaient atteint le point dangereux. Comme toujours,
sans le moindre espoir, il essaya d'y échapper. Il s'étira
en disant:

— Mon Dieu, que je suis fatigué! Cette fièvre m'a
laissé mou comme une chiffe. Je crois que je vais me
mettre au lit. Il est près d'une heure et demie et je dois
être au poste à huit heures.

— Ticki, dit-elle, as-tu fait quelque chose?

— A quel sujet, chérie?

— Au sujet de mon voyage.

— Ne t'inquiète pas, Louise. Je vais trouver un
moyen.

— Tu ne l'as pas encore trouvé?

— Non, je poursuis plusieurs idées. Il suffit d'emprunter la somme.

200, 020, 002, s'entrechoquèrent dans son cerveau.

— Mon pauvre chéri, ne te tourmente pas, dit-elle en lui caressant la joue de sa main, tu es fatigué, tu as eu la fièvre, je ne vais pas te harceler ce soir.

La main de Louise, ses paroles eurent raison de toutes ses défenses: il s'était attendu à des larmes et voici qu'il les sentait monter dans ses propres yeux.

— Va te coucher, Henry, dit-elle.

— Tu ne montes pas?

— Il me reste encore une ou deux choses à faire.

Il s'étendit sur le dos sous la moustiquaire et l'attendit. Il se mit à penser — depuis des années, il n'y avait jamais pensé — que Louise l'aimait. Pauvre chérie, elle l'aimait. Elle était une personne, avec sa propre stature humaine et son propre sens des responsabilités, et non pas seulement l'objet de ses soins et de sa bienveillante tendresse. Le sentiment de son échec se creusa autour de lui. Pendant tout son voyage de retour, il avait envisagé un fait unique: il n'y avait dans cette ville qu'un homme qui pût lui prêter, et qui voulût lui prêter les deux cents livres, et cet homme il ne devait pas lui emprunter d'argent. Il eût été moins dangereux de se laisser acheter par le capitaine portugais. Lentement, péniblement, il était parvenu à la décision de dire à sa femme qu'il lui était tout bonnement impossible de se procurer l'argent, que du moins pendant six mois encore, jusqu'à sa prochaine permission, il lui faudrait rester où elle était. S'il n'avait pas été si fatigué, il le lui aurait dit au moment où elle avait posé la question, et maintenant ce serait terminé, mais il avait flanché, elle avait été tendre, et désormais ce serait plus difficile que jamais de la décevoir. Le silence emplissait la petite maison, mais, au-dehors, les faméliques chiens errants jappaient et gémissaient. Il écouta, appuyé sur un coude; il se sentait étrangement déprimé, seul dans ce lit, à attendre que Louise vînt le rejoindre. Elle était toujours couchée la première. Il sentit l'inquiétude l'envahir, puis la crainte; il se rappela brusquement le rêve au cours duquel il avait écouté derrière la porte, sans parvenir à obtenir de réponse. Il se dégagea avec difficulté de la moustiquaire et descendit en courant, nu-pieds.

Louise était assise à la table, un bloc de papier à lettre devant elle, mais elle n'avait encore écrit qu'un nom. Les fourmis ailées venaient heurter la lampe et semaient leurs ailes sur la table. A l'endroit où la lumière frappait ses cheveux, Scobie put voir qu'elle grisonnait.

— Qu'y a-t-il, mon chéri?

— Tout était tellement silencieux, dit-il, je me suis demandé si quelque chose n'allait pas. J'ai fait un cauchemar à ton sujet, l'autre nuit. C'est le suicide de Pemberton qui m'a troublé.

— Que tu es stupide, chéri. Ces choses-là ne peuvent nous arriver, à nous. Nous sommes catholiques.

— Mais oui, bien entendu. En somme, j'avais simplement envie de te voir, dit-il en posant sa main sur les cheveux de Louise.

Par-dessus son épaule, il lut les seuls mots qu'elle eût encore écrits: *Chère Mrs Halifax...*

— Tu n'as pas mis tes pantoufles, dit-elle, tu vas attraper des chiques.

— J'avais envie de te voir, répétait-il en se deman-

dant si les taches qu'il voyait sur le papier étaient des
larmes ou de la sueur.

— Ecoute-moi, chéri, dit Louise. Il ne faut plus te
faire de souci. Je t'ai harcelé et tourmenté. C'est comme
une fièvre, vois-tu. Ça va et ça vient. Eh bien! maintenant, c'est parti... jusqu'à nouvel ordre. Je sais que tu
ne peux pas trouver cet argent. Ce n'est pas de ta
faute. S'il n'y avait pas eu cette opération malencon-
treuse... les choses sont ainsi, Henry... voilà tout.

— Quel rapport y a-t-il entre cette affaire et Mrs
Halifax?

— Mrs Halifax avait pris une cabine de deux personnes avec une de ses amies sur le prochain paquebot
et cette amie lui a fait faux bond. Mrs Halifax a pensé
que je pourrais profiter de la couchette libre... si son
mari en parlait au type de la compagnie...

— C'est dans deux semaines à peu près, dit Scobie.

— Chéri. N'essaie plus. Il vaut mieux tout abandonner. De toute façon, je devais donner une réponse
définitive à Mrs Halifax, demain. Et je vais lui dire que
je ne pars pas.

Il parla très vite, il voulait que les mots fussent dits
pour ne plus pouvoir les rattraper.

— Dis-lui que tu pars.

— Ticki, qu'est-ce que cela signifie? (L'expression
de son visage se fit dure.) Ticki, je t'en supplie, ne
me promets rien qui ne puisse se réaliser. Je sais que tu
es fatigué et que tu as peur d'une scène. Je ne peux
pas faire faux bond à Mrs Halifax.

— Tu ne le feras pas. Je sais où je peux emprunter
l'argent.

— Pourquoi ne me l'as-tu pas dit en arrivant?

— Je voulais t'apporter ton billet. Pour t'en faire la surprise.

Elle n'était pas aussi heureuse qu'il l'aurait cru: elle voyait toujours un peu au-delà de ce qu'il avait espéré.

— Et tu ne vas plus te tourmenter? dit-elle.

— Je ne me tourmente plus. Es-tu heureuse?

— Oh! oui, répondit-elle, d'un air un peu désemparé, je suis heureuse, chéri.

III

Le paquebot entra en rade un samedi soir: de la fenêtre de leur chambre, ils purent voir sa longue forme grise franchir les chaînes du port, derrière les palmiers. Ils le contemplèrent et leur cœur défaillit, car le bonheur n'est jamais aussi bien accueilli que l'absence de changement; la main dans la main, ils regardèrent leur séparation jeter l'ancre dans la baie.

— Allons, dit Scobie. Ceci signifie demain après-midi.

— Chéri, dit Louise, quand ces quelques mois seront passés, je serai de nouveau gentille avec toi. Je ne pouvais vraiment plus du tout supporter cette vie.

Ils entendaient, au rez-de-chaussée, un grand remue-ménage, car Ali, qui avait lui aussi surveillé la mer, commençait à sortir les malles et les caisses. On eût dit que la maison croulait autour d'eux; les vautours s'envolaient du toit en secouant bruyamment la tôle ondulée comme s'ils avaient senti le frémissement qui parcourait les murs.

— Pendant que tu fais le tri des objets, au premier, dit Scobie, j'emballe tes livres.

C'était comme s'ils avaient feint, les deux dernières semaines, d'être infidèles l'un à l'autre, et comme si maintenant la procédure du divorce les tenait dans son étreinte: division d'une seule vie en deux, partage des tristes dépouilles.

— Veux-tu que je te laisse cette photo, Ticki?

Il lança un rapide coup d'œil de côté sur le visage de la communiante, et répondit:

— Non, prends-la.

— Je te laisse celle de nous avec les Ted Bromley.

— Oui, laisse-moi celle-là.

Il la regarda un moment plier son linge, puis il descendit. Il prit les livres, un à un, et les essuya avec un torchon: l'Anthologie d'Oxford, les Woolf, les jeunes poètes, et les étagères se trouvèrent presque vidées: ses propres livres occupaient si peu de place.

Le lendemain de bon matin ils allèrent ensemble à la messe. Agenouillés pour communier côte à côte devant la grille, ils semblaient affirmer que ceci n'était pas une séparation. Scobie pensait: « J'ai prié pour que la paix me soit accordée et voici que j'ai la paix. C'est terrible, la façon dont cette prière est exaucée. Espérons que cette paix est la bonne, car je l'ai payée assez cher. » En rentrant à la maison, il demanda anxieusement à Louise:

— Es-tu heureuse?

— Oui, Ticki, et toi?

— Si tu es heureuse, je le suis.

— Tout ira bien quand je serai installée sur le bateau. J'ai envie de boire un peu, ce soir. Pourquoi n'invites-tu pas quelqu'un, Ticki?

— Oh! non, j'aime mieux être seul.

— Ecris-moi toutes les semaines.

— Naturellement.

— Et puis, Ticki, ne sois pas paresseux et va régulièrement à la messe. Tu me le promets, pendant mon absence?

— Naturellement.

Wilson avançait sur la route à leur rencontre, le visage brillant de sueur et d'inquiétude.

— Est-il vrai que vous partiez? demanda-t-il. Je viens de chez vous et Ali m'a dit que vous montiez à bord cet après-midi.

— Elle part, dit Scobie.

— Vous ne m'aviez pas dit que ce départ était si proche.

— J'ai oublié, dit Louise, j'avais tant à faire!

— Je n'ai jamais cru que vous partiriez vraiment. Je ne l'aurais pas su si je n'avais pas rencontré par hasard Halifax aux Messageries.

— Oh bien! dit Louise, vous et Henry, j'espère que vous allez veiller l'un sur l'autre.

— C'est incroyable, dit Wilson, en frappant du pied la route poussiéreuse.

Il restait là, debout, entre eux et leur maison sans s'écarter pour les laisser passer.

— Je ne connais personne ici que vous, pas une âme... sauf Harris, bien entendu, dit-il.

— Il faudra vous mettre vite à faire des connaissances, dit Louise. Et, maintenant, excusez-nous. J'ai
encore beaucoup de choses à régler.

Ils firent le tour de Wilson qui restait comme fiché
en terre, et Scobie se retourna pour lui adresser un
signe amical de la main. Il avait l'air si perdu, esseulé
et déplacé sur cette route cuite et fendillée par la
sécheresse.

— Pauvre Wilson, dit Scobie, je crois qu'il est amoureux de toi.

— Il le croit aussi.

— C'est une bonne chose pour lui que tu partes.
Les gens de ce genre deviennent vite encombrants,
dans ce climat. Je serai bon pour lui quand tu seras
loin.

— Ticki, dit-elle, j'ai l'impression que tu ne devrais
pas le voir trop souvent. Je ne me fierais pas à lui. Il
y a quelque chose de louche dans ce garçon.

— Il est jeune et romanesque.

— Il est trop romanesque. Il raconte des mensonges. Pourquoi dit-il par exemple qu'il ne connaît pas
une âme?

— Je crois que c'est vrai.

— Non. Il connaît le directeur. Je l'ai vu qui montait chez lui l'autre soir, à l'heure du dîner.

— C'est une façon de parler.

Au repas, ils n'eurent d'appétit ni l'un ni l'autre,
mais le cuisinier, pour se montrer à la hauteur des circonstances, apporta un énorme curry qui remplissait
une cuvette au milieu de la table; tout autour étaient
disposés les trop nombreux petits plats qui lui servent

d'accompagnement: bananes frites, piments rouges, noix pilées, paw-paw, quartiers d'oranges, chutney. Il leur semblait qu'ils étaient assis à des lieues l'un de l'autre, séparés par une multitude de plats. Les mets se figeaient sur leurs assiettes et ils ne trouvaient rien à se dire si ce n'est: « Je n'ai pas faim. Essaie de manger un peu. Je ne peux pas avaler une bouchée. Il faut bien s'emplir l'estomac avant de s'embarquer... » interminable chamaillerie affectueuse sur le chapitre de la nourriture. Ali ne cessait d'entrer et de sortir pour les surveiller, il faisait penser à ces petits personnages d'horloge qui apparaissent pour sonner l'heure. Ils avaient l'impression horrible qu'ils seraient contents lorsque la séparation serait totale. Ils pourraient s'installer, quand ces adieux informes auraient pris fin, dans une vie différente qui leur rendrait le sentiment perdu de la stabilité.

— Es-tu sûre que tu as tout emballé?

C'était une variante qui leur permit de rester là sans manger, mais en picorant à de longs intervalles un morceau facile à avaler, tout en passant en revue les objets qu'elle aurait pu oublier.

— Heureusement qu'il n'y a qu'une chambre à coucher. Ils seront forcés de te laisser la maison à toi tout seul.

— Il se peut qu'ils me mettent à la porte pour y installer un couple.

— Tu m'écriras chaque semaine.

— Bien entendu.

Il s'était écoulé assez de temps pour qu'ils pussent se persuader qu'ils avaient déjeuné.

— Si tu ne veux plus rien manger, autant que je te

conduise au port. Le sergent a organisé un service de
vedettes à quai.

Ils ne pouvaient plus rien se dire désormais que de
banal. L'irréalité enveloppait chacun de leurs gestes:
bien qu'ils fussent à portée de la main l'un de l'autre,
ils avaient l'impression d'être déjà séparés par la ligne
côtière d'un continent entier. Leurs paroles prenaient
la forme guindée du style d'une lettre mal écrite.

Ils furent soulagés lorsqu'ils se trouvèrent à bord et
délivrés du tête-à-tête. Halifax, des Travaux publics,
débordait et bouillonnait de fausse bonhomie. Il faisait
des plaisanteries graveleuses et recommandait aux deux
femmes de boire beaucoup de gin.

— C'est bon pour les entrailles, disait-il, la première
chose qui se démantibule, sur un bateau, c'est les entrailles. Beaucoup de gin le soir, et le matin, un dé à
coudre.

Les deux femmes faisaient l'inspection de leur cabine;
on les apercevait dans l'ombre comme les habitantes
d'une caverne; elles se disaient à mi-voix des choses
que les hommes ne pouvaient pas entendre; ce n'étaient
déjà plus leurs épouses, elles étaient sœurs et appartenaient à une race différente.

— Vous et moi, mon vieux, dit Halifax, on n'a
pas besoin de nous. Elles seront très bien, maintenant.
Moi, je retourne à terre.

— Je vous accompagne.

Tout avait été irréel jusque-là, mais voici qu'étaient
venus la vraie douleur, le moment de la mort. Tel un
prisonnier, il n'avait pas cru au procès; ce n'était qu'un
rêve; la condamnation avait été un rêve ainsi que le

transport en voiture cellulaire, mais, brusquement, il se trouvait le dos au mur, et tout était vrai. C'était le moment de se cuirasser pour mourir avec courage. Louise et Scobie s'en allèrent au bout du couloir abandonnant la cabine aux Halifax.

— Au revoir, mon petit.

— Au revoir, Ticki, écris-moi toutes les...

— Oui, chérie.

— Je suis un affreux déserteur.

— Non, non. Cet endroit n'est pas fait pour toi.

— Tout aurait été différent si on t'avait nommé directeur.

— J'irai passer ma permission auprès de toi. Si tu as besoin d'argent jusque-là, avertis-moi. Je peux m'arranger.

— Tu as toujours tout arrangé pour moi. Ticki, comme tu vas être content de ne plus avoir de scènes.

— Ne dis pas de bêtises.

— Est-ce que tu m'aimes, Ticki?

— Qu'en penses-tu?

— Dis-le. C'est agréable de se l'entendre dire... même si ça n'est pas vrai.

— Je t'aime, Louise. Et, naturellement, c'est vrai.

— Si je ne peux pas supporter de rester seule là-bas, Ticki, je reviendrai.

Ils s'embrassèrent et remontèrent sur le pont. Vu de là, le port était toujours beau: les maisons qui lui faisaient un mince revêtement scintillaient au soleil comme du quartz ou dormaient dans l'ombre des grosses collines vertes et rondes.

— Vous êtes bien escortées, dit Scobie.

Les corvettes et les destroyers les entouraient comme des chiens: on voyait flotter les pavillons des signaux et jaillir en éclairs les messages d'un héliographe. Les bateaux de pêche se balançaient à l'ancre dans la large baie, sous leurs voiles brunes en ailes de papillon.

— Soigne-toi bien, Ticki.

Halifax arriva bruyamment derrière eux:

— Qui rentre à terre? Vous avez la vedette de la police, Scobie? Mary est dans la cabine, Mrs Scobie, à essuyer ses larmes et à remettre de la poudre pour plaire aux passagers.

— Au revoir, chéri.

— Au revoir.

C'était l'adieu définitif, la poignée de main sous l'œil de Halifax, au milieu des passagers venus d'Angleterre et qui regardaient la scène avec curiosité. Quand la vedette s'éloigna du navire, Louise devint presque tout de suite invisible: peut-être était-elle allée rejoindre Mrs Halifax dans la cabine. Le rêve était terminé; le changement s'était produit, la vie avait recommencé.

— J'ai horreur de ces scènes d'adieux, dit Halifax. Bien content que ce soit fini. Je crois que je vais aller boire un verre de bière au Bedford, vous venez?

— Excusez-moi. Il faut que j'aille prendre mon service.

— Ah! j'aurais bien besoin qu'une jolie petite négresse vienne me dorloter dans ma solitude! dit Halifax, mais: fidèle et loyal, le mari modèle, c'est moi.

Et Scobie le savait, Halifax disait la vérité.

A l'ombre d'un hangar couvert de toile goudronnée,

Wilson debout regardait la baie. Scobie s'arrêta. Il fut
ému par la tristesse de ce visage potelé d'enfant.

— Désolé de ne pas vous avoir vu, dit-il.

Et il ajouta un inoffensif mensonge:

— Louise vous envoie ses amitiés.

IV

Il était près d'une heure du matin lorsqu'il rentra; la lumière était éteinte du côté des cuisines et Ali
somnolait sur le perron de la maison quand les phares,
en passant sur son visage endormi, l'éveillèrent. Il bon-
dit et, de sa lampe de poche, éclaira le chemin du
garage à la maison.

— Très bien, Ali. Va te coucher.

Scobie ouvrit lui-même la porte de la maison vide;
il avait oublié combien le silence peut être profond.
Bien des fois, il était rentré tard, alors que Louise
dormait, mais jamais le silence n'avait eu tout à fait
cette qualité solide, inexpugnable. Ses oreilles guet-
taient, fût-ce sans les discerner, le faible frôlement
d'un souffle, le moindre petit mouvement. Ce soir-là,
il était inutile d'écouter. Scobie monta faire un tour
dans la chambre. Tout y avait été remis en ordre:
plus aucun signe ne demeurait du départ ou de la présence de Louise. Ali avait même enlevé la photographie qu'il avait mise dans le tiroir. Scobie était vraiment seul. Un rat bougea dans la salle de bains et le
toit de tôle grinça sous le poids d'un vautour attardé
qui s'installait pour la nuit.

Scobie s'assit dans le salon et posa ses pieds sur une chaise. Il n'avait pas encore envie d'aller se coucher, mais il avait sommeil: la journée avait été longue. Maintenant qu'il était seul, il pouvait se permettre un acte tout à fait irrationnel: dormir sur une chaise au lieu d'aller au lit. La tristesse se détachait de son esprit, lamelle par lamelle; la satisfaction seule y demeurait. Il avait fait son devoir. Louise était heureuse. Il ferma les yeux.

Le bruit d'une voiture quittant la route pour approcher de la maison, la lumière des phares qui balayait sa fenêtre, l'éveillèrent. Il pensa que ce devait être une voiture de police; il était, ce soir-là, l'officier de garde et il imagina qu'il était arrivé un télégramme urgent et probablement inutile. Il ouvrit la porte et trouva Yusef sur les marches.

— Excusez-moi, major Scobie, j'ai vu en passant votre fenêtre éclairée, et je me suis dit...

— Entrez, dit Scobie, j'ai du whisky ou, si vous préférez, un peu de bière...

— Votre hospitalité m'honore, major Scobie, dit Yusef, surpris.

— Quand je connais assez bien un homme pour lui emprunter de l'argent, il est naturel que je lui montre de l'hospitalité.

— Alors, un peu de bière, major Scobie.

— Le Prophète ne l'interdit pas?

— Le Prophète ignorait tout de la bière en bouteille ou du whisky. Il nous faut interpréter sa parole en termes modernes.

Il regarda Scobie sortir les bouteilles de la glacière.

— N'avez-vous pas de réfrigérateur, major Scobie?

— Non. Le mien attend une pièce de rechange et j'imagine qu'il continuera de l'attendre jusqu'à la fin de la guerre.

— C'est une chose que je ne puis permettre. J'ai plusieurs réfrigérateurs qui ne servent pas. Laissez-moi vous en envoyer un.

— Oh! je peux très bien m'arranger, Yusef. Il y a deux ans que je m'arrange. Ainsi, vous passiez par hasard?

— Mon Dieu, pas exactement. C'est une façon de parler. En fait, j'ai attendu que vos boys soient endormis, et j'ai pris une voiture dans un garage. La mienne est trop connue. Et je n'ai pas emmené de chauffeur. Je voulais éviter de vous gêner, major Scobie.

— Je vous le répète, Yusef, jamais je ne nierai que je fréquente un homme à qui j'ai emprunté de l'argent.

— N'insistez pas là-dessus, major Scobie. C'est une simple transaction d'affaires. Quatre pour cent est un intérêt normal. Je ne demande plus que lorsque je n'ai pas de garanties suffisantes. Je voudrais que vous me laissiez vous envoyer un réfrigérateur.

— A quel sujet désiriez-vous me voir?

— D'abord, major Scobie, je souhaitais avoir des nouvelles de Mrs Scobie. Avait-elle une bonne cabine? A-t-elle besoin de quelque chose? Son bateau fait escale à Lagos et, là, je pourrais lui faire envoyer à bord tout ce qui lui serait nécessaire. Je n'aurais qu'à télégraphier à mon agent.

— Je crois qu'elle ne manque de rien.

— Ensuite, major Scobie, j'avais à vous parler de diamants, rien que quelques mots.

Scobie remit deux bouteilles de bière sur la glace. Il dit lentement et avec douceur:

— Yusef, je ne voudrais pas que vous croyiez que je suis homme à emprunter de l'argent un jour et à insulter son créancier le lendemain pour rassurer son propre ego.

— Ego?

— Excusez-moi: son amour-propre. Comme vous voudrez. Je ne nie pas que nous soyons devenus comme associés dans une affaire, mais mes obligations envers vous sont strictement confinées à ces paiements du quatre pour cent.

— Je suis d'accord, major Scobie. Vous me l'avez déjà dit et je suis tout à fait d'accord. Moi, je vous répète qu'il ne m'effleurerait pas l'esprit de vous demander le moindre service: je préfère vous en rendre.

— Quel drôle de type vous faites, Yusef. Je crois vraiment que vous avez de la sympathie pour moi.

— Oui, j'en ai beaucoup, major Scobie.

Yusef s'assit sur le bord de sa chaise dont l'angle coupant s'enfonça cruellement dans sa vaste cuisse étalée; il était mal à l'aise partout, sauf chez lui.

— Et maintenant, puis-je vous parler diamants?

— Allez-y.

— Vous savez qu'à mon avis, les gens du gouvernement sont cinglés en ce qui concerne ces diamants. Ils vous font perdre votre temps, plus le temps de la police des douanes: ils envoient des agents spéciaux sur la côte; nous en avons même un ici; vous savez qui c'est,

bien que personne, sauf le directeur, ne soit supposé
le savoir: il distribue de l'argent à tous les Noirs et à
tous les Syriens pauvres qui lui racontent des histoires.
Ensuite, il télégraphie ces histoires en Angleterre et tout
le long de la côte. Et au bout de tout ça, saisissent-ils
un seul diamant?

— Ceci ne nous regarde pas, Yusef.

— Je veux vous parler en ami, major Scobie. Il y a
diamants et diamants, Syriens et Syriens. Vous autres,
vous courez après les gens qu'il ne faut pas. Vous voulez empêcher que les diamants industriels ne partent
pour le Portugal, et de là pour l'Allemagne; ou qu'ils
ne franchissent la frontière pour aller dans la France
de Vichy. Mais vous passez votre temps à poursuivre
des gens que n'intéressent pas les diamants industriels, des gens dont la seule idée est d'enfermer quelques pierres précieuses dans un coffre pour les y retrouver après la guerre.

— En d'autres termes, vous?

— Six fois, ce mois-ci, la police est venue mettre
tout sens dessus dessous dans mes magasins. Ils ne
trouveront jamais de diamants industriels de cette façon.
Il n'y a que de petits hommes pour s'intéresser aux
diamants industriels. Voyons, emplissez-en une boîte
d'allumettes, vous en aurez pour deux cent livres, pas
plus. Je les appelle des collectionneurs de cailloux,
ajouta-t-il avec mépris.

— Tôt ou tard, Yusef, dit Scobie lentement, je suis
sûr que vous me demanderez quelque chose. Mais vous
n'obtiendrez jamais que votre quatre pour cent. Demain,
je vais donner au directeur un rapport confidentiel

détaillé sur nos arrangements financiers. Naturellement, il se peut qu'il me demande de démissionner, mais je ne le crois pas. Il a confiance en moi. (Un souvenir le blessa comme une pointe.) Je crois qu'il a confiance en moi.

— Est-ce que ce serait sage, major Scobie?

— Je crois que c'est la sagesse même. N'importe quel secret entre vous et moi tournerait mal un jour.

— Comme vous voudrez, major Scobie. Mais je vous affirme que je n'ai rien à vous demander. J'aimerais vous donner des choses: vous ne voulez pas de mon réfrigérateur, mais je pensais que peut-être vous accepteriez des conseils, des renseignements...

— J'écoute, Yusef.

— Tallit est un petit homme. C'est un chrétien. Le Père Rank et d'autres gens fréquentent sa maison. Ils disent: s'il existe un seul Syrien honnête, alors ce doit être Tallit. Tallit n'est pas très prospère dans son commerce et ils prennent cela pour de l'honnêteté.

— Continuez.

— Le cousin de Tallit part sur le prochain bateau portugais. Ses bagages vont être fouillés, bien entendu, et l'on ne trouvera rien. Il aura avec lui un perroquet en cage. Le conseil que je vous donne, major Scobie, c'est de laisser partir le cousin de Tallit et de garder le perroquet.

— Pourquoi laisser partir le cousin?

— Il ne faut pas montrer votre jeu à Tallit. Il vous est facile de dire que le perroquet est malade et ne part pas. Il n'osera pas faire d'histoires.

— Vous voulez dire que les diamants seront dans la graine du perroquet?

— Oui.

— Ce truc a-t-il déjà été employé sur les bateaux portugais?

— Oui.

— J'ai l'impression que nous serons obligés d'acheter une volière.

— Allez-vous utiliser ce renseignement, major Scobie?

— Vous m'apportez des renseignements, Yusef, moi, je ne vous en donne pas.

Yusef inclina la tête en souriant. Soulevant sa masse avec un certain soin, il toucha la manche de Scobie d'un mouvement vif et timide:

— Vous avez tout à fait raison, major Scobie. Croyez-moi, je ne veux vous causer aucun tort. Je prendrai beaucoup de précautions, vous prendrez beaucoup de précautions, et tout se passera très bien.

On eût dit qu'ils ourdissaient un complot pour faire le bien: même l'innocence prenait aux mains de Yusef une allure louche.

— Si vous disiez de temps en temps une bonne parole à Tallit, ajouta-t-il, ce serait plus sûr. L'agent spécial lui rend visite.

— Je ne connais aucun agent.

— Je n'en doute pas, major Scobie.

Yusef hésita au bord de la lumière comme un gros papillon de nuit.

— Peut-être, dit-il, quand vous écrirez à Mrs Scobie, penserez-vous à lui envoyer mes meilleurs vœux. Oh!

non, les lettres sont censurées. Vous ne pouvez pas faire ça. Vous pourriez lui dire... Non, il vaut mieux ne rien dire. Du moment que vous, major Scobie, vous savez que mes meilleurs vœux vous accompagnent...

Trébuchant sur les pierres de l'étroit sentier, il regagna sa voiture. Quand il eut allumé les phares, il appuya son visage contre la vitre: il apparut dans la lueur du tableau de bord, large, blême, suspect, sincère; il fit une vague et timide ébauche de geste amical à Scobie qui restait seul, debout dans l'encadrement de la porte, au seuil de sa maison vide et silencieuse.

LIVRE DEUXIÈME

Première partie

I

A Pende, de la terrasse vitrée du bungalow du D.C., ils regardaient des torches s'agiter sur l'autre bord de la large et somnolente rivière.

— Ainsi, là-bas, c'est la France... dit Druce, en se servant de l'expression habituelle aux indigènes.

— Oui, continua Mrs Perrot, avant la guerre, nous allions faire des pique-niques en France.

Perrot sortit du bungalow et vint à eux, un verre dans chaque main: il avait les jambes arquées et portait ses bottes contre les moustiques sur sa culotte, comme des bottes de cavalerie, si bien qu'il donnait l'impression d'être descendu de cheval un moment avant.

— Voici votre verre, Scobie, dit-il. Naturellement, nous avons du mal à considérer les Français comme des ennemis. Ma famille a émigré avec les huguenots, ce qui crée un état d'esprit différent, je vous assure.

Son long et maigre visage jaune, coupé en deux par un nez semblable à une blessure, ne cessait d'être avec arrogance sur la défensive: l'importance de Perrot était, pour Perrot, article de foi, les tièdes seraient repoussés... voire même persécutés, si l'occasion s'en présentait... la foi ne cesserait jamais d'être proclamée.

— S'ils s'alliaient un jour avec les Allemands, dit Scobie, je pense que c'est un des points sur lesquels ils attaqueraient.

— A qui le dites-vous! riposta Perrot. On m'a envoyé ici en 1939. Le gouvernement avait l'intuition de ce qui allait se passer. Tout est prêt, soyez-en sûr. Où est le docteur?

— Je crois qu'il jette un dernier coup d'œil sur les lits, dit Mrs Perrot. Vous devez être bien soulagé, Mr Scobie, que votre femme soit arrivée saine et sauve. Ces malheureuses gens! Quarante jours dans les chaloupes! On frémit d'y penser.

— C'est ce maudit goulet entre Dakar et le Brésil qui est la cause de tout le mal, dit Perrot.

L'air sombre, le docteur arriva sur la terrasse.

Sur l'autre rive du fleuve, tout redevenait silencieux et vide: les torches étaient éteintes. La lumière qui brûlait sur la petite jetée au-dessous du bungalow éclairait le cours très lent de quelques pieds d'eau noire. A la surface de cette eau, un morceau de bois sortit et passa dans la tache de lumière avec tant de paresse que Scobie compta jusqu'à vingt avant qu'il disparût de nouveau dans la zone obscure.

— Les Grenouillards ne se sont pas trop mal conduits, cette fois-ci, dit Druce d'un air morne, en repêchant un moustique noyé dans son verre.

— Ils n'ont ramené que les femmes, les vieillards et les mourants, dit le docteur en tirant sur sa barbe. Il leur était difficile d'en faire moins.

Brusquement, comme le bruit d'une invasion d'insectes, des voix se mirent à bruire et à gémir sur la rive opposée. Des groupes de torches passaient çà et là ainsi que des lucioles: Scobie, en se servant de ses jumelles, apercevait une face noire illuminée d'un éclair bref; un piquet de hamac, un bras blanc, le dos d'un officier.

— Je crois, dit-il, qu'ils sont arrivés.

Une longue ligne de lumières dansait au bord de l'eau.

— Dans ce cas, dit Mrs Perrot, nous ferions mieux de rentrer.

Les moustiques faisaient autour d'eux un ronron aussi régulier que celui d'une machine à coudre. Druce poussa une exclamation et se frappa la main.

— Rentrons, dit Mrs Perrot, les moustiques d'ici sont tous porteurs de paludisme.

Les fenêtres de la grande pièce étaient garnies de toile métallique pour les empêcher d'entrer, on sentait dans l'air confiné l'odeur lourde des pluies proches.

— Les brancards traverseront à six heures du matin, dit le docteur. Je crois que nous sommes tous prêts, Perrot. Il y a un cas d'hématurie et quelques cas de malaria, mais la plupart ne souffrent que d'épuisement... et c'est la pire des maladies. C'est de cela que nous mourons presque tous, en fin de compte.

— Scobie et moi, nous prendrons les gens qui se tiennent debout, dit Druce. Il faudra nous dire, docteur, dans quelle mesure ils seront en état de supporter un interrogatoire. Votre police s'occupera des porteurs, Perrot, je suppose: elle veillera à ce qu'ils retournent tous à l'endroit d'où ils viennent.

— Bien entendu, dit Perrot. Nous sommes ici sur le pied de guerre. Encore un peu de whisky?

Mrs Perrot tourna le bouton de la radio et l'orgue du Cinéma Orpheum à Clapham se mit à jouer, ayant traversé pour eux trois milliers de milles. Sur l'autre rive du fleuve, les voix surexcitées des brancardiers s'élevaient et retombaient. Quelqu'un frappa à la porte de la véranda. Scobie cherchait une position commode dans son fauteuil tandis que gémissait ou tonnait l'orgue de Würlitzer. Scobie trouvait que ce bruit manquait scandaleusement de discrétion. La porte de la véranda s'ouvrit et Wilson fit son entrée.

— Tiens, Wilson, dit Druce. Je ne savais pas que vous étiez ici.

— Mr Wilson est venu pour inspecter l'entrepôt de l'UAC, expliqua Mrs Perrot. J'espère que la chambre-abri de l'entrepôt est convenable. Elle est si rarement occupée !

— Oh ! elle est très suffisante, dit Wilson. Major Scobie ! Je ne m'attendais pas à vous rencontrer ici.

— Je me demande ce que vous trouvez là de surprenant, dit Perrot, je vous avais averti qu'il y serait. Asseyez-vous et servez-vous à boire.

Scobie pensa à ce que lui avait dit Louise au sujet de Wilson. Elle avait employé le mot « louche ». Il regarda Wilson et vit sur le visage enfantin s'effacer peu à peu la rougeur que la trahison de Perrot y avait fait monter; il vit aussi les petites rides autour des yeux qui démentaient l'aspect de jeunesse des traits.

— Avez-vous des nouvelles de Mrs Scobie, monsieur ?

— Elle est bien arrivée, la semaine dernière.

— J'en suis content, très content.

— Eh bien! demanda Perrot, quels sont les derniers cancans de la grand-ville?

L'expression « grand-ville » fut accompagnée d'un sourire railleur. Perrot ne pouvait supporter la pensée qu'il existât un endroit où les gens croyaient avoir quelque importance, sans que lui-même y fût considéré. Comme un huguenot qui imagine Rome, il échafaudait un tableau de frivolité, de vice et de corruption.

— Nous autres, gens de la brousse, nous menons une vie bien paisible, insista-t-il pesamment.

Scobie plaignit Mrs Perrot qui l'entendait si souvent prononcer ces phrases; l'époque de leurs amours, l'époque où elle y avait cru, devait être oubliée depuis longtemps. Assise à côté du poste de TSF marchant en sourdine, elle écoutait ou faisait semblant d'écouter de vieilles romances viennoises, la bouche raidie par l'effort qu'elle faisait pour ne pas entendre son mari interpréter son rôle préféré.

— Alors, Scobie, que deviennent les grands personnages de la ville?

— Oh! répondit vaguement Scobie, les yeux toujours fixés avec compassion sur Mrs Perrot, il n'arrive absolument rien. Les gens sont trop préoccupés par la guerre.

— Oui, je vois, reprit Perrot. Trop de fiches à manipuler au gouvernement. Il faudrait qu'ils viennent passer quelque temps ici à faire pousser du riz. Ils apprendraient ce que c'est que le travail.

— Je suppose que l'histoire la plus sensationnelle, récemment, a été celle du perroquet, n'est-ce pas, monsieur? dit Wilson.

— Le perroquet de Tallit? demanda Scobie.

— Ou de Yusef, s'il faut en croire Tallit, riposta Wilson. Est-ce correct, monsieur, ou ai-je mal compris cette histoire?

— Je ne pense pas que nous sachions jamais où est la vérité, dit Scobie.

— Mais quelle est l'histoire? Nous sommes isolés du grand monde où les choses arrivent. Ici, nous avons les Français comme seul sujet de distraction.

— Eh bien! il y a environ trois semaines, le cousin de Tallit partait pour Lisbonne sur un des bateaux portugais. Nous avons fouillé ses bagages sans rien trouver, mais j'avais entendu dire qu'il arrive parfois que des diamants soient passés en fraude cachés dans des graines d'oiseau, alors j'ai confisqué son perroquet. Et, précisément, on a trouvé dans sa mangeoire la valeur d'une centaine de livres de diamant industriel. Le bateau n'avait pas encore quitté la rade, nous avons fait revenir à terre le cousin de Tallit et le cas paraissait fort clair.

— Mais il ne l'était pas?

— Impossible de coincer un Syrien, dit le docteur.

— Le boy du cousin de Tallit jura que ce n'était pas le perroquet du cousin de Tallit, et naturellement le cousin de Tallit lui-même le jura aussi. Leur version de l'histoire était que le petit boy avait fait un échange d'oiseaux afin de compromettre Tallit.

— Sur l'ordre de Yusef, je suppose, dit le docteur.

— Bien entendu. Le hic, c'est que ce petit boy a disparu. Il y a deux explications à cette absence: ou Yusef l'a payé et il a filé, ou — c'est aussi vraisem-

LE FOND DU PROBLÈME199

blable — Tallit l'a payé pour établir la culpabilité de
Yusef.

— Si ça se passait ici, déclara Perrot, je les four-
rerais en prison tous les deux.

— En ville, rétorqua Scobie, il nous faut songer à la
légalité.

Mrs Perrot tourna brusquement le bouton de la TSF
et une voix se mit à crier avec vigueur:

— Lance-lui un coup de pied quelque part.

— Je vais me coucher, dit le docteur, nous aurons
une dure journée, demain.

Assis dans son lit, sous la moustiquaire, Scobie ouvrit
son journal intime. Tous les soirs, depuis un nombre
trop grand d'années pour qu'il pût se le rappeler, il
avait tenu le compte (aussi succinctement que possible)
des événements quotidiens de sa vie. Lorsqu'il s'élevait
une contestation au sujet d'une date, il trouvait là un
moyen de vérification. S'il voulait savoir quel jour les
pluies avaient commencé une certaine année, ou quand
l'avant-dernier directeur des Travaux publics avait été
envoyé en Afrique orientale, ces faits étaient dûment
consignés dans l'un des cahiers que contenait un cof-
fret de fer caché chez lui sous son lit. En dehors de
cela, Scobie n'ouvrait jamais ces cahiers... il évitait surtout celui où était consigné ce fait, le plus brutal de
tous: « C. est morte. » Scobie ne s'expliquait pas pourquoi il tenait cette chronique. Certainement pas pour
la postérité. Même si la postérité devait s'intéresser un
jour à la vie d'un obscur officier de police dans une
colonie sans prestige, elle ne trouverait pas beaucoup de
renseignements dans ces petites notes cryptiques. Peut-

être la raison en était-elle que quarante ans auparavant, à l'école préparatoire, il avait gagné un prix (c'était un exemplaire d'*Allan Quartermaine*) pour avoir tenu son journal tout un été, pendant les grandes vacances: il avait continué par la force de l'habitude, et la présentation des faits elle-même s'était à peine modifiée: *Saucisses pour le petit déjeuner. Belle journée. Promenade le matin. Leçon d'équitation l'après-midi. Poulet au déjeuner, pouding au miel.* Imperceptiblement, ou presque, cela était devenu: *Louise est partie. Visite de Y. dans la soirée. Premier typhon à deux heures du matin.* Sa plume était impuissante à traduire l'importance plus ou moins grande des événements. Il eût été le seul — s'il avait eu le goût de se relire — à mesurer dans l'avant-dernière phrase l'énorme brèche que la compassion avait su creuser dans son intégrité. (Y. jamais Yusef.)

Scobie écrivit: *5 mai. Arrivé à Pende pour y accueillir les survivants du SS 43* (il employait les signes du code pour plus de sécurité). *Druce m'accompagne.* Il hésita un moment, puis ajouta: *Wilson ici.* Il ferma son journal, puis, allongé sur le dos sous la moustiquaire, se mit à prier. Ceci aussi était chez lui une habitude. Il récita un Notre-Père, un Je vous salue Marie, et, au moment où déjà le sommeil lui collait les paupières, ajouta un acte de contrition. C'était une formalité, non qu'il se crût exempt de grave péché, mais parce qu'il n'avait jamais eu le sentiment que sa vie eût une grande importance, ni dans un cas ni dans l'autre. Il ne buvait pas, ne forniquait pas, ne mentait même pas, mais n'avait jamais pris pour de la vertu cette absence de

péché. Quand il lui arrivait d'y réfléchir, il se considérait comme un homme de troupe, le simple soldat
appartenant au plus banal peloton et qui n'a jamais
trouvé l'occasion de violer les règlements militaires
essentiels. « J'ai manqué la messe sans raison suffisante.
J'ai négligé de réciter ma prière du soir. » Ce n'était
pas plus sérieux que ce qu'avouent les soldats... cou-
pables d'éviter une occasion de fatigue, chaque fois
qu'ils peuvent le faire. « Oh! mon Dieu, bénissez... »
mais avant d'avoir pu prononcer un seul nom, il s'endormit.

II

Le lendemain, ils étaient sur la jetée: les premières
lueurs froides du jour striaient le ciel à l'orient. Dans
le village, les huttes dormaient encore derrière un brouil-
lard argenté. A deux heures du matin, il y avait eu un
typhon... une colonne tournoyante de nuées noires venue
de la côte, et dans l'air flottait encore la fraîcheur de
la pluie. Ils avaient remonté le col de leur pardessus et
surveillaient la côte française, les brancardiers accroupis
sur le sol derrière eux. Mrs Perrot descendit le sentier
qui venait du bungalow en essuyant ses yeux blancs de
sommeil: de l'autre rive arrivait le bêlement très assourdi
d'une chèvre.

— Sont-ils en retard? demanda Mrs Perrot.
— Non, c'est nous qui sommes en avance.
Scobie avait mis au point sa jumelle et regardait la
rive opposée.
— Ils bougent, annonça-t-il.

— Les malheureux! dit Mrs Perrot que l'air froid du matin faisait frissonner.

— Ils sont vivants, dit le docteur.

— Oui, c'est vrai.

— Dans ma profession, il est d'usage de considérer ce fait comme important.

— Se remet-on jamais d'un choc semblable? Quarante jours dans des embarcations non pontées.

— Lorsqu'on peut y survivre, expliqua le médecin, on s'en remet. C'est de l'échec qu'il est difficile de guérir, mais ceci, en somme, est une espèce de réussite.

— On les sort des huttes, dit Scobie. Je crois que je puis compter six brancards. Les barques sont amenées à quai.

— Nous avons reçu l'ordre de nous préparer à recevoir neuf malades couchés et quatre debout, dit le docteur; je suppose qu'ils ont eu de nouveaux décès.

— Peut-être aurai-je mal compté. Voilà qu'ils les apportent au bord de l'eau. Je crois qu'il y a sept brancards. Je ne puis distinguer les malades qui marchent de ceux qui les entourent.

La lumière terne et froide, trop débile pour dissiper la brume matinale, faisait paraître la distance d'une rive à l'autre plus considérable qu'elle n'eût semblé à midi. Une pirogue indigène transportant, à ce qu'ils supposèrent, les malades capables de marcher, se détacha de la brume en silhouette noire et surgit brusquement très près d'eux. Sur l'autre rivage, ils avaient des difficultés avec le moteur d'une vedette automobile et l'on entendait son halètement irrégulier, pareil à celui d'un animal essoufflé.

Le premier malade qui débarqua était un homme d'âge mûr qui avait le bras en écharpe. Il portait un turban blanc sale et une étoffe indigène lui entourait les épaules; de sa main libre, il tiraillait et grattait le poil blanc qui lui couvrait le visage. Il annonça, avec un accent nettement écossais:

— Je suis Loder, mécanicien-chef.

— Soyez le bienvenu sur terre britannique, Mr Loder, lui dit Scobie; voulez-vous monter jusqu'au bungalow, le docteur s'occupera de vous dans quelques minutes.

— Point besoin d'médecin.

— Asseyez-vous et reposez-vous. J'irai vous rejoindre aussitôt que possible.

— Je veux far' mon rapport à qui de droit.

— Je suis le commissaire du district, dit Perrot. Vous pourrez me faire votre rapport.

— Alors, qu'est-ce que vous attendez, demanda le mécanicien. Il y a près de deux mois que nous avons coulé. J'ai une très grosse responsabilité du fait que le commandant est mort.

Tandis que Perrot l'emmenait au bungalow, les accents de son insistante voix écossaise leur revenaient:

— Je suis responsable envers les armateurs.

Les trois autres étaient arrivés au rivage et, de l'autre côté du fleuve, le bruyant rafistolage de la vedette continuait; on entendait le craquement sec des cisailles, le cliquetis des pièces de métal, suivis du halètement spasmodique. Deux des rescapés suivants étaient les victimes traditionnelles de ce genre d'aventure: des hommes d'âge mûr, l'air de plombiers qui auraient pu être frères s'ils ne s'étaient appelés l'un Forbes, l'autre

Newall, des hommes sans la moindre personnalité, qui ne réclamaient rien, auxquels les choses arrivaient, sans plus. L'un avait le pied écrasé et marchait à l'aide d'une béquille; l'autre avait la main emmitouflée dans des bandes malpropres faites dans une chemise coloniale. Ils restaient debout sur la jetée, manifestant un manque d'intérêt aussi total et aussi authentique que s'ils avaient été au coin d'une rue de Liverpool, à attendre l'ouverture du bistrot. Une femme robuste, aux cheveux gris, portant des bottes contre les moustiques, sortit du canoë après eux.

— Votre nom, madame? demanda Druce en consultant une liste. Etes-vous Mrs Rolt?

— Non, je ne suis pas Mrs Rolt. Je suis miss Malcott.

— Voulez-vous monter jusqu'au bungalow. Le docteur...

— Le docteur a des cas beaucoup plus graves que le mien qui réclament son aide.

— Vous serez heureuse de vous étendre, intervint Mrs Perrot.

— C'est la dernière chose que j'aie envie de faire, dit miss Malcott. Je ne suis pas du tout fatiguée. (Elle refermait la bouche entre chaque phrase.) Je n'ai pas faim. Je n'ai pas peur. Je veux continuer mon voyage.

— Où allez-vous?

— Lagos. Dans les services de l'Education nationale.

— J'ai peur que vous n'ayez à subir de longs retards.

— J'ai déjà deux mois de retard. Je ne puis supporter de n'être pas exacte. Le travail n'attend pas.

Elle leva tout à coup le visage vers le ciel et se mit à

hurler comme un chien. Le docteur la prit doucement par le bras et lui dit:

— C'est bon. Nous ferons tout notre possible pour vous faire arriver très vite à destination. Venez jusqu'à la maison pour donner quelques coups de téléphone.

— Certainement, dit miss Malcott. Il n'est rien qui ne se puisse arranger par téléphone.

— Envoyez-moi les deux autres types dans un instant, dit le docteur. Ils vont très bien. Si vous avez des questions à leur poser, ne vous gênez pas.

— Je les emmène, répondit Druce. Restez ici, Scobie, pour le cas où la vedette arriverait. Le français n'est pas mon fort.

Scobie s'assit sur la balustrade de fer de la jetée et regarda de l'autre côté de l'eau. A mesure que la brume se levait, l'autre berge se rapprochait. Il commençait à pouvoir en discerner les détails à l'œil nu: l'entrepôt blanc, les huttes de torchis, les cuivres de la vedette luisant au soleil; il voyait jusqu'aux fez rouges des troupes indigènes. « Il aurait pu m'arriver, pensa-t-il, dans le même paysage, d'attendre que Louise apparût sur une civière... ou même de ne rien attendre du tout. » Quelqu'un s'installa sur la barrière à côté de lui, mais Scobie ne tourna pas la tête:

— A quoi pensez-vous, monsieur?

— Je pensais à l'instant même, Wilson, que Louise est arrivée sans accident.

— J'y pensais aussi, monsieur.

— Pourquoi m'appelez-vous toujours: monsieur, Wilson? Vous n'appartenez pas à la police. Cela me donne l'impression que je suis très vieux.

— Excusez-moi, major Scobie.

— Comment Louise vous appelle-t-elle?

— Wilson. Je crois qu'elle n'aime pas mon nom de baptême.

— Il me semble qu'ils ont enfin réussi à faire partir cette vedette. Wilson, ayez la gentillesse d'en avertir le docteur.

Un officier dont l'uniforme blanc était couvert de taches se dressait à l'avant; un soldat lança une corde que Scobie rattrapa et fixa.

— Bonjour[1], dit-il en faisant un salut militaire.

L'officier français lui rendit son salut. Il avait l'air exténué, un tic nerveux faisait sauter sa paupière gauche. Il répondit en anglais:

— Bonjour, je vous amène sept malades sur des civières.

— Les signaux m'en annonçaient neuf.

— Un est mort pendant le transport et l'autre, hier soir. Un d'hématurie et l'autre de... de... je connais mal l'anglais, dites-vous de fatigue?

— Oui, d'épuisement.

— C'est ça.

— Si vous le permettez, dit Scobie, mes hommes vont aller chercher les civières à bord.

Il ajouta, à l'adresse des brancardiers:

— Faites doucement, très, très doucement.

La recommandation était inutile; nul Blanc, infirmier de profession, n'aurait pu mettre plus de délicatesse à soulever et porter un malade.

---

[1] En français dans le texte.

— Voulez-vous vous dégourdir les jambes par une petite promenade, demanda Scobie, ou préférez-vous monter jusqu'à la maison pour boire un peu de café ?

— Non, merci, pas de café. Je vais seulement veiller à ce que tout se passe bien ici.

Il était courtois et inaccessible. Mais pendant tout ce temps, son œil gauche lançait par éclairs furtifs un message d'incertitude et de détresse.

— J'ai quelques journaux anglais, s'il vous est agréable de les lire.

— Non, non, merci. J'ai beaucoup de difficulté à lire l'anglais.

— Vous le parlez fort bien.

— C'est différent.

— Une cigarette ?

— Non, merci. Je n'aime pas le tabac américain.

La première civière fut descendue à terre... les couvertures étaient remontées jusqu'au menton de l'homme, en sorte qu'il était impossible de déduire d'après son visage pétrifié, sans expression, quel âge il pouvait avoir. Le docteur descendit du bungalow à la rencontre de la civière et conduisit les porteurs vers la maison d'accueil gouvernementale où des lits avaient été préparés.

— Autrefois, dit Scobie, je venais chasser de votre côté avec votre directeur de la Sûreté. Un très gentil garçon du nom de Durand, un Normand.

— Il n'y est plus, dit l'officier.

— Rentré en France ?

— En prison, à Dakar, répliqua l'officier, debout, immobile à l'avant comme une figure de proue, tandis que les crispations nerveuses de sa paupière continuaient sans arrêt.

Les brancards passaient lentement devant Scobie et tournaient pour prendre la montée; un garçonnet qui ne pouvait avoir plus de dix ans, avec un visage fiévreux et son bras hors de la couverture, maigre et tordu comme une branche; une vieille dame dont les mèches de cheveux gris tombaient de tous les côtés et qui s'agitait en marmottant; un homme au nez en pied de marmite, protubérance écarlate et bleue sur une face jaune. Un à un, ils prirent le tournant du sentier où les pieds des porteurs avançaient avec une certitude de mulets.

— Et le Père Brûle? demanda Scobie, c'était un brave homme.

— Il est mort l'année dernière, d'hématurie.

— Il était resté ici vingt ans sans prendre un seul congé, n'est-ce pas? Il sera difficile à remplacer.

— Il n'a pas été remplacé, dit l'officier.

Il se retourna et d'une voix brutale donna un ordre bref à l'un de ses hommes. Scobie regarda ce qui venait sur la civière suivante et détourna les yeux. Une petite fille — elle n'avait sûrement pas six ans — y était étendue. Elle dormait d'un profond et malsain sommeil: ses cheveux blonds étaient emmêlés et mouillés par la sueur; ses lèvres entrouvertes étaient sèches et fendillées; des frissons la secouaient spasmodiquement, à intervalles réguliers.

— C'est horrible, dit Scobie.

— Qu'est-ce qui est horrible?

— Cette enfant...

— Ah! oui. Son père et sa mère ont disparu. Mais peu importe, elle va mourir.

Scobie regardait les brancardiers monter lentement la côte, leurs pieds nus s'abattant sur le sol avec un claquement très doux. Il pensait: Toute l'ingénuité du Père Brûle suffirait-elle à expliquer ceci? Non que l'enfant dût mourir: rien à expliquer là-dedans. Les païens eux-mêmes comprennent que l'amour de Dieu se manifeste parfois par la mort d'un être jeune, tout en trouvant à cette mort un autre sens. Mais qu'il eût laissé cette enfant survivre à quarante jours et quarante nuits de chaloupe non pontée, là était le mystère, l'énigme qu'il fallait parvenir à concilier avec l'amour de Dieu.

Et, cependant, Scobie ne pouvait croire en un Dieu qui ne serait pas assez humain pour aimer ce qu'il a créé.

— Comment a-t-elle bien pu survivre? se demanda-t-il tout haut.

L'officier répondit d'un air sombre.

— Naturellement, dans la chaloupe, tout le monde s'est occupé d'elle. Les autres lui ont souvent donné leur part d'eau douce. C'était absurde, je le sais, mais l'on ne peut pas toujours être logique. Et cela leur occupait l'esprit.

C'était un soupçon d'explication... trop ténu pour que Scobie le pût saisir. Il dit encore:

— En voici une autre dont la vue dispose aussi à la colère.

Le visage était laid, à force de fatigue: on eût dit que la peau allait éclater sous la poussée des pommettes, et seule l'absence de rides montrait qu'il s'agissait d'un visage jeune.

— Elle venait de se marier, dit l'officier français, quand elle a pris le bateau. Son mari a disparu. D'après son passeport, elle a dix-neuf ans. Il se peut qu'elle vive. Vous voyez qu'elle a encore de la force.

Ses bras, aussi frêles que ceux d'un enfant, étaient posés sur les couvertures et ses mains étreignaient un livre qu'elles tenaient solidement. Scobie aperçut l'alliance, trop grande pour le doigt desséché.

— Que tient-elle?

— *Timbres* [1], dit l'officier français.

Il ajouta avec amertume:

— Quand cette maudite guerre a commencé, elle devait être encore à l'école.

Scobie n'oublia jamais comment elle était entrée dans sa vie, portée sur une civière, les yeux fermés et serrant contre sa poitrine un album de timbres-poste.

III

Le soir, ils se réunirent de nouveau autour de rafraîchissements, mais leur entrain était complètement tombé. Perrot lui-même n'essayait plus de plastronner.

— Et voilà, dit Druce. Demain, je pars. Venez-vous avec moi, Scobie?

— Je pense que oui.

— Vous avez tous les renseignements que vous vouliez? demanda Mrs Perrot.

---

[1] En français dans le texte.

— Ceux qui me sont utiles. Le mécanicien-chef est un brave type. Tout était préparé dans sa tête. Je n'arrivais pas à écrire assez vite. Quand il a eu fini, il s'est aplati brusquement, comme s'il était vidé. C'était « ma responsabilité » qui le maintenait debout. Saviez-vous qu'ils ont marché — ceux qui tenaient encore sur leurs jambes — pendant cinq jours pour arriver ici?

— Est-ce qu'ils naviguaient sans escorte? demanda Wilson.

— Ils sont partis en convoi. Mais ils ont eu quelques ennuis de machine et vous connaissez de nos jours le règlement de la route: on n'attend pas les traînards. Ils avaient pris douze heures de retard et essayaient de rattraper le convoi quand ils ont été torpillés par erreur. Le commandant du sous-marin est revenu en surface et leur a indiqué la route. Il leur a dit qu'il les aurait pris en remorque s'il n'avait eu une patrouille à ses trousses. En somme, dans ces histoires-là, on ne peut accuser personne.

« Ces histoires-là » prirent immédiatement, dans l'esprit de Scobie, la forme d'une enfant à la bouche ouverte et dont les mains décharnées serreraient un album de timbres-poste.

— Je suppose, dit-il, que le docteur va venir nous apporter quelques nouvelles, s'il a un moment.

Il alla jusqu'à la terrasse pour tromper son impatience en refermant soigneusement derrière lui la porte garnie de toile métallique et il entendit aussitôt un moustique ronfler autour de son oreille. Leur vrombissement ne cessait jamais, mais lorsqu'ils volaient à l'attaque, prenait la sonorité plus grave des bombardiers en piqué. On voyait des lumières briller dans l'hôpital improvisé et le poids de toute cette misère pesait sur ses épaules. Il avait l'impression d'avoir écarté une responsabilité pour en assumer une nouvelle. Celle-ci, il la partageait avec tous les autres hommes, mais il n'y trouvait pas de réconfort, car il lui semblait parfois être seul à la reconnaître. A Sodome et Gomorrhe, une âme isolée eût pu faire changer la décision de Dieu.

Le docteur montait l'escalier de la terrasse.

— Hello, Scobie, dit-il d'une voix aussi lasse que ses épaules penchées, vous prenez l'air? Il est malsain, la nuit, dans cette région.

— Comment vont-ils? demanda Scobie.

— Il va y avoir deux nouveaux décès, je le crains. Un seul, peut-être.

— La petite fille?

— Elle ne passera pas la nuit, répondit brusquement le docteur.

— A-t-elle repris connaissance?

— Pas complètement. De temps en temps, elle réclame son père; elle s'imagine sans doute qu'elle est encore dans la barque. On lui avait caché la vérité, on lui avait fait croire que ses parents étaient dans un autre bateau, mais ses compagnons avaient eu l'assurance, par signaux, qu'il n'en était rien.

— Ne peut-elle vous prendre pour son père?

— Non, elle n'accepte pas ma barbe.

— Comment va la maîtresse d'école? demanda Scobie.

— Miss Malcott? Oh! elle s'en tirera. Je lui ai administré assez de bromure pour l'empêcher de s'agiter jusqu'au matin. C'est tout ce dont elle a besoin. Ça et le sentiment qu'elle va atteindre sa destination. Vous n'avez pas une place pour elle dans votre voiture de police, par hasard? Il serait bon de la faire sortir d'ici.

— Il n'y a place que pour Druce et moi, en plus de nos boys et du matériel. Dès que nous serons rentrés, nous vous enverrons les véhicules appropriés. Les malades qui peuvent marcher, en quel état sont-ils?

— Assez bon.

— Le petit garçon, la vieille dame?

— Ils s'en tireront.

— Qui est le petit garçon?

— Il était pensionnaire dans une école, en Angleterre. Ses parents qui habitent le Sud africain ont pensé qu'il y serait plus en sécurité.

Scobie se força enfin à demander.

— Cette jeune femme... à l'album de timbres-poste?

C'était l'album de timbres, bien plus que le visage, qui hantait son souvenir, sans qu'il en pût comprendre la raison; il pensait aussi à l'alliance trop grande, comme au doigt d'une enfant déguisée en femme.

— Je ne sais pas, dit le docteur. Peut-être... si elle passe la nuit...

— Vous êtes recru de fatigue, docteur. Entrez boire quelque chose.

— Oui. Je ne tiens pas à être dévoré par les moustiques.

Le docteur ouvrit la porte de la véranda. Un moustique piqua le cou de Scobie qui ne prit pas la peine de se défendre. Lentement, d'un pas hésitant, suivant en sens inverse la route qu'avait prise le docteur, il descendit les marches et gagna le sol dur, pierreux et crevassé. Des cailloux détachés roulaient sous son pied. Il pensait à Pemberton. Comme c'est absurde de croire au bonheur dans un monde si plein de misère. Il avait réduit au minimum ses propres besoins; les photographies étaient rangées au fond des tiroirs, les morts expulsés de son souvenir. En guise d'ornements: un cuir à rasoir et une paire de menottes rouillées suspendus au mur: mais l'on n'en a pas moins, pensa-t-il, des yeux et des oreilles. Montrez-moi un homme heureux, moi, je vous montrerai la suffisance, l'égoïsme, la malignité... à moins que ce ne soit la totale ignorance.

Devant l'infirmerie, il s'arrêta. Si l'on n'avait pas su la vérité, les lumières, vues du dehors, auraient produit une extraordinaire impression de paix, de même que, dans la nuit claire, les étoiles répandaient une illusion de solitude, de sécurité, de liberté. Si l'on connaissait la vérité, pensa Scobie, ne serait-on pas forcé de plaindre même les planètes? Si l'on parvenait au fond du problème, comme on dit...

— Tiens, le major Scobie.

C'était la femme du missionnaire de l'endroit qui venait de parler. Elle était vêtue d'un uniforme blanc d'infirmière et ses cheveux d'un gris de silex étaient rejetés en arrière et formaient, en partant du front, des ondulations en forme d'érosion éolienne.

— Venez-vous faire une petite inspection, demanda-t-elle d'un air rébarbatif.

— Justement, répliqua-t-il.

Il ne savait que dire. Il lui était impossible de décrire à Mrs Bowles son inquiétude, les images qui le hantaient, son terrible sentiment d'impuissance, de responsabilité et la pitié qui était en lui.

— Entrez, dit Mrs Bowles.

Et il la suivit avec une docilité de petit garçon.

La maison de repos était divisée en trois pièces. Dans la première, on avait logé les malades non couchés: fortement drogués, ils dormaient en paix comme après un salutaire effort physique. Dans la seconde salle, les malades couchés qu'on espérait pouvoir sauver. La troisième enfin était très exiguë et contenait deux lits séparés par un paravent: la petite fille de six ans à la bouche sèche, la jeune femme étendue sur le dos, inconsciente, serrant toujours contre elle son album de timbres. Une veilleuse brûlait dans une soucoupe et projetait de minces ombres entre les lits.

— Si vous voulez vous rendre utile, dit Mrs Bowles, restez ici un moment. Il faut que j'aille à la pharmacie.

— A la pharmacie?

— Oui, c'est dans la cuisine. On s'arrange comme on peut.

Scobie se sentit envahi par une sensation étrange et par un grand froid qui secoua ses épaules d'un frisson.

— Puis-je y aller à votre place, dit-il.

— Ne soyez pas ridicule, dit Mrs Bowles. Etes-vous qualifié pour exécuter une ordonnance médicale? Je n'en ai que pour quelques minutes. Si l'enfant a l'air de décliner, appelez-moi.

Si elle lui en avait laissé le temps, il aurait inventé une excuse, mais elle avait déjà quitté la pièce et Scobie s'assit lourdement sur l'unique chaise. Quand il regardait la petite fille, il voyait autour de sa tête un voile de communiante: c'était un jeu de lumière sur l'oreiller autant qu'un jeu de son propre esprit. Il mit la tête dans ses mains et refusa de regarder. Il était en Afrique lorsque son enfant, à lui, était morte. Il avait toujours remercié Dieu d'avoir échappé à cela. Mais, après tout, il semblait bien qu'on ne pût jamais échapper: on n'est un être humain que si l'on vide la coupe. Si l'on est lâche un jour, si un autre jour l'on profite de quelque hasard heureux, la coupe vous est présentée une troisième fois. Il pria silencieusement, le visage caché au creux de ses mains. « Oh! mon Dieu, faites que rien ne se passe avant le retour de Mrs Bowles. » Il entendait le souffle difficile et irrégulier de l'enfant; elle respirait comme si elle avait gravi une pente rude en portant un poids trop lourd: c'était inhumain de ne pouvoir la soulager de cette charge harassante. Scobie pensa: « Voici ce que ressentent les parents d'un bout de l'année à l'autre, et moi, quelques minutes suffisent à m'effrayer. Ils voient leurs enfants mourir lentement à chaque heure de leur vie. »

Il se remit à prier: « Oh! Père, veillez sur elle, donnez-lui la paix. »

La respiration cessa, s'étrangla, reprit après un effort terrible. En écartant les doigts, il vit le petit visage de six ans, convulsé comme celui d'un manœuvre qui peine et lutte.

— Père, pria-t-il, donnez-lui la paix. Prenez pour toujours la paix qui est mienne, mais donnez-lui la paix.

Ses mains se couvrirent de sueur.

— Père...

Il entendit une toute petite voix grinçante qui répétait: « Père... » et, levant la tête, aperçut deux yeux bleus, injectés de sang, fixés sur lui. Il pensa avec horreur: « Voici à quoi j'avais cru échapper. » Il aurait voulu appeler Mrs Bowles, mais la voix lui manqua. Il voyait la poitrine de l'enfant se soulever péniblement, cherchant un peu d'air pour répéter son appel. Il alla jusqu'au lit et dit:

— Oui, mon petit, ne parle pas... je suis ici.

La flamme de la veilleuse projeta sur le drap l'ombre de son poing fermé et cette image attira le regard de l'enfant: l'effort qu'elle fit pour rire la convulsa. Scobie déplaça vivement sa main.

— Dors, ma chérie, dit-il. Tu as sommeil. Il faut dormir.

Un souvenir qu'il avait longtemps pris grand soin d'ensevelir lui revint et, tirant son mouchoir de sa poche, il fit tomber sur l'oreiller, près de la figure de l'enfant, l'ombre d'une tête de lapin.

— Voici ton lapin, dit-il, pour t'aider à t'endormir. Il va rester jusqu'à ce que tu dormes. Dodo.

La sueur ruisselait sur le visage de Scobie; il en sentait sur ses lèvres le goût salé qui est celui des larmes.

— Dors.

Il fit bouger les oreilles du lapin de haut en bas, de bas en haut... Puis il entendit la voix de Mrs Bowles, une voix dure et étouffée, derrière son dos.

— Cessez donc cela, dit-elle, la petite est morte.

IV

Le lendemain matin, il annonça au docteur qu'il allait rester jusqu'à l'arrivée des voitures d'ambulance. Miss Malcott pouvait disposer de sa place dans le car de la police. Il valait mieux la transporter ailleurs, car la mort de la petite fille lui avait causé un nouveau choc. Or, il était à prévoir que d'autres décès allaient se produire. On enterra l'enfant le lendemain, en se servant du seul cercueil qu'on pût trouver; il avait été fabriqué pour un homme de grande taille, mais dans ce climat, il est sage de se hâter. Scobie n'assista pas à l'office funèbre qui fut lu par Mr Bowles, devant les Perrot, Wilson et quelques membres de la commission d'enquête; le docteur était occupé à l'infirmerie. Au lieu d'aller à l'enterrement, Scobie parcourut les rizières à grandes enjambées rapides et parla irrigation avec l'officier agronome pour se tenir à l'écart des autres. Plus tard, lorsqu'il eut épuisé tout ce qui se peut dire sur les possibilités d'irrigation, il entra dans l'entrepôt et s'assit dans l'ombre au milieu des boîtes de fer-blanc: confitures en conserve et soupe en conserve, beurre en conserve et biscuits en conserve, lait en boîtes, pommes de terre en boîtes, chocolat en boîtes... et il attendit Wilson. Mais Wilson ne vint pas: peut-être l'enterrement les avait-il tous bouleversés au point qu'ils étaient remontés boire dans le bungalow du D.C. Scobie s'en alla jusqu'à la jetée et regarda les bateaux à voiles descendre vers le large. Il se surprit à dire, comme s'il parlait à un homme debout à ses côtés:

— Pourquoi ne l'avez-vous pas laissée se noyer?

Un homme de la commission d'enquête le regarda d'un air perplexe, et Scobie se remit à marcher vers le sommet de la colline.

Mrs Bowles prenait l'air devant l'infirmerie; elle le « prenait » littéralement, par petites doses, comme on ingurgite un remède. Elle était debout et, alternativement, ouvrait et fermait la bouche, aspiration, expiration.

— Bonjour, dit-elle sèchement, entre deux prises, vous n'êtes pas allé à l'enterrement, major?

— Non.

— Mr Bowles et moi, il est rare que nous puissions assister ensemble à un service funèbre. Sauf quand nous sommes en congé.

— Va-t-il y avoir d'autres services funèbres?

— Encore un, je crois. Les autres paraissent en bonne voie.

— Qui est le moribond?

— La vieille dame. Son état a brusquement empiré cette nuit. Je la croyais sortie d'affaire.

Il ressentit un soulagement sans pitié.

— Le petit garçon va mieux? demanda-t-il.

— Oui.

— Et Mrs Rolt?

— Elle n'est pas hors de danger, mais je crois qu'elle en réchappera. Elle a repris connaissance.

— Sait-elle que son mari est mort?

— Oui.

Mrs Bowles se mit à balancer les bras en les relevant et les abaissant à partir de l'épaule. Puis elle se dressa six fois sur la pointe des pieds.

— Je voudrais pouvoir me rendre utile, dit Scobie.

— Savez-vous lire à haute voix? demanda Mrs Bowles
en se hissant à bout d'orteils.

— Je crois que oui.

— Vous pourriez faire la lecture au petit garçon. Il
commence à s'ennuyer et l'ennui est très mauvais pour
lui.

— Où trouverai-je un livre?

— Il y en a des quantités à la Mission. Plein les
étagères.

Tout était préférable à l'inaction. Il alla jusqu'à la
Mission et trouva, comme l'avait annoncé Mrs Bowles,
des quantités de livres. Il n'avait pas une grande habitude des livres, mais, même à son œil profane, cette
collection parut assez peu faite pour amuser un petit
garçon malade. Tachées par l'humidité, très « fin du
XIXe siècle », les reliures portaient des titres tels que:
*Vingt Années de Missions étrangères, Perdu et sauvé, La
Voie étroite, Conseils aux Missionnaires*. Visiblement, on
avait dû, un beau jour, lancer un appel pour regarnir
la bibliothèque des Missions et ces ouvrages étaient
sortis de pieuses maisons anglaises: *Les Poèmes de John
Oxenham, Pêcheurs d'Hommes*. Scobie prit un volume
au petit bonheur et revint à l'ambulance. Mrs Bowles
était dans son laboratoire et préparait un médicament.

— Trouvé quelque chose?

— Oui.

— Vous pouvez prendre aveuglément n'importe
lequel de ces livres. Ils sont censurés par le comité
avant d'être expédiés. Les gens tentent parfois d'envoyer
des œuvres tout à fait déplacées. Nous n'enseignons

pas à lire aux enfants d'ici pour qu'ils aillent ensuite se repaître de romans !

— Non, je ne le pense pas.

— Montrez-moi ce que vous avez choisi.

Scobie regarda le titre pour la première fois: *Un Evêque chez les Bantous.*

— Ça doit être très intéressant, dit Mrs Bowles.

Et, rempli de doutes, Scobie acquiesça.

— Vous savez où trouver l'enfant ? Faites-lui la lecture un quart d'heure, pas plus.

La vieille dame avait été transportée dans la chambre la plus éloignée où était morte la petite fille, et l'homme au nez en pied de marmite avait gagné ce que Mrs Bowles appelait déjà la salle des convalescents, de sorte que la pièce centrale avait pu être abandonnée tout entière au petit garçon et à Mrs Rolt. Mrs Rolt reposait les yeux fermés, le visage tourné vers le mur. On était parvenu à lui arracher l'album de timbres qui était posé sur une chaise à côté du lit. Le petit garçon regarda Scobie s'approcher avec ce regard intelligent et luisant que donne la fièvre.

— Je m'appelle Scobie. Et vous ?

— Fisher.

— Mrs Bowles m'a demandé de vous faire la lecture, dit Scobie, intimidé.

— Qu'est-ce que vous êtes ? Un soldat ?

— Non, un fonctionnaire de la police.

— Est-ce une histoire de crime ?

— Non. Je ne crois pas.

Il ouvrit le livre au hasard et tomba sur une photographie de l'évêque assis, en robe de cérémonie, sur une

dure chaise de salon, au milieu du parvis d'une toute
petite église à toit de tôle ondulée. Il était entouré de
Bantous qui faisaient devant l'appareil des sourires gri-
maçants.

— Ce que j'aimerais, c'est un roman policier. Avez-
vous déjà été mêlé à un meurtre?

— Non. Pas ce que vous appelleriez un vrai meurtre,
avec des empreintes digitales et une poursuite.

— Quelle sorte de meurtre, alors?

— Eh bien! les gens qui se disputent sortent quelquefois leur couteau.

Il parlait à voix basse pour ne pas déranger Mrs Rolt.
Elle reposait, le poing fermé sur le drap... un poing qui
n'était guère plus gros qu'une balle de tennis.

— Comment s'appelle le livre que vous avez apporté?
Peut-être que je l'ai déjà lu. Sur le bateau, j'ai lu *L'Ile
au Trésor*. Une histoire de pirates, ça m'amuserait.
Dites-moi le titre.

Avec méfiance, Scobie lui répondit:

— *Un Evêque chez les Bantous.*

— Qu'est-ce que ça veut dire?

Scobie respira profondément.

— Eh bien! voilà: Lévêque est le nom du héros.

— Vous avez dit *un* évêque?

— Mais non. Son petit nom est Arthur.

— C'est crétin comme prénom.

— Oui, mais il est plutôt crétin comme héros.

Evitant brusquement le regard du petit garçon, Scobie
s'aperçut que Mrs Rolt ne dormait pas: elle fixait le
mur et écoutait. Il continua, très troublé:

— Les vrais héros, ce sont les Bantous.

— Qui sont les Bantous?

— Une bande de pirates, singulièrement féroces, qui infestaient les Antilles et attaquaient tous les navires dans ce coin de l'Atlantique.

— Est-ce que Arthur Lévêque leur fait la chasse?

— Oui. Et c'est en même temps une espèce de roman policier parce que c'est un agent secret au service du Gouvernement britannique. Il se déguise en simple matelot et s'embarque sur un navire marchand pour se faire capturer par les Bantous. Vous savez qu'ils laissent toujours aux matelots non gradés la possibilité de se joindre à eux. S'il avait été officier, les Bantous l'auraient fait passer à la planche. Alors, il découvre leurs mots de ralliement les plus secrets, leurs cachettes, leurs projets d'abordages et, quand le moment opportun est venu, il n'a plus qu'à les livrer.

— Moi, je trouve que c'est une crapule, ce type, dit le petit garçon.

— Oui. Ah! et aussi, il tombe amoureux de la fille du chef des Bantous et c'est là qu'il devient vraiment crétin et gâteux. Mais c'est tout près de la fin et nous n'irons pas jusque-là. Avant, il y a des tas de combats et d'assassinats.

— Ça n'a pas l'air mal. Commencez.

— Ah! mais, c'est que Mrs Bowles m'a recommandé de ne rester qu'un petit moment, aujourd'hui. Alors, je vous ai simplement raconté le livre. Nous pourrons le commencer demain.

— Demain, peut-être que vous ne serez plus ici. Si quelqu'un est assassiné ou quelque chose comme ça.

— Mais le livre restera. Je le laisse à Mrs Bowles.

C'est à elle. Bien sûr, ce sera peut-être un peu différent,
si c'est *elle* qui le lit.

— Rien que le début, supplia le petit garçon.

— Oui, rien que le début, dit une voix étouffée qui
venait de l'autre lit, si sourde que Scobie aurait pu
croire qu'elle n'avait été qu'une illusion si, lorsqu'il se
retourna, son regard n'avait rencontré celui de grands
yeux, immenses et enfantins dans ce visage émacié par
la faim.

— Je lis très mal, dit Scobie.

— Allez-y, dit le petit garçon avec impatience.
N'importe qui sait lire à haute voix.

Les yeux de Scobie furent arrêtés par un paragraphe
d'ouverture qui disait:

« Je n'oublierai jamais mon premier contact avec ce
continent sur lequel j'étais destiné à passer, dans le
labeur, trente des meilleures années de mon existence. »
Tout haut, il commença, lentement:

— « A partir du moment où ils avaient quitté les
Bermudes, l'embarcation basse, efflanquée, avec ses mâts
tout de guingois, avait vogué dans leur sillage. Le
capitaine était visiblement inquiet, car il ne cessait de
surveiller à la lorgnette cet étrange navire. Lorsque la
nuit tomba, il les suivait toujours et, dès l'aube, ce fut
le premier objet qui se présenta à leurs yeux. « Se
pourrait-il, pensa Arthur, que je sois sur le point de
rencontrer celui que je cherche depuis si longtemps,
Barbenoire, le chef des Bantous en personne, ou son
sanguinaire lieutenant... »

Scobie tourna la page et fut décontenancé pendant
quelques secondes à la vue d'un portrait de l'évêque en

costume de toile blanche, portant le col ecclésiastique
et un turban, devant un arceau de croquet et arrêtant
une boule qu'un Bantou venait de caramboler.

— Continuez... dit le petit garçon.

— « ... son sanguinaire lieutenant qu'on appelle
Davis le Dingo, à cause de ses colères démentes au
cours desquelles il est capable de faire passer à la planche l'équipage entier d'un navire? Il était évident que le
capitaine Buller craignait le pire, car il fit force de
voiles et l'on aurait pu croire un moment qu'il allait
échapper à son mystérieux poursuivant. Brusquement,
sur les vagues, tonna la voix d'un canon, et un boulet
s'enfonça dans l'eau à vingt mètres en avant de leur
proue. Le capitaine Buller mit l'œil à sa longue-vue et,
du haut de sa passerelle de commandement, cria à
Arthur Lévêque: « C'est le joyeux Roger, par tous les
diables! » Il était le seul à bord qui connût le secret
de la mystérieuse mission d'Arthur... »

Mrs Bowles entra d'un pas vif:

— Là, c'est suffisant. Assez pour aujourd'hui. Eh
bien! Jimmy, quelle histoire as-tu entendue?

— Lévêque chez les Bantous.

— J'espère que tu as aimé cela.

— C'est formidable.

— Tu es un petit garçon plein de bon sens, dit
Mrs Bowles d'un ton approbateur.

— Merci, dit une voix montant de l'autre lit.

Et Scobie se força une fois de plus à regarder le
jeune visage ravagé.

— Reviendrez-vous nous faire la lecture, demain?

— Voyons, Hélène, il ne faut pas importuner le

major Scobie, dit Mrs Bowles sur un ton de reproche,
il faut qu'il retourne au port. Les gens vont profiter
de son absence pour s'entre-tuer.

— Vous êtes dans la police.

— Oui.

— J'ai connu autrefois quelqu'un dans la police...
la police de notre ville...

La voix sombra dans le sommeil.

Scobie demeura un instant à contempler ce visage
qui, semblable aux tarots de la cartomancienne, révélait — on ne pouvait s'y méprendre — le passé de la
jeune femme: un voyage, une mort, une maladie. Au
tour suivant, une fois les cartes battues, sans doute pour-
rait-on voir l'avenir. Il ramassa l'album de timbres et
l'ouvrit à la page de garde; ces mots y étaient tracés:

*A Hélène, pour l'anniversaire de ses quatorze ans, son
père aimant.*

Puis les feuillets s'entrouvrirent à la page du Para-
guay, couverte d'images décoratives représentant des
perroquets, le genre de timbres pittoresques que collectionne un très jeune enfant.

— Il faudra que nous lui apportions d'autres timbres,
dit Scobie avec mélancolie.

V

Wilson l'attendait dehors.

— Je vous cherche, major Scobie, dit-il, depuis l'enterrement.

— J'étais occupé à mes bonnes œuvres.

— Comment va Mrs Rolt?

— On pense qu'elle s'en tirera... le petit garçon aussi.

— Ah! oui, dit Wilson, le petit garçon.

Et, du pied, il fit rouler une pierre sur le chemin, en ajoutant:

— J'ai besoin de vos conseils, major Scobie. Je suis un peu inquiet.

— Vraiment?

— Vous savez que je suis ici pour faire quelques vérifications dans nos entrepôts. Eh bien! je me suis aperçu que notre chef d'entrepôt avait acheté du matériel militaire. Il y a tout un stock de nourriture en boîtes qui ne vient pas de nos exportateurs.

— La solution la plus simple n'est-elle pas: mettez-le à la porte?

— Ce serait dommage de mettre à la porte le petit malfaiteur si, par lui, nous pouvons parvenir au grand malfaiteur, et c'est ici que vous intervenez. C'est pour cela que je désirais vous parler.

Wilson se tut et son visage se couvrit d'une rougeur extraordinairement révélatrice.

— Il faut vous dire que ces marchandises lui ont été procurées par le gérant de Yusef.

— Je m'en doutais.

— Vous vous en doutiez?

— Oui. Mais considérez que le gérant de Yusef n'est pas Yusef lui-même. Il est facile à celui-ci de désavouer l'un de ses représentants provinciaux. Il se peut même, autant que nous le sachions, que Yusef soit innocent. C'est peu probable, mais ce n'est pas impossible. Votre propre témoignage va dans ce sens. Après tout, vous n'avez été informé qu'aujourd'hui des agissements de votre chef d'entrepôt.

— S'il y avait des preuves indéniables, demanda Wilson, la police le poursuivrait-elle ?

Scobie s'arrêta net de marcher.

— Qu'est-ce à dire ?

Wilson rougit et bredouilla. Puis, avec un venin à quoi Scobie lui-même ne s'attendait pas :

— Le bruit court que Yusef est protégé.

— Vous êtes ici depuis assez longtemps pour savoir quelle valeur ont de tels bruits.

— Ils circulent dans toute la ville.

— Et c'est Tallit qui les répand... à moins que ce ne soit Yusef lui-même.

— Ne vous méprenez pas sur mes intentions, dit Wilson. Vous avez été très bon pour moi, Mrs Scobie aussi. J'ai cru qu'il valait mieux que vous soyez au courant.

— Il y a quinze ans que je vis ici, Wilson.

— Oh ! je sais, dit Wilson. C'est de la prétention de ma part, mais les gens s'agitent à cause du perroquet de Tallit. Ils disent que l'accusation a été montée de toutes pièces, parce que Yusef veut le faire expulser de la ville.

— Oui, on me l'a dit aussi.

— On dit que vous et Yusef, vous allez l'un chez l'autre. C'est un mensonge, naturellement, mais...

— C'est la vérité pure. Je fréquente également l'inspecteur du Service de santé et cela ne m'empêcherait pas de le poursuivre si...

Il se tut brusquement, puis ajouta:

— Mais je n'ai pas l'intention de me justifier à vos yeux, Wilson.

Wilson répétait:

— J'ai seulement pensé qu'il valait mieux vous mettre au courant...

— Vous êtes trop jeune pour le métier que vous faites, Wilson.

— Le métier que je fais?

— Oui, quel qu'il soit.

Pour la seconde fois, Wilson le surprit totalement en disant tout à coup d'une voix mal assurée:

— Oh! vous êtes intolérable: beaucoup trop honnête pour vivre.

Son visage devenait écarlate, ses genoux mêmes semblaient rougir de rage, de honte, d'humiliation.

— Vous devriez porter un chapeau, Wilson, lui dit simplement Scobie.

Ils se dressaient en face l'un de l'autre dans le sentier pierreux qui conduisait du bungalow à l'infirmerie. La lumière tombait en flaques plates sur les rizières au-dessous d'eux, et Scobie imaginait avec quelle importance et quelle netteté leurs deux silhouettes devaient se détacher aux yeux de n'importe quel observateur.

— Vous avez fait partir Louise, dit Wilson, parce que vous aviez peur de moi.

Scobie rit doucement.

— C'est le soleil, Wilson, et rien que le soleil. Demain matin, il n'en sera plus question.

— Elle en avait assez de votre ignorance, de votre

stupide... vous n'avez aucune idée de ce que pense une
femme comme Louise.

— Je ne crois pas, en effet, pouvoir le comprendre.
Personne n'a le désir de se livrer complètement, Wilson.

— Je l'ai embrassée, ce soir-là... dit Wilson.

— C'est un jeu traditionnel, aux colonies, Wilson.

Il n'avait pas l'intention d'exaspérer le jeune homme:
il s'efforçait seulement de traiter ses propos à la légère,
afin que, le lendemain matin, ils fussent capables l'un et
l'autre de se conduire de façon normale. Il se disait
que c'était l'effet du soleil. Il avait vu des incidents
semblables se produire un nombre incalculable de fois,
depuis quinze ans.

— Elle est trop bien pour vous, insista Wilson.

— Pour nous deux.

— Comment vous êtes-vous procuré l'argent de son
voyage? C'est ce que j'aimerais savoir. Vous ne gagnez
pas tant que ça. Je le sais. Les chiffres figurent sur la
liste des services coloniaux.

Si le jeune homme avait montré moins de niaiserie,
Scobie se serait mis en colère et ils auraient pu se sépa-
rer amis. Ce fut sa sérénité qui mit le feu aux poudres.

— Nous en reparlerons demain, dit-il. Nous avons
tous été bouleversés par la mort de cette enfant. Venez
au bungalow boire quelque chose.

Il fit un mouvement pour dépasser Wilson, mais
Wilson lui barra le chemin: un Wilson au visage em-
pourpré, aux yeux pleins de larmes. On eût dit qu'il se
rendait compte qu'étant allé si loin, il lui fallait aller
encore plus loin, jusqu'à ce qu'il devînt impossible de
retourner en arrière.

— Ne croyez pas que je ne vous aie pas à l'œil.

L'absurdité de la phrase prit Scobie au dépourvu.

— Oui, oui, faites attention, poursuivit Wilson, vous et Mrs Rolt...

— Que diable Mrs Rolt vient-elle faire dans cette histoire ?

— Ne croyez pas que j'ignore pourquoi vous êtes resté isolé toute la journée à rôder dans l'ambulance... pendant que nous étions à l'enterrement, vous vous êtes introduit là-bas...

— Vous êtes complètement fou, Wilson, dit Scobie.

Brusquement, Wilson s'assit, comme aplati sous le poids d'une grande main invisible. Il enfouit sa figure dans ses poings et éclata en sanglots.

— C'est le soleil, dit Scobie, et rien que le soleil. Allez vous reposer.

Puis, ôtant son chapeau, il le mit sur la tête de Wilson.

Wilson leva les yeux pour lancer entre ses doigts écartés un regard sur l'homme qui avait vu ses larmes, et ce fut un regard de haine.

CHAPITRE II

I

Les sirènes se plaignaient bruyamment pour réclamer l'extinction totale des lumières; elles gémissaient à
travers la pluie coulant en pleurs interminables; les
boys dégringolèrent jusqu'aux cuisines et fermèrent les
portes au verrou, comme pour se protéger contre un
démon de la brousse. Sans relâche, les cent quarante-
quatre pouces d'eau continuaient de se déverser pesamment sur les toitures du port de mer. Il était impossible d'imaginer que des êtres humains — moins que
personne les vaincus déprimés et rongés de fièvre du
territoire de Vichy — eussent l'idée d'attaquer à cette
époque de l'année, et puis l'on se rappelait naturellement les Hauteurs d'Abraham... un seul exploit d'audace peut modifier toute la conception de ce qui est
possible ou impossible.

Scobie s'enfonça dans l'obscurité ruisselante, armé de
son parapluie: un imperméable lui eût tenu trop chaud.
Il fit d'abord le tour de sa propre demeure: aucune
lumière ne filtrait, les volets de la cuisine étaient her-
métiquement clos et la pluie dissimulait les maisons
créoles. Une lampe de poche s'alluma une minute dans
le dépôt de voitures, de l'autre côté de la route, mais,

lorsque Scobie entra, sa lueur disparut. Coïncidence?
Il était impossible que sa voix eût été entendue au
milieu du martèlement de l'eau sur le toit. En haut
de la côte, à Cape Station, les lumières du mess des
officiers tournaient vers la mer leur éclat mouillé, mais
Scobie n'en était point responsable. Les phares des
camions militaires brillaient au flanc de la colline comme
un collier de perles, mais cela ne le regardait pas non
plus.

Au sommet de la route, derrière le parc des voitures,
une lampe s'alluma brusquement dans une des huttes
Nissen qu'habitaient les petits fonctionnaires; cela venait
d'une hutte qui était vide la veille encore et où l'on
avait dû loger quelque visiteur de passage. Scobie se
demanda s'il allait sortir sa voiture du garage; mais la
hutte n'était qu'à deux cents mètres et il décida d'y
aller à pied. A part le bruit que faisait la pluie en
tombant sur la route, sur les toits, sur son parapluie,
il n'entendait absolument rien. Seule la mourante plainte
des sirènes continua un instant de vibrer à son oreille.
Plus tard, Scobie eut l'impression qu'il avait atteint,
à ce moment-là, l'extrême limite du bonheur: être seul,
au milieu des ténèbres et sous la pluie battante, sans
amour et sans pitié.

Il frappa à la porte de la hutte Nissen; il dut frapper
très fort, car la pluie résonnait sur le toit comme sous
un tunnel. Il dut frapper deux fois avant que la porte
s'ouvrît. Pendant quelques secondes, la lumière l'aveu-
gla.

— Je suis désolé de vous déranger, dit-il. Une de
vos lumières se voit.

— Oh! excusez-moi... fit une voix de femme. J'ai eu la négligence...

Scobie avait recouvré la vue, mais il mit quelque temps à pouvoir donner un nom au visage dont il gardait si intensément le souvenir. Il connaissait jusqu'au dernier des habitants de cette colonie. Ce visage arrivait d'ailleurs... un fleuve, une aube, une petite fille à l'agonie...

— Mon Dieu, dit-il. N'êtes-vous pas Mrs Rolt? Je vous croyais à l'hôpital.

— Oui. Qui êtes-vous? Est-ce que je vous connais?

— Je suis le major Scobie, directeur adjoint de la Sûreté. Je vous ai vue à Pende.

— Pardonnez-moi, répondit-elle. Je ne me rappelle rien de ce qui s'est passé à Pende.

— Permettez-moi d'arranger vos lumières.

— Bien sûr. Je vous en remercie.

Il entra, tira les rideaux pour supprimer tout interstice, et déplaça une lampe portative. Un rideau divisait la hutte en deux parties: d'un côté, un lit, une coiffeuse improvisée; de l'autre côté, une table, deux chaises, le maigre mobilier, du modèle que le gouvernement alloue aux petits fonctionnaires dont le salaire n'atteint pas cinq cents livres par an.

— Ils ne vous ont vraiment pas gâtée, dit Scobie. Dommage. que je n'en aie rien su. J'aurais pu faire améliorer un peu tout ça.

Il voyait de près le jeune visage ravagé, les cheveux sans vie... Le pyjama qu'elle portait était trop grand pour elle, et flottait en plis sans grâce où son corps semblait perdu. Il regarda sa main pour voir si l'alliance paraissait toujours prête à tomber et remarqua qu'elle n'y était même plus.

— Tout le monde a été très gentil. Mrs Carter m'a donné un beau pouf.

Le regard de Scobie parcourut la pièce: aucun souvenir personnel, ni photographies, ni livres, ni bibelots. Mais il se rappela qu'elle n'avait arraché à la mer, en plus d'elle-même, qu'un album de timbres-poste.

— Sommes-nous en danger? demanda-t-elle.

— En danger?

— Les sirènes.

— Oh! pas du tout. Ce sont des alertes, rien de plus. Nous en avons une par mois. Il n'arrive jamais rien.

Il la regarda de nouveau, très longuement.

— On n'aurait pas dû vous laisser sortir si tôt de l'hôpital. Il n'y a pas six semaines...

— C'est moi qui l'ai demandé. Je voulais être seule. Il y avait tout temps des gens qui venaient me voir.

— Allons, je vais partir aussi. Rappelez-vous, si jamais vous avez besoin de quelque chose, que j'habite juste au bas de la route. La maison blanche à deux étages, au milieu des marais, de l'autre côté du parc des voitures.

— Vous devriez rester jusqu'à ce que la pluie cesse, dit-elle.

— Je ne crois vraiment pas que je puisse, dit Scobie, parce qu'elle dure jusqu'au mois de septembre, ce qui arracha à la jeune femme un sourire gauche, insolite.

— Ça fait un bruit affreux.

— Vous vous y habituerez en quelques semaines.

C'est comme si on habitait à côté d'une ligne de chemin de fer. Mais vous n'aurez pas besoin de vous y habituer, car on va bientôt vous rapatrier. Il y a un bateau dans quinze jours.

— Voulez-vous boire? Mrs Carter m'a fait cadeau d'une bouteille de gin en même temps que du pouf.

— Je veux bien vous aider à la vider.

Il remarqua, lorsqu'elle sortit la bouteille, qu'elle était à moitié vide.

— Avez-vous des citrons?

— Non.

— Je suppose qu'on vous a fourni un boy?

— Oui, mais je ne sais pas ce que je dois lui demander de faire. Et, d'ailleurs, il n'est jamais là.

— Vous avez déjà bu sec!

— Oh! non, je n'y ai pas touché. C'est le boy: il a renversé la bouteille. Du moins, à ce qu'il raconte.

— Je parlerai à votre boy demain matin. Avez-vous une glacière?

— Oui, mais le boy n'arrive pas à me procurer de la glace.

Elle se laissa tomber sur une chaise d'un air las:

— Ne me prenez pas pour une idiote. Je ne sais pas du tout où je suis. Je n'ai jamais été dans un endroit qui ressemble à celui-ci.

— D'où venez-vous?

— De Bury Saint Edmunds, dans le Suffolk. J'y étais encore il y a huit semaines.

— Oh! non, vous n'y étiez pas... vous étiez dans cette chaloupe...

— Ah! oui, j'avais oublié la chaloupe.

— On n'aurait pas dû vous chasser de l'hôpital et vous laisser ainsi, toute seule.

— Je suis très bien. Ils avaient besoin de mon lit. Mrs Carter a proposé de me prendre chez elle, mais je voulais être seule. Le docteur a ordonné de me laisser faire ce que je voulais.

— Je comprends très bien, dit Scobie, que vous n'ayez pas voulu habiter chez Mrs Carter, et vous n'auriez qu'un mot à dire pour que je m'en aille, moi aussi.

— Je préférerais que vous restiez jusqu'à la fin de l'alerte. J'ai un petit peu la frousse, pour tout vous avouer.

La force de résistance des femmes avait toujours émerveillé Scobie. Celle-ci avait survécu à quarante jours dans une barque ouverte et voici qu'elle parlait d'avoir « un peu la frousse ». Il se rappela la liste des pertes qu'avait fournie le mécanicien-chef : l'officier de pont et deux matelots étaient morts, un homme de la chauffe était devenu fou après avoir bu de l'eau de mer et il s'était jeté par-dessus bord. Quand il s'agit d'endurance, c'est toujours l'homme qui flanche. Maintenant, elle se reposait mollement sur sa faiblesse comme sur un coussin.

— Avez-vous réfléchi, fait des projets ? demanda Scobie. Allez-vous retourner à Bury ?

— Je ne sais pas. Peut-être vais-je chercher du travail.

— Que savez-vous faire ?

— Pas grand-chose, avoua-t-elle en détournant les yeux. Voyez-vous... il y a un an, j'allais encore à l'école.

— Est-ce qu'on vous y a appris quelque chose ?

Il eut l'impression que ce dont elle avait le plus grand besoin, en ce moment, c'était de parler, rien que pour parler, sans intention précise, bêtement. Elle croyait qu'elle préférait rester seule, mais, ce qui lui faisait peur, c'était la terrible responsabilité d'avoir à accepter la sympathie. Comment une enfant comme celle-ci aurait-elle pu jouer le rôle d'une femme dont le mari vient de se noyer, plus ou moins sous ses yeux ? Autant lui demander d'être lady Macbeth. Mrs Carter ne pouvait pas comprendre sa maladresse. Mrs Carter savait bien entendu comment on doit se conduire en un tel cas, car elle avait enterré un mari et trois enfants.

— Mon fort, c'était le net-ball, dit-elle, interrompant le cours de ses pensées.

— Ah ! oui, mais vous n'êtes pas bâtie comme une monitrice de gymnastique. A moins que vous ne soyez différente quand vous êtes en bonne santé.

Brusquement, sans le moindre préambule, elle se mit à parler : on eût dit qu'en employant par mégarde un mot de passe, Scobie avait fait s'ouvrir une porte. Il continuait d'ignorer quel était ce mot. Peut-être « monitrice de gymnastique », car elle se mit à lui parler du net-ball. (Mrs Carter, pensa-t-il, avait dû l'interroger sur les quarante jours en mer dans une chaloupe, et sur le mari qu'elle avait connu trois semaines.)

— J'ai fait partie deux ans de l'équipe de l'école, dit-elle avec animation, penchée en avant, le menton au creux de sa main, un coude osseux appuyé sur un genou osseux.

Avec sa peau blanche que n'avaient encore hâlée ni le

soleil, ni la terre à brique, elle lui faisait l'effet d'un os
que la mer a dépouillé, lavé et rejeté au rivage.

— L'année d'avant, j'étais dans la seconde équipe.
Je serais passée capitaine si j'étais restée un an de plus.
En 1940, nous avons battu Roedan et nous étions à
égalité avec Cheltenham.

Il l'écoutait avec l'intérêt intense qu'on ressent pour
la vie d'un inconnu, cet intérêt que les jeunes prennent
pour de l'amour. Un verre de gin à la main, tandis que
la pluie continuait de ruisseler, Scobie sentait en l'écoutant combien son âge lui donnait de sécurité. Elle lui
racontait que son école était au milieu des dunes, en
arrière de Seaport. Elles avaient un professeur de français, Mlle Dupont, dont le caractère était infernal. La
directrice lisait le grec aussi couramment que l'anglais...
Virgile...

— J'ai toujours cru que Virgile avait écrit en latin.

— Oh! oui, je voulais parler d'Homère. Je n'ai jamais
rien compris aux langues mortes.

— En quoi étiez-vous bonne, en plus du net-ball?

— Je crois que ce qui venait après, c'étaient les
mathématiques, mais, en trigonométrie, j'étais cancre.

« En été, elles allaient se baigner à Seaport, et tous
les samedis, elles faisaient un pique-nique dans les
dunes, quelquefois c'était un rallye-paper à dos de
poney, et un jour, il y avait eu une excursion à bicyclette qui avait très mal tourné, parce que les élèves
s'étaient éparpillées dans toute la campagne et que
deux jeunes filles n'étaient rentrées qu'à une heure
du matin. »

Scobie l'écoutait, fasciné, en faisant tourner le gin

sec et brutal dans son verre, sans le boire. Les sirènes beuglèrent la fin d'alerte à travers l'averse, sans que l'un ou l'autre y prêtât attention.

— Et pendant les vacances, dit-il, vous retourniez à Bury?

Il ressortait de ce récit que sa mère était morte dix ans auparavant et que son père était pasteur et attaché à la cathédrale. Ils habitaient une petite maison à Angel Hill. Sans doute était-elle moins heureuse à Bury que dans son école, car elle s'empara de la première occasion venue pour parler longuement du professeur de culture physique qui portait le même prénom qu'elle: Hélène, et pour qui toute sa promotion avait une très grande *schwärmerei*. Elle riait maintenant d'un air supérieur en évoquant cette passion: ce fut le seul signe par lequel elle rappela à Scobie qu'elle était une femme faite, qu'elle était... ou plutôt qu'elle avait été... mariée.

Elle s'arrêta brusquement et dit:

— Comme je suis sotte de vous raconter tout cela!

— Cela m'intéresse beaucoup.

— Vous ne m'avez pas posé une seule question sur... vous savez...

Oui, il savait, car il avait lu le rapport. Il connaissait la ration exacte d'eau potable pour chaque personne à bord de la chaloupe: une tasse, deux fois par jour, et, au bout de vingt et un jours, une demi-tasse. Cela s'était maintenu et ne s'était interrompu que vingt-quatre heures avant le sauvetage, uniquement parce que ceux qui mouraient laissaient leur part. Derrière les bâtiments d'école, à Seaport, derrière le poteau de totem dressé pour le net-ball, Scobie n'avait cessé de

sentir monter l'intolérable houle, soulevant la chaloupe
et la laissant retomber, montant, descendant, montant
et descendant.

— J'étais très malheureuse de partir. C'était fin juillet. J'ai pleuré dans le taxi jusqu'à la gare.

Scobie compta les mois — de juillet à avril: neuf
mois, le temps d'une gestation, et l'issue en avait été
la mort d'un mari, l'Atlantique qui les avait rejetés
comme des épaves vers la longue et plate côte africaine,
tandis que le matelot fou sautait par-dessus bord.

— Ce que vous racontez m'intéresse davantage, dit-
il. Le reste, je le devine.

— Comme j'ai bavardé! Savez-vous, il me semble
que je vais dormir, cette nuit.

— Est-ce que vous dormez mal?

— A l'hôpital, il y avait toutes ces respirations qui
m'entouraient. Les gens qui s'agitaient, respiraient et
parlaient. Dans le noir, c'était exactement comme... vous
savez.

— Ici, vous dormirez tranquillement. Pas besoin
d'avoir peur de quoi que ce soit. Il y a un veilleur qui
monte la garde. Je lui dirai un mot.

— Vous êtes très bon pour moi, dit-elle. Mrs Carter,
les autres, tous ont été très bons pour moi.

Elle leva vers lui son visage émacié, franc, enfantin
et dit:

— Je vous aime beaucoup.

— Moi aussi, je vous aime beaucoup, répondit-il
gravement.

Ils éprouvaient, l'un autant que l'autre, un immense
sentiment de sécurité; ils étaient des amis qui ne sauraient

jamais être autre chose que des amis. Ils étaient bien
à l'abri, séparés par un mari mort, une épouse vivante,
un père pasteur, une maîtresse de gymnastique qui
s'appelait Hélène, sans compter des années et des années
d'expérience. Ils n'avaient pas besoin de s'inquiéter de la
portée des paroles qu'ils échangeaient.

— Bonsoir, dit-il. Demain, je vous apporterai des
timbres pour votre album.

— Comment savez-vous que j'ai un album?

— Ah! çà, c'est mon métier. Je suis dans la police.

— Bonsoir.

Il s'éloigna, envahi par un extraordinaire bonheur. Il
ne garda pourtant pas, de ce moment, un souvenir heureux. Il se rappela seulement qu'il était reparti dans la
nuit, sous la pluie, tout seul.

II

De huit heures trente à onze heures du matin, il
s'occupa d'une affaire de vol minime: il eut six témoins
à interroger et ne crut pas un mot de ce que les six lui
racontèrent. Dans les interrogatoires d'Européens, il y a
les réponses auxquelles on ajoute foi et celles dont l'on
se méfie; il est possible de tracer une ligne imaginaire
entre la vérité et le mensonge; du moins le principe
cui bono opère-t-il dans une certaine mesure et l'on
peut en général assurer sans crainte, lorsqu'il s'agit
d'une accusation de vol (et qu'il n'est pas question d'assurances), que quelque chose en tout cas a été volé. Mais,
là-bas, l'hypothèse était impossible, et l'on ne pouvait

jamais tracer de ligne. Scobie avait vu des officiers de police succomber à la dépression nerveuse pour avoir tenté d'isoler un unique grain de vérité incontestable; certains d'entre eux en étaient arrivés à frapper un témoin; les journaux locaux créoles les clouaient au pilori et ils étaient changés de poste ou renvoyés en Angleterre pour raisons de santé. Il y avait des hommes chez qui cet état de choses éveillait une haine violente à l'endroit de l'épiderme noir, mais Scobie avait depuis longtemps, au cours de ses quinze années de colonie, franchi les étapes dangereuses. Perdu maintenant dans le dédale des mensonges, il ressentait une extraordinaire affection pour ces gens qui paralysaient une forme de la justice étrangère en employant une méthode aussi simple.

Enfin, son bureau se vida; il ne restait plus rien sur le cahier des délits et écrous. Alors, sortant un bloc de papier à lettres et plaçant un buvard sous son poignet pour recueillir la transpiration, il se prépara à écrire à Louise. Les phrases d'une lettre ne lui venaient jamais facilement. Peut-être était-ce une habitude prise dans la police, il était incapable de tracer sur le papier un réconfortant mensonge et d'y mettre sa signature. Il lui fallait être strictement honnête; il ne pouvait se montrer réconfortant que par omission. Aussi, ayant écrit les deux mots: *Chère Louise*, se prépara-t-il à omettre. Il n'allait pas écrire qu'elle lui manquait, mais il éviterait toute phrase signifiant sans erreur possible qu'il était satisfait.

Chère Louise,

*Pardonne-moi si je t'envoie une fois encore une lettre
trop brève. Tu sais que je ne suis pas un bon corres-
pondant. J'ai reçu hier ta troisième lettre: celle où tu
me dis que tu es allée passer une semaine aux envi-
rons de Durban chez une amie de Mrs Halifax. Ici,
tout est calme. Nous avons eu une alerte hier soir, mais
il ne s'agissait que d'une erreur d'un pilote américain
qui avait pris une bande de tortues pour des sous-
marins. Les pluies ont commencé, naturellement. La
Mrs Rolt dont je t'ai parlé dans ma dernière lettre
est sortie de l'hôpital et, en attendant le prochain
bateau, on l'a installée dans une des huttes Nissen,
derrière le parc à voitures. Je ferai ce que je pourrai
pour qu'elle ne manque de rien. Le petit garçon est
toujours à l'hôpital mais il va mieux. Je crois que ce
sont là toutes les nouvelles. Cette affaire Tallit traîne
en longueur. Finalement, je pense qu'il n'en sortira
rien du tout. Ali a dû se faire arracher deux dents
l'autre jour. Il en a fait des histoires! Il a fallu que
je le conduise à l'hôpital. Il n'y serait jamais allé tout
seul.*

Scobie s'arrêta: il était horrifié à l'idée que les censeurs (qui se trouvaient être Mrs Carter et Calloway)
allaient lire les phrases de tendresse qui venaient en
conclusion.

*...Soigne-toi bien, ma chérie, et ne te tourmente pas
à mon sujet. Tant que tu es heureuse, je suis heureux.
Dans neuf mois, je prendrai ma permission, et nous
serons réunis.*

Il allait écrire: « Je pense à toi sans cesse », mais c'était une affirmation qu'il n'aurait pu signer. Il écrivit: *Je pense à toi tant de fois dans la journée*, puis réfléchit à la façon dont il allait signer.

A contrecœur, et parce qu'il pensa que cela ferait plaisir à Louise, il écrivit: *Ton Ticki*.

Ticki! L'espace d'un moment, il revit une autre lettre, signée Dicky, qui était revenue deux ou trois fois dans ses rêves.

Le sergent entra, s'avança au pas jusqu'au milieu de la pièce, fit un demi-tour réglementaire sur les talons et salua militairement.

Scobie eut le temps de remplir son enveloppe pendant que tout ceci se passait.

— Oui, sergent?

— Le directeur, missié, y en a demander vous voir.

— Bon.

Le directeur n'était pas seul. Le visage du résident général brillait doucement de transpiration dans la pénombre du bureau, et près de lui était assis un homme grand et osseux que Scobie n'avait jamais vu... il avait dû arriver par avion, car aucun navire n'était entré en rade depuis dix jours. Il portait, sur un uniforme trop grand et peu soigné, des insignes de colonel qui ne semblaient pas lui appartenir.

— Je vous présente le major Scobie, colonel Wright.

Scobie vit que le directeur était inquiet et irrité.

— Asseyez-vous, Scobie, dit-il. Il s'agit de cette histoire Tallit.

La pluie assombrissait la pièce et empêchait l'air d'entrer.

— Le colonel Wright est venu du Cap pour en entendre parler.

— Du Cap, monsieur?

Le directeur changea ses jambes de place sans cesser de jouer avec un canif.

— Le colonel Wright, expliqua-t-il, représente le M.I.5.

Le résident général dit, si doucement qu'ils durent tous avancer la tête pour l'entendre:

— Tout est regrettable dans cette affaire (le directeur se mit à tailler le coin de son bureau avec son canif, évitant ostensiblement d'écouter ce qui se disait). Je pense que la police n'aurait pas dû agir... exactement comme elle l'a fait.. du moins, sans demander certaines directives...

— J'ai toujours cru comprendre, interrompit Scobie, qu'il était de notre devoir d'arrêter la contrebande des diamants.

De sa voix douce et mystérieuse, le résident général enchaîna:

— Les diamants qu'on a trouvés ne valaient même pas cent livres.

— Ce sont les seuls diamants qu'on ait jamais trouvés.

— Les preuves contre Tallit étaient trop minces, Scobie, pour justifier son arrestation.

— Il n'a pas été arrêté. Il a été interrogé.

— Ses avocats disent qu'il a été amené de force au poste de police.

— Ses avocats mentent. Vous ne pouvez manquer de le savoir.

Le résident général dit au colonel Wright :

— Vous voyez à quelles difficultés nous nous heurtons. Les Syriens catholiques romains proclament qu'ils sont une minorité persécutée et que la police est à la solde des Syriens musulmans.

— La même chose se serait produite, dit Scobie, dans le cas inverse, si ce n'est qu'elle eût été pire. Le Parlement se montre plus tendre envers les musulmans qu'envers les catholiques.

Il avait la sensation que le véritable objet de cette réunion n'avait pas encore été révélé. Le directeur de la Sûreté, lamelle par lamelle, taillàdait le bois de la table, et refusait de se mêler au débat. Le colonel Wright, appuyé sur ses omoplates, gardait un silence profond.

— Personnellement, dit le résident général, je croirai toujours...

Sa voix lénitive se perdit en murmures indistincts que saisit peut-être Wright qui bouchait une de ses oreilles en y enfonçant les doigts et penchait la tête de côté comme s'il essayait de distinguer une voix dans un téléphone en dérangement.

— Je n'ai pas entendu vos dernières paroles, dit Scobie.

— Je disais que, personnellement, je croirai toujours à ce que dit Tallit plutôt qu'à ce que dit Yusef.

— C'est, riposta Scobie, que vous êtes dans cette colonie depuis cinq ans seulement.

Brusquement, le colonel Wright sortit de son mutisme :

— Depuis combien d'années êtes-vous ici, major Scobie ?

— Quinze.

Le colonel Wright fit entendre un grognement peu compromettant.

Le directeur s'arrêta de coupailler l'angle de sa table et enfonça rageusement le canif au beau milieu.

— Le colonel Wright désire connaître la source de vos informations, Scobie, dit-il.

— Vous la connaissez, monsieur. C'est Yusef.

Assis côte à côte, Wright et le résident général le surveillaient, et Scobie, la tête basse, guettait le coup suivant. Mais il n'y eut pas de coup suivant: il savait que les deux autres attendaient qu'il développât sa réponse sèche, mais il savait aussi que s'il s'expliquait, ils ne verraient là qu'un aveu de faiblesse. Le silence devenait de plus en plus insupportable: il ressemblait à une accusation. Quelques semaines plus tôt, il avait déclaré à Yusef son intention de mettre le directeur au courant des circonstances de son emprunt; peut-être en avait-il vraiment eu l'intention; peut-être avait-il bluffé; il ne se le rappelait plus. Il savait seulement qu'il était trop tard. Il aurait dû fournir ces renseignements avant de commencer à poursuivre Tallit; ils ne sauraient venir après coup. Dans le couloir qui longeait le bureau directorial, Fraser passa en sifflant son air favori; il ouvrit la porte, et dit: « Excusez-moi, monsieur », puis battit en retraite, laissant derrière lui une chaude bouffée d'odeur de fauve. Le murmure de la pluie n'avait pas cessé. Le directeur arracha le canif de la table et se remit à taillader: il semblait manifester pour la seconde fois qu'il se désintéressait délibérément de toute l'affaire. Le résident général se gratta la gorge.

— Yusef, répéta-t-il.

Scobie acquiesça silencieusement.

— Pensez-vous, demanda le colonel Wright, que Yusef soit digne de confiance?

— Bien sûr que non, monsieur. Mais l'on est forcé d'agir suivant les renseignements qu'on reçoit... et il se trouve que, jusqu'à un certain point, ceux-ci étaient exacts.

— Jusqu'à quel point?

— Les diamants y étaient.

— Yusef vous fournit-il souvent des informations? demanda le résident général.

— C'était la première fois que j'en recevais de qui que ce fût.

Il ne put rien entendre de ce que murmura le résident général, si ce n'est le nom de Yusef.

— Je n'entends pas ce que vous dites, monsieur.

— J'ai dit: êtes-vous en rapports intimes avec Yusef?

— Je ne sais pas ce que vous voulez dire par là.

— Le voyez-vous souvent?

— Je crois que ces trois derniers mois, je l'ai vu trois, non, quatre fois.

— Pour affaires?

— Pas nécessairement. Une fois, je l'ai pris dans ma voiture parce que la sienne était en panne. Une fois, il est venu me voir à Bamba pendant que j'avais la fièvre. Une fois...

— Nous ne vous faisons pas subir un interrogatoire, Scobie, dit le directeur de la Sûreté.

— J'avais l'impression que c'était précisément ce que faisaient ces messieurs.

Le colonel Wright décroisa ses longues jambes et dit :

— Réduisons le débat à une seule question. Tallit, major Scobie, porte une contre-accusation : il attaque la police, il vous attaque personnellement. Il dit en substance que Yusef vous a donné de l'argent. Est-ce exact ?

— Non, monsieur. Yusef ne m'a rien donné.

Il se sentit étrangement soulagé de n'avoir pas été contraint de mentir.

Le résident général ajouta :

— Naturellement, les frais de voyage de votre femme en Afrique du Sud ne dépassent pas vos moyens personnels.

Scobie s'appuya au dossier de sa chaise sans répondre. Une fois de plus, il se sentit entouré d'un silence vorace guettant les mots qu'il pourrait prononcer.

— Vous ne répondez pas ? demanda le résident général avec irritation.

— Je ne savais pas que vous m'aviez interrogé. Je le répète, Yusef ne m'a rien donné.

— C'est un homme dont il faut se méfier, Scobie.

— Quand vous aurez passé ici autant de temps que moi, peut-être vous rendrez-vous compte que la police doit frayer avec des gens qui ne sont pas reçus à la légation.

— Ne nous laissons pas emporter, voulez-vous ?

Scobie se leva.

— Puis-je me retirer, monsieur ? Si ces messieurs n'ont plus besoin de moi... j'ai un rendez-vous.

Son front était couvert de sueur, et la fureur faisait battre son cœur à grands coups. Il faut que ce moment soit celui de la prudence, le moment où le sang ruisselle aux flancs de la bête, où le drap rouge s'agite.

— A votre guise, Scobie, dit le directeur.

— Pardonnez-moi de vous avoir tracassé, dit le colonel Wright. J'avais reçu un rapport. J'ai dû me charger officiellement de l'affaire. Je me tiens pour satisfait.

— Merci, monsieur.

Mais les paroles apaisantes venaient trop tard: le visage transpirant du résident général bouchait le champ de sa vision. Il l'entendit dire d'une voix douce:

— C'est une question de tact, rien de plus.

— Si l'on me demande pendant la demi-heure qui vient, monsieur, dit Scobie au directeur, je suis chez Yusef.

III

Ils l'avaient tout de même forcé à mentir, car il n'avait pas rendez-vous chez Yusef. Cependant, il désirait échanger quelques mots avec le Syrien. Il restait encore une possibilité qu'il parvînt à éclaircir pour sa propre satisfaction, sinon légalement, l'affaire Tallit. Tandis qu'il conduisait lentement sous la pluie — son essuie-glace avait depuis longtemps cessé de fonctionner — il aperçut Harris qui se battait avec son parapluie devant l'Hôtel Bedford.

— Puis-je vous tranporter? Je vais de votre côté.

— Il s'est produit des choses étonnantes, dit Harris dont le visage luisait de pluie et d'enthousiasme. J'ai enfin trouvé une maison.

— Félicitations.

— Oh! ce n'est pas exactement une maison: c'est une des huttes qui sont près de votre bungalow. Mais je serai chez moi. Il faudra que je la partage, mais je serai chez moi.

— Qui habitera avec vous?

— Je voulais demander à Wilson, mais il est en voyage. A Lagos, pour une ou deux semaines. Il prend la poudre d'escampette juste au moment où j'ai besoin de lui. Et ceci m'amène à l'événement Nº 2. Savez-vous ce que j'ai découvert? Nous sommes, lui et moi, des anciens de Downham.

— Downham?

— Mais l'école, naturellement. Je suis entré dans sa chambre pour emprunter son encrier, en son absence, et sur sa table, j'ai trouvé un numéro de ce cher vieux *Downhamien*.

— Quelle coïncidence! dit Scobie.

— Et attendez!... c'était la journée des incidents extraordinaires. J'ai parcouru le bulletin et à la fin, il y avait une page où j'ai lu: « Le secrétaire de l'Association des anciens élèves de Downham aimerait se mettre en rapport avec les anciens élèves dont les noms suivent et dont nous avons perdu la trace... » et là, au beau milieu de la liste, j'ai vu mon propre nom, imprimé, grandeur nature. Qu'est-ce que vous en pensez?

— Qu'avez-vous fait?

— Sitôt que je suis revenu au bureau, je me suis installé pour écrire, avant même de regarder les câblo-grammes, sauf bien entendu les « très urgent », mais je me suis aperçu que j'avais oublié de noter l'adresse du

secrétaire et j'ai dû retourner chercher le journal. Est-ce
que ça vous ennuierait d'entrer pour voir ce que j'ai
écrit?

— Je ne pourrai pas rester longtemps.

On avait installé un bureau à Harris dans une petite
pièce dont personne ne voulait dans l'immeuble de la
Société Elder Dempster. Ce bureau était de la taille
d'une chambre de domestique d'autrefois, à laquelle il
ressemblait d'autant plus qu'on y voyait un lavabo
d'un modèle suranné, à l'unique robinet d'eau froide,
et flanqué d'un réchaud à gaz. Une table couverte de
formules de câbles était coincée entre le lavabo et une
fenêtre qui n'était pas plus grande qu'un hublot, donnant directement sur le bord de mer et sur la baie
striée de gris. Un exemplaire d'*Ivanhoe*, version abré-
gée à l'usage des écoles, et la moitié d'une miche de
pain étaient posés sur un casier à lettres.

— Excusez le désordre, dit Harris. Asseyez-vous.

Mais il n'y avait pas une chaise qui ne fût encombrée.

— Où l'ai-je mise? se demanda Harris à voix haute
en retournant les télégrammes entassés sur sa table. Ah!
je me rappelle.

Il ouvrit *Ivanhoe* et en sortit une feuille pliée.

— Ce n'est qu'un brouillon rapide, expliqua-t-il d'un
air inquiet. Il faudra bien entendu que je le corrige. Je
crois que je ferais bien de ne l'expédier qu'après le
retour de Wilson. Vous allez voir, je parle de lui.

Scobie lut:

Cher Secrétaire,

C'est par le plus grand des hasards que je suis tombé sur un exemplaire du Downhamien qu'un autre ancien de Downham, E. Wilson (1923-1928), avait dans sa chambre. Il y a bien des années, j'en ai peur, que j'ai cessé tous rapports avec ma chère vieille école, et j'ai été bien content, en même temps que je me sentais un peu coupable, de voir que vous essayiez de me retrouver. Peut-être aimeriez-vous savoir ce que je fais dans ce « tombeau de l'homme blanc », mais, comme je suis occupé à la censure des câblogrammes, vous comprendrez que je ne puisse vous parler longuement de mon travail. Nous attendrons pour cela que notre pays ait gagné la guerre. Nous sommes dans la saison des pluies et ce qu'il peut pleuvoir! Il y a beaucoup de cas de fièvres, mais je ne les ai eues qu'une seule fois et, jusqu'à présent, E. Wilson y a échappé complètement. Nous partageons une petite maison à nous deux, ainsi vous voyez que même dans ce pays lointain et sauvage, les anciens Downhamiens se serrent les coudes. Nous avons constitué une équipe de deux anciens Downhamiens et nous chassons ensemble... mais les cancrelats sont notre gibier (ha! ha!). Il faut que je termine et que j'aille continuer à gagner la guerre. Salut fraternel à tous les anciens de Downham de la part d'un (très) vieux colonial.

En levant les yeux, Scobie rencontra le regard anxieux et embarrassé de Harris.

— Pensez-vous que ça puisse aller, demanda-t-il. J'ai eu une hésitation pour le *Cher Secrétaire*.

— Je pense que vous avez admirablement trouvé le ton qui convient.

— Oh! vous savez, ce n'était pas une très bonne école, et je n'y ai jamais été heureux. En fait, je m'en suis échappé une fois.

— Et, maintenant, ils vous ont rattrapé.

— Ça fait réfléchir, hein? dit Harris.

Il contemplait l'eau grise par la fenêtre et des larmes étaient montées dans ses yeux inquiets, injectés de sang.

— J'ai toujours envié les gens qui étaient heureux à l'école.

— Je n'ai jamais beaucoup aimé ça moi-même, dit Scobie en manière de consolation.

— Commencer la vie dans le bonheur, dit Harris. Quelle différence formidable ça doit faire dans la suite! On pourrait même en prendre l'habitude, en somme.

Il enleva du plateau le morceau de pain qu'il jeta dans la corbeille à papier.

— Je me dis toujours que je vais mettre de l'ordre ici, dit-il.

— Ah! il faut que je m'en aille, Harris. Je suis content pour votre maison et pour les anciens de Downham.

— Je me demande si Wilson y était heureux, dit rêveusement Harris.

Il enleva *Ivanhoe* de la corbeille et chercha autour de lui un endroit où le poser, mais, n'en trouvant pas, il le remit à la même place.

— ... pourtant, je ne crois pas qu'il ait pu être heureux, là-bas, sans ça, pourquoi serait-il venu ici?

IV

Scobie laissa sa voiture exactement devant la porte de
Yusef : c'était un geste de mépris destiné au résident
général.

— Je veux voir ton maître, dit-il au domestique. Je
connais le chemin.

— Missié so'ti.

— Eh bien ! je l'attendrai.

Il écarta du geste le domestique et passa outre. Le
bungalow était divisé en une série de petites pièces dont
le mobilier identique se composait de divans et de coussins avec des tables basses pour poser les verres et qui
ressemblaient à des chambres de bordel. Scobie passa
de l'une à l'autre en écartant les tentures, jusqu'à ce
qu'il atteignît le salon exigu où, près de deux mois
auparavant, il avait perdu son intégrité. Allongé sur le
divan, Yusef dormait.

Il était étendu sur le dos, en pantalon de coutil ; la
bouche ouverte, il respirait bruyamment. Un verre était
placé sur une table à côté de lui et Scobie remarqua les
petits grains blancs qui restaient au fond. Yusef avait
pris un somnifère. Scobie s'assit à son chevet et attendit.
La fenêtre était ouverte, mais la pluie interceptait l'air
aussi efficacement qu'un rideau. Peut-être fut-ce le manque d'air qui provoqua la brusque angoisse dont Scobie
se sentit envahi ; peut-être était-ce le fait de revenir sur
le lieu de son crime. Inutile de se dire à lui-même qu'il
n'avait pas commis de faute. Comme une femme qui
s'est mariée sans amour, il retrouvait, dans cette pièce

aussi anonyme qu'une chambre d'hôtel, le souvenir d'un adultère.

Juste au-dessus de la fenêtre, une conduite d'eau défectueuse se déversait à la façon d'un robinet, de sorte que l'on pouvait entendre, toujours au même rythme, les deux sons de la pluie: murmure et ruissellement. Scobie alluma une cigarette, sans cesser de regarder Yusef. Il ne pouvait ressentir nulle haine pour cet homme. Il avait attiré Yusef par une ruse aussi consciente et aussi réelle que le piège où Yusef l'avait pris lui-même. Le mariage avait été contracté d'un commun accord. Sans doute, l'intensité de sa vigie perça-t-elle les brumes du somnifère, car les grosses cuisses se déplacèrent sur le divan: Yusef grogna, murmura: « Cher vieux » au fond de son sommeil épais, puis, se tournant sur le côté, fit face à Scobie. Scobie s'absorba une fois de plus dans la contemplation de la chambre, il l'avait examinée d'assez près le jour qu'il était venu régler les conditions de son emprunt: rien n'y avait changé; hideux coussins de soie mauve, élimés et montrant la trame aux endroits où l'humidité rongeait le tissu; rideaux couleur mandarine; jusqu'au siphon bleu d'eau gazeuse qui était toujours à la même place; tout y avait un air éternel comme le mobilier de l'enfer. Il n'y avait pas d'étagères à livres, car Yusef ne savait pas lire, pas de bureau, car il ne savait pas écrire. Il eût été inutile de fouiller pour découvrir quelque papier — les papiers ne servaient de rien à Yusef: tout était contenu dans cette grosse tête de Romain.

— Comment!... le major Scobie!

Les yeux s'étaient ouverts et cherchaient le regard de

Scobie: troublés par le bromure, ils arrivaient difficilement à se fixer.

— Bonjour, Yusef.

Pour une fois, Scobie avait l'avantage sur lui: pendant quelques minutes, Yusef sembla prêt à retomber dans son sommeil de drogué; puis, ayant fait un effort, il s'appuya sur un coude.

— Je désirais vous dire un mot, Yusef, au sujet de Tallit...

— Tallit... pardonnez-moi, major Scobie.

— Et des diamants.

— Cette manie des diamants... parvint à dire difficilement Yusef, d'une voix à demi retombée dans le sommeil.

Il secoua la tête, une mèche de cheveux blancs battit l'air; ensuite, allongeant les bras d'un geste vague, il essaya d'attraper le siphon.

— Avez-vous monté ce coup contre Tallit, Yusef?

Yusef tira le siphon vers lui à travers la table, renversant le verre qui avait contenu le somnifère; il tourna le bec de siphon vers lui et appuya sur le ressort. Le flot d'eau gazeuse se brisa sur son visage, éclaboussant autour de lui la soie mauve. Il poussa un soupir de soulagement et de satisfaction comme un homme sous la douche, un jour de canicule.

— Que se passe-t-il, major Scobie? Qu'y a-t-il de cassé?

— Tallit ne sera pas poursuivi.

Yusef était comme un homme las qui sort de la mer en se traînant, tandis que le flot le suit.

— Il faut me pardonner, major Scobie. Je dors très mal la nuit.

Il branlait la tête de haut en bas, l'air soucieux, comme on secoue une boîte pour entendre si quelque chose remue à l'intérieur.

— Vous parliez de Tallit, major Scobie...

Puis il reprit son explication.

— Ce sont tous ces chiffres à retenir. Les comptes de trois ou quatre magasins. On essaie de me rouler parce que tous les inventaires sont dans ma tête.

— Tallit, répéta Scobie, ne sera pas poursuivi.

— Peu importe. Un de ces jours, il ira trop loin.

— Les diamants étaient-ils à vous, Yusef?

— A moi? On est arrivé à me rendre suspect à vos yeux!

— Le petit boy était-il à votre solde?

Yusef essuya du dos de sa main l'eau de Seltz qui couvrait sa figure.

— Mais oui, naturellement. C'est par lui que j'ai eu des renseignements.

Le moment d'infériorité était passé; la grosse tête s'était libérée du bromure, bien que les jambes et les bras fussent encore répandus sans force sur le divan.

— Yusef, je ne suis pas votre ennemi. J'ai de la sympathie pour vous.

— Quand vous me dites ça, major Scobie, comme mon cœur bat!

Il écarta un peu plus sa chemise comme pour témoigner ostensiblement des battements de son cœur et de petits ruisseaux d'eau gazeuse allèrent irriguer la végétation noire de sa poitrine.

— Je suis trop gros, dit-il.

— J'aimerais avoir confiance en vous, Yusef. Dites-

moi la vérité. Les diamants étaient-ils à vous ou à
Tallit?

— Je veux vous dire toujours la vérité, major Scobie.
Je ne vous ai jamais raconté que les diamants étaient
à Tallit?

— Ils étaient à vous?

— Oui, major Scobie.

— Vous vous êtes bien fichu de moi. Si seulement
j'avais un témoin, je vous ferais coffrer.

— Je n'avais pas l'intention de me moquer de vous,
major Scobie. Je voulais seulement faire expulser Tallit.
Il serait bon pour tout le monde qu'on en soit débarrassé. C'est très mauvais que les Syriens soient divisés
en deux partis. S'ils étaient réunis en un seul groupe,
vous pourriez venir me trouver et me dire: « Yusef, le
gouvernement veut que les Syriens fassent ceci ou cela »,
et je pourrais vous répondre: « Ce sera fait. »

— Et la contrebande des diamants resterait dans une
seule paire de mains.

— Oh! les diamants, les diamants, les diamants,
gémit Yusef, d'un air excédé. Je vous l'ai dit, major
Scobie, je fais plus d'argent, en une année, dans le plus
petit de mes magasins que je n'en gagnerais en trois
ans par la contrebande des diamants. Vous ne pouvez
savoir combien de gens on est forcé d'acheter.

— Eh bien! Yusef, je n'accepterai plus vos informations. Ceci termine nos relations. Bien entendu, je
vous enverrai tous les mois vos intérêts.

Il sentait dans ses propres paroles un étrange accent
d'irréalité. Les rideaux mandarine étaient immuables.
Il y a des endroits qu'on ne laisse jamais derrière soi:

les rideaux et les coussins de cette pièce allaient rejoindre une chambre à coucher mansardée, un bureau taché d'encre, un autel couvert de dentelles à Ealing... ils y resteraient tant que Scobie serait conscient.

Yusef mit un pied sur le plancher et se dressa, très raide.

— Major Scobie, dit-il, vous avez pris ma petite plaisanterie beaucoup trop au sérieux.

— Adieu, Yusef, vous n'êtes pas un mauvais bougre, mais c'est vraiment adieu.

— Vous vous trompez, major Scobie, je suis un mauvais bougre, dit Yusef avec conviction. Mon amitié pour vous est la seule chose bonne qu'il y ait dans ce cœur noir. Je ne peux pas y renoncer. Il faut que nous demeurions amis, toujours.

— J'ai peur que ce ne soit impossible, Yusef.

— Ecoutez, major Scobie. Je ne vous demande pas de faire quoi que ce soit pour moi... sauf de temps en temps, la nuit pour que personne ne nous aperçoive, venez me voir et parlez-moi. Rien d'autre. C'est tout. Je ne vous raconterai plus d'histoires au sujet de Tallit. Je ne vous raconterai plus rien. Nous resterons assis devant le siphon et la bouteille de whisky, dans cette pièce.

— Je ne suis pas un imbécile, Yusef. Je sais qu'il vous serait très utile de faire croire aux gens que nous sommes amis. Je refuse de vous aider par ce moyen.

Yusef s'enfonça un doigt dans l'oreille pour en faire sortir un peu d'eau gazeuse. Il lança à Scobie un regard froid et cynique. « C'est ainsi, pensa Scobie, qu'il doit dévisager le gérant de magasin qui a essayé de le tromper sur l'un de ces nombreux chiffres qu'il a dans la tête. »

— Major Scobie, avez-vous jamais mis le directeur de la Sûreté au courant de nos petites transactions financières ou n'était-ce que du bluff?

— Demandez-lui vous-même.

— Je crois que je vais le faire. Mon cœur est plein d'amertume parce qu'il se sent répudié: mon cœur me conseille d'aller trouver le directeur et de tout lui raconter.

— Il faut toujours obéir à son cœur, Yusef.

— J'irai lui dire que vous avez pris mon argent et que nous avons comploté ensemble l'arrestation de Tallit. Mais que vous n'avez pas rempli votre moitié du contrat et que je suis venu tout lui révéler pour me venger. Pour me venger... répéta Yusef mélancoliquement, sa tête de Romain affaissée sur sa poitrine obèse.

— Allez-y, faites ce que vous voudrez, Yusef: c'est fini entre nous.

Mais il ne croyait pas à cette scène, quelque ardeur qu'il mît à la jouer; on eût dit une querelle d'amoureux. Il ne pouvait croire aux menaces de Yusef et il ne croyait pas du tout à son propre calme; il ne croyait même pas à cet adieu. Ce qui s'était passé dans la pièce mauve et orange avait été trop important pour n'être plus désormais qu'une partie de l'énorme passé nivelé.

Il ne fut pas surpris quand Yusef, relevant la tête, dit:

— Naturellement, je n'irai pas. Un jour, vous reviendrez car vous aurez besoin de mon amitié. Et vous serez le bienvenu.

— Au nom du Père, du Fils et du Saint-Esprit, dit-il, depuis ma dernière confession, il y a un mois, j'ai manqué une messe du dimanche et une fête d'obligation.

— Etait-ce par impossibilité matérielle?

— Oui, mais si j'avais fait un léger effort, j'aurais mieux disposé mes travaux.

— Et encore?

— Tout au long du mois, j'ai fait le minimum. J'ai été inutilement dur avec un de mes hommes...

Il y eut un long silence.

— Est-ce tout?

— Je ne sais comment l'exprimer, mon père, mais je me sens las de ma religion. J'ai l'impression qu'elle ne signifie plus rien pour moi... J'ai essayé d'aimer Dieu, mais... (Il fit un geste qui échappa au prêtre, tourné de côté, derrière le grillage.) Je ne suis même plus sûr de croire.

— Il est facile, dit le prêtre, de se tourmenter exagérément à ce sujet. Surtout ici. La pénitence que j'imposerais à beaucoup de mes fidèles, si je le pouvais, est un congé de six mois. Ce climat est très déprimant. La fatigue est facile à confondre avec... disons, l'incrédulité.

— Je ne veux pas vous retenir trop longtemps, mon père. D'autres attendent. Je sais qu'il s'agit de soucis imaginaires. Mais je me sens... vide. Vide.

— C'est quelquefois le moment que Dieu choisit, dit le prêtre. Allez à présent, mon fils, et récitez une dizaine de votre rosaire.

— Je n'ai pas de rosaire. Du moins...

— Eh bien! alors, cinq Pater et cinq Ave.

« Serai-je jamais à ce point désespéré? » songea Scobie, comme s'il avait entendu dans la voix du Syrien
l'accent d'une prophétie.

V

En rentrant chez lui, Scobie arrêta sa voiture devant
l'église catholique et entra. C'était le premier samedi du
mois et il ne manquait jamais de se confesser ce jour-
là. Une demi-douzaine de vieilles femmes, les cheveux
enveloppés d'un chiffon, comme des femmes de mé-
nage, attendaient leur tour; une sœur garde-malade;
un simple soldat portant l'insigne de l'artillerie royale.
Le chuchotement de la voix monotone du Père Rank
sortait du confessionnal.

Scobie priait, les yeux fixés sur la croix: Notre Père,
Je vous salue Marie, acte de contrition. La redoutable
langueur de la routine tombait sur son esprit. Il avait
l'impression d'être un spectateur, de se trouver dans la
foule nombreuse qui entourait la croix et sur qui le
regard du Christ devait errer à la recherche d'un
visage ami ou ennemi. Il lui semblait parfois que son
métier et son uniforme le classaient inexorablement
parmi tous ces Romains anonymes qui, là-bas, mainte-
naient l'ordre dans les rues. Une à une, les vieilles
femmes kru entraient dans le confessionnal et en res-
sortaient, et Scobie priait d'une façon vague et décou-
sue, pour Louise, demandant que Louise fût heureuse
au moment où il priait et qu'elle le demeurât, et que
jamais aucun mal ne lui vînt par lui. Le soldat sortit
du confessionnal et Scobie se leva.

Il commença à murmurer les paroles d'absolution, mais, pensa Scobie, le pire est qu'il n'y a rien à absoudre. Ces paroles ne lui apportèrent aucun sentiment de soulagement parce qu'il n'y avait rien à soulager. Les phrases étaient convenues. Les mots latins se succédaient en se bousculant, comme dans une formule cabalistique. Scobie sortit de la boîte et alla s'agenouiller ailleurs, ce qui faisait aussi partie de la routine. Pendant un moment, il eut l'impression que Dieu est trop accessible. On peut l'approcher sans la moindre difficulté. Comme un démagogue populaire, il reçoit à n'importe quelle heure les plus humbles de ses disciples. Levant les yeux vers la croix, Scobie pensa: même ses souffrances sont publiques.

CHAPITRE III

I

— Je vous ai apporté des timbres, dit Scobie. Voilà
une semaine que je les rassemble, j'en demande à tout
le monde. Mrs Carter elle-même m'a donné un magnifique perroquet... regardez. Il vient de je ne sais où,
en Amérique du Sud. Et voici une série complète du
Libéria avec la surcharge de l'occupation américaine.
Ceux-ci, je les tiens de l'inspecteur de la Marine.

Ils se sentaient complètement à l'aise et tous les deux
croyaient de ce fait ne courir aucun danger.

— Pourquoi faites-vous collection de timbres-poste?
demanda Scobie. C'est étrange quand on a dépassé seize
ans.

— Je ne sais pas, répondit Hélène Rolt. Je ne les
collectionne pas, en réalité, mais je les emporte partout.
Ça doit être une habitude.

Elle ouvrit l'album et dit:

— Non, ce n'est pas une simple habitude. Je les
aime. Voyez-vous ce timbre vert d'un demi-penny avec
George V? C'est le premier que j'aie jamais gardé.
J'avais huit ans. Je l'ai détaché d'une enveloppe, à la
vapeur, et je l'ai collé dans un calepin. C'est pour cela
que mon père m'a donné un album. Ma mère était

morte. Alors, il m'a donné un album pour mes timbres.

Elle essaya de s'expliquer avec plus d'exactitude.

— C'est comme des instantanés. C'est transportable. Les gens qui collectionnent des porcelaines ne peuvent pas les emporter en voyage. Les livres non plus. Et l'on n'est jamais forcé d'arracher les pages comme pour les photos.

— Vous ne m'avez jamais parlé de votre mari, dit Scobie.

— Non.

— Ça ne sert jamais à grand-chose d'arracher les pages parce qu'on voit très bien l'endroit où elles ont été enlevées.

— Oui.

— On se guérit plus facilement d'une chose, dit Scobie, quand on en parle.

— Ce n'est pas là le plus affreux, répondit-elle. Le plus affreux, c'est de se guérir si facilement.

Elle l'avait pris au dépourvu; il ne la croyait pas d'âge à être aussi avancée dans ses études, au point de découvrir ce tournant particulier.

— Il est mort depuis... combien de temps?... Y a-t-il seulement huit semaines, et il est déjà tellement mort. Si complètement mort. Quelle petite garce je dois être.

— N'en croyez rien, dit Scobie. Je pense que nous en sommes tous là. Quand nous disons à quelqu'un: « Je ne peux pas vivre sans toi », ce que nous avons dans l'esprit est en réalité: « Je ne peux pas vivre si je sens que tu souffres, que tu es malade ou dans le besoin. » Ce n'est pas autre chose. Quand ils meurent,

notre responsabilité cesse. Nous n'y pouvons plus rien.
Il nous est permis de reposer en paix.

— Je ne savais pas que j'étais si dure, dit Hélène,
si effroyablement dure.

— J'avais un enfant, une fille, dit Scobie. Elle est
morte. J'étais seul ici. Ma femme m'a envoyé deux
câbles de Bexhill, un à cinq heures du soir et l'autre à
six, mais à la poste, on les a intervertis. Elle avait
voulu me préparer doucement à la nouvelle, vous comprenez. J'ai reçu un câble juste après le petit déjeuner,
à huit heures, une heure creuse pour les nouvelles.

Jamais il n'avait raconté ceci à personne, pas même
à Louise. Et voilà qu'il citait les deux télégrammes
mot à mot, lentement, avec exactitude.

— Le premier câble disait: « Catherine morte tantôt
sans souffrances. Dieu te soutienne »; le second qui
arriva à l'heure du déjeuner disait: « Catherine gravement malade. Docteur espère école. » C'était celui qu'elle
avait envoyé à cinq heures: « école » était une erreur de
transmission, le mot était « encore », je suppose. Mais
elle n'aurait rien pu trouver de plus désespérant que
ce « Docteur espère » pour m'apprendre la chose avec
ménagements.

— Ça a dû être terrible pour vous, dit Hélène.

— Non, le plus terrible a été quand j'ai reçu le
deuxième télégramme, car tout s'est tellement mélangé
dans ma tête que j'ai pensé: « Il doit y avoir une erreur.
Elle est encore vivante. » Pendant un moment, et jusqu'à ce que j'aie compris ce qui s'était passé, j'étais...
déçu. C'est cela la chose terrible. J'ai pensé: « Maintenant commence l'angoisse, et la douleur »; mais quand

j'ai compris la vérité, alors tout est rentré dans l'ordre;
elle était morte, et j'ai pu commencer à l'oublier.

— L'avez-vous oubliée?

— Je pense rarement à elle. Voyez-vous, je ne l'ai
pas vue mourir; cette épreuve m'a été épargnée. C'est
ma femme qui l'a subie.

Il était surpris de voir avec quelle rapidité et quelle
aise ils étaient devenus amis. Ces deux morts les réu-
nissaient sans réserve.

— Je ne sais pas ce que j'aurais fait sans vous, dit-
elle.

— Tous les autres auraient pris soin de vous.

— Il me semble qu'ils ont peur de moi.

Scobie éclata de rire.

— Mais si. Le lieutenant aviateur Bagster m'a emme-
née à la plage tantôt, mais je lui fais peur. Parce que
je ne suis pas heureuse, et aussi à cause de mon mari.
Sur la plage, tous les gens se donnaient des airs joyeux
et moi je souriais, mais ça ne trompait personne. Vous
rappelez-vous le jour de votre première sortie dans le
monde, et qu'en montant l'escalier vous avez entendu
les bruits de conversation, sachant très bien que vous
ne trouveriez rien à dire? Voilà ce que je ressentais,
alors je suis restée assise, dans le costume de bain de
Mrs Carter, pendant que Bagster me caressait la jambe.
Et j'avais envie de rentrer chez moi.

— Vous rentrerez bientôt chez vous.

— Je ne voulais pas parler de mon pays. Je voulais
dire ici, où je peux fermer la porte et ne pas répondre
si on frappe. Je ne veux pas partir d'ici encore.

— Pourtant, vous n'êtes pas heureuse.

— J'ai si grand-peur de la mer, dit-elle.

— En rêvez-vous quelquefois?

— Non. Il arrive que je rêve de John. C'est pire. Parce que j'ai toujours fait de mauvais rêves à son sujet et mes rêves continuent d'être mauvais. Je veux dire que nous nous disputions toujours en rêve, alors nous continuons à nous disputer.

— Et vous disputiez-vous en réalité?

— Non. Il était très gentil pour moi. Nous n'étions mariés que depuis un mois, vous savez. C'est facile d'être gentil quand ça ne dure pas plus longtemps, n'est-ce pas? Lorsque ces choses sont arrivées, je n'avais même pas eu le temps de voir où j'en étais...

Scobie eut l'impression qu'elle n'avait jamais vu exactement où elle en était, du moins depuis qu'elle avait quitté son équipe de net-ball; n'en faisait-elle pas partie, un an auparavant? Parfois, il la voyait étendue dans le bateau de sauvetage, sur cette mer huileuse et désertique, et, rassemblés autour d'elle, l'autre enfant moribond, le matelot devenu fou, miss Malcott et le mécanicien-chef qui pensait à sa responsabilité envers les armateurs; et d'autres fois, il la revoyait passer à côté de lui sur la civière, serrant contre elle son album de timbres; enfin, il se l'imaginait dans un costume de bain emprunté, mal seyant, et souriant d'un sourire contraint à Bagster qui lui caressait les jambes, écoutant les éclats de rire et les plongeons, n'ayant jamais appris l'étiquette adulte... Triste comme la marée du soir, le flot montant de sa propre responsabilité le ramena au rivage.

— Vous avez écrit à votre père?

— Oh! oui, naturellement. Il m'a répondu par câble

qu'il était en train de « tirer des ficelles » pour obtenir
mon passage. Je me demande quelles ficelles il peut
bien tirer du fond de Bury, le pauvre chou! D'ailleurs,
il ne connaît personne. Il m'a envoyé un autre message au sujet de John, bien entendu. (Elle souleva un
coussin du fauteuil et en tira le télégramme.) Lisez-le,
Papa est adorable, mais il ne me connaît pas du tout,
c'est naturel.

Scobie lut:

*Profondément désolé pour toi, ma chère enfant, mais
pense qu'il est heureux. Ton père affectionné.*

La date portée sur le cachet de la poste de Bury
Saint Edmund lui fit mesurer l'énorme distance qui
séparait le père de l'enfant.

— Pourquoi dites-vous: il ne me connaît pas?

— Mais non, il croit à Dieu, au ciel, à toutes ces
histoires.

— Vous n'y croyez pas?

— J'ai renoncé à tout ça en quittant l'école. John
taquinait papa à ce sujet, oh! sans méchanceté. Papa ne
s'en choquait pas. Mais il n'a jamais su que je partageais
entièrement les idées de John. Quand on est fille de pasteur, il y a un tas de choses au sujet desquelles il faut
jouer la comédie. Il aurait été horrifié d'apprendre que
John et moi, nous nous sommes... unis, oh! quinze
jours avant de nous marier.

Une fois de plus, Scobie eut la vision d'un être qui
ne sait pas où il en est: rien d'étonnant que Bagster
eût peur de cette petite. Bagster n'était pas homme à

accepter une responsabilité, et comment aurait-on pu abandonner à cette enfant stupide et affolée la responsabilité d'une seule action? Tournant et retournant le petit tas de timbres qu'il avait amassé à son intention, il demanda:

— Que ferez-vous, je me le demande, en rentrant chez vous?

— Je suppose, dit-elle, que je vais être mobilisée.

Scobie pensa: « Si ma fille avait vécu, elle serait, elle aussi, d'âge mobilisable; on l'expédierait découvrir sa voie dans un dortoir sinistre. Après l'Atlantique, les ATS ou les WAAF, les rodomontades de la « sergente » aux seins volumineux, les cuisines où l'on épluche les pommes de terre sous les ordres de l'officier, lesbienne aux lèvres minces et aux cheveux d'or bien tirés; les hommes qui attendent sur la prairie devant le camp, cachés dans les touffes d'ajoncs... en comparaison, l'Atlantique lui-même était assurément plus rassurant. »

— Connaissez-vous la sténo? Parlez-vous quelques langues étrangères? demanda-t-il.

Dans une guerre, seuls ceux qui ont du savoir, de l'astuce ou de puissants appuis peuvent s'en tirer.

— Non, répondit-elle, à vrai dire, je ne sais rien à fond.

Il était impossible de penser qu'elle avait échappé à la mer et qu'on allait la rejeter comme un poisson qui ne vaut pas la peine d'être pêché.

— Tapez-vous à la machine? demanda Scobie.

— Avec un seul doigt, mais je vais très vite.

— Je crois que vous pourriez trouver un emploi ici même. Nous manquons de secrétaires. Toutes les femmes de fonctionnaires travaillent à la légation et pourtant nous n'en avons pas assez. Mais c'est un mauvais climat, pour une femme.

— J'aimerais bien rester. Buvons pour célébrer ma décision.

Elle appela:

— Boy, boy.

— Vous faites des progrès, dit Scobie. Il y a huit jours, vous aviez très peur de lui.

Le boy entra portant un plateau chargé de verres, de citrons, d'eau et d'une bouteille de gin entière.

— Ce n'est pas le boy à qui j'avais parlé, dit Scobie.

— Non, celui-là est parti. Vous lui avez parlé d'un air trop féroce.

— Et celui-ci s'est présenté?

— Oui.

— Quel est ton nom, boy?

— Vande, missié.

— Je t'ai déjà vu, oui?

— Non, missié.

— Qui suis-je?

— Toi, grand agent de police, missié.

— N'effarouchez pas celui-ci, implora Hélène.

— Chez qui étais-tu avant?

— Chez le D.C. Pemberton, missié. Là-bas, dans brousse. Petit boy chez lui.

— Est-ce là que je t'ai vu? dit Scobie. Sans doute. Toi, bien soigner la madame et quand elle retourne pays, moi, je te trouve bonne place, compris?

— Oui, missié.

— Vous n'avez pas regardé les timbres, dit Scobie.

— Non, c'est vrai, pas encore.

Une goutte de gin tomba sur un des timbres qui fut taché. Scobie en la regardant sortir la vignette du tas, observa son visage creux, ses cheveux raides qui tombaient en queue de rat sur sa nuque, comme si l'Atlantique les avait privés à tout jamais de leur vitalité. Il lui semblait que, depuis des années, il ne s'était jamais senti aussi à son aise avec une autre créature humaine... jamais depuis la jeunesse de Louise. Mais, cette fois, c'était différent, se dit-il, à cause de cette parfaite sécurité qu'ils éprouvaient ensemble. Il était son aîné de plus de trente ans; le climat lui avait fait perdre ses appétits charnels; il la regardait avec de la tristesse, de l'affection et une immense pitié, car un jour viendrait où il lui deviendrait impossible de la guider dans un monde où elle était perdue. Quand elle se retourna et que la lumière tomba sur son visage, elle lui parut laide, de la laideur éphémère des enfants. Cette laideur pesa aux poignets de Scobie comme des menottes.

— Ce timbre est abîmé. Je vous en trouverai un autre.

— Oh! non, dit-elle, il ira comme ça. Je ne suis pas un vrai collectionneur.

Il ne se sentait aucune responsabilité envers ceux qui sont beaux, gracieux, intelligents. Ils trouvent leur voie sans aide. C'était le visage pour lequel personne ne s'écartait de son chemin, celui vers qui ne se dirigeait jamais une œillade voilée, le visage qui bientôt devrait prendre l'habitude des rebuffades et de l'indifférence. C'était ce visage-là qui réclamait son dévouement fidèle. Le mot « pitié » est employé aussi abusivement que le

mot « amour » : cette terrible passion confuse dont si
peu d'êtres subissent l'épreuve.

— Comprenez-vous, dit-elle. Chaque fois que je verrai cette tache, je reverrai cette chambre...

— Alors, c'est comme une photographie ?

— Vous pouvez enlever un timbre de la page, dit-
elle avec une impitoyable clarté juvénile, et c'est comme
s'il n'y avait jamais été.

Elle se tourna brusquement vers lui pour ajouter :

— Comme ça fait du bien de vous parler ! Je peux
dire tout ce qui me passe par la tête. Je n'ai pas peur de
vous blesser. Vous ne me demandez rien. Je suis en
sécurité.

— Nous sommes tous les deux en sécurité.

La pluie les enveloppait ; on l'entendait tomber sur
le toit de tôle avec régularité.

— Mon Dieu, dit brusquement Hélène, d'une voix
passionnée, comme vous êtes bon !

— Non.

— J'ai l'impression, poursuivit-elle, que vous ne
m'abandonnerez jamais.

Les mots l'atteignirent comme un ordre auquel il
devait obéir, si difficile qu'il fût. Hélène avait les mains
pleines des absurdes bouts de papier qu'il lui avait
apportés.

— Je les garderai toujours, dit-elle. Jamais je ne
serai forcée de les enlever de l'album.

Quelqu'un frappa à la porte et ils entendirent une
voix annoncer allégrement :

— C'est Freddie Bagster. Ce n'est que moi, Freddie
Bagster.

— Ne répondez pas, chuchota Hélène, ne répondez pas.

Elle glissa son bras sous celui de Scobie et regarda fixement la porte, la bouche un peu entrouverte, comme pour retenir son haleine. Il eut l'impression d'un animal traqué jusque dans son trou.

— Laissez entrer Freddie, continuait la voix qui se faisait enjôleuse, soyez chic, Hélène. Ce n'est que Freddie Bagster.

Bagster était légèrement ivre.

Elle se blottissait contre Scobie, debout, la main appuyée au flanc de son compagnon. Lorsque les pas de Bagster s'éloignèrent, elle lui tendit les lèvres et ils échangèrent un baiser. Ce qu'ils avaient pris l'un et l'autre pour de la sécurité n'était que le camouflage sous quoi se cache l'ennemi, un ennemi dont les armes sont l'amitié, la confiance, la pitié.

II

La pluie se déversait avec persévérance, et restituait au marécage originel le petit carré de terrain amendé au milieu duquel se dressait sa maison. La fenêtre de sa chambre battait; à un certain moment de la nuit, une rafale en avait démoli la fermeture. Et maintenant, la pluie entrait, chassée par le vent, la table de toilette était trempée, une mare d'eau s'élargissait sur le plancher. Son réveil marquait 4 h. 25. Il eut l'impression qu'il rentrait dans une maison abandonnée depuis des années. Il n'eût pas été surpris de trouver des toiles d'araignée sur la glace, la moustiquaire effrangée et des crottes de souris sur le plancher.

Il s'assit sur une chaise, et l'eau qui coula de son pantalon fit une seconde mare autour de ses bottes. Il avait oublié son parapluie chez elle quand il avait pris le chemin du retour, plein d'une étrange jubilation, comme s'il avait refait une découverte, retrouvé une chose perdue qui avait appartenu à sa jeunesse. Dans les ténèbres humides et bruyantes, il avait même élevé la voix et s'était essayé à reproduire une phrase de la chanson de Fraser. Mais il chantait faux. Et puis, quelque part entre la hutte Nissen et sa maison, il avait égaré sa joie.

A quatre heures du matin, il s'était éveillé. Elle avait la tête appuyée sur sa poitrine et Scobie sentait contre son sein le contact de ses cheveux. Passant la main sous la moustiquaire, il alluma l'électricité. Hélène reposait dans l'étrange attitude d'un évadé tué au cours de sa fuite. Même à ce moment-là, il eut l'impression éphémère, avant que la tendresse et le désir fussent réveillés en lui, qu'il avait sous les yeux un amas de chair à canon. Les premiers mots qu'elle prononça quand la lumière lui fit ouvrir les yeux, furent:

— Que Bagster aille au diable!

— Vous rêvez?

— Oui, répondit-elle, je rêvais que j'étais perdue au milieu des marais et que Bagster me retrouvait.

— Il faut que je m'en aille, dit Scobie. Si nous nous endormons maintenant, nous ne nous éveillerons qu'au grand jour.

Il pensait déjà avec prudence pour elle et pour lui.

Comme un criminel, il élaborait dans son esprit tous les détails du crime parfait; il combinait d'avance leurs mouvements; pour la première fois de sa vie, il s'embarquait dans les longs raisonnements logiques de la duplicité. « Si Untel... alors, il s'ensuit... »

— A quelle heure votre boy arrive-t-il? demanda-t-il.

— Vers six heures, je crois. Je ne sais pas. Il m'éveille à sept heures.

— Ali commence à faire bouillir mon eau vers six heures moins le quart. Il faut que je parte, ma chérie.

Il examina tous les coins de la hutte, afin d'en faire disparaître jusqu'au moindre signe de sa présence, redressa une carpette et hésita devant un cendrier. Et puis, en fin de compte, il oublia son parapluie posé contre le mur. Cela lui sembla représenter la négligence caractéristique du criminel. Lorsque la pluie le lui rappela, il était trop tard pour retourner sur ses pas. Il lui faudrait marteler la porte d'Hélène, et déjà une lumière brillait à la vitre d'une des huttes. Debout dans sa chambre, une botte à la main, il réfléchit avec lassitude et tristesse.

« Dans l'avenir, il faudra que je m'y prenne mieux que cela. »

Dans l'avenir... c'est là que réside la tristesse. Est-ce le papillon qui meurt pendant l'acte d'amour? Les êtres humains, eux, sont condamnés aux conséquences. Il était responsable autant qu'il était coupable: il n'était pas un Bagster et savait ce qu'il avait fait. Il avait juré de sauvegarder le bonheur de Louise et voici qu'il venait d'assumer une nouvelle et contradictoire responsabilité. Il était d'avance fatigué par tous les mensonges qu'il devrait raconter désormais. Il se sentait meurtri par les blessures de ces victimes dont le sang n'avait pas encore coulé. Etendu à plat sur son oreiller, les yeux grands ouverts, sans pouvoir dormir, il regarda monter le flot gris de la marée matinale. A la surface des eaux obscures, flottait l'ombre d'une autre faute frappant une autre victime qui n'était ni Louise, ni Hélène. Au loin, en ville, les coqs se mirent à clAIRONner pour annoncer la fausse aurore.

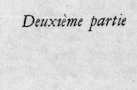

Deuxième partie

I

— Là. Qu'en pensez-vous? demanda Harris avec un orgueil mal dissimulé.

Il était resté debout sur le seuil de la hutte tandis que Wilson, entré le premier, avançait avec précaution, entre les bouts de bois marron du mobilier administratif comme un chien d'arrêt dans le chaume.

— C'est mieux que l'hôtel, dit Wilson sans se compromettre, en désignant du bout de son museau un grand fauteuil de l'administration.

— J'ai pensé vous en faire la surprise à votre retour de Lagos.

A l'aide de rideaux, Harris avait divisé la hutte Nissen en trois: une chambre pour chacun et un petit salon commun.

— Une seule chose m'inquiète: je ne suis pas sûr qu'il y ait des cancrelats.

— Bah! nous ne jouions à ce jeu que pour nous en débarrasser...

— Je sais. Mais c'est presque dommage, vous ne trouvez pas?

— Qui sont nos voisins?

— Il y a la Mrs Rolt qui a été torpillée par un

sous-marin et il y a deux types des Travaux publics et quelqu'un qui s'appelle Clive, du Ministère de l'agriculture, Boling qui s'occupe des égouts... ils ont l'air d'une bonne bande de copains. Et Scobie, naturellement, tout de suite au bas de la route.

— Oui.

Wilson parcourait la hutte avec agitation: il s'arrêta brusquement devant une photographie que Harris avait appuyée à un encrier de l'administration. On y voyait trois longs alignements de petits garçons sur une pelouse. Au premier rang, les enfants étaient accroupis, en tailleur, sur l'herbe; au second rang, assis sur des chaises, ils portaient de hauts cols raides et l'on voyait en leur centre un vieux monsieur et deux dames (dont l'une louchait); au troisième, ils étaient debout.

— Cette femme qui louche, dit Wilson, je jurerais que je l'ai vue quelque part.

— Le surnom de Snakey vous rappelle-t-il quelque chose?

— Mais oui, naturellement.

Il regarda de plus près:

— Ainsi, vous avez fréquenté cette boîte, vous aussi?

— J'ai vu le *Downhamien* dans votre chambre, alors, j'ai repêché ceci pour vous faire une surprise. Moi, j'étais dans la « maison » de Jagger[1]. Où étiez-vous?

— Moi, j'étais prog[2], dit Wilson.

[1] Les élèves des grandes écoles publiques sont divisés en groupes dont chacun loge dans une « maison » surveillée par un maître.

[2] Prog = proctor, maître surveillant, membre exécutif du Conseil de discipline.

— Oh! vous savez, reconnut Harris d'un air déçu, il y avait de bons bougres parmi ces punaises de progs.

Il reposa la photo à plat, comme une chose dont on a attendu beaucoup et qui n'a rien donné.

— Je pensais que nous pourrions organiser un dîner d'anciens de Downham.

— Pourquoi diable? demanda Wilson. Nous ne sommes que deux.

— Nous pourrions amener un invité chacun.

— Je ne vois vraiment pas à quoi cela rimerait.

Harris répondit avec amertume:

— Après tout, c'est vous l'ancien élève de Downham digne de ce nom, pas moi. Je n'ai jamais fait partie de l'association. Vous recevez le bulletin. J'ai cru que vous vous intéressiez à l'école.

— C'est mon père qui m'a inscrit comme membre à vie et qui me fait toujours suivre leur torchon de bulletin, répondit brutalement Wilson.

— Il était posé près de votre lit. J'ai pensé que vous le lisiez.

— Il se peut que je l'aie parcouru.

— Il y avait dedans une ligne qui me concernait. Ils voulaient savoir mon adresse.

— Oh! mais vous savez comment ils procèdent, dit Wilson, ils font appel à tous les anciens élèves de Downham qu'ils peuvent rattraper, en fouillant partout. Les boiseries de la salle des Fondateurs ont grand besoin d'être réparées. Je me garderais bien de donner mon adresse si j'étais vous.

Harris eut l'impression que Wilson était un de ces types qui savent toujours tout ce qui se passe; qui

donnent d'avance des renseignements sur les secondes
mi-temps, qui nous disent pourquoi le vieux Un tel n'est
pas rentré à la fin des vacances, et au sujet de quelle
affaire scandaleuse les maîtres vont se réunir en conseil
extraordinaire. Quelques semaines auparavant, il était le
« nouveau » que Harris avait été ravi d'initier amicalement, d'introduire un peu partout; il se rappelait le
soir où Wilson, s'il ne l'avait pas averti, aurait mis sa
tenue de soirée pour dîner chez un Syrien. Mais ç'avait
été le lot de Harris, dès sa première année à l'école,
d'apprendre que les « nouveaux » grandissent très vite;
le premier trimestre, il était leur bienveillant mentor, le
deuxième, on le rejetait. Jamais il ne pouvait progresser
aussi rapidement que l'élève le plus novice ou que l'our-
son le plus mal léché. Il se rappelait que même au jeu
des cancrelats (qui était *son* invention, à lui!) les règles
qu'il avait posées avaient été discutées dès le premier
soir.

— Sans doute avez-vous raison, dit-il avec tristesse.
Je n'enverrai peut-être pas ma lettre, après tout.

Il ajouta, humblement:

— J'ai pris le lit qui est de ce côté, mais si vous le
voulez, ça m'est tout à fait égal...

— Oh! c'est très bien ainsi, dit Wilson.

— Je n'ai engagé qu'un domestique, j'ai pensé qu'en
le partageant nous ferions quelques économies.

— Moins nous aurons de boys qui circulent autour
de nous, mieux ce sera, dit Wilson.

C'était le premier soir de leur récente vie commune.
Ils étaient installés dans leurs fauteuils jumeaux prove-
nant du mobilier gouvernemental, derrière les stores

du black-out. Sur la table, il y avait une bouteille de whisky pour Wilson et pour Harris une bouteille d'orgeat parfumé au jus de limette. A entendre le crépitement régulier de la pluie sur le toit, Harris se sentit envahir par une extraordinaire sensation de paix. Wilson lisait un roman de Wallace. De loin en loin, des ivrognes sortant de la popote de la RAF passaient en vociférant ou démarraient avec des fracas de moteur qui s'emballe, et cela ne faisait qu'intensifier l'atmosphère de paix qui régnait dans la hutte. Parfois, son œil errait sur les murs à la recherche d'un cancrelat, mais l'on ne peut pas tout avoir.

— Est-ce que le *Downhamien* est à portée de votre main, mon vieux? Ça m'amuserait d'y jeter un nouveau coup d'œil. Ce livre est si ennuyeux.

— Il y en a un nouveau sur la table de toilette. Je ne l'ai pas encore ouvert.

— Ça ne vous ennuie pas que je l'ouvre?

— Que diable voulez-vous que ça me fasse?

Harris se précipita sur les communiqués aux anciens de Downham et il lut une fois de plus qu'on y recherchait l'adresse de H.-R. Harris (1917-1921). Il se demanda s'il était possible que Wilson se trompât: il ne trouvait pas la moindre allusion aux boiseries de la grande salle. Peut-être après tout allait-il expédier cette lettre, et il imaginait déjà la réponse qu'il recevrait du secrétaire. Ce serait quelque chose comme ceci: *Mon cher Harris, Nous avons tous été ravis de recevoir votre lettre datée de ces contrées romanesques. Pourquoi ne pas envoyer au Bul. des articles réguliers, assez longs? et puisque je vous écris, j'en profite pour vous demander:*

pourquoi ne faites-vous pas partie de notre Société d'anciens élèves? Je remarque que vous n'y avez jamais adhéré. Quand je dis que nous serions très heureux de vous accueillir, je parle au nom de tous les vieux Downhamiens. Harris essaya du bout de la langue: *Nous serions fiers de vous accueillir,* mais rejeta la phrase: c'était un réaliste.

Le trimestre de Noël se terminait bien pour les anciens de Downham. Ils avaient battu Harpenden par un but, Merchant Taylor par deux, et étaient à égalité avec Lancing. Comme avants, Ducker et Tierney avaient une forme de plus en plus brillante, mais les mêlées restaient encore lentes à dégager la balle. Il tourna la page et lut que la société dramatique et musicale avait donné une excellente représentation de *Patience* dans la salle des Fondateurs. F.J.K., qui était visiblement le professeur de littérature anglaise, écrivait: *Lane a montré dans son interprétation de Bunthorne un sens esthétique qui a surpris tous ses condisciples de Vb. Jusqu'à présent, nous n'eussions pas parlé de sa main médiévale ou associé l'idée de lis à sa personne, mais il nous a convaincus que nous le jugions mal. Magnifique interprétation, Lane.*

Harris parcourut rapidement le compte rendu des matches de balle au mur, suivi d'une fantaisie intitulée: « Le tic-tac de l'horloge » et qui commençait ainsi: *Il était une fois, une vieille petite dame dont la plus chère possession...* Les murs de Downham, en brique rouge veinée de jaune, les extraordinaires crochets des pignons, les gargouilles datant du milieu de l'âge victorien, s'élevèrent autour de lui; des pieds frappèrent des marches de pierre, tandis qu'une cloche de réfectoire fêlée le forçait à commencer une nouvelle journée de misère. Il fut animé du loyalisme que nous ressentons tous envers le malheur, ce sentiment qu'il est notre véritable apanage. Ses yeux se remplirent de larmes, il but une gorgée de son eau d'orge et pensa: « Je vais mettre cette lettre à la poste en dépit de ce que dit Wilson. » Au-dehors quelqu'un cria: « Bagster! où es-tu, Bagster, espèce de noix? » puis trébucha dans une ornière. Harris eut l'impression qu'il n'avait jamais quitté Downham, sauf naturellement qu'on n'y aurait jamais employé de tels mots.

Harris tourna une ou deux pages, mais le titre d'un poème retint son regard. Ce titre était: « Côte occidentale » et le poème était dédié à L.S. Harris n'était pas très porté sur la poésie, mais il lui parut intéressant que sur cette énorme ligne de côte, faite de sable et d'odeurs, il existât un troisième ancien de Downham.

Il lut:

Another Tristram on this distant coast
Raises the poisoned chalice to his lips,
Another Mark unpon the palm-fringed shore
Watches his love's eclipse [1].

Ceci lui parut obscur: son œil passa rapidement sur les autres vers du poème pour arriver aux initiales

---

[1] *Un nouveau Tristan, sur cette côte lointaine,*
Porte à ses lèvres la coupe empoisonnée
Sur la rive de palmes sauvages frangée
Un nouveau Marc voit pâlir son amour.

finales: E.W. Il faillit pousser un cri, mais se retint à
temps. Quand on vit à deux dans un espace aussi exigu,
il convient d'être très circonspect. Il n'y avait pas assez
de place pour se quereller. « Qui est L.S.? » se demanda-
t-il, puis il pensa: « Oh! non, ça ne peut pas être
elle... » mais cette seule pensée avait plissé sa lèvre en
un sourire cruel.

— Pas grand-chose dans le bulletin, dit-il. Nous
avons battu Harpenden et il y a un poème appelé « Côte
occidentale. » Un autre pauvre diable qui ne doit pas être
loin d'ici, je suppose.

— Ah!

— Un amoureux transi, dit Harris. Mais, moi, je ne
lis jamais de poésie.

— Moi non plus, répondit Wilson qui se fit une
barrière du roman de Wallace pour cacher ce mensonge.

II

Il l'avait échappé belle. Etendu sur le dos, dans son
lit, Wilson écoutait la pluie tomber sur le toit, et derrière le rideau, la respiration bruyante de l'ancien élève
de Downham. Il lui semblait que les affreuses années
s'étaient étirées et avaient traversé la brume intermédiaire pour venir l'enserrer de nouveau. Quelle folie
l'avait poussé à envoyer ce poème au *Downhamien*. Mais
ce n'était pas de la folie: il était incapable depuis longtemps de faire une chose aussi honnête qu'une folie. Il
était de ces êtres qui sont dès l'enfance condamnés à la
duplicité. Il savait quelle avait été son intention: décou-

per le poème sans en indiquer la provenance et l'envoyer
à Louise. Ce n'était pas exactement le genre de vers
qu'elle aimait, il le savait bien, mais il s'était dit qu'elle
ne pouvait manquer d'être plus ou moins impressionnée
par le simple fait que le poème était imprimé. Si elle
lui demandait dans quelle revue il avait paru, il lui serait
facile d'inventer un titre impressionnant, évocateur de
coterie. Par bonheur, le *Downhamien* était bien imprimé
et sur un bon papier. Evidemment, il lui faudrait coller
la coupure sur une feuille opaque, de manière à dissimuler ce qui était écrit au verso, mais il trouverait une
explication facile. On eût dit que son métier arrivait
peu à peu à absorber toute sa vie comme l'avait fait
l'école. Son métier était de mentir, d'avoir toujours une
histoire prête à sortir, de but en blanc, de ne jamais
se contredire ensuite, et voici que sa vie privée prenait
le même caractère. Etendu sur le dos, immobile, le
dégoût de soi le parcourut en vagues de nausée.

La pluie s'était arrêtée un moment. C'était un de ces
intermèdes de fraîcheur qui sont le réconfort de ceux
qui ne dorment pas. Dans les rêves pesants de Harris,
l'averse continuait. Wilson se leva doucement et se prépara un somnifère; les cristaux blancs pétillèrent au
fond du verre et Harris parla d'une voix rauque en se
retournant sur son lit, derrière le rideau. Wilson regarda
sa montre à la lueur de sa lampe portative: 2 h. 25.
Sur la pointe des pieds, pour ne pas éveiller Harris, il
alla jusqu'à la porte. Il sentit sous l'ongle d'un orteil
la petite piqûre d'une chique. Au matin, il faudrait la
faire extirper par son boy. Il resta debout sur la petite
plate-forme de ciment qui dominait le sol marécageux

et laissa l'air frais jouer autour de son corps sous les pans ouverts et flottants de sa veste de pyjama. Toutes les huttes étaient plongées dans l'obscurité et la lune était masquée par les nuées chargées d'eau qui remontaient dans le ciel. Wilson se préparait à rentrer quand il entendit quelqu'un avancer en trébuchant à peu de mètres de lui. Il alluma sa lampe électrique. Son faisceau tomba sur le dos penché d'un homme qui circulait entre les huttes dans la direction de la route.

— Scobie! s'écria Wilson.

Et l'homme se retourna.

— Tiens, Wilson, dit Scobie. Je ne savais pas que vous habitiez là.

— Je partage cette hutte avec Harris, dit Wilson en regardant l'homme qui avait vu ses larmes.

— Je viens de faire un petit tour, dit Scobie, en guise d'explication peu convaincante, je ne pouvais pas dormir.

Wilson eut l'impression que Scobie était encore un novice en l'art de mentir. Il n'avait pas vécu depuis l'enfance dans l'hypocrisie, et Wilson se mit à envier Scobie d'une façon étrangement adulte, un peu comme un vieux forçat envierait le jeune escroc qui purge sa première peine et pour qui tout cela est neuf.

III

Wilson était assis dans son petit bureau sans air à l'UAC. Plusieurs livres-journal et mains courantes reliés en demi-peau de porc établissaient une barrière entre lui et la porte. Subrepticement, à l'image d'un écolier

qui copie sa composition, Wilson, dissimulé par la barrière, travaillait à mettre un câble au clair, en se servant
de son chiffre. Un calendrier publicitaire donnait une
date vieille de huit jours: 20 juin, sous une devise:
*Les meilleures spéculations sont l'honnêteté et l'esprit
d'entreprise. William P. Cornforth.* Un employé frappa
à la porte et dit:

— Il y a un nègre qui veut vous voir, Wilson. Il
apporte une lettre.

— De la part de qui?

— Il a dit: Brown.

— Gardez-le deux ou trois minutes, voulez-vous,
mon vieux? et puis faites-le entrer à grands coups de
pied dans les fesses.

Si assidûment que se fût exercé Wilson, la phrase tri-
viale sonnait faux dans sa bouche. Il plia le télégramme
et le plaça dans le dictionnaire chiffré pour retrouver
la page; puis il rangea le télégramme et le dictionnaire
dans le coffre-fort dont il referma la porte. Se versant
ensuite un verre d'eau, il regarda dans la rue; les
mammas, la tête enveloppée de mouchoirs de coton
bariolés, déambulaient sous leurs parapluies de couleur.
D'informes robes de cotonnade leur tombaient à la cheville: l'une était en imprimé représentant des boîtes
d'allumettes, l'autre des lampes-pigeon, la troisième (le
dernier modèle arrivé de Manchester) était couverte de
briquets mauves sur fond jaune. Nue jusqu'à la taille,
une jeune négresse passa, luisante de pluie: avec une
concupiscence mélancolique, Wilson la suivit des yeux
jusqu'à ce qu'elle eût disparu. Il avala sa salive et se
retourna au moment où la porte s'ouvrait.

— Ferme la porte derrière toi.

Le boy obéit. On voyait qu'il avait revêtu ses plus beaux habits pour faire cette visite de politesse: une chemise de cotonnade blanche flottait par-dessus son short blanc. Ses sandales de tennis étaient immaculées malgré la pluie, mais les doigts de pied en sortaient.

— Toi, petit boy chez Yusef?

— Oui, missié.

— Toi reçu message de mon boy. Lui raconter toi ce que je veux savoir, hé? Lui, ton jeune frère, n'est-ce pas?

— Oui, missié.

— Même père?

— Oui, missié.

— Il dit toi bon boy, honnête. Toi vouloir devenir steward, hein?

— Oui, missié.

— Sais-tu lire?

— Non, missié.

— Ecrire?

— Non, missié.

— Toi avoir bons yeux, bonnes oreilles? Voir tout? Entendre tout?

Le boy ricana... et ce fut une fente blanche dans l'espace uniforme de son visage d'un gris éléphant; il semblait posséder une intelligence retorse et souple; l'intelligence, aux yeux de Wilson, valait mieux que l'honnêteté. L'honnêteté est une arme à deux tranchants, tandis que l'intelligence veille sur les intérêts personnels d'un individu. L'intelligence vous avertit qu'un Syrien peut rentrer dans son pays d'un jour à l'autre, mais que les Anglais restent. L'intelligence sait qu'il est bon de travailler pour le gouvernement quel que soit le gouvernement.

— Combien gagnes-tu comme petit boy?

— Dix shillings.

— Je te donne cinq shillings de plus. Si Yusef te met à la porte, je te paie dix shillings. Si tu restes chez Yusef et si tu me donnes renseignements, renseignements exacts, pas de mensonges, je te trouve une place de steward chez homme blanc. Tu comprends?

— Oui, missié.

— Si tu me rapportes des mensonges, tu iras en prison. Ou peut-être que je te tuerai d'un coup de fusil, je n'en sais rien, ça m'est égal. Compris?

— Oui, missié.

— Tous les jours, tu vois ton frère au marché à la viande. Tu lui dis qui est venu chez Yusef. Tu lui dis tous les boys d'autres gens qui viennent chez Yusef. Toi pas raconter mensonges. Rien que vérité. Pas faire la bête. Quand personne vient chez Yusef, tu dis personne. Toi pas faire gros mensonge. Si toi mentir, moi savoir, et toi partir prison tout de suite.

Le monotone monologue se poursuivit. Jamais l'on ne sait exactement dans quelle mesure on se fait comprendre. La sueur coulait de son front et le visage gris, calme et frais du boy l'irritait comme une accusation à laquelle il ne pouvait répondre.

— Tu vas en prison et tu restes en prison pendant beaucoup, beaucoup temps.

Il entendait sa propre voix craquer, tant il faisait d'efforts pour être impressionnant: il s'écoutait parler, et c'était la parodie d'un homme blanc par un acteur de music-hall.

— Scobie? demanda-t-il. Tu connais le major Scobie?

— Oui, missié. Lui très bon, missié.

C'étaient les premiers mots que disait le boy, en dehors de: oui et non.

— Toi le voir chez ton maître?

— Oui, missié.

— Souvent?

— Une fois, deux fois, missié.

— Lui et ton maître, eux amis?

— Mon maître, lui penser major Scobie homme très bon, missié.

La répétition de cette phrase irrita Wilson. Il éclata, furibond:

— Je ne veux pas savoir s'il est bon ou mauvais. Je veux savoir s'il rencontre Yusef, compris? De quoi ils parlent. Tu leur apportes à boire quelquefois quand le steward est occupé. Qu'est-ce que tu entends?

— Dernière fois, eux avoir beaucoup palabre, consentit le garçon pour calmer cette colère, et comme s'il montrait un coin de sa marchandise à vendre.

— Je m'en doute. Je veux savoir tout ce qu'ils ont dit dans cette palabre.

— Quand major Scobie parti, une fois, mon maître enfoncer figure dans coussin.

— Que diable me racontes-tu là?

Le boy replia son coude devant ses yeux en un geste d'une grande dignité, puis il dit:

— Ses yeux mouiller coussin.

— Bon Dieu, s'écria Wilson, quelle chose extraordinaire !

— Après, lui boire beaucoup whisky, trop et dormir dix, douze heures. Après lui partir à son magasin de Bond-Street et gueuler comme cent diables.

— Pourquoi ?

— Lui dire tout le monde rouler lui.

— Quel rapport cela a-t-il avec le major Scobie ?

Le boy haussa les épaules. Comme cela lui était arrivé déjà tant de fois, Wilson eut l'impression qu'on lui fermait une porte au nez : on le laissait toujours du mauvais côté de la porte.

Quand le boy fut parti, il rouvrit son coffre-fort en tournant le bouton suivant la combinaison : d'abord 32 (son âge) à gauche, ensuite 10 à droite (l'année de sa naissance), à gauche de nouveau jusqu'à 65 (le numéro de sa maison sur la Western Avenue, Pinner), puis il sortit les dictionnaires de chiffres. 32946 78523 97042. L'une après l'autre, d'interminables rangées de nombres flottaient devant ses yeux. Le télégramme était signalé comme important, sans quoi Wilson en eût remis au soir le déchiffrage. Il savait qu'en réalité ce devait être sans le moindre intérêt. Le bateau habituel avait quitté Lobito, emportant à son bord les suspects habituels, diamants, diamants, diamants. Quand il aurait transcrit en clair le télégramme, il le ferait parvenir au directeur martyr de la Sûreté, qui avait probablement déjà reçu la même information ou une information contradictoire du M.I.5 ou de l'une des autres organisations secrètes qui ont pris racine sur la côte comme des buissons de palétuviers. *Laisser tranquille mais ne pas, je répète, pas*

*attirer attention P. Ferreira passager premières, je répète,
Ferreira passager première classe.* Sans doute, Ferreira
était-il un agent que son organisation avait recruté à
bord. Il était tout à fait possible que le directeur de la
Sûreté reçût simultanément un message du colonel
Wright disant que P. Ferreira était soupçonné de transporter des diamants et ordonnant de le fouiller minutieusement. 72391 87052 63847 92034. Comment pouvait-
on simultanément laisser tranquille, être discret, agir
sans attirer l'attention et fouiller minutieusement Mr Ferreira?... Par bonheur, ceci n'était pas de son ressort.
Qui sait si Scobie ne serait pas celui qui devrait se
mettre en ce cas martel en tête?

Wilson retourna vers la fenêtre pour se verser un
verre d'eau, et, une fois de plus, il vit passer la fille. Il
regarda attentivement l'eau ruisseler entre les deux omoplates minces, semblables à des ailes. Il se rappela
qu'autrefois il n'eût jamais remarqué une peau noire. Il
eut la sensation d'avoir vécu des années, non des mois
sur cette côte, toutes les années qui séparent la puberté
de l'âge d'homme.

IV

— Vous sortez? demanda Harris, surpris. Où allez-
vous?

— En ville, répondit Wilson, qui relâchait le cordon
de ses bottes contre les moustiques.

— Qu'est-ce qui peut bien vous attirer en ville, à
cette heure-ci?

— Affaires.

Somme toute, pensait-il, il s'agit d'un certain genre d'affaires, de ces affaires sans joie auxquelles il faut se livrer seul et sans amis. Il avait acheté peu de semaines auparavant une voiture d'occasion: c'était sa première voiture et il ne savait pas encore très bien conduire. Aucun accessoire mécanique ne résistait longtemps au climat de ce pays et tous les quatre ou cinq cents mètres, il était obligé d'essuyer le pare-brise avec son mouchoir.

Dans la ville kru, les portes des huttes étaient ouvertes, et des familles entières, installées autour de lampes à pétrole, attendaient qu'il fît assez frais pour pouvoir dormir. Un chien errant crevé gisait dans le ruisseau et la pluie ruisselait sur son ventre blanc gonflé. Wilson passa en seconde et se mit à conduire à peine plus vite que le pas d'un homme, car les lumières des voitures civiles devaient être réduites à la taille d'une carte de visite, aussi ne voyait-il pas à plus de quinze pas devant lui. Il lui fallait dix minutes pour atteindre le grand fromager qui poussait à côté du poste de police. Il n'y avait de lumière dans aucune des chambres d'officier et Wilson laissa sa voiture devant l'entrée principale. Si quelqu'un la voyait, on supposerait qu'il était à l'intérieur du poste. Il resta un moment, hésitant, sa portière ouverte. L'image d'une fille passant sous la pluie luttait avec celle de Harris couché sur le dos et lisant un livre, un verre de citron pressé à portée de la main. Wilson pensa avec tristesse, lorsque triompha le désir sexuel, que c'était bien du souci: la tristesse qui suit l'acte l'étreignait avant qu'il l'eût accompli.

Il avait oublié de prendre son parapluie et il fut trempé jusqu'aux os avant d'avoir franchi dix mètres sur

la descente. Plus que par la luxure, il était poussé par la
passion de savoir. Un jour ou l'autre, lorsqu'on habite
un pays, il faut en goûter les spécialités locales. C'est
comme si l'on enferme une boîte de chocolats dans un
tiroir de sa chambre à coucher. Tant que la boîte n'est
pas vide, l'esprit en est exagérément occupé. Wilson
pensa: « Une fois que ce sera fait, je serai capable
d'écrire un autre poème en l'honneur de Louise. »

Le bordel était un bungalow au toit de tôle à mi-
chemin de la descente, à droite. Pendant la saison sèche,
les filles s'installaient dehors, dans le ruisseau, comme
des moineaux; elles bavardaient avec l'agent de police
de garde en haut de la pente. La route n'avait jamais été
construite, de sorte que personne ne passait devant le
bordel pour aller au quai ou à la cathédrale: on pouvait
faire comme si l'on ignorait son existence. Ce soir-
là, il tournait vers la rue bourbeuse sa façade muette
aux volets clos, sauf à l'endroit où une porte coincée
par un gros payé laissait entrevoir un couloir d'entrée.
Wilson jeta un coup d'œil rapide à droite et à gauche,
puis entra.

Quelques années avant, le couloir avait été blanchi
au lait de chaux et plâtré, mais les rats avaient fait des
trous dans le plâtre et les humains avaient détérioré la
peinture blanche par des graffiti et des inscriptions au
crayon. Ces murs étaient tatoués, comme les bras d'un
matelot, avec des noms, des initiales, des dates... il y
avait même deux cœurs entrelacés. D'abord, Wilson eut
l'impression que la maison était tout à fait vide: de côté
et d'autre du couloir, il y avait de petites cellules de
neuf pieds sur quatre où des rideaux tenaient lieu de

portes et où les lits étaient de vieilles caisses d'emballage
recouvertes d'étoffes indigènes. D'un pas rapide, Wilson gagna le fond du couloir; après, pensa-t-il, il s'en
retournerait vers la paisible et somnolente sécurité de
la pièce où l'ancien élève de Downham sommeillait sur
son livre.

Il ressentit une déception terrible, comme si ce qu'il
trouvait là n'était pas ce qu'il cherchait, lorsqu'en arrivant au fond, il découvrit que la cellule de gauche était
occupée: à la lueur d'une lampe à huile qui brûlait sur
le sol, il vit une fille couverte d'une chemise sale couchée à plat sur une caisse d'emballage comme un poisson
à l'étal; ses plantes de pied roses pendaient au-dessus
des mots *Sucre Tate*. Elle était de faction, dans l'attente
d'un client. Elle fit un sourire à Wilson, sans prendre
la peine de se redresser, et dit:

— Faire gigue-gigue, chéri? Dix bobs [1].

Dans l'esprit du jeune homme passa la vision d'une
fille au dos ruisselant de pluie, échappant sans cesse
à ses regards.

— Non, répondit-il, non.

Il secouait la tête et pensait: « Quel idiot j'ai été, quel
idiot de faire ce long trajet pour... ceci. » La fille ricana
comme si elle comprenait combien il était stupide, et
dans le couloir qui venait de la rue, il entendit s'approcher le plof, plof, de pieds nus. La retraite lui fut
coupée par une grosse mamma portant un parapluie
rayé. Elle posa à la fille une question dans leur propre
dialecte et reçut une explication accompagnée d'un rire

[1] Argot = shillings.

niais. Wilson eut la sensation d'être seul à trouver
étrange une situation qui était banale et quotidienne
pour la vieille, dans les sombres régions où elle régnait.

— Je crois que je vais d'abord boire quelque chose,
dit-il piteusement.

— Fille chercher boire, dit la mamma.

D'un ton impérieux, elle donna des ordres à la fille,
dans ce dialecte qu'il ne comprenait pas, et d'un bond
de ses jambes souples, la fille dégringola de son perchoir de caisses.

— Reste ici, dit la mamma à Wilson.

Et, mécaniquement, comme une hôtesse qui, l'esprit
ailleurs, doit entretenir la conversation même avec un
invité sans intérêt, elle ajouta:

— Jolie fille, gigue-gigue, une livre.

La valeur marchande variait ici à l'envers: le prix
montait en même temps que grandissait la répugnance
du client.

— Je regrette, dit Wilson, je n'ai pas le temps
d'attendre; voici dix bobs.

Et il esquissa un mouvement de retraite dont la vieille
femme ne tint aucun compte; elle lui barra le chemin
en souriant tranquillement de l'air d'un dentiste qui
sait ce qui est bon pour vous. La couleur d'un homme
est en un tel lieu sans prestige. Il ne pouvait hausser la
voix comme un Blanc l'eût fait ailleurs: en pénétrant
entre les murs de plâtre de cet étroit couloir, il s'était
dépouillé de tous ses traits raciaux, sociaux et personnels; il s'était réduit à la simple nature humaine. S'il
avait voulu se cacher, il aurait trouvé là une cachette
parfaite; s'il avait désiré l'anonymat, il n'était plus là

qu'un homme. Sa répugnance, son dégoût, sa crainte même n'étaient pas des caractéristiques personnelles: elles étaient si courantes chez ceux qui y venaient pour la première fois que la vieille femme savait exactement d'avance quel serait son prochain geste. D'abord, réclamer à boire, ensuite, offrir de l'argent, et puis après...

— Laissez-moi passer, dit Wilson sans énergie.

Car il était sûr qu'elle ne bougerait pas: elle tenait les yeux fixés sur lui comme s'il était un animal au piquet qu'elle aurait surveillé pour le compte de son propriétaire. Elle ne s'intéressait pas à lui, mais de temps en temps, répétait calmement:

— Jolie fille gigue-gigue tousuite.

Il lui tendit un billet d'une livre qu'elle empocha sans cesser de bloquer l'entrée. Lorsqu'il essaya de l'écarter pour passer, elle le rejeta en arrière d'une poussée désinvolte de ses paumes roses.

— Tousuite, bientôt, gigue-gigue, répéta-t-elle.

C'était déjà arrivé des centaines de fois.

Le long du couloir, la fille revint portant une bouteille à vinaigre emplie de vin de palme. Alors, à contrecœur, avec un soupir de résignation, Wilson céda. La chaleur intense entre ces murailles de pluie, l'odeur de moisi émanant de sa compagne, la lumière indistincte et tremblotante de la lampe à huile, évoquaient à son esprit l'image d'un caveau que l'on vient d'ouvrir pour y faire descendre un nouveau cercueil. Un ressentiment monta en lui: la haine de ceux qui l'avaient amené là où il était. En leur présence, il savait que ses veines mortes se remettraient à saigner.

Troisième partie

I

— Je vous ai vu sur la plage, cet après-midi, dit
Hélène.

Scobie détacha avec appréhension son regard du verre
où il versait le whisky. Dans la voix de la jeune femme
quelque chose lui rappela étrangement Louise.

— J'étais à la recherche de Rees, répondit-il, l'homme
des Renseignements de la marine.

— Vous ne m'avez même pas parlé.

— J'étais très pressé.

— Vous êtes toujours tellement prudent, dit-elle.
Et c'est alors qu'il comprit ce qui se passait et pourquoi il avait pensé à Louise. Il se demanda avec tristesse s'il est inévitable que l'amour suive toujours cette
même pente. Ce n'est pas seulement l'acte amoureux qui
ne se renouvelle pas... combien de fois, au cours des
deux dernières années, avait-il essayé, au moment cri-
tique, d'échapper à une scène exactement semblable, par
instinct de conservation, certes, mais aussi pour protéger l'autre victime. Il eut un rire sans joie et répondit:

— Pour une fois, je ne pensais pas à vous. J'avais
d'autres choses en tête.

— Quelles autres choses?

— Oh! des diamants...

— Votre travail a beaucoup plus d'importance que moi à vos yeux, dit Hélène.

Et la banalité de cette phrase lue dans Dieu sait combien de livres tordit le cœur de Scobie comme une réflexion d'enfant empreinte d'une excessive maturité.

— C'est vrai, dit-il gravement, mais je pourrais vous en faire le sacrifice.

— Pourquoi?

— Parce que vous êtes un être humain, je suppose. On peut aimer un chien plus que tout ce qu'on possède au monde, mais on n'écraserait pas un enfant, même inconnu, pour sauver ce chien.

— Oh! dit-elle avec irritation, pourquoi ne me dites-vous jamais que la vérité? Je ne veux pas entendre tout le temps la vérité.

Scobie lui mit dans la main le verre de whisky en lui disant:

— Ma chérie, vous n'avez pas de chance. Vous voici liée à un homme vieillissant: nous ne pouvons nous donner la peine de mentir à tout propos comme les jeunes.

— Si vous saviez, dit-elle, comme je suis lasse de toutes vos précautions. Vous venez ici à la nuit noire et vous repartez dans la nuit noire. C'est... c'est sans grandeur.

— Vous avez raison.

— Nous faisons l'amour ici. Dans le mobilier d'un officier subalterne. Je crois vraiment que nous ne saurions pas le faire ailleurs.

— Pauvre chérie! dit-il.

— Je ne veux pas de votre pitié, répliqua-t-elle avec colère.

Mais qu'elle en voulût ou non était hors de question: elle l'avait. La pitié dans le cœur de Scobie couvait comme le feu sous la pourriture. Jamais il ne pourrait s'en débarrasser. Il le savait par expérience, toute passion meurt, tout amour s'épuise, mais la pitié survit à tout. Rien ne parvient à user la pitié. La vie la nourrit sans cesse. Il ne connaissait qu'une personne au monde qui fût indigne de pitié: lui-même.

— Ne pouvez-vous une seule fois courir un risque? demanda-t-elle. Vous ne m'écrivez même pas une ligne. Vous partez en brousse pendant des jours, mais vous prenez soin de ne laisser derrière vous aucune trace. Je ne peux même pas avoir une photographie pour rendre cette maison un peu humaine.

— Mais je n'ai pas de photo de moi.

— Je suppose que vous imaginez que j'irais me servir de vos lettres contre vous.

Il pensait dans sa lassitude: « Si je fermais les yeux, je pourrais croire que c'est Louise qui parle. » La voix était plus jeune, c'est tout, et peut-être moins capable de meurtrir. Debout, son verre de whisky à la main, il se rappela une autre soirée, à quelque deux cents mètres de là; le verre contenait du gin cette fois-là.

— Comme vous dites de sottes choses, ma chérie.

— Vous me traitez comme une enfant. Vous entrez sur la pointe des pieds en m'apportant des timbres-poste.

— J'essaie de vous protéger.

— Je m'en fous complètement si les gens cancanent.

Il reconnut les jurons violents de l'équipe de net-ball.

— Leurs cancans suffiraient à mettre fin à ceci, mon petit.

— D'ailleurs, ce n'est pas moi que vous protégez. Vous protégez votre femme.

— Cela revient au même.

— Oh! dit-elle, voilà que vous me mettez dans le même sac que cette... cette femme.

Scobie ne put empêcher son visage de le trahir par une crispation douloureuse. Il avait sous-estimé ses possibilités de la faire souffrir. Il vit à ce moment-là qu'elle enregistrait sa victoire: il s'était mis entre ses mains. Elle saurait désormais où placer ses flèches les plus meurtrières. Elle ressemblait à un enfant qui tient une pointe de compas et sait qu'il peut s'en servir pour infliger des blessures. On ne peut attendre d'un enfant qu'il n'exploite pas la faute d'un adversaire.

— Ma chérie, dit-il, c'est trop tôt pour se quereller.

— Cette femme, répéta-t-elle, en surveillant les yeux de Scobie, vous ne la quitterez jamais, n'est-ce pas?

— Nous sommes mariés.

— Si elle apprenait ce qui est arrivé, vous rentreriez auprès d'elle comme un chien battu.

« Non, pensa-t-il avec tendresse, elle n'est pas comme Louise, elle n'a pas lu les meilleurs livres. »

— Je ne sais pas.

— Vous ne m'épouserez jamais.

— Cela m'est impossible. Vous le savez bien. Je suis catholique. Je ne puis avoir deux femmes.

— Quelle merveilleuse excuse! s'écria Hélène. Ça ne vous empêche pas de coucher avec moi. Ça vous empêche seulement de m'épouser.

— Exactement, répondit-il avec lourdeur, comme s'il acceptait une pénitence.

Il pensait: « Comme elle a vieilli depuis quelques mois. Elle n'aurait pas été capable, au début, de faire une scène. » Mais elle avait reçu les enseignements de l'amour et de la dissimulation; Scobie commençait à la former. Il se demanda si, au cas où ceci durerait assez longtemps, elle arriverait à se confondre avec Louise. « A mon école, pensa-t-il, recru de fatigue, elles apprennent l'amertume, la désillusion, et elles apprennent à vieillir. »

— Eh bien! reprit Hélène, vous pourriez essayer de vous justifier.

— Cela me prendrait trop de temps. Il me faudrait discuter d'abord l'existence de Dieu.

— Oh! que vous êtes tortueux!

Il se sentait affreusement las et déçu. Il avait pensé d'avance à cette soirée. Toute la journée, au bureau, occupé à juger un cas de loyer non payé après un cas de jeunesse délinquante, il avait aspiré à se retrouver dans la hutte Nissen, au milieu de la pièce nue, du mobilier officiel pour jeune fonctionnaire qui lui rappelait sa propre jeunesse, au milieu de toutes ces choses qu'elle venait d'insulter.

— Mon intention était bonne, dit-il.

— Que voulez-vous dire?

— J'avais l'intention de me montrer votre ami. De prendre soin de vous. De vous rendre plus heureuse.

— Est-ce que je n'étais pas heureuse, avant?
demanda-t-elle comme si elle parlait d'un passé vieux
de multiples années.

— Vous veniez de subir un choc. Vous étiez seule...

— Je n'étais sûrement pas plus seule que je ne le
suis à présent, dit-elle. Je vais à la plage avec Mrs Carter quand la pluie s'arrête. Bagster me fait du plat. Ils
me croient tous frigide. Je reviens ici avant que la pluie
recommence et je vous attends... nous buvons un verre
de whisky... vous me donnez des timbres comme si
j'étais votre petite fille...

— Je suis désolé, dit Scobie, je suis désolé de ce
fiasco...

Il avança la main et la posa sur celle d'Hélène: sous
sa paume, les jointures lui firent l'effet d'une minuscule colonne vertébrale brisée. Il continua de parler,
lentement, prudemment, en choisissant ses mots avec
soin comme s'il suivait un sentier à travers un pays
récemment évacué et semé de mines: à chaque pas, il
s'attendait à une explosion.

— Je suis désolé de tout. Je ferais n'importe quoi...
presque n'importe quoi pour vous rendre heureuse. Je
cesserais de venir ici. Je partirais très loin... Je prendrais ma retraite.

— Vous seriez rudement content de vous débarrasser de moi, dit-elle.

— Ce serait comme si ma vie s'achevait.

— Partez donc, si vous en avez tant envie.

— Je n'en ai pas envie. J'ai envie de faire ce que
vous voulez.

— Vous pouvez partir, si le cœur vous en dit... ou

rester, dit-elle avec mépris. Moi, je ne peux pas bouger, n'est-ce pas?...

— Si vous le désiriez, je pourrais vous faire embarquer sur le prochain courrier, je trouverais un moyen.

— Oh! comme vous seriez content que tout ça soit fini... dit-elle.

Et elle se mit à pleurer.

Scobie lui envia ses larmes. Quand il avança la main pour la toucher, elle hurla:

— Foutez le camp, foutez le camp! Laissez-moi.

— Je pars, dit-il.

— Oh! oui, partez, et ne revenez plus.

Quand il eut franchi la porte et qu'il sentit la pluie lui rafraîchir le visage et ruisseler sur ses mains, la pensée lui vint que la vie serait tellement plus facile s'il la prenait au mot. Il rentrerait dans sa maison, fermerait la porte et se retrouverait seul; il écrirait à Louise sans avoir la sensation de lui mentir; il dormirait comme il n'avait pas dormi depuis des semaines, sans rêves. Le lendemain matin, bureau, retour paisible, repas du soir, porte close... Mais, au bas de la colline, au-delà du dépôt de voitures où les camions étaient accroupis sous leurs bâches ruisselantes, la pluie tombait comme coulent les larmes. Il pensa à Hélène, seule dans la hutte, en train de se demander si les mots irrévocables avaient été prononcés, si tous ses lendemains allaient être faits de Mrs Carter et de Bagster jusqu'à ce que vînt un bateau qui la ramènerait chez elle, où elle n'emporterait d'autre souvenir que celui de sa misère. Scobie se disait: « Je n'y remettrais plus les pieds, dans cette hutte Nissen, si seulement mon absence devait la rendre heureuse et me faire souffrir. Mais que je sois heureux et qu'elle souffre... » cela, Scobie ne pouvait l'envisager. Inexorablement, le point de vue de l'autre se dressait sur son chemin comme le spectre d'un innocent assassiné. « Elle a raison, pensa-t-il, qui pourrait supporter ma prudence? »

Au moment où il ouvrit sa porte, un rat qui s'était promené en reniflant autour du garde-manger monta l'escalier sans hâte pour se réfugier au premier. C'était ce genre de choses que craignait et détestait Louise: il l'avait rendue heureuse, elle, du moins; alors, avec une lourdeur grave, une imprudence appliquée et voulue, il se prépara à tout arranger pour Hélène. Il s'assit devant sa table et, sortant une feuille de papier machine, un papier officiel portant en filigrane le cachet du gouvernement, il se mit à rédiger une lettre.

Il écrivit: *Ma chérie...* il voulait se mettre complètement à sa merci, tout en lui laissant, à elle, l'anonymat. Il regarda sa montre et ajouta dans le coin à droite, comme s'il préparait un rapport de police: *24 h. 35, Burnside, 5 septembre.* Puis il continua, avec soin: *Je vous aime plus que moi-même, plus que ma femme, plus que Dieu, je crois. Je vous en prie, gardez cette lettre. Ne la brûlez pas. Quand vous serez fâchée contre moi, relisez-la. J'essaie de toutes mes forces de vous dire la vérité. Plus que tout au monde, je désire vous rendre heureuse...* Il fut attristé par la banalité de ces phrases qui ne paraissaient contenir aucune vérité appartenant à Hélène en personne: on les avait employées trop de fois. « Si j'étais jeune, pensa-t-il, je saurais trouver les mots qu'il faut, les mots neufs, mais tout ceci m'est déjà arrivé autrefois. » Il ajouta: *Je t'aime. Pardonne-moi*, signa et plia la feuille.

Il enfila son imperméable et ressortit sous la pluie. Dans cette humidité, les blessures ne guérissent pas, elles s'infectent. Faites-vous une égratignure au doigt et en quelques heures elle se couvrira d'une petite couche de peau verte. En gravissant la pente, Scobie avait conscience que quelque chose entrait en putréfaction. Dans le dépôt des voitures, un soldat cria dans son sommeil: un seul mot qui fit à Scobie, incapable de le comprendre, l'effet d'un hiéroglyphe sur un mur; les hommes de ce dépôt étaient des Nigériens. La pluie martelait le toit des huttes Nissen et Scobie se prit à penser: « Pourquoi ai-je écrit cela? Pourquoi ai-je écrit « plus que Dieu »? Elle se serait contentée de « plus que Louise ». Et même si c'est vrai, pourquoi l'ai-je écrit? » Le ciel pleurait interminablement autour de lui. Il avait la sensation d'inguérissables blessures. Il dit doucement, tout haut:

— Oh! mon Dieu, je vous abandonne, ne m'abandonnez pas...

Lorsqu'il arriva chez Hélène, il glissa la lettre sous la porte: il entendit le froissement du papier sur le sol de ciment et c'est tout. Se rappelant le corps enfantin qu'on avait transporté devant lui sur une civière, il s'attrista en pensant à tout ce qui s'était produit, vainement, pour en arriver à lui faire conclure avec rancune: « Elle ne pourra plus désormais m'accuser de prudence excessive. »

II

— Je passais, dit le Père Rank, alors, j'ai eu l'idée d'entrer pour vous dire bonjour.

La pluie du soir tombait en grises draperies d'église, tandis qu'un camion rugissant montait vers les collines.

— Entrez, dit Scobie, je n'ai plus de whisky, mais il reste de la bière... et du gin.

— Je vous ai vu près des huttes Nissen et je vous ai suivi. Je ne vous dérange pas ?

— Je dîne chez le directeur, mais j'ai encore une heure devant moi.

Le Père Rank arpentait la pièce avec agitation, pendant que Scobie sortait la bière de la glacière.

— Avez-vous de récentes nouvelles de Louise ? demanda-t-il.

— Rien depuis quinze jours, répondit Scobie. Mais il y a eu plusieurs torpillages dans le Sud.

Le Père Rank se laissa tomber dans le fauteuil fourni par l'administration et tint son verre entre ses genoux. On n'entendait pas un bruit, sauf celui de la pluie qui raclait le toit. Scobie se gratta la gorge. Puis ce fut de nouveau le silence. Il avait l'étrange sensation que le Père Rank était venu aux ordres, et attendait comme l'eût fait un de ses subalternes.

— Les pluies seront bientôt terminées, dit Scobie.

— Il doit y avoir au moins six mois que votre femme est partie.

— Sept.

— Irez-vous passer votre permission en Afrique du

Sud ? demanda le Père Rank en détournant les yeux et
en buvant quelques gorgées de bière.

— J'ai fait retarder ma permission. Les hommes
jeunes en ont plus besoin que moi.

— Tout le monde a besoin de repos.

— Vous, mon père, il y a douze ans que vous
vous en passez.

— Ah ! mais c'est différent, dit le Père Rank.

Il se leva et se remit à marcher de long en large, en
rasant les murs, avec agitation. Il tourna vers Scobie
un visage empreint d'une vague supplication.

— J'ai parfois la sensation, dit-il, de n'être pas du
tout un travailleur.

Il s'immobilisa, le regard fixe et les mains à demi
levées vers le ciel. Scobie se rappelait le Père Clay qui,
dans sa marche agitée, essayait d'échapper à un invisible poursuivant. Il avait l'impression qu'une prière
montait vers lui sans qu'il y pût répondre. Il protesta
piteusement :

— Personne ne travaille plus que vous, mon père.

Le Père Rank retourna vers son fauteuil en traînant
la jambe.

— Quel soulagement, dit-il, quand les pluies seront
terminées.

— Comment va la mamma qui loge près de Congo
Creek ? On m'a dit qu'elle était moribonde.

— Elle ne passera pas la semaine. C'est une bien
bonne femme.

Il avala une nouvelle gorgée de bière et, brusquement,
se plia en deux dans son fauteuil, une main au creux de
l'estomac.

— Les gaz, dit-il, les gaz me font horriblement souffrir.

— Vous ne devriez pas boire de bière en bouteille, mon père.

— Les mourants, dit le Père Rank, voilà ma seule raison d'être ici. Ils m'envoient chercher quand ils sont à l'article de la mort.

Il leva vers Scobie des yeux brouillés par l'excès de quinine et dit d'une voix rauque aux accents désespérés :

— Je n'ai jamais été d'un grand secours pour les vivants, Scobie.

— Vous dites des bêtises, mon père.

— Pendant mon noviciat, je m'imaginais que les gens parlaient à leur curé et je pensais qu'en ce cas, Dieu leur soufflait, à l'un comme à l'autre, les mots qui convenaient. Ne faites pas attention à ce que je dis, Scobie, ne m'écoutez pas. Les pluies en sont la cause, à cette époque-ci, elles me dépriment toujours. Dieu n'envoie pas les mots qu'il faudrait, Scobie. Jadis, j'avais une paroisse à Northampton. C'est un endroit où l'on fabrique des chaussures. Ils m'invitaient à prendre le thé et je regardais leurs mains manier la théière tandis que nous parlions des Enfants de Marie et des réparations à faire au toit de la chapelle. Les gens étaient très généreux, à Northampton. Je n'avais qu'à demander. Je n'ai jamais été utile à un seul d'entre eux, Scobie. Je croyais qu'en Afrique, les choses allaient être différentes. Voyez-vous, je ne suis pas grand amateur de lecture ; je n'ai pas le pouvoir d'aimer Dieu qu'ont certaines gens ; je ne demande qu'à me rendre utile, c'est tout. Ne m'écoutez pas, c'est la faute des pluies. Depuis cinq ans, je n'ai jamais parlé ainsi, sauf à mon miroir. Si les gens sont dans l'ennui, ils vont vous trouver, Scobie, ils ne viennent pas à moi. Ils m'invitent à dîner pour entendre des commérages. Et vous, si vous étiez dans l'ennui, à qui vous adresseriez-vous ?

Et Scobie eut de nouveau la sensation que ces yeux troubles et suppliants attendaient, tout au long de la saison sèche et pendant celle des pluies, quelque chose qui ne se produisait jamais. « Comment pourrais-je le charger de mon fardeau ? songea-t-il. Comment pourrais-je lui révéler que j'aime deux femmes et que je ne sais que faire ? A quoi cela servirait-il ? Je connais aussi bien que lui les réponses : avant tout, veiller au salut de son âme, sans tenir compte de ce qu'il en coûte aux autres, mais c'est précisément ce que je ne puis faire, ce que je ne pourrai jamais faire. Ce n'est pas moi qui ai besoin du mot magique, c'est le prêtre, et je ne puis le lui donner. »

— Je n'appartiens pas au genre d'homme qui se met dans l'ennui, mon père. Je suis un type terne et qui prend de l'âge.

Et, détournant les yeux, refusant de regarder la détresse en face, il écouta battre lamentablement le claquoir du Père Rank : ho ! ho ! ho !...

III

En se rendant au bungalow du directeur de la Sûreté,
Scobie s'arrêta à son bureau pour y jeter un coup d'œil.
Un message au crayon était griffonné sur son sous-
main: *Je suis entré pour vous voir. Rien d'important.
Wilson.* Ceci lui parut étrange. Il n'avait pas vu Wilson
depuis plusieurs semaines et si sa visite n'avait pas
d'importance, pourquoi avoir pris le soin de la noter?
Il ouvrit le tiroir de son bureau pour prendre un paquet
de cigarettes et remarqua immédiatement que les objets
y étaient déplacés. Il en examina soigneusement le
contenu: son crayon à encre indélébile avait disparu.
Wilson avait évidemment cherché un crayon pour écrire
son message et il avait oublié de le remettre en
place.

Mais pourquoi ce message?

Dans la salle du poste, le sergent dit:

— Mr Wilson venu vous voir, missié.

— Oui, il m'a laissé un mot.

« C'est donc ça, pensa Scobie. Je l'aurais appris de
toute manière, alors, il a considéré qu'il valait mieux
m'en aviser lui-même. » Il retourna dans son bureau et,
une fois de plus, examina sa table. Il lui sembla, sans
qu'il en fût tout à fait sûr, qu'un dossier avait changé
de place. Il ouvrit son tiroir, mais rien de ce qu'il contenait ne pouvait intéresser personne. Seul le chapelet
cassé retint son attention: il aurait dû le faire réparer
depuis longtemps. Il le sortit du tiroir et le mit dans
sa poche.

— Whisky? demanda le directeur.

— Merci, répondit Scobie en tendant le verre à égale distance du directeur et de lui-même. Avez-vous confiance en moi, monsieur?

— Oui.

— Faut-il que je sois le seul à ignorer ce que fait Wilson?

Le directeur de la Sûreté sourit et s'adossa à son fauteuil, sans le moindre embarras:

— Personne ne le sait officiellement, sauf moi et le directeur de l'UAC. C'était naturellement indispensable. Le gouverneur est au courant et aussi tous ceux qui s'occupent des câbles portant la mention « très confidentiel ». Je suis content que vous ayez découvert la vérité par hasard.

— Je tenais à ce que vous sachiez que, jusqu'à ce jour bien entendu, j'ai toujours été digne de confiance.

— Vous n'avez pas besoin de me le dire, Scobie.

— Dans le cas du cousin de Tallit, nous ne pouvions agir de façon différente.

— Je le crois aussi.

— Il y a cependant une chose que vous ne savez pas, ajouta Scobie. J'ai emprunté deux cents livres à Yusef pour pouvoir envoyer Louise en Afrique du Sud. Je lui verse quatre pour cent d'intérêt. La transaction est purement commerciale, mais si vous voulez en faire état pour avoir ma tête...

— Je suis content que vous me l'ayez raconté, dit le directeur. Voyez-vous, Wilson s'imaginait que vous étiez victime d'un chantage. Il a dû repérer ces paiements, en furetant.

— Yusef ne ferait pas de chantage pour de l'argent.

— C'est ce que j'ai dit à Wilson.

— Voulez-vous avoir ma tête?...

— J'ai grand besoin de votre tête ici, Scobie. Vous êtes le seul officier à qui je puisse vraiment me fier.

Scobie lui tendit son verre vide afin qu'il le remplît, et ce fut comme une poignée de main.

— Dites « assez ».

— Assez.

Deux hommes peuvent, en vieillissant, devenir jumeaux: le passé servait à ceux-ci de communes entrailles; six mois de pluies, six mois de soleil étaient le temps de leur commune gestation. Il leur suffisait de quelques mots et de quelques gestes pour exprimer ce qu'ils avaient dans l'esprit. Ils avaient conquis leurs grades en tremblant des mêmes fièvres; le même amour et le même mépris les bouleversaient.

— Derry signale dans son rapport quelques vols importants dans les mines.

— En espèces?

— Pierres précieuses. Est-ce Yusef... ou Tallit?

— C'est peut-être Yusef, dit Scobie. Je ne crois pas qu'il s'occupe de diamants industriels: il les appelle du gravier. Mais, bien sûr, on ne peut jamais savoir.

— La *Esperança* entre au port dans quelques jours. Il faut que nous fassions très attention.

— Qu'en dit Wilson?

— Il ne jure que par Tallit. Yusef est sa bête noire... et vous, Scobie?

— Il y a très longtemps que je n'ai vu Yusef.

— Je le sais.

— Je commence à comprendre les sentiments de ces Syriens: être sans cesse surveillé, faire l'objet de rapports...

— Il fait des rapports sur nous tous, Scobie. Sur Fraser, Tod, Thimblerigg, sur moi-même. Il me trouve trop coulant. Mais ça n'a pas la moindre importance. Wright déchire ses rapports, et naturellement Wilson envoie en haut lieu des rapports sur Wright.

— Quelqu'un fait-il des rapports sur Wilson?

— Je pense que oui.

A minuit, il monta vers les huttes Nissen: dans le noir de la défense passive, il se sentit un moment en sécurité, comme s'il échappait aux filatures et aux rapports. Dans le sol spongieux, le bruit de ses pas résonnait à peine, mais en passant devant la hutte de Wilson, il retrouva l'extrême nécessité d'une grande prudence. Aussitôt, il se sentit très las: « Je vais rentrer chez moi, pensa-t-il, je ne vais pas me glisser jusqu'à elle ce soir »; les dernières paroles qu'elle avait prononcées étaient: « Ne revenez pas. » Pourquoi, pour une fois, ne pas prendre quelqu'un au mot? A vingt mètres de la hutte de Wilson, il s'immobilisa pour regarder la lumière filtrer entre les rideaux. Vers le haut de la colline, il entendit monter la voix d'un ivrogne et les premières gouttes de la pluie qui reprenait éclaboussèrent son visage. « Je vais rentrer, pensa-t-il, et me mettre au lit; demain matin, j'écrirai à Louise et le soir, j'irai me confesser. Le jour suivant, Dieu me reviendra, par la main du prêtre, et la vie aura recouvré sa simplicité. »

Scobie s'imaginait, en paix de nouveau, assis à sa table, sous les menottes rouillées. La vertu, la vie pure

le tentaient dans la nuit comme tente le péché. La pluie
lui brouillait la vue: le sol aspirait ses pieds qui le
menaient malgré lui vers la hutte Nissen.

Il frappa deux coups et la porte s'ouvrit immédiatement. Entre les deux coups, il avait prié pour que la
colère l'attendît encore, tapie derrière l'huis, pour que
sa présence fût déclarée importune. Mais comment se
boucher les yeux et les oreilles lorsqu'un être humain
a besoin de vous: il n'était pas le centurion, il était le
simple soldat obéissant aux ordres de cent centurions et,
dès que s'ouvrit la porte, il comprit que l'ordre allait
retentir: l'ordre de rester, d'aimer, de mentir, d'accepter
toutes les responsabilités.

— Oh! mon chéri, dit-elle, j'ai cru que vous ne
reviendriez plus. Je me suis conduite comme une petite
garce.

— Je viendrai toujours quand vous aurez besoin de
moi.

— C'est vrai?

— Toujours. Tant que je serai en vie.

Dieu peut attendre, pensa Scobie. Comment pour-
rait-on aimer Dieu aux dépens d'une de ses créatures?
Est-il une femme qui accepterait un amour au prix du
sacrifice d'un enfant?

Ils tirèrent les rideaux précautionneusement avant
d'allumer les lampes: la discrétion se dressa entre eux
comme un berceau.

— Toute la journée, j'ai tremblé de la peur que
vous ne reveniez plus, dit-elle.

— Et, bien entendu, je reviens.

— Je vous ai crié de partir. Ne tenez jamais aucun

compte de mes paroles quand je vous dis ça. Pro-
mettez-le.

— Je promets, dit-il avec un sentiment de désespoir,
comme s'il signait là son engagement pour l'avenir
tout entier.

— Si vous n'étiez pas revenu... commença-t-elle (et
sous la lumière des lampes, elle se perdit parmi ses pensées. Scobie la voyait errer à la recherche d'elle-même,
le front plissé dans son effort pour voir où elle était...)
Je ne sais pas. Peut-être aurais-je fait la catin, avec
Bagster, peut-être me serais-je tuée, ou les deux. Les
deux, je crois.

— Il ne faut pas avoir de ces pensées, lui dit-il avec
angoisse. Je serai toujours là quand vous aurez besoin
de moi, tant que je vivrai.

— Pourquoi répétez-vous tout le temps: tant que je
vivrai?

— J'ai trente ans de plus que vous.

Pour la première fois de la soirée, ils échangèrent un
baiser.

— Je ne les sens pas, ces années, dit-elle.

— Pourquoi pensiez-vous que je ne reviendrais pas,
demanda Scobie. Vous aviez ma lettre.

— Quelle lettre?

— Celle que j'ai glissée sous votre porte, la nuit
dernière.

Elle dit, apeurée:

— Je n'ai pas vu de lettre. Que m'écriviez-vous?

Il caressa son visage pour cacher sa propre panique.

— Tout. Je ne voulais plus faire preuve de prudence.
J'ai tout mis dans cette lettre.

— Même votre nom?

— Je crois. En tout cas, mon écriture suffit à la signer.

— Il y a un paillasson devant la porte. Elle a dû glisser sous le paillasson.

Mais ils savaient, l'un comme l'autre, que la lettre n'y serait pas. On eût dit qu'ils avaient toujours su que le désastre entrerait par cette porte-là, précisément.

— Qui a bien pu la prendre?

Il essaya de l'apaiser.

— Peut-être votre boy l'a-t-il jetée, en croyant que c'était un vieux bout de papier. Elle n'était pas sous enveloppe. Personne ne peut savoir à qui j'écrivais.

— Comme si cela importait! Chéri, dit-elle, j'en suis malade. Physiquement malade. Quelqu'un cherche à vous nuire. Oh! pourquoi ne suis-je pas morte sur ce bateau?

— Vous vous faites des idées. Sans doute n'ai-je pas poussé le papier assez loin. Quand votre boy a ouvert la porte, le matin, la lettre s'est envolée ou elle est tombée dans la boue.

Il parlait avec toute la conviction dont il était capable. Après tout, ce n'était pas impossible.

— Ne permettez jamais que je vous cause du mal, implora-t-elle.

Et chaque phrase qu'elle employait resserrait plus fermement les chaînes autour des poignets de Scobie.

Il lui tendit les deux mains et mentit avec vigueur:

— Jamais vous ne me causerez aucun mal. Ne vous tourmentez pas pour cette lettre égarée. J'exagérais tout à l'heure. En réalité, je n'y disais rien... rien qu'un tiers puisse comprendre. Mon petit, ne soyez pas inquiète.

— Ecoutez, chéri. Ne restez pas ce soir. Je suis nerveuse. Je me sens... épiée. Dites-moi bonsoir tout de suite et partez. Mais revenez, oh! mon chéri, revenez!

Lorsqu'il passa devant la hutte de Wilson, la lumière y brûlait encore. En ouvrant la porte de sa propre maison obscure, il vit un morceau de papier sur le sol. Il en ressentit un choc bizarre comme si la lettre égarée était revenue à la façon d'un chat qui regagne la demeure qu'il a quittée. Mais il vit en la ramassant que ce n'était pas sa lettre, bien que ce fût également un message d'amour. C'était un télégramme qui lui avait été adressé à l'état-major de la police et la signature, écrite en toutes lettres à cause de la censure, Louise Scobie, lui fit l'effet du coup de poing d'un boxeur frappant plus loin qu'il ne peut normalement atteindre. *Suis chemin retour envoyé lettre regrette ma stupidité stop tendresses*, et puis ce nom officiel autant qu'un cachet gouvernemental.

Scobie s'assit et dit tout haut:

— Il faut que je réfléchisse.

La tête lui tournait et son estomac était tordu par une nausée. « Si je n'avais pas écrit cette autre lettre, songeait-il, si j'avais pris Hélène au mot, et si j'étais parti, avec quelle facilité la vie se fût maintenant réarrangée. » Mais il se rappelait ses paroles des dix dernières minutes: « Je serai toujours là quand vous aurez besoin de moi, tant que je vivrai », qui représentaient un engagement solennel aussi ineffaçable que le serment prononcé devant l'autel de Ealing. Le vent se levait sur la mer... les pluies se terminaient comme elles avaient commencé, par des typhons: les rideaux furent brusquement chassés vers l'intérieur et Scobie se précipita sur toutes les ouvertures pour les fermer. Au premier étage, des fenêtres battirent et claquèrent en tirant sur leurs gonds. Après les avoir fixées solidement, il contempla la coiffeuse sur laquelle les photos et les pots de crème allaient bientôt reprendre leur place... une photographie en particulier. L'heureux Scobie, pensa-t-il, mon unique succès. Un enfant sur un lit d'hôpital disait: Papa, tandis que l'ombre d'un lapin dansait sur son oreiller; une très jeune femme passait, portée sur une civière, serrant contre elle un album de timbres-poste .— pourquoi moi, pensa-t-il, pourquoi ont-elles besoin de moi?... d'un officier de police entre deux âges, sans attrait, et qui n'a pas même eu sa promotion. Je n'ai rien à leur donner qu'elles ne pourraient demander ailleurs: pourquoi ne me laissent-elles jamais en paix? Elles trouveraient partout un amour meilleur, plus jeune, plus sûr. Il lui semblait parfois que tout ce qu'il pouvait désormais partager avec elles était son désespoir.

Le dos appuyé contre la coiffeuse, il essaya de prier. Aussi dénué de vie qu'un document juridique, le Pater Noster lui pesait sur la langue: ce n'était pas son pain quotidien qu'il réclamait, mais tellement plus. Il voulait le bonheur pour les autres, la solitude et la paix pour lui-même.

— Je ne veux plus prendre de décisions à leur place, pensa-t-il tout haut, si j'étais mort, elles se débrouilleraient sans moi. Personne n'a besoin des morts. On peut oublier les morts. Oh! mon Dieu, faites-moi mourir avant que je sois l'instrument de leur malheur.

Mais ces mots rendirent aux oreilles de Scobie un son mélodramatique. Il se dit qu'il ne fallait pas perdre son sang-froid. Il avait beaucoup trop d'arrangements à faire pour se permettre de perdre son sang-froid et, en descendant l'escalier, il décida que trois comprimés d'aspirine ou même quatre étaient ce qu'il lui fallait dans cette situation... cette banale situation. Il sortit de la glacière une bouteille d'eau filtrée et fit dissoudre l'aspirine. Il se demanda ce qu'il ressentirait s'il pouvait absorber la mort aussi simplement que cette aspirine qui lui collait au gosier, avec son goût aigre. Les prêtres vous disent que c'est le péché impardonnable, l'expression ultime d'un désespoir sans repentir, et naturellement l'on accepte l'enseignement de l'Eglise. Mais ils vous apprennent aussi que Dieu viole parfois ses propres lois: lui était-il donc plus impossible d'étendre la main jusque dans les ténèbres du suicide en un geste d'absolution que de s'éveiller au fond du sépulcre, derrière la pierre? Christ n'a pas été assassiné: l'on ne peut tuer Dieu. Christ s'est tué, lui-même; il s'est cloué à la croix aussi efficacement que Pemberton s'est pendu au rail de la cimaise.

Scobie reposa son verre et se répéta: « Il faut que je reste calme. » Il lui fallait des nerfs solides pour apprendre à jongler avec le bonheur de deux personnes. Le calme est tout. Il sortit son journal et se mit à écrire à côté de la date: 6 septembre — *Dîner avec le directeur. Conversation satisfaisante au sujet de W. Passé quelques minutes chez Hélène. Télégramme de Louise qui est sur son retour.*

Il hésita un moment et ajouta: *Le Père Rank est venu boire quelque chose juste avant le dîner. Un peu surmené. Aurait besoin d'une permission.*

Il relut ce qu'il avait écrit et raya les deux dernières phrases. Il était rare que, dans ce journal, il se permît d'exprimer une opinion personnelle.

CHAPITRE II

I

Ce télégramme le préoccupa toute la journée: la vie
quotidienne — deux heures au tribunal pour un cas
de faux témoignage — lui parut avoir l'irréalité d'un
pays qu'on va quitter pour toujours. On dit: à cette
heure-ci, dans tel village, ces gens que je connaissais
autrefois sont assis à table, comme ils le faisaient il y a
un an, quand j'étais encore là-bas, mais l'on n'est pas
tout à fait sûr que la vie se poursuive de la même manière, en dehors de ce qu'on perçoit. Tout ce que Scobie
percevait, c'était ce télégramme, c'était ce bateau sans
nom qui se frayait un chemin le long de la côte africaine, en remontant du Sud. «Dieu me pardonne»,
pensa-t-il, lorsque son esprit s'arrêta un moment sur
cette possibilité: le bateau n'arriverait peut-être jamais.
Il règne en nos cœurs un dictateur implacable prêt à
envisager la catastrophe pour un millier d'étrangers
pourvu que cette catastrophe assure le bonheur des
quelques êtres que nous aimons.

A l'issue du procès de faux témoignage, il fut arrêté
à la porte par Fellowes, l'inspecteur de santé:

— Venez casser la croûte ce soir, Scobie. Nous avons
un morceau de vrai bœuf d'Argentine.

C'eût été un effort trop grand de s'arracher à son univers de rêve pour refuser une invitation.

— Il y aura Wilson, dit Fellowes. Pour tout avouer, c'est par lui qu'on a eu le bœuf. Vous êtes bien ensemble, n'est-ce pas?

— Très bien. Je croyais que c'était vous qui ne l'aimiez pas.

— Oh! il faut que le club évolue avec l'époque, toutes sortes de gens sont dans le commerce, de nos jours. Je reconnais que j'ai parlé trop vite. Je devais être un peu noir. Il était à Downham. Nous avons joué contre eux quand j'étais à Lancing.

En conduisant sa voiture vers la maison des collines qu'il connaissait si bien pour l'avoir habitée, Scobie pensait avec nervosité: « Il faut que je parle à Hélène le plus tôt possible. Il ne faut pas qu'elle apprenne cette nouvelle par quelqu'un d'autre. La vie se répète, les mêmes scènes se reproduisent sur le même modèle: il y a toujours, tôt ou tard, de mauvaises nouvelles à transmettre avec ménagements, de pieux mensonges à faire, des cocktails roses à boire pour oublier sa tristesse. »

Il entra dans la longue salle de réception du bungalow et, tout au bout, il aperçut Hélène. Avec un choc de surprise, il se rendit compte qu'il ne l'avait jamais vue en étrangère, invitée chez des amis, il ne l'avait jamais vue en robe du soir.

— Vous connaissez Mrs Rolt, n'est-ce pas? dit Fellowes.

Il n'y avait pas trace d'ironie dans sa voix. Scobie pensa avec un frisson de dégoût: comme nous avons

été adroits; avec quelle habileté nous avons trompé les
faiseurs de potins de cette petite colonie. Des amants
ne devraient jamais être capables de jouer aussi bien la
comédie. L'amour ne passait-il pas pour impétueux et
imprudent?...

— Oui, répondit-il, je suis son ami de longue date.
J'étais à Pende quand Mrs Rolt y a été transportée.

Il resta près de la table, à plusieurs mètres d'elle,
pendant que Fellowes préparait des cocktails, et il la
regardait parler à Mrs Fellowes avec tant de naturel et
de facilité qu'il aurait pu se demander s'il était vrai que,
dans la sombre hutte Nissen au pied de la colline, elle
eût crié dans ses bras. « Si je la voyais ici, ce soir, pour
la première fois, pensa-t-il, ressentirait-elle le moindre
élan d'amour? »

— Alors, que désirez-vous prendre, Mrs Rolt?

— Un rose, s'il vous plaît.

— Comme je voudrais pouvoir persuader ma femme
de s'y mettre! Je ne peux pas souffrir son mélange
d'orange et de gin.

— Si j'avais su que vous veniez, ce soir, dit Scobie,
je serais passé vous chercher.

— J'en aurais été ravie, dit Hélène, vous ne venez
jamais me voir.

Elle se tourna vers Fellowes et ajouta avec une désinvolture dont Scobie s'horrifia:

— Il a été très bon pour moi, à l'hôpital de Pende.
Mais je crois vraiment qu'il ne s'intéresse qu'aux
malades.

Fellowes caressa sa petite moustache carotte, se versa
un peu plus de gin et dit:

— Il a peur de vous, Mrs Rolt. Nous autres hommes mariés, nous avons tous peur de vous.

Aux mots « hommes mariés », Scobie put voir le visage épuisé reposant sur la civière se détourner d'eux comme on fuit l'éclat trop violent du soleil. Hélène demanda avec une ingénuité feinte:

— Croyez-vous que je puisse en boire un de plus sans avoir du vent dans les voiles?

— Ah! voici Wilson, dit Fellowes.

Et Wilson apparut, avec son visage rose, innocent, son manque de confiance en soi et sa large ceinture mal ficelée.

— Vous connaissez tout le monde, je crois. Mrs Rolt est votre voisine.

— Mais nous ne nous sommes jamais rencontrés, dit Wilson qui automatiquement se mit à rougir.

— Je ne sais pas ce qui prend aux hommes, par ici, dit Fellowes. Scobie et vous, voisins tous les deux de Mrs Rolt, vous ne la voyez ni l'un ni l'autre (et Scobie sentit immédiatement le regard de Wilson lourd de conjectures se poser sur lui). Moi, je n'aurais pas tant de timidité, conclut Fellowes en versant les roses dans les verres.

— Le docteur Sykes est en retard, comme d'habitude, lança Mrs Fellowes de l'autre bout de la pièce.

Mais, au même moment, arriva le docteur Sykes dont le pas lourd retentit d'abord sur l'escalier extérieur, puis qu'on vit paraître en vêtements pratiques: robe foncée et bottes contre les moustiques.

— Juste à temps pour l'apéritif, Jessie, dit Fellowes. Qu'est-ce que je vous offre?

— Whisky double, répondit le docteur Sykes. (Son

regard fit le tour de la pièce à travers ses verres épais.)
Bonsoir tout le monde.

En passant à table, Scobie parvint à dire:

— Il faut que je vous parle.

Mais, rencontrant l'œil de Wilson, il continua:

— Au sujet de vos meubles.

— Mes meubles?

— Oui, je crois que je pourrai vous procurer quelques chaises en plus.

Pour le rôle de conspirateurs, ils étaient beaucoup
trop jeunes; leur mémoire n'avait pas encore enregistré
les termes du code secret; Scobie se demanda si elle
avait compris la phrase mutilée. Pendant tout le dîner,
il garda le silence, redoutant le moment où il se trouverait seul avec elle, craignant de perdre la plus petite
occasion; chaque fois qu'il mettait la main dans sa poche
pour prendre son mouchoir, il sentait le télégramme se
froisser entre ses doigts... *regrette ma stupidité stop
tendresse.*

— Vous en savez naturellement beaucoup plus long
que nous, major Scobie, disait le docteur Sykes.

— Excusez-moi, je n'ai pas entendu.

— Nous parlions du cas Pemberton.

Ainsi, cette mort était déjà devenue, en quelques
mois, un cas. Quand un événement devient un cas, il
semble avoir cessé de se rapporter à un être humain;
il n'y a dans un cas ni honte, ni souffrance; le jeune
homme étendu sur le lit avait été nettoyé, on avait tout
remis en place, il était prêt à entrer dans la liste des
tests d'un manuel de psychologie.

— Je disais, dit Wilson, que Pemberton a choisi un

étrange mode de suicide. Moi, j'aurais opté pour le
tube de narcotique.

— Il n'est pas facile de se procurer un narcotique,
à Bamba, dit le docteur Sykes, et sa décision a probablement été soudaine.

— Moi, je m'arrangerais pour ne pas faire tant d'histoires, dit Fellowes. On a toujours le droit de se supprimer, bien entendu, mais pourquoi ces embarras?
Une dose exagérée de narcotique, je suis de l'avis de
Wilson. Voilà la bonne méthode.

— Encore faut-il que vous ayez une ordonnance
du médecin, dit le docteur Sykes.

Les doigts repliés sur son télégramme, Scobie se rappela la lettre signée: Dicky, l'écriture enfantine, les
brûlures de cigarettes au bois des fauteuils, les romans
de Wallace, les stigmates de la solitude. Depuis deux
mille années, pensa-t-il, nous discutons l'agonie du Christ
de la même façon détachée.

— Pemberton a toujours été un peu crétin, dit Fellowes.

— Un narcotique vous joue des tours, invariablement,
dit le docteur Sykes.

Ses gros verres de lunettes reflétèrent l'ampoule électrique comme les projecteurs d'un phare lorsqu'il les
tourna vers Scobie:

— Votre expérience vous a appris combien le moyen
est faillible. Les compagnies d'assurances n'aiment pas
les narcotiques et aucun coroner ne se prêterait à une
manœuvre frauduleuse.

— Comment s'en apercevoir? demanda Wilson.

— Prenez, par exemple, le luminol. Personne ne

pourrait absorber trop de luminol accidentellement...

Scobie regarda Hélène, de l'autre côté de la table. Elle mangeait lentement, sans appétit, les yeux fixés sur son assiette. Leur silence semblait les isoler: la conversation roulait sur un sujet que les gens malheureux ne peuvent jamais discuter de façon impersonnelle. Il eut de nouveau l'impression que le regard de Wilson allait d'Hélène à lui, et Scobie se tortura désespérément l'esprit pour trouver une phrase qui mît fin à leur dangereux isolement. Ils ne pouvaient même pas rester silencieux en même temps sans danger.

— Quel moyen préconisez-vous, docteur Sykes? demanda-t-il.

— Mon Dieu, il y a la noyade accidentelle... — bien que même cela exige un tas d'explications. Si l'on est assez brave, on peut se jeter sous une voiture, mais le résultat n'est pas garanti...

— Et entraîne la responsabilité d'un tiers, dit Scobie.

— Personnellement, dit le docteur Sykes avec un sourire sardonique derrière ses lunettes, je n'aurais aucune difficulté. J'ai l'indiscutable droit de me classer dans les cas de fausse angine de poitrine. Après quoi, je demanderais à un confrère de m'ordonner...

Avec une brusque violence, Hélène intervint:

— Quelle affreuse conversation! Vous n'avez pas le droit de conseiller...

— Mon petit, dit le docteur Sykes en tournant vers elle ses malveillants faisceaux lumineux, si vous aviez exercé la médecine aussi longtemps que moi, vous connaîtriez votre auditoire. Je ne crois pas que l'un de nous, à cette table, ait jamais l'idée...

— Mrs Rolt, dit Mrs Fellowes, encore un peu de
salade de fruits.

— Etes-vous catholique, Mrs Rolt? demanda Fellowes. Naturellement, l'attitude des catholiques est très
déterminée.

— Non, je ne suis pas catholique.

— Mais ce que j'en dis est vrai, n'est-ce pas, Scobie?

— On nous enseigne, répondit Scobie, que c'est le
péché sans rémission.

— Et que l'on va en enfer?

— En enfer.

— Mais, sérieusement, major Scobie, demanda le
docteur Sykes, croyez-vous à l'enfer?

— Ah! mais oui.

— Les flammes et les tourments?

— Peut-être pas ces supplices précis. On nous dit
que c'est sans doute un sentiment permanent de perte...

— Voilà un genre d'enfer qui ne me ferait guère
peur, dit Fellowes.

— Peut-être n'avez-vous jamais rien perdu qui fût
vraiment important, dit Scobie.

Le but essentiel de ce dîner avait été de manger
le bœuf argentin. Cela fait, rien ne restait pour servir
de lien entre les convives (Mrs Fellowes ne jouait pas
aux cartes). Fellowes s'affairait autour de la bière et
Wilson était coincé entre le mutisme aigre de Mrs Fellowes et la loquacité du docteur Sykes.

— Allons prendre un peu l'air, suggéra Scobie.

— Est-ce prudent?

— Nous aurions l'air étrange si nous nous fuyions,
dit Scobie.

— Vous allez regarder les étoiles, cria Fellowes, en
versant la bière. Tâchez de rattraper le temps perdu,
Scobie. Emportez vos verres.

Ils posèrent leurs verres sur la balustrade de la terrasse.

— Je n'ai pas retrouvé votre lettre, dit Hélène.

— Oubliez-la, mon chéri.

— Ce n'était donc pas à ce sujet que vous vouliez
me parler?

— Non.

Il voyait se détacher son profil condamné à disparaître dès que les nuages lourds de pluie auraient envahi
le ciel.

— Chérie, dit-il, j'ai une mauvaise nouvelle.

— Quelqu'un sait?

— Oh! non, personne ne sait. Mais j'ai reçu hier
soir un télégramme de ma femme. Elle est en route.
Dans peu de temps, elle sera revenue chez nous.

Un des verres tomba de la balustrade et alla s'écraser
dans la cour.

Les lèvres répétaient: « Chez nous », comme si de
tout ce qu'il avait dit, elle n'avait compris que ces
deux mots. Très vite, glissant la main le long de la
balustrade sans parvenir à toucher celle d'Hélène, il
dit:

— C'est chez *elle*. Je n'y serai jamais plus chez moi.

— Oh! mais si, mais si. Maintenant, vous y serez
vraiment chez vous.

Avec application, Scobie prêta serment:

— Je n'aurai jamais le désir de me faire un foyer là
où vous ne serez pas.

Les nuées avaient atteint la lune et le visage d'Hélène s'éteignit comme la flamme d'une bougie dans un brusque courant d'air. Scobie eut la sensation de s'être embarqué pour un voyage plus lointain qu'il n'en avait eu l'intention première; il savait que s'il regardait en arrière, il ne découvrirait qu'une campagne dévastée. Une lumière brilla soudain sur eux parce qu'une porte s'était ouverte.

— Prenez garde au black-out, dit Scobie sèchement, tout en pensant: « Grâce au Ciel nous sommes très écartés l'un de l'autre, mais comment, comment peuvent être nos visages? »

Ils entendirent la voix de Wilson:

— Nous avons cru qu'il y avait une bataille. Nous avons entendu casser du verre.

— Mrs Rolt a perdu toute sa bière.

— Pourquoi ne m'appelez-vous pas Hélène, major Scobie, dit-elle d'une voix lasse, tout le monde m'appelle Hélène.

— Ai-je interrompu quelque chose? demanda Wilson.

— Une scène de passion débridée, répondit Hélène, j'en sors pantelante. Je veux rentrer chez moi.

— Je vous emmène en voiture, dit Scobie, il se fait tard.

— Je n'ai pas assez confiance en vous et, d'ailleurs, le docteur Sykes meurt d'envie de vous raconter des histoires de suicide. Je ne veux pas donner le signal du départ. Mr Wilson, avez-vous une voiture?

— Bien sûr, et je serais enchanté.

— Vous pouvez toujours me rentrer et revenir immédiatement.

— Oh! je n'aime pas me coucher tard non plus.

— Alors, je vais dire bonsoir.

Lorsqu'il revit son visage en pleine lumière, il pensa:
« Est-ce que je m'inquiète exagérément? Ceci ne serait-il
à ses yeux que la fin d'une aventure passagère? » Il l'entendit qui disait à Mrs Fellowes:

— Le bœuf argentin était succulent.

— C'est Mr Wilson qu'il faut remercier.

Les phrases se croisaient comme des volants. Quelqu'un (était-ce Fellowes ou Wilson) éclata de rire et
dit:

— Vous avez parfaitement raison.

Et les verres de lunettes du docteur Sykes lançaient
sur le plafond des éclairs en points et traits. Il n'aurait
pu regarder partir la voiture sans troubler le black-out:
il écouta le démarreur cracher à plusieurs reprises, le
moteur ronfler, puis diminuer graduellement et se perdre
dans le silence.

— On aurait dû garder Mrs Rolt à l'hôpital un peu
plus longtemps, dit le docteur Sykes.

— Pourquoi?

— Nerfs. Je l'ai senti quand elle m'a serré la main.

Il attendit encore une demi-heure, puis il rentra chez
lui. Comme de coutume, Ali l'attendait, en sommeil-
lant, mal à l'aise sur le perron de la cuisine. Il éclaira les
pas de Scobie, de la route à la porte.

— La madame a laissé lettre, dit-il, en sortant une
enveloppe des plis de sa chemise.

— Pourquoi ne l'as-tu pas posée sur la table?

— Pa'ce que missié attendre là.

— Quel missié?

Mais à ce moment-là, Ali avait ouvert la porte et
Scobie vit Yusef affalé dans un fauteuil et dormant en
respirant si doucement que les poils de sa poitrine ne
bougeaient pas.

— Moi lui dire partir, dit Ali avec mépris, mais lui
rester.

— Ça ne fait rien. Va te coucher.

Il avait la sensation que la vie se refermait sur lui.
Yusef n'était plus revenu depuis le soir où il avait
demandé des nouvelles de Louise et disposé son piège
au sujet de Tallit. Sans bruit, pour ne pas troubler
l'homme endormi et le mettre sur la trace de ce pro-
blème-là, Scobie ouvrit la petite lettre d'Hélène. Elle
avait dû l'écrire tout de suite en rentrant chez elle. Il
lut:

Mon chéri, ceci est sérieux. Je ne puis vous le dire
et c'est pourquoi j'écris. Mais je vais le donner à Ali.
Vous avez confiance en lui. Quand j'ai su que votre
femme revenais...

Yusef ouvrit les yeux et dit:

— Excusez-moi, major Scobie, de m'être introduit...

— Voulez-vous boire? Bière? Gin? Mon whisky est
épuisé.

— Puis-je vous en envoyer une caisse? commença
Yusef automatiquement.

Puis il se mit à rire:

— J'oublie toujours. Je n'ai pas le droit de vous
envoyer quoi que ce soit.

Scobie s'assit devant la table et posa la lettre ouverte

devant lui. Rien ne pouvait avoir plus d'importance
que les phrases qui suivaient.

— Que désirez-vous, Yusef? demanda-t-il en conti-
nuant de lire.

*... Quand j'ai su que votre femme revenais, j'ai été
envahie par l'amertume et la colère. C'était idiot de ma
part. Ce n'est pas votre faute. Vous êtes catholique. Je
le regrete beaucoup, mais même si vous ne l'étiez pas,
vous détestez manquer de parole.*

— Terminez votre lecture, major Scobie, je puis
attendre.

— Oh! c'est sans importance, dit Scobie, détachant
ses yeux avec peine des grosses lettres enfantines, des
fautes d'orthographe qui étaient comme une douloureuse crispation de son propre cœur.

— Dites-moi ce que vous voulez, Yusef, et ses yeux
revinrent à la lettre.

*... C'est pour cela que j'écris. Parce que, hier soir,
vous avez promi de ne jamais me quitter et que je ne
veus pas vous lier à moi par des promesses. Mon chéri,
toutes vos promesses...*

— Major Scobie, quand je vous ai prêté de l'argent,
je jure que je l'ai fait par amitié, rien que par amitié.
Je n'avais pas l'intention de vous demander quoi que ce
soit en échange, même pas le quatre pour cent. Je ne
vous aurais même pas demandé votre amitié... C'est
moi qui étais votre ami... tout ça est compliqué, les
mots sont très difficiles à employer, major Scobie.

— Vous avez tenu votre engagement, Yusef. Je ne vous reproche pas le cousin de Tallit.

Il continua:

... toutes vos promesses appartiennent à votre femme. Rien de ce que vous m'avez dit n'est une promesse. Je vous en prie, je vous en prie, rappelez-vous-le. Si vous désirez ne plus jamais me revoir, ne parlez pas, n'écrivez pas. Et, mon chéri, si vous avez envi de me voir de temps en temps, nous nous verrons de temps en temps. Je raconterai tous les mensonges que vous voudrez.

— Finissez ce que vous êtes en train de lire, major Scobie. Parce que les choses que j'ai à vous communiquer sont très, très importantes.

... mon chéri, mon chéri, quittez-moi si vous le voulez ou gardez-moi et je serai votre petite putin, si ça vous fait plaisir.

« Elle a entendu le mot, pensa-t-il, mais ne l'a jamais vu écrit: il est supprimé dans les éditions de Shakespeare à l'usage des écoles. »

Bonsoir, ne vous tourmentez pas, mon chéri.

Il dit farouchement:

— Très bien, Yusef. Qu'y a-t-il de si extrêmement important?

— Major Scobie, il me faut, après tout, vous demander de me rendre un service. Aucun rapport avec l'argent que je vous ai prêté. Si vous me rendez ce service, ce sera par amitié, par pure amitié.

— Il est tard, Yusef. Dites-moi de quoi il s'agit.

— La *Esperança* sera en rade après-demain. Je veux faire porter à bord un petit paquet qui doit être remis au capitaine.

— Qu'y a-t-il dans ce paquet?

— Ne me le demandez pas, major Scobie. Je suis votre ami. Je préfère que ce soit un secret. Cela ne nuira à personne.

— Naturellement, Yusef, je ne peux pas. Vous le savez.

— Je vous assure, major Scobie, je vous donne ma parole — il se pencha en avant et posa la main sur la fourrure noire de sa poitrine... — je vous donne ma parole que ce paquet ne contient rien, absolument rien qui soit destiné aux Allemands. Pas de diamants industriels, major Scobie.

— Des pierres précieuses?

— Rien pour les Allemands. Rien qui puisse causer du tort à votre pays.

— Yusef, vous n'avez pas pu croire vraiment que j'allais accepter.

Le pantalon de toile trop étroit se serra contre le bord du fauteuil; pendant quelques secondes, Scobie pensa que Yusef allait se mettre à genoux devant lui.

— Major Scobie, je vous implore... C'est aussi important pour vous que pour moi. (Sa voix se brisa, sous le coup d'une émotion sincère.) Je veux être votre ami. Je veux être votre ami.

— Je préfère vous avertir avant que vous en disiez davantage, Yusef, que le directeur est au courant de nos arrangements.

— Sans doute, sans doute. Mais ce que je vous demande est tellement plus important. Major Scobie, je vous donne ma parole d'honneur que ceci ne peut faire de tort à personne. Donnez-moi cette unique preuve d'amitié et je ne vous en demanderai jamais d'autre. Faites-le de bon gré, major Scobie, faites-le volontairement. Je n'offre pas de vous corrompre. Faites-le sans paiement.

Ses yeux retournèrent à la lettre. *Mon chéri, ceci est sérieux...* ses yeux, cette fois, lurent *servus*, esclave, serviteur des serviteurs de Dieu. On eût dit un ordre inconsidéré auquel il était néanmoins contraint d'obéir. Il eut la sensation de tourner pour toujours le dos à la paix. Les yeux ouverts, connaissant toutes les conséquences, il pénétrait dans le territoire du mensonge, sans passeport pour le retour.

— Que disiez-vous, Yusef ? je n'ai pas saisi...

— Une fois de plus, je vous demande...

— Non, Yusef.

— Major Scobie, dit Yusef assis maintenant très droit sur son fauteuil et parlant d'un air étrange, devenu tout à coup cérémonieux comme si un étranger s'était introduit dans leur tête-à-tête, vous vous souvenez de Pemberton ?

— Bien entendu.

— Son boy est à ma solde.

— Le boy de Pemberton ? *(Rien de ce que vous m'avez dit n'est une promesse.)*

— Le boy de Pemberton est le boy de Mrs Rolt.

Les yeux de Scobie restaient fixés sur la lettre, mais il ne lisait plus ce qu'il regardait.

— Son boy m'a apporté une lettre. Il faut que je vous dise que je lui avais ordonné d'ouvrir l'œil, de tout repérer... est-ce ainsi que vous dites ?

— Vous savez très bien l'anglais, Yusef. Qui vous a lu la lettre ?

— Peu importe.

La voix cessa brusquement d'être cérémonieuse et le vieux Yusef se remit à implorer :

— Oh ! major Scobie, comment avez-vous pu écrire une lettre semblable ? Vous cherchez les catastrophes.

— On ne peut pas toujours être circonspect, Yusef, il y aurait de quoi mourir de dégoût.

— Vous voyez que cette lettre vous a mis à ma merci.

— Ce ne serait pas très grave. Mais que trois personnes soient à votre merci...

— Si seulement vous consentiez à faire un geste amical...

— Continuez, Yusef. A présent, il faut compléter votre chantage. Vous ne pouvez pas vous en tirer par une moitié de menace.

— Je voudrais pouvoir creuser un trou pour y enfouir le paquet. Mais la guerre est dans une mauvaise passe, major Scobie. Je ne fais pas cela pour moi, je le fais pour mon père et ma mère, mon demi-frère, mes trois sœurs... sans compter les cousins.

— Belle famille.

— C'est que si les Anglais sont battus, mes magasins n'auront plus la moindre valeur.

— Qu'avez-vous l'intention de faire de cette lettre, Yusef?

— J'ai appris par un employé du service des câbles que votre femme est sur le chemin du retour. Je lui ferai remettre la lettre aussitôt qu'elle débarquera.

Il se rappela le télégramme signé Louise Scobie. *Regrette ma stupidité stop tendresses.* « Ce serait un accueil bien glacial », pensa-t-il.

— Et si je donne votre petit paquet au capitaine de la *Esperança*?

— Mon boy attendra sur le quai. En échange du reçu du capitaine, il vous donnera une enveloppe qui contiendra votre lettre.

— Vous vous fiez à votre boy?

— Autant que vous vous fiez à Ali.

— Et si j'exigeais que vous me donniez d'abord la lettre en échange de ma parole...

— Le châtiment du maître chanteur, major Scobie, est qu'il n'a pas de dettes d'honneur. Vous auriez le droit de me manquer de parole.

— Et si vous me trompiez?

— Ce serait très mal. Et j'ai jadis été votre ami.

— Vous avez été très près de l'être, admit Scobie à contrecœur.

— Je suis le vil Indien.

— Le vil Indien?

— Oui, celui qui a jeté une perle, expliqua Yusef avec tristesse. C'était dans la pièce de Shakespeare que les artilleurs ont jouée dans le Memorial Hall. Je m'en suis toujours souvenu.

II

— Allons, dit Druce. Je crois qu'il nous faut nous mettre au travail.

— Encore un verre, dit le capitaine de la *Esperança*.

— Pas si nous voulons vous rendre votre liberté avant que les vannes se referment. A tout à l'heure, Scobie.

Quand la porte de la cabine se fut refermée, le capitaine dit d'une voix haletante:

— Je suis toujours ici.

— C'est ce que je vois. Je vous avais bien dit qu'il se produit souvent des erreurs: les rapports s'égarent, les fiches dorment.

— Je ne crois à rien de tout cela, dit le capitaine. Je pense que vous m'avez aidé.

Il ruisselait de sueur, tranquillement, dans la cabine sans air. Il ajouta:

— Je prie pour vous à la messe et je vous ai apporté ceci. C'est tout ce que j'ai pu trouver pour vous à Lobito. C'est une sainte très obscure (et il fit glisser sur la table entre eux deux une médaille bénite de la taille d'une pièce de dix sous.) Santa... J'ai oublié son nom. Je crois qu'elle a quelque rapport avec Angola.

— Merci, dit Scobie.

Le paquet lui semblait peser aussi lourd à sa poche qu'un revolver qui appuie contre votre cuisse. Il laissa les dernières gouttes de porto s'amasser au fond du verre, puis il le vida.

— Cette fois, dit-il, j'ai quelque chose pour vous.
Une répugnance terrible lui paralysait les doigts.

— Pour moi?

— Oui.

Comme ce petit paquet lui paraissait léger maintenant qu'il était posé sur la table entre eux. Ce qui, dans
sa poche, avait pesé aussi lourd qu'un revolver aurait pu
ne contenir que cinquante cigarettes au plus.

— Quelqu'un montera à bord avec le pilote à Lisbonne et vous demandera si vous avez des cigarettes
américaines. Vous lui donnerez ce paquet.

— Est-ce une mission du gouvernement?

— Non. Le gouvernement ne paie jamais aussi bien
que ceci.

Il posa un paquet de billets de banque sur la table.

— Voilà qui me surprend, dit le capitaine avec une
étrange expression déçue, vous vous mettez entre mes
mains.

— Vous avez été un jour entre les miennes, dit
Scobie.

— Je ne l'ai pas oublié. Ma fille non plus. Elle est
mariée hors de notre Eglise, mais elle a gardé la foi.
Elle prie pour vous, elle aussi.

— Les prières, en un tel cas, n'ont sûrement aucune
valeur.

— Non. Mais quand viendra le moment de la Grâce,
elles surgiront (le capitaine leva ses gros bras vers le
ciel en un geste absurde et touchant) et monteront
toutes ensemble comme une volée d'oiseaux.

— Elles me seront précieuses, dit Scobie.

— Vous pouvez naturellement compter sur moi.

— Naturellement. Et maintenant, il faut que je visite votre cabine.

— Vous n'avez pas aveuglément confiance.

— Ce petit paquet, dit Scobie, n'a aucun rapport avec la guerre.

— En êtes-vous sûr?

— J'en suis presque sûr.

Il commença sa perquisition. A un moment de son travail, arrêté près d'un miroir, il vit par-dessus son épaule le visage d'un inconnu, un visage gras, suant, suspect. Scobie se demanda pendant quelques secondes: « Qui cela peut-il être? » Avant de comprendre que seule une expression nouvelle, insolite, de pitié, lui rendait ce visage inconnu. « Suis-je vraiment, se demanda-t-il, un de ces êtres qu'on prend en pitié? »

LIVRE TROISIÈME

Première partie

I

Les pluies avaient cessé et la terre fumait. Des nuages de mouches se posaient partout et l'hôpital regorgeait de paludiques. Plus au nord, sur la côte, les gens mouraient d'hématurie et l'on ressentait pourtant un soulagement momentané. Le monde semblait avoir recouvré le calme, parce que l'on n'entendait plus ce martèlement incessant de l'eau sur les toitures de tôle. En ville, le lourd parfum des fleurs corrigeait l'odeur de ménagerie dans les couloirs du poste de police. Une heure après l'ouverture des vannes, le paquebot arrivant du Sud entra au port, sans escorte.

Scobie partit dans la vedette de la police dès que le paquebot eut jeté l'ancre. Les phrases de bienvenue lui raidissaient la bouche: il s'exerçait à prononcer des paroles qui sembleraient chaleureuses sans affectation, tout en pensant: « Voilà où j'en suis arrivé à préparer d'avance l'accueil que je vais lui faire. » Il espérait trouver Louise dans une des pièces communes; il serait plus facile de lui dire bonjour devant des inconnus, mais elle demeurait invisible. Il dut demander le numéro de sa cabine chez le commissaire du bord.

Il lui restait encore l'espoir qu'elle n'y serait pas

seule. A cette époque, chaque cabine contenait au moins six passagers.

Mais lorsqu'il frappa et que la porte lui fut ouverte, il ne trouva que Louise. Scobie eut la sensation d'être un de ces hommes qui se présentent dans une maison inconnue avec quelque chose à vendre. Il y eut dans sa voix un point d'interrogation quand il dit :

— Louise ?

— Henry.

Elle ajouta :

— Entre.

Lorsqu'il fut à l'intérieur de la cabine, il n'y avait plus qu'à s'embrasser. Il évita sa bouche — une bouche est si révélatrice — mais elle ne fut satisfaite que lorsqu'elle eut forcé son visage à se retourner et qu'elle eut imprimé sur ses lèvres le sceau du baiser des retours.

— Oh ! mon chéri, me voici.

— Eh ! oui, te voilà, dit-il, cherchant désespérément dans son esprit les phrases qu'il avait préparées.

— Ils ont tous été adorables, expliqua-t-elle, ils se tiennent à l'écart pour me laisser seule avec toi.

— La traversée a été bonne ?

— Je crois que nous avons été poursuivis à un moment.

— J'en avais affreusement peur, dit-il en pensant : « Voilà le premier mensonge. Autant que je fasse le plongeon dès maintenant. »

— Tu m'as beaucoup manqué, ajouta-t-il.

— J'ai été idiote de partir, chéri.

Par le hublot, il voyait les maisons scintiller comme du mica à travers la brume de chaleur. Dans la cabine

régnait une odeur étouffante de femme: poudre, vernis
à ongles, chemises de nuit.

— Descendons à terre, dit-il.

Mais elle le retint un moment de plus:

— Chéri, dit-elle, j'ai pris beaucoup de résolutions
pendant que nous avons été séparés. Tout va changer
désormais. Je promets de ne plus te harceler comme
avant.

Elle répéta: « Tout sera différent » — et Scobie
pensa avec tristesse que ceci du moins était la vérité,
la morne vérité.

Debout devant la fenêtre de sa maison, tandis qu'Ali
et le petit boy transportaient les bagages, il contemplait
les huttes Nissen, en haut de la côte: on eût dit qu'un
glissement de terrain avait brusquement mis entre lui
et elles une incommensurable distance. Elles lui parurent
si lointaines qu'au début il ne ressentit pas de douleur,
pas plus que pour un incident de sa jeunesse qu'on se
rappelle avec une mélancolie très vague. « Mes mensonges
ont-ils commencé, se dit-il, le jour où j'ai écrit cette
lettre? Puis-je vraiment l'aimer plus que Louise? Au
tréfonds de mon cœur, y a-t-il vraiment de l'amour pour
l'une ou pour l'autre, ou n'est-ce que cette redoutable
pitié qui automatiquement s'élance au-devant de tout
besoin humain... et l'aggrave? Toutes les victimes font
appel à notre dévouement. » Au premier étage, le silence
et la solitude étaient chassés à coups de marteau; on
enfonçait des petites pointes, des objets pesants tombant
sur le plancher ébranlaient le plafond; la voix de Louise
éclatait en ordres joyeux et péremptoires. Il entendit
remuer les objets sur la coiffeuse. Il monta et, du seuil

de la chambre, vit que le visage entouré de son voile blanc de communiante le regardait de nouveau, fixement : les morts aussi étaient de retour. La vie est si différente sans les morts. La moustiquaire pendait, masse grise d'ectoplasme, au-dessus du lit à deux places.

— Eh bien ! Ali, dit-il avec l'ombre de sourire qui était le seul fantôme qu'il pût faire surgir, la madame est revenue. Nous voici tous au complet de nouveau.

Elle avait posé son chapelet sur la coiffeuse dans une petite coupe et Scobie pensa que le sien, brisé, attendait au fond de sa poche. Il avait eu l'intention de le faire raccommoder. Maintenant, cela n'en valait plus guère la peine.

— Chéri, dit Louise, j'ai tout installé. Ali peut terminer. Il y a tellement de choses dont j'ai besoin de te parler...

Elle le suivit dans l'escalier et ajouta sans transition :

— Il faut que je fasse laver les rideaux.

— Ils n'ont pas l'air sale.

— Mon pauvre chéri, ce n'est pas toi qui t'en apercevrais, mais moi, je les retrouve après une longue absence. Je vais avoir besoin d'une bibliothèque plus grande. J'ai rapporté des tas de livres.

— Tu ne m'as pas encore dit ce qui t'a fait...

— Chéri, tu te moquerais de moi. C'est tellement absurde. Mais brusquement, je me suis rendu compte que j'avais été idiote de prendre tant à cœur cette histoire de promotion. Je te raconterai tout ça un de ces jours, quand je n'aurai pas peur que tu te moques de moi.

Elle avança la main et lui toucha le bras, en guise d'invitation.

— C'est vrai que tu es content?...

— Très content, dit-il.

— Sais-tu qu'une des choses qui m'ont tourmentée est ceci: j'avais peur que tu ne remplisses pas bien tes devoirs de catholique, une fois que tu ne m'aurais plus auprès de toi pour te rappeler ce que tu as à faire, mon pauvre chéri.

— Je n'ai pas été très zélé.

— As-tu manqué souvent la messe?

— Je me demande si j'y suis allé une seule fois, dit-il avec un enjouement un peu forcé.

— Oh! Ticki.

Elle se reprit très vite et enchaîna:

— Henry, mon chéri, tu vas penser que je suis très sentimentale, mais c'est demain dimanche et je voudrais que nous allions communier ensemble. Pour bien marquer que nous repartons du début... et dans la bonne direction.

C'est extraordinaire, combien de points l'on néglige de considérer dans une situation: Scobie n'avait pas pensé à cela.

— Naturellement, répondit-il, mais son cerveau refusa momentanément de fonctionner.

— Il faudra aller te confesser tantôt.

— Je n'ai rien fait de très répréhensible.

— Manquer la messe le dimanche est un péché mortel, tout autant que l'adultère.

— Ah! mais l'adultère est plus amusant, dit-il en essayant d'être léger.

— Il était temps que je revienne.

— J'irai cet après-midi... après le déjeuner. Je ne peux pas me confesser, l'estomac vide.

— Chéri, sais-tu que tu as *beaucoup* changé.

— Je plaisantais.

— Je ne te reproche pas tes plaisanteries. Je les aime. Mais il ne t'arrivait pas souvent de plaisanter autrefois.

— Tous les jours ne sont pas le jour de ton retour, ma chérie.

La bonne humeur contrainte, les facéties tombant de lèvres sèches, cela continua sans répit. Au déjeuner, il posa sa fourchette pour raconter une « bonne histoire ».

— Cher Henry, dit-elle, je ne t'ai jamais vu aussi jovial.

Le sol s'était dérobé sous ses pieds et, pendant tout le repas, il eut cette sensation de tomber: relâchement de l'estomac, essoufflement, désespoir... car l'on ne peut tomber aussi bas et survivre. Son hilarité était comme un cri montant de l'abîme.

Quand le déjeuner eut pris fin (il n'aurait pu dire ce qu'il avait mangé), il déclara:

— Il faut que je parte.

— Le Père Rank?

— J'ai à passer chez Wilson avant tout. Il habite une des huttes Nissen. C'est un voisin.

— Ne sera-t-il pas en ville?

— Je crois qu'il rentre chez lui pour déjeuner.

En montant la côte, il pensait: « Combien de fois vais-je me trouver forcé d'aller voir Wilson désormais? » Mais non... ce n'était même pas un alibi sûr. Il ne l'avait employé que parce qu'il savait que Wilson déjeunait en ville. Néanmoins, pour plus de certitude, il frappa et fut momentanément décontenancé lorsque Harris lui ouvrit:

— Je ne m'attendais pas à vous voir.

— J'ai un petit accès de fièvre, dit Harris.

— Je voulais savoir si Wilson était chez lui.

— Il déjeune toujours en ville, répondit Harris.

— Oh! c'était simplement pour lui dire que nous serions contents de le voir, à la maison: ma femme est revenue, vous le saviez?

— J'avais vaguement aperçu par la fenêtre un certain remue-ménage.

— Il faudra venir nous voir, vous aussi.

— Je ne fais guère de visites, dit Harris en reculant dans l'embrasure de la porte. Pour vous dire la vérité, les femmes me font peur.

— Vous devriez en fréquenter davantage, Harris.

— Je ne pourrais jamais faire le joli cœur auprès de ces dames, dit Harris en une misérable manifestation d'orgueil.

Et tandis que, sans joie, il se dirigeait vers la hutte occupée par une femme seule, Scobie sentait que Harris le suivait des yeux, qu'il le suivait des yeux avec le laid ascétisme de ceux dont aucune femme n'a voulu. Lorsqu'il frappa à la porte, il sentit ce regard désapprobateur lui vriller le dos. « Voici donc mon alibi, pensa-t-il; il le dira à Wilson, et Wilson... Je vais raconter que, me trouvant si près, je suis allé faire une visite... » et il sentit s'écrouler toute sa personnalité minée par la lente désintégration du mensonge.

— Pourquoi avez-vous frappé? demanda Hélène.

Elle était étendue sur son lit dans la pénombre des rideaux tirés.

— Harris me surveillait.

— Je ne pensais pas que vous viendriez aujourd'hui.

— Comment avez-vous su?

— Tout le monde sait tout ici... tout, sauf une seule chose. Comme vous avez été habile sur ce point-là. Sans doute, cela vient-il de ce que vous êtes de la police.

— Sans doute.

Il s'assit sur le lit et posa la main sur le bras d'Hélène: immédiatement, la sueur commença à ruisseler entre eux.

— Que faites-vous au lit? demanda-t-il. Vous n'êtes pas souffrante?

— Rien qu'une migraine.

Mécaniquement, sans même entendre les mots qu'il disait, il murmura:

— Surtout, soignez-vous bien.

— Vous êtes préoccupé, mon chéri, dit-elle. Est-il arrivé... une catastrophe?

— Non, non, pas du tout.

— Mon pauvre chéri, vous rappelez-vous la première nuit que vous avez passée ici? Nous ne nous inquiétions de rien. Vous avez même oublié votre parapluie. Nous étions heureux. Comme cela semble étrange... que nous ayons été heureux.

— Oui.

— Pourquoi continuer à vivre comme nous vivons... malheureux?

— C'est une grave erreur que de confondre l'idée de bonheur et celle de l'amour, dit Scobie avec un pédantisme désespéré, comme s'il pouvait transformer la situation entière en une définition de manuel, de même que les gens avaient transformé en « cas » la mort de Pemberton, et ramener ainsi la paix, la paix pour tous les deux, une sorte de résignation.

— Comme vous êtes vieux, par moments, mais elle accompagna ses paroles d'un geste qui voulait dire qu'elle ne parlait pas sérieusement.

« Aujourd'hui, pensa-t-il avec pitié, elle ne peut s'offrir le luxe de me chercher querelle, c'est du moins ce qu'elle croit. »

— A quoi pensez-vous, mon chéri ?

On ne doit jamais mentir à deux personnes, s'il est possible de l'éviter, sous peine d'aboutir au chaos total, mais il fut pris d'une tentation terrible de mentir, en regardant le visage d'Hélène posé sur l'oreiller. Ce visage lui apparaissait comme une de ces plantes qu'on voit vieillir graduellement sur l'écran, dans les films documentaires. Elle avait déjà pris l'aspect de la côte sur laquelle elle vivait. Elle partageait cet aspect avec Louise.

— C'est un problème dont il me faut trouver seul la solution. Une chose à quoi je n'avais pas réfléchi.

— Confiez-le-moi, chéri. Deux têtes...

Elle ferma les yeux et Scobie put voir sa bouche se raidir, prête au coup qui allait lui être asséné.

— Louise, dit-il, désire que je l'accompagne à la messe demain, et que je communie. En ce moment, elle croit que je suis allé me confesser.

— Oh! ce n'est que ça! dit-elle avec un soulagement intense.

Et l'ignorance qu'elle témoignait fit monter au cerveau de Scobie une haine injuste.

— Que ça! dit-il. Que ça!

Mais le sentiment de l'équité lui revint vite.

— Comprenez bien, expliqua-t-il avec douceur, que si je ne vais pas communier, elle devinera qu'il y a quelque chose d'anormal... de sérieusement anormal.

— Mais, vous ne pouvez donc pas y aller, tout simplement?

— Y aller signifierait pour moi... la damnation. Recevoir mon Dieu en état de péché mortel.

— Vous ne croyez pas vraiment à l'enfer?

— C'est la question que Fellowes m'a posée.

— Mais je ne peux pas arriver à comprendre. Si vous croyez à l'enfer, pourquoi êtes-vous auprès de moi en ce moment?

« Comme l'absence de foi, pensa-t-il, permet souvent de voir plus clair que la foi. »

— Vous avez raison, naturellement, dit-il. Cela devrait empêcher ceci. Mais les villageois continuent de vivre sur les pentes du Vésuve... Et puis, en dépit de tous les enseignements de l'Eglise, on a la conviction que l'amour — n'importe quel amour — mérite un peu de compassion. Il faudra payer, c'est sûr, mais je ne crois pas qu'il faille payer pendant l'éternité. Peut-être a-t-on même le temps, avant de mourir...

— Le repentir de la dernière heure, dit-elle, avec dédain.

— Il ne serait pas facile, dit-il en baisant sa main couverte de sueur, de se repentir de ceci. Je puis regretter d'avoir menti, d'être la cause de ruines et de souffrances, mais fussé-je sur le point de mourir, je ne pourrais me repentir d'avoir aimé.

— Dans ce cas, dit-elle avec, au fond de la voix, ce même mépris sourd qui semblait l'éloigner de Scobie pour la ramener vers la sécurité du rivage, pourquoi n'allez-vous pas tout confesser? Après tout, ça ne vous empêcherait pas de recommencer.

— Il est inutile de se confesser si l'on n'a pas l'intention d'essayer...

— Eh bien! alors, s'écria-t-elle d'un air triomphant, pendu pour pendu, autant que ça en vaille la peine. Vous êtes en état de péché mortel maintenant. Du moins, c'est ce que vous pensez. Quelle différence cela fait-il que vous y soyez un peu plus ou un peu moins.

« Je suppose que les gens pieux, pensa Scobie, diraient en entendant ces mots que c'est le diable qui parle »; mais il savait, lui, que le mal ne s'exprime jamais en ces termes crus et réfutables qui sont le langage même de l'innocence.

— Mais si, dit-il, il y a une différence, une grande différence. Ce n'est pas facile à expliquer. En ce moment, je place notre amour au-dessus... disons, au-dessus de ma sécurité. Tandis que l'autre chose... est vraiment le mal. C'est comparable aux messes noires, c'est l'homme qui dérobe l'hostie pour la profaner; ce serait frapper Dieu à terre... pendant qu'il est en mon pouvoir.

Elle détourna la tête d'un air las et dit:

— Je ne comprends absolument rien à ce que vous me dites. Pour moi ce sont des divagations, ça n'existe pas.

— Je voudrais pouvoir en dire autant, mais j'y crois.

— Je le suppose, dit-elle d'une voix aigre. A moins que ce ne soit un truc? Je n'ai pas entendu tant de discours sur Dieu quand nous avons commencé, n'est-ce pas? J'espère que vous ne me jetez pas toute cette piété à la figure pour vous donner une excuse...

— Mon petit, dit Scobie, je ne vous quitte pas pour toujours. Il faut que je réfléchisse, voilà tout.

II

A six heures et quart le lendemain matin, Ali vint les appeler. Scobie fut tout de suite éveillé, mais Louise continua de dormir; elle avait eu une longue et pénible journée. Scobie tourna la tête sur l'oreiller pour la regarder... c'était là le visage qu'il avait aimé: c'était là le visage qu'il aimait. Elle était terrifiée à l'idée de mourir sur mer et pourtant elle était revenue pour lui rendre le bien-être. Elle lui avait donné un enfant dans d'atroces douleurs, puis au milieu d'autres douleurs aussi atroces avait regardé cet enfant mourir. Scobie songea que tout lui avait été épargné, à lui. « Si seulement, pensa-t-il, je pouvais réussir à ce qu'elle ne souffre plus. » Mais il savait qu'il s'imposait une tâche impossible. Il pouvait retarder le moment de la souffrance et c'est tout, car il la portait avec lui, et c'était une maladie infectieuse dont, tôt ou tard, Louise subirait la contagion. Peut-être même en était-elle déjà atteinte, car elle s'agitait et gémissait dans son sommeil. Il lui posa la main sur la joue pour la calmer. Il pensait:

« Si seulement elle continuait à dormir, je dormirais moi aussi. Nous nous éveillerions trop tard et nous manquerions la messe, ce qui remettrait à plus tard cet autre problème. » Mais comme si ces pensées avaient déclenché une sonnerie de pendule, Louise s'éveilla.

— Quelle heure est-il, chéri ?

— Près de six heures et demie.

— Il faut nous dépêcher.

Il eut l'impression qu'un geôlier implacable et bien-veillant l'exhortait à s'habiller vite pour l'exécution. Toutefois, il remit à plus tard le mensonge sauveur : il restait encore la possibilité d'un miracle. Louise se pou-dra les joues une dernière fois (mais la poudre s'agglu-tinait en plaques, au contact de la peau) et dit :

— Maintenant, partons.

Y avait-il vraiment, si légère qu'elle fût, une note de triomphe dans sa voix ? Des années et des années avant, dans cette autre vie qu'est l'enfance, quelqu'un qui portait son nom, Henry Scobie, avait joué dans la troupe théâtrale de l'école, le rôle de Hotspur. Il avait été choisi à cause de son physique et parce qu'il était parmi les aînés, mais tout le monde avait trouvé son jeu excellent. Voici maintenant qu'il était contraint de jouer un nouveau rôle... ce ne devait pas être plus diffi-cile que de mentir simplement en paroles.

Scobie s'appuya tout à coup le dos au mur en posant la main sur sa poitrine. Il ne pouvait forcer ses muscles à imiter les contractions de la douleur, aussi se contenta-t-il de fermer les yeux. Louise, qui se regardait dans la glace, lui dit :

— Rappelle-moi de te parler du Père Davis qui est à

Durban. C'est un excellent type de prêtre, beaucoup plus intellectuel que le Père Rank.

Scobie eut l'impression qu'elle ne se retournerait jamais pour voir ce qui lui arrivait.

— Allons, il est décidément temps que nous partions, dit-elle en s'attardant près du miroir: quelques cheveux raides, collés par la sueur, s'étaient déplacés.

A travers le voile de ses cils, Scobie la vit enfin se retourner et le regarder.

— Viens, mon chéri, dit-elle, tu as l'air tout endormi.

Il garda les yeux fermés et resta à la même place.

— Ticki, dit-elle vivement, qu'est-ce qui se passe?

— Un peu de cognac.

— Es-tu malade?

— Du cognac, répéta-t-il durement.

Et lorsqu'elle fut allée le lui chercher et qu'il en sentit le goût sur la langue, il se laissa aller secrètement au sursis qui lui était accordé. Il poussa un soupir et se détendit.

— Ça va mieux.

— Que s'est-il passé, Ticki?

— Une douleur dans la poitrine. C'est fini maintenant.

— L'as-tu déjà ressentie?

— Oui, une ou deux fois, pendant que tu étais absente.

— Il faut voir un médecin.

— Oh! ce n'est pas la peine de faire des histoires. Il me dira encore que c'est du surmenage.

— Je n'aurais pas dû te tirer du lit d'aussi bonne heure, mais je voulais que nous allions communier ensemble.

— J'ai bien peur d'avoir tout gâté en buvant ce cognac.

— Peu importe, Ticki. (Négligemment, elle le condamna à la mort éternelle.) Nous pouvons y aller un autre jour.

Il resta agenouillé dans son banc et regarda Louise s'agenouiller devant la sainte table avec les autres communiants: il avait insisté pour l'accompagner à la messe. Le Père Rank se détournant de l'autel vint vers eux, tenant Dieu entre ses mains. Scobie pensait: Dieu vient de m'échapper, mais m'échappera-t-il toujours? *Domine non sum dignus... Domine non sum dignus... Domine non sum dignus...* En un geste de convention, sa main — comme à l'exercice — frappa un certain bouton de son uniforme. Il lui sembla pendant un instant que Dieu était cruellement injuste de s'être exposé de cette manière: homme, hostie, d'abord dans les villages de Palestine, et maintenant là, dans ce port calciné, permettant à l'homme, ici et partout, de le posséder. Le Christ a dit au jeune riche de tout vendre et de le suivre, mais c'était une décision normale et facile à prendre, comparée à celle que Dieu avait prise: se mettre à la merci d'hommes qui savaient à peine le sens du mot merci. « Comme Dieu doit aimer désespérément », pensa Scobie avec humilité. Dans sa lente marche coupée d'arrêts, le prêtre était arrivé à Louise, et Scobie connut une sensation d'exil. Là-bas, à l'endroit où tous ces gens étaient agenouillés, s'étendait une contrée dans laquelle il ne retournerait jamais. Un élan d'amour monta jusqu'à son cœur, cet amour que nous ressentons toujours pour ce que nous avons perdu, que ce soit un enfant, une femme, une douleur même.

I

Wilson détacha soigneusement la page du *Down-hamien* et colla derrière le poème une feuille de l'épais papier à lettres du Ministère de la marine. Il regarda par transparence: il était impossible de lire les résultats sportifs, au verso de son œuvre. Ensuite, il plia la feuille et la mit dans sa poche; elle y resterait probablement, mais on ne sait jamais.

Il avait vu Scobie partir en voiture vers la ville et, le cœur battant, un peu essoufflé, à peu près dans l'état où il était lorsqu'il avait franchi la porte du bordel, saisi de la même répugnance — car est-il un homme qui accepte volontiers de changer, à un moment donné, la routine de sa vie? — il se dirigea vers la maison de Scobie, au bas de la côte.

Chemin faisant, il imaginait ce que, selon lui, un autre homme ferait à sa place: reprendre où l'on en est resté, l'embrasser très naturellement, sur la bouche si possible, dire: « Vous m'avez manqué », pas d'hésitation. Mais son cœur battant lançait un message de peur qui noyait toute pensée.

— Enfin, voici Wilson, dit Louise. Je croyais que vous m'aviez oubliée.

Elle lui tendit la main, il la prit et sentit sa défaite.

— Voulez-vous boire?

— J'avais pensé à vous proposer une promenade.

— Il fait trop chaud, Wilson.

— Je ne suis pas monté là-haut, vous savez, depuis...

— Là-haut? Où ça?

Il comprit que, pour ceux qui n'aiment pas, le temps ne suspend pas son cours.

— A la vieille gare.

Elle dit d'un air vague, avec une impitoyable absence d'intérêt:

— Ah! oui... oui, je n'y suis pas encore retournée moi-même.

— Ce soir-là, en rentrant (il sentait l'affreuse rougeur juvénile lui monter aux joues et envahir tout son visage), j'ai essayé d'écrire des vers.

— Vous, Wilson!

Furieux, il riposta:

— Oui, moi, Wilson. Pourquoi pas? Et ils ont été publiés.

— Je ne raillais pas. J'étais simplement surprise. Qui les a publiés?

— Une nouvelle revue qui s'appelle *Le Cercle*. Naturellement, ils ne paient guère.

— Puis-je les voir?

Tout oppressé, Wilson répondit:

— Je les ai sur moi.

Il expliqua:

— Il y avait quelque chose derrière que je ne pouvais pas souffrir, beaucoup trop moderne pour mon goût.

Il la regarda attentivement avec une gêne avide.

— C'est tout à fait joli, fut son indigent commentaire.

— Vous voyez les initiales?

— C'est la première fois qu'un poème m'est dédié.
Wilson avait la nausée. Il aurait voulu s'asseoir. Pourquoi, se disait-il, pourquoi entame-t-on ces humiliantes démarches? Pourquoi s'imagine-t-on qu'on est amoureux? Il avait lu quelque part que l'amour a été inventé au XIe siècle par les troubadours. Pourquoi ne nous avaient-ils pas laissé la seule luxure. Avec un venin sans espoir, il dit à Louise:

— Je vous aime.

Il pensait: « C'est un mensonge. Ce sont des mots qui, détachés de la page imprimée, ne veulent rien dire. » Il attendit un éclat de rire.

— Oh! mais non, Wilson, non. Vous ne m'aimez pas. C'est un petit accès de fièvre tropicale, rien de plus.

Il s'enlisa, aveuglément.

— Plus que tout au monde.

— Personne n'aime de cette façon, Wilson, protesta Louise avec douceur.

Il marchait de long en large, nerveusement, son short lui battant aux jambes, et il agitait la coupure du *Downhamien.*

— Vous devriez croire à l'amour. Vous êtes catholique. Dieu n'a-t-il pas aimé les hommes?

— Ah! oui, dit-elle. Lui en est capable. Mais cela n'est pas donné à beaucoup d'entre nous.

— Vous aimez votre mari. Vous me l'avez dit. Et c'est pour cela que vous êtes revenue.

Louise répondit avec tristesse:

— Sans doute avez-vous raison. Je l'aime autant que je peux aimer. Ce n'est pas la sorte d'amour que vous imaginez ressentir. Pas de philtres, de destins funestes, de voiles noirs... Nous ne mourrons pas d'amour, Wilson, sauf bien entendu dans les romans. Et, parfois, un jeune garçon qui joue la comédie. Ne jouons pas la comédie, Wilson... ce n'est pas drôle, à notre âge.

— Je ne joue pas la comédie, protesta-t-il avec une fureur dont il pouvait trop aisément déceler l'accent histrionique.

Il se planta devant la bibliothèque de Louise comme devant un témoin dont elle avait oublié l'existence.

— Est-ce qu'ils jouent la comédie, *eux*?

— Pas beaucoup, dit-elle. C'est pourquoi je les préfère à vos poètes.

— Et pourtant, vous êtes revenue, dit-il, le visage éclairé par une inspiration perfide, ou n'avez-vous été rappelée que par la jalousie?

— La jalousie? dit-elle. De quoi diable devrais-je être jalouse?

— Ils ont pris beaucoup de précautions, dit Wilson, mais tout de même pas assez.

— J'ignore complètement de qui vous parlez.

— De votre Ticki avec Hélène Rolt.

Louise le gifla et le coup, manquant sa joue, atteignit son nez qui se mit à saigner copieusement.

— Voilà pour l'avoir appelé Ticki, dit-elle. Personne n'en a le droit, en dehors de moi. Vous savez très bien qu'il a horreur de ce nom. Tenez, prenez mon mouchoir si vous n'en avez pas.

— Je saigne très facilement. Voulez-vous me permettre de m'étendre sur le dos?

Il se coucha sur le plancher, entre la table et le garde-manger, au milieu des fourmis. D'abord, Scobie qui l'avait vu pleurer à Pende, et puis... ceci.

— Voulez-vous que je vous mette une clé dans le dos? demanda Louise.

— Non. Non, merci.

La page du *Downhamien* était toute maculée de sang.

— Je suis sincèrement désolée. J'ai un caractère de chien. Voilà qui va vous guérir, Wilson.

Mais quand on vit de romanesque, il n'est rien qui puisse vous en guérir. Le monde contient trop de mauvais prêtres, serviteurs de telle ou telle croyance; mieux vaut assurément faire semblant de croire à n'importe quoi plutôt que d'errer dans ce vide maléfique de cruauté et de désespoir.

— Rien ne me guérira, dit-il avec obstination. Louise, je vous aime. Rien, répéta-t-il en saignant dans le mouchoir de Louise.

— Comme ce serait étrange, dit-elle, si c'était vrai.

Du plancher monta un grognement qui était une interrogation.

— Je veux dire, expliqua-t-elle, si vous étiez un de ces êtres qui sont vraiment capables d'amour. J'ai cru que Henry le pouvait. Ce serait étrange que ce soit vous...

Il fut saisi de la crainte inattendue qu'elle acceptât, après tout, la haute opinion qu'il avait de lui-même, une crainte analogue à celle qu'un petit officier d'état-major pourrait ressentir au moment de l'attaque en découvrant qu'on l'a pris au sérieux lorsqu'il prétendait connaître le maniement des chars d'assaut, et qu'il est trop tard pour avouer qu'il a puisé toutes ses connaissances dans la lecture des publications techniques. « O poétique amour, mi-ange, mi-oiseau. » Épongeant le sang qui coulait de son nez, il arrondit les lèvres avec soin pour en faire une phrase magnanime:

— Je suppose qu'il aime... à sa façon.

— Qui? demanda Louise. Moi? Cette Hélène Rolt dont vous parlez? Ou rien que lui-même?

— Je n'aurais pas dû dire ça.

— N'est-ce pas vrai? Dites-moi un peu la vérité, Wilson. Si vous saviez comme j'en ai assez des pieux mensonges! Est-elle belle?

— Oh! non, non. Pas belle du tout.

— Elle est jeune, naturellement. Tandis que je commence à vieillir. Pourtant, elle doit être assez flétrie, après ce qu'elle a subi.

— Elle est très flétrie.

— Mais elle n'est pas catholique. Elle a de la chance. Elle est libre, Wilson.

Wilson s'assit sur le plancher, le dos appuyé au pied de la table. Il dit avec un emportement jailli du cœur:

— Bon Dieu, comme je voudrais que vous ne m'appeliez pas Wilson!

— Edward, Eddie, Ted, Teddie?

— Ça recommence à saigner, dit-il d'un air sombre, et il s'allongea de nouveau sur le plancher.

— Que savez-vous de toute cette histoire, Teddie?

— Je crois que je préfère encore Edward. Eh bien!

Louise, je l'ai vu sortir de sa hutte à deux heures du matin. Il y était encore hier après-midi.

— Il était à confesse.

— Harris l'a vu.

— En somme, vous l'espionnez.

— Je crois que Yusef le fait chanter.

— C'est invraisemblable. Vous allez trop loin.

Elle était debout près de lui et le dominait comme s'il était un cadavre. Il tenait au creux de sa main le mouchoir taché de sang. Ni l'un ni l'autre n'entendit la voiture s'arrêter ou les pas qui montaient jusqu'au seuil. Il leur parut étrange, à tous les deux, d'entendre une troisième voix résonner au-dehors et pénétrer dans la salle qui était devenue aussi fermée, intime et étouffante qu'un tombeau.

— Qu'est-ce qui ne va pas? demanda la voix de Scobie.

— Ce n'est que... dit Louise en faisant un geste égaré... comme pour dire: où l'explication doit-elle commencer?

Wilson se remit péniblement debout et son saignement de nez reprit de plus belle.

— Tenez, dit Scobie en sortant son trousseau de clés et en l'introduisant dans le col de chemise de Wilson. Vous allez voir. Les vieux remèdes de bonne femme sont toujours les meilleurs.

Effectivement, en quelques secondes, le sang cessa de couler.

— Il ne faut jamais vous coucher sur le dos, poursuivit Scobie avec bon sens. Les soigneurs appliquent une éponge d'eau glacée, et vous avez vraiment l'air de vous être battu, Wilson.

— Je m'étends toujours sur le dos, dit Wilson. Le sang me rend malade.

— Voulez-vous boire?

— Non, dit Wilson. Il faut que je parte.

Il eut quelque difficulté à repêcher les clés, et le pan de sa chemise demeura flottant sur son short. Il ne s'en aperçut que lorsque Harris le lui signala, à son retour dans la hutte Nissen et Wilson pensa: « Voilà l'aspect que j'avais en partant de chez eux lorsque côte à côte ils m'ont regardé m'éloigner. » Par-dessus le paysage de terre calcinée et de mornes huttes couvertes de tôle, il contempla la maison de Scobie, comme s'il examinait un champ de bataille après la défaite. Il se demanda quelle tournure aurait prise cette scène sordide s'il en était sorti victorieux, mais l'amour humain ne connaît rien qui se puisse appeler victoire; à peine quelques petits succès stratégiques avant le désastre final de la mort ou de l'indifférence.

II

— Qu'est-ce qu'il te voulait? demanda Scobie.

— Il voulait me faire des déclarations.

— Est-ce qu'il t'aime?

— Il se l'imagine. On ne peut guère en demander davantage, n'est-ce pas?

— Il me semble, dit Scobie, que tu l'as frappé assez brutalement sur le nez.

— Il m'a mise hors de moi. Il t'a appelé Ticki. Tu sais, chéri, qu'il t'espionne?

— Je le sais.

— Est-ce qu'il est dangereux?

— Il pourrait le devenir... dans certains cas. Mais ce serait ma faute.

— Henry, personne ne parvient-il jamais à te mettre en colère? Ça ne t'émeut pas du tout qu'il me fasse la cour?

— Je serais un hypocrite si je me mettais en colère pour ça! C'est une chose qui peut arriver à n'importe qui. Tu sais qu'il y a des gens vraiment très bien, très normaux qui tombent amoureux...

— Es-tu jamais tombé amoureux, toi?

— Oh! oui, oui...

Il scruta le visage de sa femme tout en creusant son propre sourire.

— ... tu le sais mieux que personne.

— Henry, t'es-tu réellement senti souffrant, ce matin?

— Oui.

— Ce n'était pas une simple excuse?

— Non.

— Alors, mon chéri, allons communier ensemble demain matin.

— Si tu veux, répondit-il.

Ce moment, Scobie avait toujours su qu'il viendrait. Par bravade, pour montrer que sa main ne tremblait pas, il prit un verre.

— Whisky?

— Trop tôt, chéri, dit Louise.

Il sentait qu'elle l'observait de très près, comme tous l'observaient. Il reposa le verre et dit:

— Il faut que je fasse un saut jusqu'au poste pour

prendre certains papiers. Quand je reviendrai, l'heure du whisky aura sonné.

Sur la route, il conduisait d'une main mal assurée, les yeux brouillés par la nausée. « Oh! mon Dieu, pensa-t-il, quelles décisions soudaines Vous imposez aux hommes, sans leur accorder le temps de réfléchir! Je suis trop fatigué pour penser: il faudrait pouvoir prendre un crayon et du papier et chercher la solution comme celle d'un problème de mathématiques qu'on résout sans souffrance. » Mais justement la souffrance le rendait si malade, physiquement, qu'assis au volant il eut un haut-le-cœur. « Le pire, pensa-t-il, c'est que cette solution, nous la connaissons d'avance, nous autres, catholiques. Nous sommes damnés à cause de ce que nous savons. Pour moi, il n'y a même pas de problème à résoudre: la solution unique consiste à m'agenouiller dans le confessionnal et à dire: « Depuis ma dernière confession, j'ai commis le péché d'adultère, tant de fois, etc., etc. », entendre le Père Rank me répondre que je dois éviter les occasions de pécher, ne plus revoir seul à seule cette femme (en se servant de terribles mots abstraits: cette femme, les occasions; Hélène cessera d'être l'enfant épouvantée serrant contre elle son album de timbres, ou écoutant Bagster vociférer derrière la porte; ce moment de paix et d'ombre, de pitié et de tendresse, deviendra « l'adultère »). Puis, je devrai faire mon acte de contrition, promettre de ne « jamais plus L'offenser »; et, demain matin, je communierai, je prendrai Dieu dans ma bouche, parce que je serai — comme ils disent — en état de grâce. Voilà la bonne réponse, il *n'y a pas* d'autre réponse, ainsi je sauverai mon âme et je

l'abandonnerai, elle, à Bagster et au désespoir. « Il faut
être raisonnable, se dit-il, et reconnaître qu'un tel
désespoir n'est pas durable (n'est-il pas vrai?), que
l'amour n'est pas durable (et n'est-ce pas pour cette
raison même que le désespoir ne dure pas?), que dans
quelques semaines, quelques mois, elle sera complètement guérie. Elle a survécu à quarante jours passés dans
un bateau découvert, survécu à la mort de son mari, ne
pourra-t-elle survivre à la simple mort de l'amour? Je
le pourrais moi-même, je sais bien que je le pourrais. »

Il freina pour s'arrêter devant l'église et resta sans
bouger, assis au volant, désespéré. La mort ne vient
jamais quand on l'appelle le plus ardemment. Il pensait:
« Reste toujours la *mauvaise* réponse, honnête et brutale: abandonner Louise, oublier la foi jurée, résigner
mes fonctions. Abandonner Hélène à Bagster et Louise
à quoi? Je suis pris au piège », se dit-il, apercevant
dans le rétroviseur le reflet du visage sans expression
d'un inconnu, pris au piège. Pourtant, il quitta sa voiture et pénétra dans l'église. En attendant pour entrer
dans le confessionnal que le Père Rank fût arrivé, il
s'agenouilla et récita la seule prière dont il pût à grand-
peine retrouver les paroles. Même « Notre Père » et
« Je vous salue, Marie » lui échappaient. Il appelait
de toutes ses forces un miracle: « Mon Dieu, inspirez-
moi, aidez-moi, persuadez-moi. Faites-moi sentir que je
compte plus que cette enfant. » Ce n'était pas le visage
d'Hélène qu'il voyait en priant, mais l'enfant mourante
qui l'avait appelé papa; la photographie posée sur la
coiffeuse dont les yeux le suivaient de leur regard fixe,

l'expression de colère sur la face d'une négrillonne de douze ans qu'un matelot avait violée et tuée et dont les yeux aveugles s'attachaient à lui dans la lumière jaune d'une lampe à pétrole. « Souffrez que je fasse passer mon âme avant les autres. Que je puisse compter sur votre compassion pour celle des deux que j'abandonnerai. » Il entendit le Père Rank fermer la porte de sa niche, et la nausée le tordit jusqu'à ses genoux posés sur le sol. « Oh! mon Dieu, dit-il, s'il m'arrivait de vous abandonner, punissez-moi, mais que les autres trouvent encore un peu de bonheur! »

Il entra dans le confessionnal: « Un miracle peut encore se produire, pensa-t-il. Le Père Rank lui-même trouvera peut-être pour une fois le mot, le mot qu'il faut trouver... » S'agenouillant dans un espace aussi étroit qu'un cercueil retourné, il dit:

— Depuis ma dernière confession, j'ai commis le péché d'adultère.

— Combien de fois?

— Je ne sais pas, mon père, souvent.

— Etes-vous marié?

— Oui.

Il se rappelait le soir où le Père Rank s'était à peu près effondré devant lui en avouant son impuissance à secourir les hommes... Tout en luttant pour conserver le parfait anonymat du confessionnal, peut-être le prêtre se le rappelait-il, lui aussi. Scobie aurait voulu lui dire: « Aidez-moi, mon père. Persuadez-moi que l'abandonner à Bagster serait bien agir. Faites que je croie à la mansuétude de Dieu. »

Mais il se contentait d'attendre en silence, à genoux:

il ne sentait pas vibrer en lui le moindre frémissement d'espoir.

— Toujours avec la même femme? demanda le Père Rank.

— Oui.

— Il faut que vous évitiez de la voir. Est-ce possible?

Scobie secoua la tête.

— Si vous ne pouvez éviter de la voir, du moins ne restez jamais seul avec elle. Promettez-vous de le faire? Faites-en la promesse à Dieu, pas à moi.

Il songeait: « Comme j'étais niais d'attendre de lui une parole magique. Ceci est la formule employée des centaines de fois à l'usage de centaines de personnes. Il est probable que les gens promettaient, partaient, revenaient, se confessaient de nouveau... Croyaient-ils vraiment qu'ils allaient essayer? Tous les jours de ma vie, pensa-t-il, je mens à des êtres humains, je ne vais tout de même pas essayer de me mentir à moi-même, ou de mentir à Dieu! »

— Il est tout à fait inutile que je fasse cette promesse, mon père, répondit-il.

— Il faut que vous promettiez. On ne peut désirer la fin sans désirer les moyens.

« Ah! mais l'on peut, pensa-t-il. Il est très possible de souhaiter la paix dans la victoire sans souhaiter les villes détruites. »

— Je n'ai certainement pas besoin de vous dire, poursuivit le Père Rank, qu'il n'y a rien d'automatique dans la confession ou dans l'absolution. Votre pardon dépend de votre état d'esprit. Il est inutile de vous agenouiller ici sans vous y être préparé. Avant de vous présenter ici, il faut que vous sachiez bien quel mal vous avez fait.

— Je le sais.

— Et que vous soyez animé du désir sincère de vous amender. L'on nous dit de pardonner à notre frère septante fois sept offenses; il n'est pas à redouter que Dieu se montre moins indulgent que nous ne le sommes. Mais nous ne pouvons aller jusqu'à absoudre l'impénitent. Mieux vaut pécher septante fois et se repentir à chaque coup, que de pécher une seule fois sans se repentir.

Il voyait le Père Rank se passer la main sur les yeux pour en essuyer la sueur: c'était comme un geste de lassitude. « A quoi bon, pensa Scobie, l'incommoder si longtemps? Il a raison, bien entendu, il a raison. J'étais idiot d'imaginer que, dans cette boîte sans air, j'allais trouver une certitude... »

— Je crois, mon père, que j'ai eu tort de venir, dit-il.

— Je ne veux pas vous refuser l'absolution, mais je pense que si vous rentriez chez vous et que vous réfléchissiez, en retournant les choses dans votre tête, vous reviendriez ici dans un état d'esprit bien meilleur.

— Oui, mon père.

— Je prierai pour vous.

En sortant du confessionnal, Scobie eut l'impression que, pour la première fois, ses pas l'avaient mené vers le lieu où l'on perd de vue tout espoir. De quelque côté qu'il tournât les yeux, tout espoir avait en effet disparu: l'image morte du Dieu crucifié, la Vierge de plâtre, les hideuses stations du chemin de croix, représentant une suite d'événements qui s'étaient déroulés il y avait très longtemps. Scobie eut l'impression que seul lui restait à explorer le continent du désespoir.

Il remonta dans sa voiture pour aller jusqu'au poste de police où il prit un dossier, puis il rentra chez lui.

— Comme tu as mis longtemps, lui dit Louise.

Avant même qu'il sût par quel mensonge il allait lui répondre, ce mensonge était déjà sur ses lèvres.

— Ma douleur est revenue, dit-il, j'ai attendu qu'elle passe.

— Tu ne crois pas que ça te fait du mal de boire?

— Mais non, tant qu'on ne me le défend pas.

— Et tu verras un médecin?

— Bien sûr.

Cette nuit-là, il rêva qu'il était dans une barque et qu'il flottait à la dérive, sur une rivière souterraine semblable à celle qu'avait empruntée le héros de son enfance, Allan Quartermaine, pour retrouver la cité perdue de Milosis. Mais Quartermaine avait des compagnons, tandis que Scobie était seul, car l'on ne peut considérer comme un compagnon un cadavre étendu sur une civière. Il savait qu'il devait se hâter, que dans ce climat les morts ne se conservent pas très longtemps; déjà, l'odeur de la putréfaction emplissait ses narines. A ce moment-là, tandis qu'il guidait la barque vers le milieu du courant, il comprit brusquement que ce n'était pas le cadavre qui sentait, mais son propre corps vivant. Il lui sembla que son sang s'arrêtait de couler; son bras, qu'il essaya de soulever, pendait inutile à son épaule. Il s'éveilla. C'était Louise qui lui avait pris le bras.

— Chéri, dit-elle, il est l'heure de partir.

— Partir où? demanda-t-il.

— Nous allons à la messe ensemble.

Et, de nouveau, il eut la sensation qu'elle l'examinait de très près. A quoi servirait un nouveau mensonge qui ne tiendrait lieu que d'atermoiement? Il se demanda ce que Wilson avait raconté à Louise. Pouvait-il continuer à mentir, une semaine après l'autre, en invoquant une raison de travail, de santé ou un oubli, pour échapper à la communion par des faux-fuyants? « Je suis déjà damné, pensa-t-il avec désespoir... je puis aussi bien aller jusqu'au bout. »

— Oui, dit-il, bien sûr. Je me lève.

Elle le surprit brusquement en lui fournissant une excuse, en lui offrant une chance d'évasion.

— Chéri, dit-elle, si tu ne te sens pas bien, reste où tu es. Je ne veux pas te traîner de force à la messe.

Mais il lui sembla que cette excuse aussi cachait un piège. Il voyait l'endroit précis où les piquets pointus avaient été recouverts de gazon. Profiter de l'excuse qu'elle lui offrait équivalait presque à confesser son crime. Une fois pour toutes, et quelque risque éternel qu'il courût, il avait décidé de se justifier aux yeux de Louise et de la rassurer comme elle avait besoin d'être rassurée.

— Non, non, dit-il, je t'accompagne.

Lorsqu'il entra dans l'église, à côté de sa femme, il lui sembla qu'il pénétrait là pour la première fois... en visiteur étranger. Une incommensurable distance le séparait déjà de ces gens agenouillés qui priaient et qui

tout à l'heure recevraient Dieu dans la sérénité. Il
s'agenouilla et fit semblant de prier.

Les paroles de la messe lui apparurent comme une
accusation : « Et j'irai à l'autel de Dieu, du Dieu qui donne
la joie à ma jeunesse », mais nulle part, il n'y avait de
joie. Il releva son front qu'il cachait dans ses paumes
et regarda les images de plâtre de la Vierge et des saints
qui semblaient tendre les mains aux fidèles agenouillés
autour de lui, derrière lui. Il était, dans une fête, l'invité
qui ne connaît personne. Les doux sourires des lèvres
peintes se détournaient insupportablement de lui. Quand
on fut au Kyrie Eleison, il essaya de nouveau de prier :
« Seigneur, ayez pitié... Christ, ayez pitié... Seigneur,
ayez pitié... » mais la peur et la honte de l'acte qu'il
allait commettre lui glaçaient le cerveau. Les prêtres
déchus qui célébraient des messes noires, en consacrant
la sainte hostie sur le corps d'une femme nue, qui rece-
vaient Dieu au milieu de rites absurdes et horrifiants,
accomplissaient du moins l'acte de damnation avec une
émotion plus vaste que l'amour humain : ils agissaient
par haine de Dieu ou par quelque étrange et perverse
dévotion à l'ennemi de Dieu. Mais lui ne ressentait ni
amour du Mal, ni haine pour Dieu : comment aurait-
il pu haïr ce Dieu qui de sa propre volonté se mettait
en son pouvoir ? Il outrageait Dieu parce que lui-même
aimait une femme — était-ce même de l'amour ou rien
que de la pitié et le sentiment de sa responsabilité ? Il
essaya une fois de plus de se trouver des excuses. « Tu
peux lutter seul et sans aide. Tous les jours, tu survis
à la croix. Tu ne peux que souffrir. Tu ne peux te
perdre. Accepte de passer après les autres... » Scobie

regarda le prêtre qui versait le vin et l'eau dans le calice: c'était sa propre damnation qui s'apprêtait à l'autel, comme un repas. « Il me faut, pensa-t-il, passer en dernier. Je suis le directeur adjoint de la Sûreté: cent hommes servent sous mes ordres. C'est moi qui suis responsable. Ma mission est de veiller sur les autres. Servir est mon état. »

Sanctus, sanctus, sanctus, le canon de la messe était commencé: le chuchotement du Père Rank à l'autel se hâtait sans remords vers la consécration. « Fixez nos jours dans votre paix... afin que nous soyons préservés de la damnation éternelle... » *Pax, pacis, pacem,* toutes les déclinaisons du mot paix bourdonnèrent à ses oreilles au cours de la messe. « J'ai abandonné à jamais, pensa-t-il, l'espoir même de la paix. C'est moi qui suis responsable. Bientôt, je serai engagé si avant dans cette trame de mensonges que je ne pourrai plus jamais reculer. » *Hoc est enim Corpus*: la cloche sonna et le Père Rank souleva Dieu au bout de ses doigts: ce Dieu qui avait maintenant la légèreté de l'hostie et dont la venue pesait sur le cœur de Scobie aussi lourdement que le plomb. *Hic est enim calix sanguinis*, et le second tintement de cloche.

Louise lui toucha la main.

— Tu ne te sens pas bien, chéri?

« Voici ma deuxième chance, pensa-t-il. Ma douleur revenue. Je pourrais sortir. En vérité, si je ne souffre pas, qui donc souffre? » Mais s'il sortait de l'église maintenant, il savait qu'il ne lui resterait plus qu'une chose à faire: suivre les conseils du Père Rank, régler ses affaires, déserter; revenir dans quelques jours et

recevoir Dieu avec une conscience claire, sachant qu'il
avait repoussé l'innocence à la place qui lui revenait
en propre, le fond de l'Atlantique. Il faut que l'innocence meure jeune, afin qu'elle ne parvienne pas à
tuer l'âme des hommes.

— *Que la paix du Seigneur soit toujours avec vous,
et avec votre esprit.*

— Je vais très bien, dit-il, repris de la vieille nostalgie qui lui mettait aux yeux des picotements.

Ses regards se levèrent vers la croix de l'autel et pris
de fureur, il pensa: « Tiens, voici l'éponge de fiel. C'est
toi qui m'as fait ce que je suis. Tiens, voici le coup de
lance. » Il n'avait pas besoin d'ouvrir son missel pour
savoir comment se terminait cette prière: *Que la réception de votre corps, Seigneur Jésus-Christ que j'ose
recevoir malgré mon indignité, ne tourne pas à mon
jugement et à ma condamnation...*

Il ferma les yeux et laissa pénétrer en lui les ténèbres. La messe, d'un mouvement précipité, arrivait à sa
fin. *Domine non sum dignus... Domine, non sum
dignus... Domine, non sum dignus...* Au pied même de
l'échafaud, il ouvrit les yeux et vit les vieilles négresses
qui se dirigeaient vers l'autel en traînant les pieds, quelques soldats, un mécano du champ d'aviation, un de
ses propres agents de police, un employé de banque:
ils s'en allaient posément, à pas comptés, vers la paix,
et Scobie envia leur simplicité, leur vertu. Oui, à ce
moment précis, ils étaient vertueux.

— Viens-tu, oui ou non, mon chéri? demanda Louise,
posant de nouveau sur lui sa main ferme de bienveillant
détective.

Il se leva, la suivit et s'agenouilla, semblable à un espion qui dans un pays étranger connaît les coutumes et parle la langue aussi bien qu'un indigène. « Maintenant, seul un miracle peut me sauver, songea Scobie, en surveillant le Père Rank qui, devant l'autel, ouvrait le tabernacle, or Dieu a refusé d'accomplir un miracle pour se sauver lui-même. Je suis la croix, pensa Scobie. Il n'a jamais consenti à prononcer le mot qui l'eût sauvé de la croix, mais si seulement le bois ignorait la souffrance, si seulement les clous étaient aussi inertes que le croient les gens. »

Portant Dieu, le Père Rank descendit les marches de l'autel. Scobie sentit la salive sécher dans sa bouche, il lui sembla que ses veines mêmes se tarissaient. Il lui fut impossible de lever les yeux: il ne pouvait voir du prêtre que son aube, semblable à la jupe des palefrois du Moyen Age, et qui fonçait sur lui: bruits de piétinements, charges des soldats de Dieu. Si seulement les archers en embuscade lâchaient leurs volées de flèches: pendant un moment, il rêva que le prêtre avait effectivement fait un faux pas. « Peut-être, après tout, va-t-il arriver quelque chose avant qu'il soit près de moi: quelque intervention inimaginable... » La bouche ouverte, (le moment étant venu), il fit une dernière tentative pour prier: « Oh! mon Dieu, je vous offre ma damnation. Prenez-la. Qu'elle soit leur rachat. » Il sentit sur sa langue un goût fade de papier, le goût de sa peine éternelle.

CHAPITRE III

I

Après avoir avalé une petite gorgée d'eau glacée, le directeur de la banque s'écria avec une chaleur où il mit plus que de la cordialité commerciale:

— Comme vous devez être content que Mrs Scobie soit revenue à temps pour Noël.

— Noël est encore loin, répondit Scobie.

— Le temps passe très vite une fois que les pluies sont terminées, continua le directeur de la banque, sur ce même ton de jovialité insolite.

Scobie n'avait jamais entendu vibrer dans sa voix cette note d'optimisme. Il se rappela la silhouette de cigogne qui marchait de long en large, tant de centaines de fois par jour, s'arrêtant pour consulter les livres de médecine.

— Je suis venu... commença Scobie.

— Au sujet de votre assurance sur la vie, à moins que vous n'ayez un petit découvert?

— Ni l'un ni l'autre, cette fois-ci.

— Vous savez que je serai toujours content de vous aider, Scobie, en quelque circonstance que ce soit.

Derrière son bureau, Robinson gardait une sereine immobilité. Très étonné, Scobie lui demanda:

— Avez-vous renoncé à vos exercices quotidiens?

— Ah! ce n'était que des balivernes, dit le directeur, j'avais lu trop de livres.

— Je voudrais jeter un coup d'œil sur votre Encyclopédie médicale, expliqua Scobie.

— Vous feriez beaucoup mieux de voir un médecin, lui conseilla Robinson de façon surprenante. C'est un médecin qui m'a remis d'aplomb, ce ne sont pas les livres. Le temps que j'ai perdu... Laissez-moi vous dire, Scobie, que ce jeune type qui vient d'arriver à l'Hôpital Argyll est le meilleur docteur qu'on ait jamais envoyé dans cette colonie depuis qu'elle a été découverte.

— Et il vous a guéri?

— Allez le voir. Il s'appelle Travis. Dites que vous venez de ma part.

— Malgré tout, si je pouvais jeter un coup d'œil...

— Vous trouverez les bouquins sur l'étagère. Je les laisse où ils sont, à cause de leur air important. Il faut qu'un directeur de banque ait des lectures. Les gens s'attendent à le trouver entouré de livres épais.

— Je suis très content que votre estomac soit guéri.

Le directeur prit une nouvelle gorgée d'eau.

— Je ne m'en inquiète plus du tout. A dire vrai, Scobie, je suis...

Les yeux de Scobie quittèrent les pages de l'encyclopédie.

— Oui?

— Oh! rien. Je pensais tout haut.

Scobie avait ouvert aux mots: *Angine de poitrine* et il lisait: Caractère de la douleur: *la sensation est généralement décrite sous le nom de « torsion » comme si la cage thoracique était prise dans un étau. La douleur*

se situe au milieu de la poitrine sous le sternum. Elle
descend parfois le long des bras, plus communément
le long du bras gauche, à moins qu'elle ne remonte
dans le cou ou ne se répercute dans l'abdomen. Elle
dure quelques secondes, une minute au plus.

Attitude du malade: *très caractéristique. Il garde*
une immobilité complète quelles que soient les circons-
tances où il se trouve.

L'œil de Scobie passa rapidement sur les autres titres:
Cause de la douleur, Traitement, Issue de la maladie.
Puis il remit le livre sur l'étagère.

— Bon, dit-il. Sans doute irai-je faire un tour chez
votre docteur Travis. J'aime mieux aller chez lui que
chez le docteur Sykes. J'espère qu'il me remontera aussi
bien qu'il vous a remonté.

— Mon cas, dit l'autre, présentait des particularités.

— Le mien me semble fort clair.

— Vous n'avez pas l'air malade.

— Oh! je vais très bien. Sauf une petite douleur
aiguë de temps en temps et de l'insomnie.

— Sans doute imputable à vos responsabilités.

— Peut-être.

Scobie pensa qu'il avait suffisamment semé... en vue
de quelles moissons? Il n'eût pas pu le dire. Il prit
congé et partit dans la rue éblouissante. Il tenait son
casque à la main et laissait le soleil tomber verticale-
ment sur ses cheveux rares et grisonnants. Il s'offrit au
châtiment sur tout le chemin du poste de police, mais
il ne fut pas accepté. Il avait eu, au cours de ces trois
dernières semaines, l'impression que les damnés doivent
être classés dans une catégorie spéciale: comme ces

jeunes gens que certaines compagnies destinent à aller
faire du négoce dans un pays au climat malsain; on les
sépare de leurs camarades au sort banal, on leur épargne
la tâche quotidienne, on les installe soigneusement
devant des pupitres spéciaux, afin de les garder en
forme pour ce qui doit leur arriver de pire. Rien
désormais n'allait de travers. Le soleil se refusait à le
frapper, le résident général l'invitait à dîner... il se
sentait rejeté par le malheur.

— Entrez, Scobie, dit le directeur de la Sûreté. J'ai
une bonne nouvelle à vous annoncer.

Et Scobie se prépara à être une fois de plus rejeté.

— Baker ne vient pas. Ils ont besoin de lui en Palestine. Ils ont décidé qu'après tout, mon successeur devait
être l'homme qui le mérite.

Scobie s'assit sur le rebord de la fenêtre et regarda
trembler sa main sur son genou. « Ainsi, pensa-t-il, tout
ceci aurait très bien pu ne pas arriver. Si Louise était
restée, je n'aurais pas aimé Hélène. Je ne me serais pas
exposé au chantage de Yusef. Je n'aurais jamais commis
cet acte de désespoir. Je serais encore moi-même... ce
moi-même dont les traits sont fixés dans quinze années
de journal intime, et non cette image de plâtre brisée.
Mais, naturellement, se dit-il, le succès ne me vient
que parce que j'ai fait toutes ces choses. J'appartiens
au parti du diable. Il soigne ses disciples en ce monde.
Je vais désormais aller de réussite de damné en réussite
de damné », pensa-t-il avec dégoût.

— Je crois que c'est l'opinion du colonel Wright
qui a décidé de tout. Vous l'avez impressionné, Scobie.

— Cela vient trop tard, monsieur.

— Pourquoi trop tard?

— Je suis trop vieux pour ces fonctions. Elles exigent un homme plus jeune.

— Quelle blague! Vous avez tout juste cinquante ans.

— Ma santé n'est pas bonne.

— C'est la première fois que je vous l'entends dire.

— J'en parlais à Robinson, à la banque, aujourd'hui même. Je suis pris de douleurs et je dors très mal. (Il parlait rapidement, en battant la mesure sur son genou.) Robinson ne jure que par Travis qui paraît avoir fait merveille dans son cas.

— Pauvre Robinson!

— Pourquoi pauvre?

— On lui donne deux ans à vivre. Ceci, confidentiellement, Scobie.

Les êtres humains ne cessent jamais de vous surprendre : ainsi c'était une sentence de mort qui avait guéri Robinson de ses maladies imaginaires, de ses livres de médecine, de sa promenade quotidienne entre deux murs. « Je suppose, pensa Scobie, qu'il en est ainsi lorsque nous apprenons le pire : nous demeurons seuls avec le pire et c'est une sorte de paix. » Il imagina le colloque entre Robinson et le compagnon de sa solitude, par-dessus la table-bureau.

— Je souhaite que nous mourions tous avec cette sérénité, dit-il. Rentre-t-il en Angleterre?

— Je ne crois pas. Je pense qu'il sera bientôt forcé d'aller s'installer à l'Argyll.

« Si seulement, pensa Scobie, j'avais su ce que j'avais devant les yeux : si j'avais su que Robinson me donnait le spectacle du bien le plus enviable qu'il soit possible à l'homme de posséder: une heureuse mort. » Cette tournée contenait proportionnellement un grand nombre de morts (à condition toutefois d'oublier ce qui se passait en Europe). D'abord, Pemberton, puis la petite fille de Pende, maintenant Robinson... non, au fait, il n'y en avait pas beaucoup, mais il n'avait pas compté les cas de malaria à l'hôpital militaire.

— Voici donc la situation, telle qu'elle se présente, dit le directeur de la Sûreté. Au prochain tour, vous serez directeur. Votre femme sera contente.

« Il me faudra supporter sa joie, pensa Scobie, sans ressentiment. Je suis le coupable, et n'ai pas le droit de critiquer, ni celui de me montrer susceptible. »

— Je rentre chez moi, dit-il.

Debout près de la voiture, Ali parlait à un autre petit indigène qui disparut discrètement en voyant approcher Scobie.

— Qui est-ce, Ali?

— Mon petit frère, missié.

— Il me semble que je ne le connais pas. Même mère?

— Non, missié, même père.

— Qu'est-ce qu'il fait?

Occupé à tourner la manivelle du démarreur, le visage ruisselant de transpiration, Ali ne répondit pas.

— Chez qui travaille-t-il, Ali?

— Missié?

— J'ai dit: chez qui travaille-t-il?

— Chez Mr Wilson, missié.

La machine démarra et Ali grimpa sur le siège arrière.

— Est-ce qu'il t'a déjà proposé quelque chose? Je veux dire... est-ce qu'il t'a demandé de lui donner des renseignements sur moi, pour de l'argent?

Il voyait dans le rétroviseur le visage d'Ali, crispé, obstiné, fermé et dur comme un trou dans le rocher.

— Non, missié.

— Beaucoup de gens s'intéressent à moi, veulent payer bon argent pour renseignements. Ils pensent. moi mauvais homme, Ali.

Ali répondit: « Je suis votre boy », tout en lui rendant son regard au moyen du petit miroir. Scobie songea qu'une des caractéristiques de l'état de mensonge est que nous perdons le sens de la confiance. « Si je peux mentir et trahir, les autres le peuvent. N'y a-t-il pas bien des gens qui parieraient sur mon intégrité et perdraient leur mise? Pourquoi perdrais-je ce que j'ai misé sur Ali? Je n'ai pas été pris et il n'a pas été pris, voilà tout. » Une affreuse dépression faisait pencher sa tête vers le volant. « Je sais qu'Ali est honnête, pensa-t-il. Il y a quinze ans que je le sais. J'essaie simplement de trouver un compagnon pour cheminer dans ce domaine de mensonges. Le prochain stade sera-t-il la corruption de mes semblables? »

Louise n'était pas à la maison lorsqu'ils y arrivèrent. Quelqu'un avait dû venir la chercher pour l'emmener en promenade... peut-être à la plage. Elle n'attendait Scobie qu'au coucher du soleil. Il lui écrivit un petit mot:

Je vais porter quelques meubles à Hélène. Serai bientôt de retour avec une bonne nouvelle pour toi.

Puis il reprit sa voiture et s'en alla, tout seul, vers les huttes Nissen, sur les routes vides et blafardes du milieu de la journée. Seuls les vautours étaient en promenade; ils entouraient un poulet mort sur le côté de la route, penchant vers la charogne leurs cous de vieux messieurs et tendant à droite et à gauche leurs ailes pareilles à des parapluies cassés.

— Je vous apporte une nouvelle table et deux chaises. Votre boy est là?

— Non, il est au marché.

Ils échangeaient maintenant, lorsqu'ils se rencontraient, un baiser fraternel. Une fois qu'il a causé des désastres, l'adultère devient aussi peu exceptionnel que l'amitié. La flamme qui les avait dévorés continuait sa course dans la forêt; elle ne laissait derrière elle que le sentiment d'une responsabilité, uni au sentiment d'une solitude. C'est seulement en marchant pieds nus que vous percevriez la chaleur encore cachée sous l'herbe.

— J'interromps votre déjeuner, dit Scobie.

— Oh! non, j'avais presque fini. Voulez-vous un peu de salade de fruits?

— Il est temps que vous ayez une autre table. Celle-ci est boiteuse.

Il ajouta:

— On m'a nommé directeur de la Sûreté, après tout.

— Votre femme doit être contente, dit Hélène.

— Cela n'a aucun sens pour moi.

— Oh! mais si, mais si, riposta Hélène avec vivacité. C'était une autre convention qu'elle avait établie: toute la souffrance était pour elle.

Scobie résisterait longtemps, comme Coriolan, avant

d'exposer ses blessures, mais tôt ou tard, il finirait par
céder: il dramatiserait sa douleur en paroles, jusqu'à
ce qu'elle passât, même à ses yeux, pour imaginaire.
« Après tout, pensa-t-il, peut-être a-t-elle raison. Je ne
souffre peut-être pas. »

— Naturellement, dit-elle, le directeur de la Sûreté
doit être au-dessus de tout soupçon, comme César. (Ses
citations, de même que son orthographe, manquaient
d'exactitude.) Ceci marque, je suppose, la fin de notre
histoire.

— Vous le savez, notre histoire n'a pas de fin.

— Oh! mais le directeur de la Sûreté ne peut pas
cacher une maîtresse au fond des huttes Nissen.

La pointe était naturellement dans le « cacher au
fond », mais comment aurait-il pu se laisser aller à la
moindre irritation, lorsqu'il se rappelait la lettre qu'elle
lui avait écrite pour s'offrir de la manière qu'il choisi-
rait, le laissant libre de la garder ou de la sacrifier? Un
être humain ne peut être héroïque sans discontinuer:
ceux qui ont tout abandonné — à Dieu ou à l'amour —
doivent avoir la licence de revenir parfois en pensée sur
leur reddition. Tant d'autres n'ont pas commis l'acte
héroïque, si imprudent qu'il soit. Seul l'acte compte.

— Si le directeur de la Sûreté ne peut pas vous
garder, dit-il, alors je ne serai pas directeur de la Sûreté.

— Ne dites pas de bêtises. Après tout, déclara-t-elle,
avec un bon sens feint auquel il reconnut qu'elle était
dans un de ses mauvais jours, quelle joie en tirons-
nous?

— Moi, j'en tire beaucoup, répondit-il en se demandant: « Est-ce un mensonge pieux? »

Il vivait au milieu de tant de mensonges qu'il ne pouvait suivre à la trace les petits, les insignifiants.

— Une heure ou deux, un jour oui un jour non, quand vous pourrez vous échapper. Jamais une nuit entière, bien entendu.

— Oh! dit-il désespérément, j'ai des projets.

— Quels projets?

— Ils sont encore trop vagues.

Elle riposta avec toute l'aigreur qu'elle put distiller:

— Dans ce cas, faites-m'en part un peu à l'avance. Afin que j'accorde mes propres projets à votre bon plaisir, naturellement.

— Ma chérie, je ne suis pas venu ici pour me quereller.

— Je me demande par moments pourquoi vous y venez.

— Eh bien! aujourd'hui, je suis venu vous apporter des meubles.

— Ah! oui, les meubles.

— J'ai ma voiture. Voulez-vous que je vous emmène à la plage?

— Mais il ne faut pas qu'on nous voie ensemble.

— Ne soyez pas absurde. Je crois que Louise y est en ce moment.

— Pour l'amour du Ciel, épargnez-moi le spectacle de cette femme comblée.

— Très bien. Je vous emmène faire un tour en voiture.

— Ce serait moins imprudent, n'est-ce pas?

Scobie la prit par les épaules et dit:

— Je ne pense pas toujours à la prudence.

— Je le croyais.

Il sentit brusquement céder sa résolution, et il se mit à crier:

— Les sacrifices ne sont pas tous de votre côté.

Avec terreur, il avait vu de loin la scène de violence monter et fondre sur eux; semblable à la tornade qui précède les pluies, cette colonne tournoyante de ténèbres couvrirait bientôt leur ciel tout entier.

— Bien sûr, votre travail doit en souffrir, dit-elle, puérilement sarcastique. Toutes ces demi-heures dérobées.

— J'ai renoncé à tout espoir.

— Que voulez-vous dire?

— J'ai renoncé à l'avenir. Je me suis damné.

— Ne faites pas de mélodrame, dit-elle. Je ne sais pas de quoi vous parlez. D'ailleurs vous venez de me parler de votre avenir: la direction de la Sûreté.

— Je veux parler de l'avenir réel: celui qui n'a pas de fin.

— S'il y a une chose que j'exècre, dit-elle, c'est votre catholicisme. Je suppose qu'il doit vous venir de votre bigote de femme. Ce n'est que du chiqué. Si vous étiez un vrai croyant, vous ne seriez pas ici.

— Et pourtant je crois et je suis ici, dit-il, en commençant à perdre la tête. Je ne puis l'expliquer, mais c'est un fait. Mes yeux sont ouverts. Je sais ce que je fais. Quand le Père Rank s'est approché de la sainte table en portant l'hostie...

Hélène l'interrompit par des protestations méprisantes et excédées:

— Vous m'avez déjà raconté tout ça. Vous essayez

de m'impressionner. Vous ne croyez pas plus à l'enfer que je n'y crois moi-même.

Il la prit par les poignets et la tint avec fureur.

— Vous ne pouvez pas vous en sortir de cette manière, cria-t-il. Je crois, je vous le répète. Je crois que je suis damné pour l'éternité... à moins qu'un miracle ne se produise. Je suis officier de police. Je sais ce que je dis. Ce que j'ai fait est bien pire qu'un meurtre, qui n'est qu'un geste, un coup de couteau ou de revolver. Quand c'est fait, c'est fait. Tandis que moi, je transporte sur moi, partout où je pénètre, ma propre corruption. Elle revêt tous mes viscères: je ne puis l'évacuer. (Il laissa tomber les poignets d'Hélène vers le sol dallé, comme on sème deux graines.) Ne prétendez jamais que je ne vous ai pas prouvé mon amour.

— Vous voulez dire: votre amour pour votre femme. Vous trembliez qu'elle ne s'aperçoive de quelque chose.

La colère de Scobie s'épuisait graduellement.

— Mon amour pour vous deux. S'il ne s'était agi que d'elle, il y avait une solution facile. (Il se cacha les yeux dans les mains, parce qu'il sentait monter une fois de plus son emportement.) Je ne peux pas supporter la vue de la souffrance, et je cause sans arrêt de la souffrance. Il faut que je parte, que je parte...

— Où?

L'exaltation nerveuse et la sincérité perdirent du terrain. La ruse repassa le seuil en rampant, comme un chien bâtard.

— Oh! dit-il, je pensais simplement à prendre des vacances. Je ne dors pas bien. Et j'ai souvent de drôles de douleurs.

— Chéri, êtes-vous malade?

La colonne tourbillonnante avait passé son chemin, la tempête enveloppait maintenant d'autres êtres. Elle les avait dépassés.

— Chéri, dit Hélène, je suis une sale petite garce. Par moments, j'en ai assez de tout... mais ça ne compte pas. Ça ne veut rien dire. Avez-vous vu un médecin?

— Je vais voir Travis à l'Argyll, un de ces jours, bientôt.

— Tout le monde dit que le docteur Sykes est meilleur.

— Non, je n'ai pas envie de consulter le docteur Sykes.

A présent que l'exaltation et la colère avaient disparu, il la revoyait exactement telle qu'elle était ce premier soir où les sirènes s'étaient mises à meugler. Il pensa: « Oh! mon Dieu, je ne puis l'abandonner. Ni elle, ni Louise. Vous n'avez pas besoin de moi autant qu'elles. Vous avez vos braves gens, vos saints, toute la troupe des bienheureux. Vous pouvez très bien vous passer de moi. »

— Je vais vous emmener faire un petit tour en voiture, dit-il. Cela nous fera du bien à tous les deux.

Dans la pénombre du garage, il lui reprit les mains et l'embrassa.

— Pas le moindre œil aux aguets, dit-il. Wilson ne peut nous voir... Harris ne surveille pas. Les boys de Yusef...

— Mon chéri, si cela devait servir à quelque chose, je partirais demain.

— Cela ne servirait à rien. Rappelez-vous la lettre

que je vous ai écrite, celle qui s'est perdue. J'essayais d'y exprimer tout, clairement, en noir sur blanc. Pour mettre fin à toute cette prudence. J'ai écrit que je vous aimais plus que ma femme...

Il hésita:

— Plus que Dieu.

Mais, tout en parlant, il entendit une troisième respiration derrière son épaule, derrière la voiture. Il s'écria vivement:

— Qui est là?

— Qu'y a-t-il, chéri?

— Il y a quelqu'un ici.

Il fit le tour de la voiture jusqu'à l'autre côté et dit avec colère:

— Qui est là? Sortez.

— C'est Ali, dit Hélène.

— Qu'est-ce que tu fais ici, Ali?

— Maîtresse m'a envoyé, dit Ali. J'attends Missié pour dire Missié maîtresse rentrée à la maison.

C'est à peine s'il était visible dans l'ombre.

— Pourquoi attendais-tu ici?

— Ma tête y en a beaucoup misère, dit Ali, moi dormi, petit, petit dormi.

— Ne lui faites pas peur, dit Hélène. Il dit la vérité.

— Va-t'en à la maison, Ali, dit Scobie, et dis à la madame que je viens tout de suite.

Il le regarda partir sur ses pieds nus silencieux, entre les huttes Nissen. Ali ne se retourna pas une seule fois.

— Ne vous tourmentez pas à son sujet, dit Hélène. Il n'a absolument rien compris.

— Il y a quinze ans que j'ai Ali, dit Scobie.

C'était la première fois, depuis ces quinze années, qu'il s'était senti honteux devant Ali. Il se rappela la nuit après la mort de Pemberton, et cet Ali, une tasse à la main, le soutenant dans le camion cahotant, et puis il se rappela le boy de Wilson filant furtivement le long du mur au coin du poste de police.

— En tout cas, vous pouvez avoir confiance en lui.

— Je ne sais comment ça se fait, dit Scobie, j'ai perdu la pratique de la confiance.

II

Louise dormait en haut et Scobie s'assit à la table, son journal intime ouvert devant lui. A côté de la date du 31 octobre, il avait écrit: *Le directeur m'a appris que j'allais lui succéder. Porté quelques meubles à H. R. Dit à Louise la nouvelle qui lui a fait plaisir.* L'autre vie, nue, sans incidents, construite de faits, s'étendait sous sa main avec la solidité de fondations romaines. C'était la vie qu'il était supposé mener; en lisant cette chronique, il ne viendrait à personne la vision de la scène honteuse et obscure du garage, de l'entrevue avec le capitaine portugais, de Louise lui lançant à la face la douloureuse vérité, d'Hélène l'accusant d'hypocrisie... « Voici, pensa-t-il, ce que je devrais être, je suis trop vieux pour les émotions. Je suis trop vieux pour être un imposteur. Il. faut laisser les mensonges aux jeunes. Ils disposent de toute une vie de vérité pour s'en guérir. » Il regarda sa montre: 11 h. 45 et écrivit: *Température à 14 heures: 33°.* Le margouillat fit un bond sur le mur et ses mâchoires minuscules se refermèrent sur une mite. Scobie entendit gratter à la porte: chien errant? Il reposa sa plume et la solitude vint s'asseoir à la table, en face de lui. Certes, nul homme n'était moins solitaire que lui, qui possédait une épouse endormie au premier étage et une maîtresse à moins de cinq cents mètres en montant vers la colline, et c'était cependant la solitude; venue s'asseoir là, comme une compagne qui n'a pas besoin de parler. Il lui sembla que, de toute sa vie, il n'avait jamais été aussi seul.

Il n'était désormais personne à qui Scobie pût dire la vérité. Il y avait tout ce que le directeur de la Sûreté devait ignorer, tout ce que Louise devait ignorer. Ce qu'il pouvait dire à Hélène était limité, car à quoi sert — lorsqu'on a tant fait pour éviter la souffrance — d'en infliger sans nécessité? Quant à Dieu, Scobie ne pouvait plus lui parler que sur le ton qu'on adopte avec un ennemi. Il y avait beaucoup d'amertume entre eux. Il déplaça sa main sur la table et ce fut comme si sa solitude bougeait aussi, comme si le bout de leurs doigts se rencontraient. « Toi et moi, dit la solitude, toi et moi. » Il lui vint la pensée que le monde extérieur, s'il connaissait les faits, aurait quelque raison de l'envier: Bagster lui envierait Hélène, Wilson lui envierait Louise. Quelle vieille fripouille de tartufe, s'écrierait Fraser en se léchant les babines. Tous, pensa-t-il avec stupéfaction, tous penseraient que j'y trouve de la jouissance, et en vérité, aucun homme n'en avait jamais ressenti moins que lui. Il n'avait même pas l'avantage de s'attendrir sur son propre sort, car il connaissait très exactement l'étendue de sa faute. Il avait la sensation de s'être

exilé si loin, au fond du désert, que sa peau en avait
pris la couleur du sable.

La porte s'ouvrit doucement en craquant un peu,
derrière son dos. « Les espions, pensa-t-il, se glissent
jusqu'à moi. Est-ce Wilson, Harris, le boy de Pemberton,
Ali ?... »

— Missié, chuchota une voix, tandis que des pieds
nus frappaient doucement le sol de ciment armé.

— Qui est là ? demanda Scobie sans se retourner.

Une paume rose laissa tomber sur la table une petite
boulette de papier, puis elle disparut. La voix reprit:

— Yusef dire venir, très tranquille, personne voir.

— Que me veut Yusef, ce soir ?

— Lui y en a envoyer babiole... petit, petit babiole.

Puis la porte se referma et le silence enveloppa de
nouveau Scobie.

— Ouvrons cet envoi ensemble, toi et moi, dit la
Solitude.

Scobie ramassa la boule de papier: elle était légère,
mais l'on sentait au centre un petit objet dur. Il ne
comprit pas tout de suite de quoi il s'agissait: il crut
que c'était un caillou destiné à tenir en place le papier
et il chercha quelque chose d'écrit qui, naturellement,
ne pouvait se trouver là; à qui Yusef pourrait-il se fier
au point de lui dicter quoi que ce fût ? Enfin Scobie se
rendit compte que cette chose dure était un diamant,
une pierre précieuse. Il ne s'y connaissait pas du tout
en diamants, mais il lui sembla que celui-ci représentait
au moins la somme qu'il devait à Yusef. Sans doute
Yusef avait-il été averti que les pierres envoyées par la
Esperança étaient arrivées sans encombre à leur desti-

nation. Et ceci était un témoignage de gratitude... ce n'était pas un pot-de-vin. Du moins c'est ce que Yusef allait lui expliquer, en posant une main grasse sur son cœur sincère et creux.

La porte s'ouvrit brusquement pour livrer passage à Ali. Il tenait par le bras un boy qui pleurnichait.

— Dégoûtant boy mende, dit Ali, lui tournicoter tout autour maison. Tripoter portes...

— Qui es-tu? demanda Scobie.

Le boy eut un brusque sursaut de colère et de peur.

— Moi boy de Yusef. Y en a apporté lettre Missié, cria-t-il en montrant du doigt sur la table le caillou enveloppé dans du papier.

Les yeux d'Ali suivirent le geste.

— Toi et moi, dit Scobie à sa Solitude, il faut que nous pensions vite.

Il se tourna vers le boy et lui dit:

— Pourquoi toi pas venir correctement frapper porte? Pourquoi toi venir comme un voleur?

Il avait le corps frêle et les doux yeux mélancoliques de tous les Mendes.

— Moi pas voleur, dit-il en mettant sur le premier mot une emphase trop légère pour qu'on pût la taxer d'impertinence. Missié commandé à moi venir tout doux.

— Remporte ceci, dit Scobie. Donne-le à Yusef et dis-lui que je veux savoir où il se procure ces cailloux. Moi croire qu'il vole cailloux et moi savoir bientôt tout de suite. Va-t'en. Prends ça. Et maintenant, Ali, jette-le dehors.

Ali franchit l'entrée en poussant le gamin devant lui

et Scobie put entendre le frôlement de leurs pieds
nus sur l'allée. Que se chuchotaient-ils donc l'un à
l'autre? Il alla jusqu'à la porte et cria dans leur direction:

— Dis à Yusef que moi venir un soir chez lui
bientôt pour palabre du tonnerre.

Il fit claquer la porte en la fermant et pensa: « Ali
sait trop de choses. » Et la méfiance envers son boy
monta en lui comme la fièvre monte avec le cours du
sang. « Ali pourrait me détruire, pensa-t-il, Ali pourrait *les* détruire. »

Il se versa un verre de whisky et sortit de la glacière
une bouteille d'eau gazeuse. Du premier étage, Louise
appela:

— Henry!

— Oui, chérie?

— Est-il minuit?

— Pas loin, je crois.

— Ne bois rien après minuit, n'est-ce pas? Rappelle-
toi, demain...

Bien entendu, il se le rappelait: demain, c'était le
1er novembre et cette nuit était la nuit de Tous-les-
Saints. Quel fantôme passa à la surface du whisky?

— Tu viens communier, n'est-ce pas, chéri?

Et Scobie pensa, dans son extrême lassitude: ceci
n'aura jamais de fin. Pourquoi tirerais-je une ligne
aujourd'hui? On peut aussi bien continuer à se damner
jusqu'au bout. Sa Solitude — seul fantôme que le whisky
pût susciter — lui fit un signe de tête, de l'autre
côté de la table, et but une rasade dans son propre
verre.

— La prochaine occasion, lui dit sa Solitude, sera à
Noël, la messe de minuit. Tu ne pourras éviter cela,
tu le sais. Aucune excuse ne saurait te servir ce soir-là,
et après cela... viendra l'interminable chaîne des jours
fériés, les messes basses à l'aube, au printemps, en été,
qui se déroulent ainsi qu'un calendrier perpétuel.

Devant ses yeux monta l'image d'une face ensanglan-
tée, où les yeux se fermaient sous une incessante pluie
de coups, la tête de Dieu, ivre de horions, roulant de
côté.

— Tu viens sûrement, Ticki?

La voix de Louise lui parut chargée d'une brusque
angoisse, comme si le soupçon venait de l'effleurer d'un
souffle rapide... et Scobie pensa: « Jusqu'à quel point
puis-je me fier à Ali? » Et toute la vieille sagesse rassise
de la côte, la sagesse des trafiquants comme celle des
coloniaux louches vivant d'expédients, lui répétait: « Ne
jamais se fier à un Noir. Il finit toujours par vous
trahir. J'ai gardé mon boy pendant quinze ans... » Les
fantômes de la suspicion montèrent des ténèbres de la
Toussaint et se groupèrent autour du verre de Scobie.

— Oui, oui, ma chérie, je viens.

« Vous n'avez qu'un mot à dire, reprochait Scobie à
Dieu, un mot et des légions d'anges... »

Il le frappa sous l'œil, avec son poing où brillait
l'alliance, et il vit se fendre la peau meurtrie.

Puis, en pensant: « Et ceci recommencera à Noël »,
il enfouit le visage de l'Enfant dans la fange de l'étable.
Il cria dans la cage de l'escalier:

— Qu'est-ce que tu dis, chérie?

— Oh! rien, sauf que demain nous avons des tas de

choses à fêter: ta promotion, notre réunion. Comme la vie est belle, Ticki !

Alors, lançant un défi à sa Solitude: « Voici ma récompense », lui dit-il, et aspergeant la table de whisky, il brava les fantômes et les engagea à faire de leur pire, en regardant le sang couler sur la face de Dieu.

CHAPITRE IV

Il savait d'avance que, malgré l'heure tardive, Yusef travaillait encore dans son bureau donnant sur le quai. Le petit bâtiment blanc à deux étages se dressait sous la jetée de bois, au bord de l'Afrique, juste après le dépôt d'essence de l'armée et, du côté des terres, un rai de lumière passait sous les rideaux. Un agent de police salua militairement Scobie qui se frayait un chemin entre les caisses d'emballage.

— Tout tranquille, brigadier?

— Tout tranquille, missié.

— Avez-vous fait une ronde jusqu'au bout de la ville kru?

— Oh! oui, missié. Tout bien tranquille, missié.

Scobie put juger à la promptitude de la réponse combien elle était peu véridique.

— Pas de rats des quais en promenade?

— Oh! non, missié; tout paisible comme la tombe.

La phrase banalement littéraire révélait que l'homme avait été élevé dans une école des Missions étrangères.

— Allons, bonsoir.

— Bonsoir, missié.

Scobie passa son chemin. Il y avait alors bien des

semaines qu'il n'avait vu Yusef... il ne l'avait pas revu
depuis le soir du chantage et il éprouvait un étrange
besoin de se retrouver auprès de son bureau. Le petit
édifice blanc l'hypnotisait comme s'il eût renfermé, dissimulé entre ses murs, son unique compagnon, le seul
homme à qui il pût se confier. Du moins ce maître
chanteur le connaissait-il mieux que personne: Scobie
pouvait s'asseoir en face de ce grotesque personnage
obèse et lui avouer toute la vérité. Dans ce nouveau
monde de mensonges, son maître chanteur était chez
lui; il en connaissait tous les sentiers; il pouvait lui
donner des conseils, voire même l'aider... Surgissant de
derrière un mur de caisses, apparut Wilson. La lampe
électrique de Scobie éclaira son visage comme une carte
géographique.

— Tiens, Wilson, dit Scobie. Vous vous promenez
tard.

— Oui, répondit Wilson.

Avec un sentiment de malaise, Scobie pensa: « Comme
il me hait. »

— Avez-vous un coupe-file pour aller sur les quais?

— Oui.

— Evitez l'extrémité de la ville kru. Ce n'est pas
sûr, là-bas. Plus de saignements de nez?

— Non, dit Wilson.

Il ne tentait pas de bouger; on eût dit que c'était
chez lui une habitude: barrer la route. Un homme dont
l'on est sans cesse obligé de faire le tour.

— Allons, il faut que je vous dise bonsoir, Wilson.
Venez nous voir quand vous voudrez, Louise...

— J'aime Louise, Scobie, dit Wilson.

— Je m'en doutais, répondit Scobie. Elle aussi, elle vous aime bien, Wilson.

— Moi, je l'aime, répondit Wilson. (Il s'accrocha à la bâche de toile goudronnée qui recouvrait des caisses.) Vous ne pouvez pas savoir ce que ça signifie.

— Ce que quoi signifie?

— Aimer. Vous n'aimez personne. Vous n'aimez que vous. Votre répugnante personne.

— Vous êtes surmené, Wilson. C'est le climat. Allez vous étendre.

— Vous n'agiriez pas comme vous le faites si vous l'aimiez.

D'un bateau invisible, leur parvenait, par-dessus le flot noir, le son d'un phonographe jouant un air populaire déchirant. Une sentinelle cria: « Halte-là! » près du poste de la Sécurité en campagne et quelqu'un répondit en donnant le mot de passe. Scobie baissa sa lampe qui n'éclaira plus que les bottes de Wilson.

— Vous lisez trop de poésie.

— Que feriez-vous si je lui disais tout. Si je lui parlais de Mrs Rolt?

— Mais vous le lui avez déjà dit, Wilson. Vous lui avez dit ce que vous imaginez. Elle préfère ma version de l'histoire.

— Un de ces jours, Scobie, je vous détruirai.

— Cela rendra-t-il service à Louise?

— Moi, je pourrais la rendre heureuse, prétendit ingénument Wilson, d'une voix en pleine mue qui ramena les pensées de Scobie à quinze ans en arrière... vers un homme beaucoup plus jeune que l'individu taré qui écoutait les propos de Wilson au bord de ce quai, tandis que le bruit de l'eau clapotant doucement contre le bois soulignait leur conversation.

Scobie dit doucement:

— Vous essaieriez. Je sais que vous voudriez essayer. Peut-être...

Mais il n'avait pas la moindre idée lui-même de la façon dont cette phrase était censée se terminer, quel vague désir de réconforter Wilson avait traversé son esprit, puis s'était évanoui. Il lui vint à la place une grande irritation à l'endroit de ce romanesque personnage appuyé aux caisses et lui barrant la route, de cet être plein d'ignorance et qui pourtant en savait si long.

— En attendant, je voudrais que vous cessiez de m'espionner.

— C'est mon boulot, admit Wilson, et, dans la lumière de la lampe, ses bottes se déplacèrent.

— Les choses que vous découvrez ont si peu d'importance.

Il abandonna Wilson à côté du dépôt d'essence et continua de marcher. En escaladant les marches qui conduisaient au bureau de Yusef, il vit en se retournant une masse plus épaisse de ténèbres à l'endroit où Wilson se tenait, le surveillait, le haïssait. Il allait rentrer chez lui et établir un rapport: « A 23 h. 25, observé le major Scobie qui se rendait, visiblement sur rendez-vous... »

Scobie frappa et entra sans attendre dans la pièce où Yusef, à demi couché derrière son bureau, les jambes allongées sur le meuble, dictait à un employé noir. Sans interrompre sa phrase — « cinq cents pièces du modèle boîtes d'allumettes, sept cent cinquante seau et sable,

six cents soie artificielle à pois » — il leva sur Scobie
des yeux pleins d'espoir et d'appréhension. Puis il dit
d'un ton bref à son employé:

— Va-t'en. Mais reviens. Dis à mon boy que je ne
veux voir personne.

Il retira ses jambes du bureau, se leva et tendit une
main flasque: « Soyez le bienvenu, major Scobie », puis
laissa retomber cette main comme un chiffon inutile.

— C'est la première fois que vous faites à mon bureau
l'honneur de le visiter, major Scobie, ajouta-t-il.

— Je ne sais pas pourquoi je suis venu jusqu'ici ce
soir, Yusef.

— Il y a bien longtemps que nous ne nous sommes
vus. (Yusef s'assit et reposa d'un air las sa grosse tête
sur sa paume comme sur un plat.) Le temps passe, pour
deux personnes, d'une façon si différente: il est rapide
ou lent suivant l'amitié qu'elles ressentent.

— Il y a probablement un poème syrien là-dessus.

— Il y en a un, major Scobie, dit l'autre avec enthousiasme.

— Vous devriez être l'ami de Wilson au lieu d'être le
mien. Il lit des vers. Mon esprit est porté vers la prose.

— Un whisky, major Scobie?

— Je ne dis pas non.

Il s'assit de l'autre côté de la table-bureau et l'inévitable siphon bleu se dressa entre eux.

— Et comment va Mrs Scobie?

— Pourquoi m'avez-vous envoyé ce diamant, Yusef?

— J'étais votre débiteur.

— Ah! mais non. Vous m'avez remboursé pleine-
ment par un certain morceau de papier.

— J'essaie si fort d'oublier que cela s'est passé ainsi. Je me dis à moi-même que ce fut en réalité par amitié... au fond, c'était par amitié...

— Il n'est jamais bon de se mentir à soi-même, Yusef. On perce à jour le mensonge trop facilement.

— Major Scobie, si je vous voyais plus souvent, je deviendrais un homme meilleur.

L'eau gazeuse siffla dans les verres et Yusef but avidement.

— Je sens au fond de mon cœur, major Scobie, dit-il, que vous êtes déprimé, anxieux... J'ai toujours souhaité que vous veniez à moi dans l'inquiétude.

— J'ai ri jadis à l'idée que je pourrais un jour m'adresser à vous, dit Scobie.

— En Syrie, nous avons une histoire au sujet d'un lion et d'une souris...

— Nous avons la même, Yusef. Mais je n'ai jamais pensé à vous sous les traits d'une souris et je ne suis pas un lion. Pas du tout un lion.

— C'est à propos de Mrs Rolt que vous êtes inquiet. Et de votre femme, major Scobie?

— Oui.

— Vous n'avez pas besoin de vous sentir gêné devant moi, major Scobie. J'ai eu beaucoup de soucis de femmes dans ma vie. Maintenant, ça va mieux parce que j'ai acquis la manière. La meilleure méthode, c'est de s'en foutre, major Scobie. Vous dites à chaque femme: « Je m'en fous. Je couche avec qui me plaît. Prends-moi ou laisse-moi. Je m'en fous. » Elles vous prennent toujours. (Il soupira dans son whisky.) J'ai quelquefois souhaité qu'elles refusent de me prendre.

— Je suis allé très loin, Yusef, pour tout cacher à ma femme.

— Je sais jusqu'où vous êtes allé, major Scobie.

— Vous ne savez pas tout. L'histoire des diamants est peu de chose comparée à...

— Quoi ?

— Vous ne comprendriez pas. En tout cas, il y a quelqu'un d'autre qui sait maintenant... Ali.

— Mais vous avez confiance en lui ?

— Je crois que j'ai confiance en lui. Mais il sait tout ce qui vous concerne aussi. Il est entré hier soir et a vu le diamant. Votre boy a été très peu discret.

La large main bougea sur la table :

— Je vais régler le compte de mon boy sans retard.

— Le demi-frère d'Ali est le boy de Wilson. Ils se voient.

— Voilà qui est nettement fâcheux, dit Yusef.

Il avait raconté tous ses soucis, tous sauf le pire. Il avait le sentiment bizarre de s'être, pour la première fois de sa vie, débarrassé de son fardeau en le passant à quelqu'un d'autre. Et Yusef portait sa charge... Il était évident qu'il la portait. Il sortit de son fauteuil et transporta son gras arrière-train jusqu'à la fenêtre, les yeux fixés sur le rideau vert foncé de la défense passive comme s'il contemplait un paysage. Une main monta jusqu'à sa bouche et il se mit à en ronger les ongles, clip, clip, clip, ses dents se refermèrent sur chaque ongle, l'un après l'autre. Puis, il s'attaqua à l'autre main.

— Je ne pense pas vraiment qu'il y ait là de quoi m'inquiéter, dit Scobie.

Il était pris par l'angoisse, comme s'il avait accidentellement mis en branle une machine puissante qui échappait à son contrôle.

— C'est une mauvaise chose que de perdre la confiance, dit Yusef. Il faut toujours pouvoir se fier à ses boys. Il faut toujours en savoir plus long sur eux qu'ils n'en savent sur vous.

C'était évidemment, sa conception de la confiance.

— Je me fiais à lui, dit Scobie.

Yusef regarda ses ongles raccourcis et donna un nouveau coup de dents.

— Ne vous inquiétez pas, dit-il. Je ne veux pas que vous soyez inquiet. Remettez-vous-en à moi, major Scobie. Je vais m'assurer moi-même si vous pouvez ou non avoir confiance en lui.

Il conclut sur une étonnante revendication:

— C'est à moi de prendre soin de vous.

— Comment le pourrez-vous?

« Je n'ai aucun ressentiment, pensa Scobie avec surprise. On prend soin de moi... » Il se sentit enveloppé d'une paix de chambre d'enfant.

— Il ne faut pas me poser de questions, major Scobie. Dans cette unique circonstance, il faut me laisser toute initiative. Ces choses-là sont de mon ressort.

Se détachant de la fenêtre, Yusef tourna vers Scobie des yeux semblables à des télescopes repliés, froids et durs comme le métal. Il fit un geste apaisant de nourrice, montrant la large paume humide de sa main.

— Vous allez écrire un petit mot à votre boy, major Scobie, pour lui demander de venir vous rejoindre ici. Et je vais lui parler. Mon boy le lui portera.

— Mais Ali ne sait pas lire.

— Alors, mieux encore. Envoyez-lui par mon boy un petit objet qui prouve bien que le message vient de vous. Votre bague-cachet.

— Qu'allez-vous faire, Yusef ?

— Je vais vous aider, major Scobie. C'est tout.

Lentement, à contrecœur, Scobie tira sur sa chevalière.

— Il y a quinze ans qu'il est auprès de moi, dit-il. Jusqu'à présent, je m'étais toujours fié à lui.

— Vous verrez, dit Yusef, que tout va s'arranger.

Il tendit sa paume ouverte pour recevoir la bague et leurs mains se touchèrent: ce fut comme un serment de conspirateurs.

— En quelques mots...

— La bague ne veut pas sortir, dit Scobie. (Il ressentait une indicible répugnance.) De toute façon, c'est inutile. Ali viendra si votre boy lui dit que je le réclame.

— Je ne crois pas. Ils n'aiment pas venir la nuit jusqu'au quai.

— Il ne risque rien. Il ne sera pas seul. Votre boy sera avec lui.

— Oh ! oui, oui, naturellement. Mais je m'obstine à croire que, si vous lui envoyez un objet... qui lui prouve, mon Dieu... que ce n'est pas un piège. Le boy de Yusef, il faut bien le dire, n'inspire pas plus de confiance que Yusef lui-même.

— Alors qu'il vienne demain.

— Ce soir est préférable, dit Yusef.

Scobie tâta ses poches; ses ongles s'accrochèrent au chapelet brisé.

— Qu'il emporte ceci, dit-il, mais c'est bien inutile...

Ensuite, il resta silencieux et regarda les yeux vides d'expression fixés sur lui.

— Merci, dit Yusef. Ceci fera parfaitement l'affaire.

A la porte, il se retourna:

— Installez-vous comme chez vous, major Scobie. Versez-nous du whisky. Il faut que je donne des instructions à mon boy...

Il resta parti très longtemps. Scobie se versa un troisième verre d'alcool, puis trouvant le petit bureau étouffant, il éteignit la lumière et ouvrit les rideaux des fenêtres qui donnaient sur la mer pour laisser entrer le maigre filet de vent qui montait de la baie. La lune se levait et le bateau ravitailleur de la marine scintillait comme un bloc de glace grise. Dans son agitation, il alla regarder aussi par la seconde fenêtre qui s'ouvrait sur le quai et dominait les hangars et les tas de bois en vrac de la ville indigène. Il vit l'employé de Yusef qui en revenait et pensa que Yusef devait tenir bien en main les rats des quais pour que son employé pût traverser seul leur territoire. « Je suis venu demander à l'aide, se dit-il, et l'on s'occupe de ma sûreté, comment et aux dépens de qui ? » C'était le jour de la Toussaint et il se rappela de quel geste mécanique il s'était agenouillé, cette seconde fois, à la sainte table, et comment il avait regardé s'approcher le prêtre. Même cet acte de damnation pouvait devenir aussi peu important qu'une habitude. Il pensa: « Mon cœur s'est endurci » et l'image qu'il évoqua fut celle des coquillages fossiles que nous ramassons sur les plages, leurs enroulements de pierre figurant les artères. On peut frapper Dieu une fois de trop. Après cela, qui se soucie de ce qui arrive ? Il lui sembla que la pourriture avait pénétré si loin en lui qu'il était inutile désormais de faire un effort. Dieu était logé dans son corps et la corruption partait de cette semence centrale et gagnait l'extérieur.

— Il faisait trop chaud? demanda la voix de Yusef. Laissons la pièce dans l'obscurité. L'obscurité est bonne en compagnie d'un ami.

— Vous avez mis très longtemps.

— Il y avait beaucoup de choses à régler, répliqua Yusef avec un air vague qui devait être calculé.

Scobie eut le sentiment que s'il voulait connaître les intentions de Yusef, il devait l'obliger maintenant à parler ou ce ne serait jamais. Toutefois la lassitude même de sa corruption lui immobilisa la langue.

— Oui, dit-il, il fait très chaud. Essayons de faire un courant d'air. (Et il ouvrit la fenêtre qui donnait sur le quai.) Je me demande si Wilson est rentré chez lui.

— Wilson?

— Il me suivait et m'a vu entrer ici.

— Ne vous inquiétez pas, major Scobie. Je crois que nous pourrons forcer votre boy à la discrétion.

— Vous voulez dire que vous avez barre sur lui? demanda Scobie soulagé et plein d'espoir.

— Ne me posez pas de questions. Vous verrez.

L'espoir et le soulagement s'effondrèrent ensemble.

— Yusef, dit-il, il faut que je sache...

Mais Yusef répondit:

— J'ai toujours rêvé d'une soirée exactement semblable à celle-ci, major Scobie, avec deux verres à portée de nos mains, l'obscurité et le loisir de parler de choses importantes: Dieu. La famille. La poésie. J'apprécie beaucoup Shakespeare. L'Artillerie de Sa Majesté a de très bons acteurs et ils m'ont fait apprécier les joyaux de la littérature anglaise. Je suis emballé de Shakespeare. Parfois, à cause de Shakespeare j'aimerais savoir lire, mais je suis trop vieux pour apprendre. Et je craindrais d'y perdre la mémoire. Ce serait mauvais pour les affaires, et bien que je ne vive pas pour mes affaires, je dois faire des affaires pour vivre. Il y a tant de sujets que j'aimerais discuter avec vous. J'aimerais vous entendre m'exposer votre philosophie.

— Je n'en ai pas.

— Le fil de coton que vous tenez à la main pour vous guider dans les chemins de la forêt.

— J'ai perdu ma route.

— Un homme comme vous, major Scobie!... J'ai tant d'admiration pour votre caractère. Vous êtes un juste.

— Je ne l'ai jamais été, Yusef. Je ne me connaissais pas, c'est tout. Il y a un proverbe, vous savez, qui dit qu'à la fin est le commencement. Quand je suis né, j'étais assis ici avec vous et je buvais du whisky, sachant très bien...

— Sachant quoi, major Scobie?

Scobie vida son verre.

— Votre boy, dit-il, doit être arrivé chez moi, maintenant.

— Il a une bicyclette.

— Alors, ils devraient être sur le chemin du retour.

— Ne nous impatientons pas. Il se peut que nous ayons quelque temps à attendre, major Scobie. Vous savez comment sont ces boys.

— Je croyais le savoir.

Il s'aperçut que sa main gauche posée sur le bureau était secouée d'un tremblement et il la mit entre ses genoux pour la faire tenir tranquille. Il se rappela la longue tournée dans la brousse près de la frontière: d'innombrables déjeuners dans la forêt pleine d'ombre, Ali faisant la cuisine dans une vieille boîte à sardines; puis le souvenir lui revint de ce long voyage en voiture pour aller à Bamba: l'interminable attente au gué, la fièvre qui le terrassait, et Ali sans cesse auprès de lui. Il essuya la sueur de son front et pensa pendant quelques minutes: « C'est une maladie, la fièvre, je vais m'éveiller. » Les divers événements des six derniers mois, la première nuit dans la hutte Nissen, la lettre qui en disait trop, les diamants de contrebande, les mensonges, la communion faite pour assurer à une femme la paix de l'esprit, lui paraisssaient aussi peu substantiels que des ombres projetées sur un lit par une lampe-tempête. « Je m'éveille », se dit-il, et il entendit les sirènes qui sonnaient l'alerte exactement comme la nuit... la nuit... Il secoua la tête et reprit conscience de Yusef assis dans le noir de l'autre côté de la table, retrouva le goût du whisky, l'assurance que rien n'avait changé.

— Ils devraient être ici maintenant, dit-il avec lassitude.

— Vous savez ce que sont ces boys, répéta Yusef. Ils ont peur de la sirène et se mettent à l'abri. Il faut que nous restions ici tranquillement, major Scobie, à bavarder. C'est pour moi une grande occasion. Je voudrais que le matin ne vînt jamais.

— Le matin? Mais je ne vais pas attendre Ali jusqu'au matin.

— Peut-être aura-t-il eu peur. Il aura compris que vous l'aviez surpris et il se sera sauvé. Parfois, les boys retournent dans la brousse...

— Vous dites des bêtises, Yusef.

— Un autre whisky, major Scobie?

— Volontiers, volontiers.

Il pensait: « Me mettrais-je à boire, par surcroît? » Il lui sembla qu'il avait perdu toute forme extérieure, il ne lui restait plus rien qu'on pût toucher en disant: « Voici Scobie. »

— Major Scobie, le bruit court qu'après tout, justice va se faire et que vous allez être directeur de la Sûreté.

— Je ne crois pas que les choses en viendront jamais là, dit-il en pesant ses mots.

— Tout ce que je voulais dire, major Scobie, c'est qu'il ne faut pas vous inquiéter de moi. Je souhaite votre bien, il n'y a rien que je souhaite davantage. Je disparaîtrai tranquillement de votre vie. Il me suffit d'avoir eu cette soirée... cette longue conversation dans le noir sur toutes sortes de sujets. Je me rappellerai toujours cette nuit. Vous n'aurez jamais de souci à ce sujet. J'y veillerai moi-même.

Par la fenêtre, derrière la tête de Yusef, d'un endroit caché parmi le fouillis des huttes et des dépôts, leur parvint un cri de souffrance et de peur; il s'éleva dans la nuit comme un animal qui se noie vient respirer à la surface, puis retomba au milieu des ténèbres de la pièce, dans le whisky, sous le bureau, au fond de la corbeille à papier, cri de mort au rebut.

Trop vite, Yusef expliqua:

— Un ivrogne.

Puis, saisi de crainte, il jappa:

— Où allez-vous, major Scobie? C'est dangereux tout seul.

Ce fut la dernière vision que Scobie eut de Yusef: silhouette aux lignes tordues et inflexibles, collée au mur, tandis que le clair de lune éclairait le siphon et les deux verres vides. Au bas de l'escalier, le regard fixé sur l'entrepôt maritime, se tenait l'employé de Yusef. Le clair de lune vint frapper ses yeux et comme deux clous lumineux à un tournant, ils indiquèrent à Scobie la route à suivre.

Rien ne bougeait de côté et d'autre dans les entrepôts déserts, ou parmi les sacs et les caisses à claire-voie au milieu desquels il promenait le faisceau de sa lampe. Si les rats des quais avaient rôdé un moment avant, ce cri les avait fait rentrer dans leur trou. Le bruit de ses pas se répétait en échos entre les hangars et l'on entendait hurler un invisible chien errant. Il eût été possible de chercher en vain jusqu'au jour dans cet impénétrable fouillis. Qu'est-ce donc qui le conduisit tout droit, sans hésitation vers le cadavre, comme s'il avait choisi lui-même le lieu du crime? En suivant dans un sens, puis dans l'autre, les avenues de bâches goudronnées et de bois, il avait la sensation qu'un nerf de son cerveau le forçait à suivre les traces d'Ali.

Le corps gisait, aussi enroulé, aussi insignifiant qu'un ressort brisé, sous un amoncellement de bidons d'essence vides: on eût dit qu'il avait été repoussé là, à coups de balai, pour y attendre le matin et les vautours nettoyeurs d'ordures. Scobie eut un moment d'espoir avant d'avoir retourné l'épaule, car il y avait après tout deux boys

sur la route. Le cou, d'un gris de phoque, avait été
balafré à tort et à travers. « Oui, pensa Scobie, je puis
désormais me fier à sa discrétion. » Les yeux aux globes
jaunâtres striés de sang le regardaient comme s'il avait
été un étranger. Le corps semblait le rejeter, le désavouer. « Je ne te connais pas. » Perdant le contrôle de
ses nerfs, il jura tout haut:

— Par Dieu, je retrouverai l'homme qui a fait cela.

Mais son manque de sincérité céda sous ce fixe regard
anonyme. « C'est moi le coupable, pensa Scobie. Tout
le temps que j'étais dans le bureau de Yusef, ne savais-
je pas que quelque chose se machinait? N'aurais-je pu
exiger qu'il répondît à mes questions? »

— Missié? dit une voix.

— Qui est là?

— Caporal Laminah, missié.

— Voyez-vous par ici un chapelet brisé? Regardez
soigneusement.

— Je ne vois rien, missié.

« Si seulement je pouvais pleurer, pensa Scobie, si
seulement je pouvais ressentir une douleur; serais-je
vraiment devenu si mauvais? » A contrecœur, il baissa
les yeux vers le cadavre. Des vapeurs d'essence flottaient
partout dans l'épaisse nuit et, pendant un moment, il vit
le corps comme un objet très petit, obscur et lointain...
comme le fragment de rosaire brisé qu'il cherchait: deux
grains noirs et l'image de Dieu entortillée au bout. « Oh!
mon Dieu, pensa-t-il, je vous ai tué. Vous m'avez servi
pendant toutes ces années et, à la fin, je vous ai tué. »
Dieu gisait là sous les bidons d'essence et Scobie sentait
les larmes dans sa bouche, leur goût de sel sur ses lèvres

gercées. « Vous m'avez servi et je vous ai fait cela. Vous m'étiez fidèle et j'ai douté de votre fidélité. »

— Qu'est-ce que c'est, missié? chuchota le caporal, s'agenouillant près du corps.

— Je l'aimais, dit Scobie.

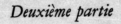

Deuxième partie

I

Dès qu'il eut distribué son travail à Fraser et fermé
son bureau pour la journée, Scobie se dirigea vers les
huttes Nissen. Il conduisait sa voiture les yeux mi-clos,
fixés droit devant lui. Il se disait: « Maintenant, aujourd'hui, je vais faire table nette, à n'importe quel
prix. La vie va repartir à zéro: ce cauchemar de l'amour
est terminé. » Il avait l'impression que son amour avait
reçu le coup de grâce la veille au soir, près des bidons
de pétrole. Le soleil embrasait ses mains collées au
volant par la sueur.

Il concentrait avec tant d'intensité son esprit sur ce
qu'il avait à faire: ouvrir une porte, prononcer quelques
mots, refermer cette porte pour toujours, qu'il faillit
croiser Hélène sur la route sans la voir.

Elle descendait la colline et venait à sa rencontre, tête
nue. Elle n'avait même pas remarqué la voiture. Il dut
courir derrière elle pour la rattraper. Quand elle tourna
vers lui son visage, c'était le visage qui à Pende était
passé sur la civière... vaincu, défait, aussi dépourvu d'âge
qu'un objet de cristal brisé.

— Que faites-vous là, en plein soleil, sans chapeau?

— Je vous cherchais, répondit-elle d'un air vague.
Elle se dressait tremblante sur la route de latérite.

— Revenez à la voiture. Vous allez attraper une inso-
lation.

Un éclair de ruse passa dans ses yeux.

— Est-ce aussi facile que cela? demanda-t-elle, tout
en lui obéissant.

Dans la voiture, ils s'assirent côte à côte. Il semblait
n'y avoir aucune raison pour se déplacer: ils pouvaient
se dire adieu aussi facilement là qu'ailleurs.

— J'ai appris ce matin ce qui est arrivé à Ali, dit-
elle. Est-ce vous?

— Je ne lui ai pas coupé la gorge moi-même, dit-il.
mais il est mort parce que j'existais.

— Savez-vous qui l'a fait?

— Je ne sais pas quelle main tenait le couteau. Un
rat des quais, sans doute. Le boy de Yusef qui l'accompagnait a disparu. Peut-être est-ce lui le coupable, peut-
être est-il mort aussi. Nous ne pourrons jamais rien
prouver.

— Vous comprenez, dit-elle, qu'en ce qui nous
concerne, ceci est la fin. Je ne puis contribuer à vous
détruire davantage. Ne dites rien. Laissez-moi parler. Je
n'ai jamais imaginé que cela se passerait ainsi. Les
autres gens semblent avoir des aventures d'amour qui
commencent, se terminent, et restent heureuses. Pour
nous, ça n'a pas l'air de marcher. Il faut que ce soit
tout ou rien. Alors, ce ne sera rien. Je vous en prie,
ne m'interrompez pas. Il y a des semaines que j'y
réfléchis. Je vais partir. Partir très loin.

— Où?

— Je vous ai demandé de ne pas parler. Ne me posez pas de questions.

Il apercevait dans le rétroviseur un reflet blafard du désespoir d'Hélène. Il eut la sensation qu'une force cruelle le déchirait.

— Mon chéri, poursuivit-elle, ne croyez pas que ce soit facile. Je n'ai jamais rien fait d'aussi douloureux, mourir serait bien plus aisé. Je vous retrouve partout. Je ne pourrai plus regarder une hutte Nissen, ou un cabriolet Morris. Ou boire un gin rose. Ou voir un visage de nègre. Même un lit... il faut bien pourtant dormir dans un lit. Je ne sais pas où je pourrai aller pour vous échapper. C'est inutile de dire: dans un an, tout ira bien. Cette année-là, il faut que je la vive. Sans jamais pouvoir oublier que vous existez ailleurs, que je pourrais vous envoyer un télégramme ou une lettre et que vous seriez forcé de les lire, même si vous n'y répondiez pas.

Il pensa: « Comme tout deviendrait plus facile pour elle si j'étais mort. »

— Mais je n'écrirai jamais, dit-elle.

Elle ne pleurait pas: il vit, d'un bref coup d'œil, que ses yeux étaient rouges et secs, et il se les rappela à bout de force, sur le lit d'hôpital.

— Ce qui sera le pire sera de s'éveiller, le matin. Il y a toujours un moment où l'on oublie que tout est différent.

— J'étais venu, dit-il, pour vous dire adieu, moi aussi. Mais il y a des choses que je ne peux pas faire.

— Ne parlez pas, chéri. Je suis raisonnable. Vous voyez comme je suis raisonnable? Vous n'avez pas besoin de vous éloigner de moi. C'est moi qui m'éloigne de vous. Vous ne saurez même pas où je suis. J'espère que je n'aurai pas trop compromis votre réputation.

— Non, dit-il, non.

— Chut, chéri. Ne vous agitez pas. Vous verrez que tout ira bien pour vous. Vous allez pouvoir retrouver tout votre équilibre. Vous redeviendrez un bon catholique. C'est cela que vous désirez, en réalité, et pas du tout une bande de femmes.

— Je voudrais cesser d'infliger la douleur.

— Vous voulez la paix, chéri. Vous aurez la paix. Vous verrez. Tout ira bien.

Elle posa la main sur le genou de Scobie et l'effort qu'elle fit pour le réconforter libéra enfin ses larmes. « Où est-elle allée chercher, pensa-t-il, cette déchirante tendresse? Comment apprennent-elles à vieillir si vite? »

— Ecoutez-moi, chéri. Ne venez pas jusqu'à la hutte. Ouvrez-moi la portière: elle est très dure. Nous allons nous dire adieu ici et puis vous rentrerez chez vous... ou au bureau, si vous préférez. C'est tellement plus facile. Ne vous inquiétez pas pour moi. Je serai très bien.

« La vue d'une agonie m'a été épargnée, pensa Scobie, et, maintenant, je les subis toutes. » Il se pencha par-dessus Hélène et tira sur la porte de la voiture; sa joue frôla les larmes qu'elle versait, il en sentit la trace comme une brûlure.

— Il n'est pas interdit d'échanger un dernier baiser, chéri. Nous ne nous sommes pas querellés. Il n'y a pas eu de scène. Il n'y aura pas d'amertume.

En l'embrassant, il sentit sous sa bouche la douleur

palpiter comme les battements de cœur d'un oiseau. Ils
restèrent immobiles et muets, la porte de la voiture toujours ouverte. Quelques travailleurs noirs qui descendaient de la colline les regardèrent avec curiosité.

— Je ne peux pas croire, dit-elle, que ce soit la dernière fois. Que je vais sortir de la voiture et que vous
allez repartir, et que nous ne nous reverrons jamais
plus. Je me montrerai le moins possible, avant mon
départ. Je serai là-haut, et vous serez en bas. Oh!
mon Dieu, si seulement vous ne m'aviez pas apporté
tous ces meubles.

— Ce n'est que le mobilier officiel.

— Le barreau d'une des chaises est cassé parce que
vous vous êtes assis trop vivement...

— Chérie, chérie, ce n'est pas la bonne méthode.

— Ne parlez pas, mon chéri. Je suis en réalité très
raisonnable, mais je ne puis raconter ces choses à âme
qui vive. Dans les romans, il y a toujours une confidente.
Mais je n'ai pas de confidente. Il faut que j'en parle
tout de suite.

Scobie pensa, de nouveau: « Si je mourais, elle serait
libérée de moi. On oublie très vite les morts; on ne
se demande pas, au sujet des morts: « Que fait-il en
ce moment, avec qui est-il? » Pour elle, ceci restera
l'épreuve la plus dure. »

— Le moment est venu, chéri. Fermez les yeux.
Comptez lentement jusqu'à trois cents, et je serai hors
de vue. Tournez très vite votre voiture, chéri, et puis
partez comme un bolide. Je ne veux pas vous voir vous
éloigner. Et je me boucherai les oreilles, parce que je ne
veux pas vous entendre changer de vitesse au bas de la

436 LE FOND DU PROBLÈME

côte. Les voitures font ça cent fois par jour. Je ne veux pas vous entendre changer de vitesse.

« Oh ! mon Dieu, pria-t-il, les mains suant à grosses gouttes sur le volant, tuez-moi maintenant, maintenant. Mon Dieu, vous n'obtiendrez jamais de moi contrition plus totale. Quelle chose immonde je suis ! je transporte avec moi la souffrance comme une puanteur corporelle. Tuez-moi. Achevez-moi : la vermine n'est pas contrainte de s'exterminer sans aide. Tout de suite, tout de suite, avant que je vous inflige une nouvelle blessure. »

— Fermez les yeux, mon chéri, c'est la fin. Vraiment la fin.

Elle ajouta sans aucun espoir :

— Et pourtant comme ça semble bête.

— Je ne veux pas fermer les yeux, dit-il, je ne vous abandonnerai pas. Je m'y suis engagé.

— Vous ne m'abandonnez pas. C'est moi qui vous quitte.

— Ça ne change rien, ma chérie. Nous nous aimons. Il n'y a pas moyen d'en sortir ainsi. Ce soir, je serai chez vous pour voir comment vous allez. Je ne pourrais pas m'endormir...

— Oh ! mais si. Vous pouvez toujours dormir. Je n'ai jamais vu une telle marmotte. Oh ! mon chéri, m'entendez-vous ? Voici que je me moque de vous en plaisantant comme si nous n'étions pas en train de nous dire adieu pour toujours.

— Nous ne nous disons pas adieu. Pas encore.

— Mais je ne vous fais que du mal. Je ne peux pas vous donner de bonheur.

— Le bonheur n'est pas ce qui compte le plus.

— J'avais pris ma décision.

— Moi aussi.

— Mais, mon chéri, qu'allons-nous faire? (Elle cessa brusquement de lutter.) Ça m'est égal de continuer comme nous sommes. Ça m'est égal de mentir. Je ferai n'importe quoi.

— Laissez-moi agir. Il faut que je réfléchisse.

Il se pencha par-dessus Hélène et referma la portière de la voiture. Avant que la serrure eût fini de cliqueter, sa décision était prise.

II

Scobie suivait des yeux le petit boy qui débarrassait la table après le repas du soir; il le regardait entrer et sortir, il écoutait les pieds nus tomber sur le sol avec leur doux bruit.

— Je sais que c'est une chose terrible, mon chéri, dit Louise, mais il faut que tu la surmontes, tu ne peux plus rien pour Ali, désormais.

Un nouveau paquet de livres était arrivé d'Angleterre et Scobie la regarda couper les pages d'un recueil de poèmes. Elle avait les cheveux plus gris qu'avant son départ pour l'Afrique du Sud mais, aux yeux de Scobie, elle paraissait des années plus jeune parce qu'elle faisait beaucoup plus attention à son maquillage; sa coiffeuse était couverte des petits pots, des bouteilles et des tubes qu'elle avait rapportés du Sud. La mort d'Ali ne comptait guère pour elle: pourquoi compterait-elle? C'était le sentiment de sa culpabilité qui lui donnait toute cette importance. Autrement, l'on ne se désole pas à cause d'une mort. Dans sa jeunesse, il pensait que l'amour est lié à la compréhension mutuelle, mais il avait appris, l'âge venu, que les êtres humains ne se comprennent jamais les uns les autres. L'amour est fait du désir de comprendre et bientôt, à force d'échecs répétés, ce désir meurt et l'amour meurt aussi, à moins qu'il ne devienne cette affection pénible, cette fidélité, cette pitié... Louise était assise à côté de lui, elle lisait des vers, et elle était à des centaines de milles du tourment qui lui faisait trembler la main et lui desséchait la bouche. « Elle me comprendrait, pensa-t-il, si elle me trouvait dans un livre, mais moi la comprendrais-je, si elle n'était qu'un personnage ? Je ne lis pas ce genre de littérature. »

— N'as-tu rien à lire, chéri ?

— Excuse-moi. Je n'ai pas très envie de lire.

Elle ferma son livre, et Scobie pensa qu'après tout elle devait faire son propre effort: essayer d'être secourable. Il se demandait parfois avec horreur si elle savait tout, si cette expression satisfaite qu'elle avait adoptée depuis son retour n'était qu'un masque pour dissimuler sa détresse.

— Si nous parlions de Noël, dit-elle.

— C'est encore bien loin.

— Il sera là avant que nous ayons eu le temps d'y penser. Je me demandais si nous ne pourrions . pas donner une réception. Nous allons toujours dîner dehors. Ce serait drôle d'avoir des gens ici. Peut-être la veille de Noël.

— Comme tu voudras.

— Nous pourrions aller tous ensemble à la messe de

minuit. Naturellement, nous prendrons bien garde, toi
et moi, de ne rien boire après dix heures, mais les
autres feront ce qui leur plaira.

Il leva les yeux vers elle et, pendant un moment, la
détesta d'être assise là toute joyeuse et de prendre, lui
sembla-t-il, une satisfaction visible à tout préparer pour
qu'il fût damné. Il allait être directeur de la Sûreté. Elle
avait ce qu'elle voulait, le genre de succès qu'elle avait
toujours brigué, tout allait être désormais comme elle
l'avait souhaité. Il pensait: « J'aimais la femme timide
et nerveuse qui sentait derrière son dos le monde la
railler. J'aime les vaincus: je ne peux pas aimer les
triomphateurs. Et comme Louise a l'air de triompher
dans ce fauteuil: elle est parmi les élus? » Et, en travers
de ce large visage, il vit comme dans un film d'actualités,
le corps d'Ali étendu sous les bidons noirs, les yeux
épuisés d'Hélène, ses compagnons d'exil, le mauvais lar-
ron, le soldat qui tend l'éponge. En songeant à ce qu'il
avait fait et à ce qu'il allait faire, il pensa avec amour:
« Dieu même a échoué. »

— Qu'est-ce que tu as, Ticki? Est-ce que tu te tour-
mentes encore?

Mais il ne pouvait lui dire les mots de prière qu'il
avait sur les lèvres: permets que je te plaigne comme
autrefois, sois déçue, sans attraits, sois une vaincue que
je puisse aimer sans que se creuse entre nous ce gouffre
de rancœur. Le temps est bref. Je veux t'aimer encore
quand viendra la fin.

— C'est ma douleur, dit-il lentement. Là, c'est fini,
maintenant. Quand elle me prend... — il se rappela
les mots du manuel — je suis comme dans un étau.

— Il faut voir le docteur, Ticki.

— J'irai demain. De toute façon, je voulais le consulter pour mes insomnies.

— Insomnies? Mais, Ticki, tu dors comme une souche.

— Pas la nuit dernière.

— Tu te l'imagines.

— Non, non. Je m'éveille vers deux heures et je ne puis me rendormir. Je m'assoupis juste avant qu'on nous appelle. Ne t'inquiète pas. Je lui demanderai quelques comprimés.

— J'ai horreur des drogues.

— Je n'en prendrai pas assez longtemps pour que ça devienne une habitude.

— Il faut que tu sois tout à fait guéri pour Noël, Ticki.

— Je serai très bien pour Noël.

Il traversa la pièce d'un pas d'automate et s'approcha d'elle en imitant l'attitude rigide d'un homme qui craint le retour d'une douleur aiguë. Il lui posa la main sur la poitrine:

— Ne t'inquiète pas.

A ce contact, la haine le quitta: elle ne triomphait pas autant qu'elle le croyait. Jamais elle ne serait la femme du directeur de la Sûreté.

Quand elle fut montée se coucher, il sortit son journal. Dans ces chroniques, du moins, il n'avait jamais menti. Au pire, commettait-il des omissions. Il avait noté la température aussi soigneusement que le capitaine d'un bateau tient son journal de bord. Il n'avait jamais exagéré, jamais minimisé, et il ne s'y était jamais livré à des suppositions. Il ne consignait que des faits.

*1er novembre: Messe basse avec Louise. Passé matinée
cas de vol simple chez Mrs Onoko. Température à 14 h.:
32°. Vu Y. à son bureau. Ali trouvé assassiné.* Le com-
muniqué était aussi bref et simple que cette autre fois
où il avait écrit: *C. morte.*

2 novembre. Il resta très longtemps avec cette date
devant les yeux, si longtemps que bientôt Louise l'appela.
Il répondit prudemment:

— Endors-toi, chérie. Si je veille, peut-être pourrai-je
mieux dormir.

En réalité, épuisé par le travail du jour et toutes ces
décisions à prendre, il commençait à dodeliner de la tête
devant sa table. Il alla chercher dans la glacière un morceau de glace qu'il enveloppa dans son mouchoir et qu'il
s'appliqua sur le front jusqu'à ce que le sommeil se
fût éloigné. *2 novembre.* Il reprit la plume: il signait
là son arrêt de mort. Il écrivit: *Vu Hélène pendant
quelques minutes* (il était toujours plus sûr de ne taire
aucun fait où les autres pourraient un jour fouiller).
*Température à 14 h.: 33° 30. Dans la soirée, nouvelle
douleur. Je crains angine de poitrine.* Il feuilleta les
pages de la semaine précédente et ajouta une note par-
ci, par-là. *Très mal dormi. Mauvaise nuit. Insomnies
se prolongent.* Il relut avec beaucoup de soin tout ce
qu'il avait consigné. Ce serait lu plus tard par le coroner,
les inspecteurs d'assurances... Tout lui parut rédigé dans
son style ordinaire. Alors, il se remit de la glace sur le
front pour chasser le sommeil. Il n'était encore que
minuit et demie. Il valait mieux qu'il n'allât se coucher
qu'à deux heures.

CHAPITRE II

— Je me sens, dit Scobie, comme coincé dans un étau.

— Et alors, que faites-vous?

— Oh! rien. Je reste aussi immobile que possible jusqu'à ce que la douleur soit passée.

— Combien de temps dure-t-elle?

— Il m'est difficile de préciser, mais je ne pense pas que ce soit plus d'une minute.

Le stéthoscope suivit, comme dans un rituel. Il y avait, en fait, quelque chose de clérical dans tous les gestes du docteur Travis; de la gravité, presque du respect. C'est peut-être parce qu'il était jeune qu'il traitait le corps avec une si grande vénération. Lorsqu'il vous frappait la poitrine à petits coups, il le faisait lentement, soigneusement, l'oreille aux aguets comme s'il s'attendait vraiment à ce que quelqu'un ou quelque chose répondît par d'autres petits coups. Les mots latins lui venaient à la langue onctueusement comme pendant la messe: *sternum* avait remplacé *pacem*.

— Et puis, dit Scobie, il y a les insomnies.

Le jeune homme assis derrière son bureau fit toc, toc, toc, avec son crayon à encre: au coin de ses lèvres, une petite tache mauve semblait indiquer que parfois machinalement, il lui arrivait de le sucer.

— Il se peut que ce soit nerveux, dit le docteur Travis, la crainte des douleurs. Sans importance.

— Pour moi, c'est très important. Ne pourriez-vous pas me donner quelque chose à prendre? Quand je parviens à m'endormir, mon sommeil est excellent, mais je l'attends quelquefois pendant des heures... Et certains jours, c'est à peine si je peux travailler. Or, vous n'ignorez pas qu'un officier de police a besoin de tous ses moyens.

— Bien sûr, répondit le docteur Travis. Je vais arranger cela sans difficulté. Ce qu'il vous faut, c'est de l'Evipan.

Ce n'était pas plus difficile que cela.

— Quant à la douleur... (Le docteur se remit à faire toc, toc, toc avec son crayon.) Impossible d'avoir une certitude, bien entendu, poursuivit-il... Je voudrais que vous preniez note, soigneusement, de tout ce qui accompagne chaque crise... de ce qui semble la provoquer. Alors, il nous sera possible d'en régler l'intensité, au besoin de l'éviter presque complètement.

— Mais quelle affection est-ce?

— Il y a des mots, dit le docteur Travis, qui frappent le profane. Je souhaiterais qu'il nous fût possible de désigner le cancer à l'aide d'un symbole comme H_2O. Les gens seraient beaucoup moins bouleversés. Il en est de même du terme angine de poitrine.

— Vous pensez que c'est de l'angine de poitrine?

— Vous en présentez tous les symptômes. Mais un homme peut vivre des années avec une angine de poitrine

— même en travaillant raisonnablement. Nous verrons ensemble jusqu'où pourra aller votre activité.

— Dois-je mettre ma femme au courant?

— Il n'y a pas de raison de le lui cacher. J'ai peur que ceci ne soit pour vous le signal de la retraite.

— C'est tout?

— Oh! vous mourrez sans doute de n'importe quelle autre maladie avant que l'angine de poitrine vous emporte... si vous vous soignez.

— Sinon, je suppose qu'elle peut m'emporter d'un jour à l'autre?

— Je ne peux rien affirmer, major Scobie. Je ne suis même pas absolument convaincu que ce soit de l'angine de poitrine.

— Alors, je n'en parlerai qu'à mon directeur, en confidence. Je ne tiens pas à alarmer ma femme avant que nous ayons une certitude.

— Si j'étais vous, je lui répéterais ce que je viens de vous dire. Il faut la préparer. Mais dites-lui qu'avec des soins vous pouvez vivre des années.

— Et l'insomnie?

— Ceci vous fera dormir.

Assis dans sa voiture, le petit paquet posé sur la banquette à côté de lui, Scobie pensait: « Je n'ai plus à présent qu'à choisir la date. » Pendant un grand moment, il ne mit pas la voiture en marche: il était frappé d'une crainte solennelle et mystérieuse, comme si le docteur avait réellement prononcé son arrêt de mort. Ses yeux s'arrêtèrent sur la tache nette de cire à cacheter qui ressemblait au sang coagulé d'une blessure. « Il faut, pensa-t-il, que je sois encore prudent, très prudent. Il faut, si

c'est possible, que personne n'ait le moindre soupçon. »
Ce n'était pas seulement une question d'assurance sur la
vie; il fallait protéger le bonheur d'autres êtres. Il est
moins facile d'oublier un suicide que la mort d'un
homme vieillissant succombant à une angine de poitrine.

Il rompit le cachet et étudia le mode d'emploi. Il
n'avait aucune idée de ce que pouvait être une dose mor-
telle, mais il pensa que s'il avalait dix fois la quantité
prescrite, il serait sûr du résultat. Pour cela, il lui faudrait enlever un comprimé chaque soir et le garder dans
un endroit secret, pour les absorber tous le dixième soir.
Il inventerait de nouvelles preuves qu'il consignerait
dans son journal, régulièrement jusqu'à la fin: le 12 novembre. Il prendrait des rendez-vous pour la semaine
suivante. Dans son attitude, il éviterait soigneusement ce
qui pourrait suggérer un adieu. Il allait commettre le
pire crime que puisse commettre un catholique: il
fallait que ce fût un crime parfait.

D'abord, le directeur... Scobie conduisait sa voiture
dans la direction du poste de police et l'arrêta devant
l'église. La solennité du forfait qu'il se préparait à commettre emplissait son âme d'une sorte de bonheur:
enfin, il agissait; il avait trop longtemps tâtonné et tout
embrouillé. Il mit par précaution le petit paquet dans
sa poche et entra, porteur de sa propre mort. Une vieille
mamma allumait un cierge devant la statue de la Vierge:
une autre était assise, son panier à provisions posé à côté
d'elle; les mains jointes, elle regardait fixement l'autel.
Hormis ces deux femmes, l'église était vide. Scobie s'assit
près de l'entrée: il n'avait pas envie de prier... à quoi
bon? Quand on est catholique, on connaît toutes les

réponses: nulle prière dite en état de péché mortel n'est efficace, et il regardait les deux négresses avec envie. Elles habitaient encore le pays qu'il avait quitté. Voilà ce que l'amour humain avait fait pour lui: il lui avait dérobé l'amour de l'éternité. Il ne servait à rien de prétendre, ainsi que le ferait un jeune homme, que la récompense en valait la peine.

Assis tout au fond de l'église, le plus loin possible du Golgotha, s'il ne pouvait prier, il pouvait du moins parler. « Oh! mon Dieu, dit-il, c'est moi le seul coupable, car je n'ai jamais été dupe. J'ai préféré te faire souffrir plutôt que de peiner Hélène ou ma femme, parce que ta douleur, je n'en suis pas le témoin. Je ne puis que l'imaginer. Mais il y a des limites à ce que je puis te faire... à ce que je puis leur faire. Tant que je vivrai, je ne puis les abandonner ni l'une ni l'autre, mais en décidant de mourir, je purge leur sang de ma présence. Je suis leur mal et de ce mal je saurai les guérir. Et toi aussi, mon Dieu, je suis ton mal. Je ne puis continuer à t'offenser pendant des mois et des mois. Je ne puis envisager la possibilité de m'approcher de la sainte table le jour de Noël — anniversaire de ta naissance — et d'absorber ton corps et ton sang pour mieux mentir. Je ne peux pas faire cela. Il vaut mieux pour toi-même que tu me perdes une fois pour toutes. Je sais ce que je fais. Je n'implore pas ta miséricorde. Je vais me damner, quel que soit le sens de ce mot. J'ai aspiré à la paix et je ne connaîtrai jamais plus la paix. Mais toi, tu auras la paix lorsque je serai hors de ton atteinte. Il sera bien inutile alors de balayer le plancher pour me retrouver ou de me chercher au milieu des montagnes. Tu pourras m'oublier, Seigneur, pour l'éternité. » Sa main se referma solidement sur le paquet qui était dans sa poche comme une promesse.

Personne ne peut soliloquer longtemps: une seconde voix parvient toujours à se faire entendre. Tout monologue finit tôt ou tard par devenir une discussion. Ainsi Scobie ne put-il obliger l'autre voix à se taire: elle parla du tréfonds de son corps. On eût dit que l'hostie qu'il avait enfouie là pour sa damnation se mettait à s'exprimer en paroles. « Tu prétends m'aimer et pourtant tu me fais ceci... tu me prives de toi pour toujours. Je t'ai créé avec amour. J'ai pleuré tes larmes. Je t'ai préservé de plus de dangers que tu ne le sauras jamais. C'est moi qui ai mis en toi ce désir de paix afin que je puisse un jour satisfaire ton désir et contempler ta béatitude. Et voici que tu me repousses, que tu me places hors de ton atteinte. Quand nous nous parlons, nous ne sommes pas séparés par des lettres majuscules: je ne suis pas Vous, mais simplement toi, lorsque tu me parles; je suis aussi humble que n'importe quel autre mendiant. Ne peux-tu t'en remettre à moi comme tu le ferais d'un chien fidèle? Il y a deux mille ans que je te suis fidèle. Tout ce que tu as à faire est ceci: appuyer sur une sonnette; entrer dans un confessionnal, te confesser... le repentir est déjà là, il tire sur ton cœur. Ce n'est pas le repentir qui te manque; il te suffit d'accomplir quelques actes très simples: monter jusqu'à la hutte Nissen, et dire adieu, ou si tu dois me repousser encore, fais-le, mais que ce soit sans nouveaux mensonges. Rentre chez toi, dis adieu à ta femme et va vivre avec ta maîtresse. Si tu vis, tu me reviendras tôt ou tard. L'une d'elles souffrira, mais ne peux-tu compter sur moi pour prendre soin que la souffrance ne soit pas trop grande ? »

La voix se tut au fond de l'abîme et sa propre voix répondit sans espoir: « Non. Je n'ai pas confiance en toi. Je t'aime, mais je n'ai jamais eu confiance en toi. Si tu m'as créé, c'est toi qui as mis en moi cette conscience de mes responsabilités qui partout a pesé sur mes épaules comme un sac de briques. Je ne suis pas pour rien un officier de police responsable de l'ordre, de qui dépend que justice se fasse. Il n'y avait pas d'autre métier pour un homme de mon espèce. Je ne puis rejeter sur toi ma responsabilité. Si je le pouvais, je serais un autre homme. Je ne puis faire souffrir l'une ou l'autre afin de me sauver moi-même. Je suis responsable et j'en sortirai de la seule façon qui me soit possible. La mort d'un homme malade ne leur causera qu'un bref regret... Nous sommes tous mortels. Nous sommes tous résignés à la mort; c'est à la vie que nous n'arrivons pas à nous résigner. »

« Tant que tu vis, dit la voix, il reste l'espoir. Nulle désespérance humaine n'est comparable à la désespérance de Dieu. Ne peux-tu continuer à vivre comme tu le fais maintenant? » plaida la voix, baissant les prix chaque fois qu'elle se faisait entendre, comme un vendeur sur le marché. Elle protestait: « Il y a des actes pires. » — « Mais non, disait Scobie, mais non. Cela est impossible. Je t'aime et je ne veux pas continuer à t'insulter sur tes propres autels. Vous voyez bien que c'est une *impasse*, mon Dieu, une *impasse* »[1], ajouta-t-il

---

[1] En français dans le texte.

en serrant très fort entre ses doigts le paquet qui était dans sa poche. Il se leva, tourna le dos à l'autel et sortit. Ce n'est qu'en apercevant son visage dans le rétroviseur qu'il vit que ses yeux étaient meurtris par les larmes qu'il avait retenues. Il se rendit au poste de police, chez le directeur de la Sûreté.

CHAPITRE III

I

3 novembre. Hier, j'ai averti le directeur que le médecin avait diagnostiqué une angine de poitrine et qu'il me faudrait prendre ma retraite dès qu'on m'aurait trouvé un successeur. Température à 14 heures: 32°75. Nuit bien meilleure, grâce à l'Evipan.

4 novembre. Suis allé avec Louise à la messe de 7 h. 30, mais douleur menaçant de revenir, n'ai pas attendu la communion. Dans la soirée, dit à Louise que j'allais être obligé de prendre ma retraite avant la fin de mon mandat. N'ai pas parlé d'angine de poitrine mais de fatigue cardiaque. Une autre bonne nuit grâce à l'Evipan. Température à 14 heures: 30°.

5 novembre. Vols de lampes dans Wellington-Street. Passé longue matinée au magasin d'Azikawe à enquêter sur une histoire d'incendie dans la réserve. Température à 14 heures: 32°22. Conduit Louise jusqu'au club. Soir de bibliothèque.

6-10 novembre. Pour la première fois n'ai pas écrit quotidiennement dans ce journal. Douleurs plus fréquentes. J'évite fatigue supplémentaire. Comme dans un étau. Dure environ une minute. A tendance à revenir quand je fais plus de 800 m. à pied. Une nuit ou deux, mal dormi malgré Evipan. Sans doute par crainte de souffrir.

11 novembre. Revu Travis. Il ne semble faire aucun doute que ce ne soit de l'angine de p. Parlé à Louise hier soir, en lui affirmant que je peux vivre des années avec des soins. Discuté avec le directeur la possibilité d'obtenir rapidement un passage pour me rapatrier. En tout cas, impossible partir avant un mois, plusieurs affaires à voir passer devant tribunal au cours des deux semaines qui viennent. Accepté dîner chez Fellowes le 13, chez le directeur le 14. Température à 14 heures: 31°.

II

Scobie posa sa plume et essuya son poignet sur le buvard. Il était 6 heures juste, le 12 novembre, et Louise était à la plage. Il avait l'esprit clair, mais ses nerfs vibraient de l'épaule au poignet. « Je suis à bout », pensa-t-il. Combien d'années s'étaient-elles écoulées depuis le soir où, sous la pluie, il était allé jusqu'à la hutte Nissen tandis que les sirènes gémissaient: depuis l'instant de bonheur. Après toutes ces années, il était temps de mourir.

Mais il avait encore des mensonges à commettre; il fallait feindre et se préparer pour la nuit; faire des adieux en étant seul à savoir que ce sont des adieux. Il suivit la route de la colline, en montant à pas très lents pour le cas où quelqu'un le remarquerait — n'était-il pas malade? — et tourna vers les huttes Nissen. Il ne pouvait mourir sans un mot... mais quel mot?

« Oh! mon Dieu, pria-t-il, fais que ce soit le mot qui convienne », mais lorsqu'il frappa, il n'obtint pas de réponse, pas un seul mot. Peut-être était-elle sur la plage avec Bagster.

La porte n'était pas verrouillée et Scobie entra. Tandis que des années s'étaient écoulées dans son cerveau, le temps ici restait immobile. N'était-ce pas cette même bouteille de gin que le boy avait à moitié vidée, dans quel lointain passé? Les chaises d'officier subalterne étaient rangées autour de la table, l'air raide, comme dans un décor de cinéma; il ne pouvait croire qu'elles eussent jamais changé de place, pas plus que le pouf, cadeau de... était-ce de Mrs Carter? Sur le lit, l'oreiller n'avait pas été battu après la sieste et Scobie posa la main sur l'empreinte chaude d'un crâne. « Oh! mon Dieu, pria-t-il, je vais vous quitter tous pour toujours, fais qu'elle revienne à temps, fais que je la revoie, une fois encore », mais le jour brûlant se rafraîchit peu à peu autour de lui et personne n'entra. A 6 h. 30, Louise serait revenue de la plage. Il ne pouvait plus attendre.

« Il faut que je lui laisse un message quelconque, pensa-t-il; peut-être va-t-elle apparaître avant que je l'aie écrit. » Il se sentit le cœur serré plus que par toutes les contractions cardiaques qu'il avait inventées pour Travis. « Je ne la toucherai jamais plus; j'abandonne à d'autres ses lèvres pour les vingt années à venir. » Beaucoup d'amants se leurrent en imaginant une union éternelle au-delà de la tombe, mais lui connaissait toutes les réponses; il allait vers une éternité de dépossession. Il chercha du papier et ne put même pas trouver une vieille enveloppe: il crut apercevoir un bloc de correspondance, mais c'était l'album de timbres-poste; il alla le dénicher et lorsqu'il l'ouvrit au hasard, sans raison, il sentit que le sort lui décochait une nouvelle flèche, car il retrouva un certain timbre et le souvenir de la scène au cours de laquelle ce timbre avait été taché de gin. Elle sera forcée de l'arracher, pensa-t-il, mais cela n'a pas d'importance: elle lui avait dit qu'on pouvait supprimer un timbre sans abîmer la feuille. Il ne trouva pas le moindre bout de papier, même en fouillant ses poches, et, dans une brusque bouffée de jalousie, il souleva la petite image verte de George VI et écrivit dessous: *Je vous aime.* « Elle ne pourra pas l'effacer, pensa-t-il, rendu cruel par sa déception, l'encre est indélébile. » Il eut pendant un moment l'impression qu'il venait de déposer une mine destinée à un ennemi, mais Hélène n'était pas son ennemie. N'allait-il pas se supprimer comme un débris dangereux encombrant le chemin qu'elle devait suivre? Il sortit, referma la porte, puis descendit lentement la colline... elle allait peut-être rentrer. Tout ce qu'il faisait ce soir-là, il le faisait pour la dernière fois... étrange sensation. Il ne remonterait jamais plus cette route, et, cinq minutes plus tard, en sortant de son placard une nouvelle bouteille de gin, il pensa: « C'est la dernière que je débouche. » Les gestes qui pourraient se répéter devenaient de plus en plus rares. Bientôt, il ne lui resterait plus qu'une action à accomplir, celle d'avaler. Il s'immobilisa, la bouteille à la main, et songea: « Alors, commencera l'enfer, et ils n'auront plus rien à redouter de moi: Hélène, Louise et Lui. »

Pendant le dîner, il fit délibérément allusion à la semaine suivante: il se reprocha d'avoir accepté l'invitation de Fellowes et expliqua que le dîner du lendemain chez le directeur était inévitable... ils avaient beaucoup de choses à discuter.

— N'y a-t-il pas d'espoir, Ticki, qu'après un long, très long repos...

— Ce serait déloyal de prétendre... déloyal envers l'administration comme envers toi. Je peux m'effondrer à tout moment.

— Alors, c'est vraiment la retraite?

— Oui.

Elle se mit à parler de l'endroit qu'ils pourraient habiter. Scobie se sentait mortellement fatigué. Il lui fallut toute sa volonté pour témoigner de l'intérêt pour tel ou tel village fictif; pour le genre de maison où il savait fort bien qu'il ne vivrait jamais.

— Je ne veux pas d'une banlieue, décida Louise. Ce que j'aimerais en réalité, c'est une de ces maisons en planches à recouvrements, dans le Kent, pour pouvoir aller à Londres très facilement.

— Naturellement, dit-il, tout ça dépendra de l'argent que nous aurons. Ma pension ne sera pas grosse.

— Je travaillerai, dit Louise. C'est facile, en temps de guerre.

— J'espère que nous pourrons nous arranger sans que tu y sois forcée. .

— Ça ne m'ennuierait pas.

L'heure vint d'aller se coucher et il fut pris d'une grande répugnance à la pensée de voir partir Louise. Lorsqu'elle l'aurait quitté, il n'aurait plus qu'une chose à

faire: mourir. Il ne savait plus qu'inventer pour la garder auprès de lui. Ils avaient épuisé tous leurs sujets de
conversation communs.

— Je vais rester ici, dit-il, encore un petit moment.
Peut-être le sommeil viendra-t-il, si je veille encore une
demi-heure. Je voudrais ne pas prendre d'Evipan, si je
puis m'en dispenser.

— Moi, la plage m'a beaucoup fatiguée. Je monte.

« Quand elle sera montée, pensa-t-il, je serai seul à
tout jamais. » Son cœur se mit à battre très fort et son
estomac fut soulevé par la nausée d'une affreuse irréalité. « Je ne peux pas croire que je vais faire cela. Tout
à l'heure je vais quitter mon fauteuil, aller me coucher,
et la vie recommencera. Rien ni personne ne peut
m'obliger à mourir. » Bien que la Voix ne montât
plus des profondeurs de son ventre, il avait la sensation que des doigts, des doigts suppliants le touchaient,
lui faisaient parvenir leur muet signal de détresse en
essayant de le retenir:

— Qu'y a-t-il, Ticki? Tu as l'air souffrant. Viens te
coucher aussi.

— Je ne dormirais pas, répéta-t-il avec obstination.

— N'y a-t-il rien que je puisse faire? demanda Louise.
Mon chéri, je ferais n'importe quoi.

Son amour était comme une sentence de mort. Il
répondit aux doigts invisibles qui s'agrippaient à lui
désespérément: « Oh! mon Dieu; ne vaut-il pas mieux
se mettre une pierre au cou... Je ne puis lui infliger
de peine, ni en infliger à l'autre, et je ne puis continuer à te torturer. Oh! mon Dieu, si tu m'aimes comme

je sais que tu m'aimes, aide-moi à te quitter. Oublie-
moi. Bien-aimé... » mais les doigts frêles continuaient
d'exercer leur impuissante pression. Jamais Scobie n'avait
ressenti si nettement la faiblesse de Dieu.

— Ce n'est rien, chérie, dit-il. Je ne veux pas t'empêcher d'aller dormir.

Mais dès qu'elle se dirigea vers l'escalier, il reprit:

— Lis-moi quelque chose. Tu as reçu un nouveau
livre aujourd'hui. Lis-moi quelque chose.

— Tu n'aimeras pas cela, Ticki, ce sont des vers.

— Aucune importance. Cela m'endormira peut-être.

Il l'écouta à peine, lorsqu'elle se mit à lire. On dit
qu'il est impossible d'aimer deux femmes, mais qu'était
donc cette émotion, si ce n'était de l'amour? Cette avide
absorption de ce qu'il n'allait jamais plus revoir. Ces
cheveux grisonnants, ces rides qui creusaient le visage
de Louise, ce corps épaissi le retenaient comme ne l'avait
jamais fait sa beauté. Elle n'avait pas mis ses bottes
contre les moustiques, et ses pantoufles avaient grand
besoin d'un raccommodage. « Ce n'est pas la beauté que
nous aimons, pensa-t-il, mais l'échec: l'effort inutile
pour rester toujours jeune, échec des nerfs, échec du
corps. La beauté est comme la réussite: nous ne pouvons
l'aimer longtemps. » Il éprouvait un grand besoin de
protéger... « Mais c'est ce que je vais faire, je vais la
protéger contre moi-même à tout jamais. » Certains mots
qu'elle était en train de lire arrêtèrent un moment le
cours de ses pensées:

We are all falling. This hand's falling too,
all have this falling sickness none withstands.

And yet there's always One whose gentle hands
this universal falling can't fall through [1].

Ils rendaient un son de vérité, mais Scobie les rejeta. Le réconfort peut venir trop facilement. « Ces mains, pensa-t-il, ne me retiendront pas dans ma chute. Je glisse entre leurs doigts, car le mensonge et la trahison ont huilé les points de contact; « confiance » est un mot tiré d'une langue morte dont j'ai oublié la grammaire. »

— Chéri, tu dors à moitié.

— Ça va passer.

— A présent, je monte. Ne reste pas trop longtemps. Peut-être que tu n'auras pas besoin d'Evipan, ce soir.

Il la suivit des yeux: le margouillat immobile restait collé au mur. Louise n'était pas au bas de l'escalier qu'il la rappelait.

— Dis-moi bonsoir avant de monter, chérie. Peut-être dormiras-tu quand je te rejoindrai.

Elle lui mit sur le front un baiser banal et il lui caressa la main de son geste habituel. Il fallait que ce dernier soir ne comportât rien d'insolite, ni rien qu'elle pût se rappeler avec regret.

— Bonne nuit, Louise. Tu sais que je t'aime, dit-il avec une insouciance appliquée.

---

[1] Tout est chute en nous. Cette main même tombe,
  Et le mal incurable de chute nous a tous frappés.
  Mais il est un Etre dont les douces mains
  Retiennent cette chute universelle...

Poèmes choisis de Rainer Maria Rilke, traduits en anglais par J.-D. Leishmann.

— Bien sûr. Et moi aussi, je t'aime.

— Oui. Bonne nuit, Louise.

— Bonne nuit, Ticki.

Il ne pouvait rien faire de mieux sans se compromettre.

Dès qu'il eut entendu la porte se refermer au premier étage, il sortit la boîte à cigarettes dans laquelle il gardait ses dix doses d'Evipan. Il en mit même deux doses supplémentaires par mesure de sûreté. Avoir pris deux comprimés de trop en dix jours ne serait certainement pas considéré comme suspect. Il but ensuite une longue rasade de whisky, demeura assis sans bouger, les comprimés blancs comme des graines posés au creux de sa main. « Me voici complètement seul, songeait-il. J'ai atteint le point de gel. »

Mais il se trompait: même la Solitude a une voix. Elle lui disait: « Jette ces comprimés. Tu ne pourras plus en réunir autant. Tu seras sauvé. Cesse de jouer la comédie. Monte dans ta chambre et passe une bonne nuit de sommeil. Demain matin, ton boy t'éveillera, tu prendras ta voiture et tu iras au poste de police faire ta journée de travail habituelle. » La voix s'attarda sur le mot « habituelle » comme elle se serait attardée sur le mot « heureuse » ou « paisible ».

— Non, dit tout haut Scobie. Non.

Il s'enfonça les comprimés dans la bouche, six par six, et but chaque fois pour les avaler. Puis il ouvrit son journal et écrivit à la date du 12 novembre: *Suis allé voir H. R. Trouvé personne; température à 14 heures…* et laissa la ligne inachevée, comme s'il avait été saisi brusquement par l'ultime spasme douloureux. Il resta ensuite assis, tout droit, à attendre pendant un moment, qui lui parut très long, le premier signe de la mort imminente: il n'avait aucune idée de la façon dont elle lui viendrait. Il essaya de prier, mais les paroles du « Je vous salue, Marie » étaient sorties de sa mémoire et il commençait à entendre les battements de son cœur comme les coups d'une horloge qui sonne l'heure. Il s'essaya à un acte de contrition, mais lorsqu'il arriva à « Je regrette et demande pardon... » un nuage s'amassa au-dessus de la porte et se mit à flotter dans toute la pièce, de sorte que Scobie ne put se rappeler ce qu'il regrettait ni de quelle faute il demandait le pardon. Il dut se retenir à deux mains pour rester droit, mais il avait oublié la raison qui le faisait s'accrocher ainsi. Quelque part, très loin, il crut entendre les bruits de la douleur.

— Un orage, dit-il tout haut, il va y avoir un orage.

Car le nuage grandissait, et il essaya de se lever pour fermer les fenêtres.

— Ali, appela-t-il, Ali.

Il lui sembla que, de l'autre côté de la porte, quelqu'un l'appelait et tentait d'arriver jusqu'à lui. Il fit un dernier effort pour avertir qu'il était là. Il se remit sur pied et entendit le martèlement de son cœur répondre pour lui. Il avait un message à transmettre que l'obscurité et l'orage repoussaient jusqu'à l'intérieur de sa poitrine, et sans relâche autour de la maison, autour du monde qui battait le tambour, et frappait son tympan à grands coups de marteau, quelqu'un errait, qui cherchait à entrer, quelqu'un qui appelait au secours, quelqu'un qui avait besoin de lui. Automatiquement, à

l'appel à l'aide, au cri de la victime, Scobie tendit toute
sa volonté pour agir. Il alla repêcher sa lucidité au fond
d'un abîme immense afin de parvenir à répondre à
l'appel. Il dit tout haut « Mon Dieu, j'aime... » mais
cet effort fut trop grand et il ne sentit pas le choc
de son corps sur le plancher, pas plus qu'il n'entendit
le cliquetis grêle de la médaille qui roula comme une
petite pièce de monnaie sous la glacière... la médaille
de cette sainte dont personne ne se rappelait le nom.

Troisième partie

CHAPITRE PREMIER

I

— Je me suis tenu à l'écart le plus longtemps que j'ai pu, dit Wilson, mais j'ai pensé que je pourrais vous être utile.

— Tout le monde, dit Louise, a été très bon.

— Je ne me doutais pas du tout qu'il était malade.

— Votre espionnage ne vous a servi à rien sur ce point, en somme?

— J'avais mon travail à faire, répondit Wilson. Et je vous aime.

— Avec quelle facilité vous employez ce mot, Wilson!

— Vous ne me croyez pas?

— Je ne puis croire un homme lorsqu'il dit j'aime, j'aime, j'aime; cela signifie: moi, moi, moi.

— Alors, vous ne consentirez pas à m'épouser?

— Cela semble bien improbable, vous ne trouvez pas? Mais peut-être qu'avec le temps... J'ignore comment agira sur moi la solitude. En tout cas, ne parlons plus d'amour. C'était *son* mensonge préféré.

— S'adressant à toutes les deux.

— Comment l'a-t-elle supporté, Wilson?

— Je l'ai vue tantôt sur la plage avec Bagster. Et l'on m'a dit qu'elle était un peu éméchée, hier soir, au cercle.

— Elle n'a aucune dignité.

— Je me suis toujours demandé ce qu'il voyait en elle. Moi, je ne vous tromperais jamais, Louise.

— Vous savez que le jour même de sa mort, il était allé la voir.

— Comment le savez-vous?

— Tout est écrit ici. Il tenait un journal. Il n'a jamais menti, dans ce journal. Il n'y écrivait pas ce qu'il ne pensait pas: comme ses déclarations d'amour.

Trois jours s'étaient écoulés depuis qu'on avait fait à Scobie de hâtives funérailles. Le docteur Travis avait signé le permis d'inhumer: *angina pectoris*. Dans un tel climat, il est difficile de faire une autopsie, et, dans le cas présent, c'était inutile, bien que le docteur Travis eût pris la précaution de vérifier la quantité d'Evipan.

— Savez-vous, dit Wilson, que lorsque mon boy m'a appris qu'il était mort subitement, dans la nuit, j'ai cru qu'il s'était suicidé.

— C'est étrange, dit Louise, comme je parle de lui facilement, maintenant qu'il n'est plus là. Et pourtant, je l'aimais, Wilson. Je l'aimais, mais il me semble qu'il est déjà loin, si loin...

On eût dit qu'il n'avait rien laissé de lui, dans cette maison que quelques costumes et une grammaire mende; au poste de police, un tiroir plein de petits objets au rebut et une paire de menottes rouillée. Aucun changement ne s'était pourtant produit dans la maison: les étagères étaient toujours garnies de livres: il semblait à Wilson que cette demeure avait toujours été celle de Louise, et non celle de Scobie. N'était-ce donc qu'un

effet de leur imagination si leurs voix rendaient un
son creux, comme dans une maison vide?

— Est-ce que vous avez toujours su... en ce qui la
concerne? demanda Wilson.

— C'est pour cela que je suis revenue. Mrs Carter
me l'a écrit. Elle m'a dit que tout le monde bavardait.
Naturellement, il ne s'en est jamais rendu compte. Il
croyait qu'il avait été tellement adroit. Et il m'a presque
convaincue que tout était terminé entre eux, puisqu'il
communiait normalement.

— Comment accordait-il cela avec sa conscience?

— Certains catholiques s'en arrangent. Ils se confes-
sent et recommencent. Je l'aurais pourtant cru plus
intègre. Quand un homme est mort, on découvre des
choses.

— Il recevait de l'argent de Yusef.

— Maintenant, je le crois.

Wilson mit la main sur l'épaule de Louise et dit:

— Je suis honnête, Louise, et je vous aime.

— Oui, je vous crois sincère.

Ils n'échangèrent pas de baiser: c'était trop tôt, mais
ils restèrent assis la main dans la main dans la pièce
qui sonnait creux, à écouter le charivari des vautours
sur le toit.

— C'est son journal? dit Wilson.

— Oui. Il était en train d'y écrire lorsqu'il est mort...
oh! rien d'intéressant. Il notait la température. Il notait
toujours la température. Il n'avait rien de romanesque.
Dieu sait ce qu'elle voyait en lui qui valût toutes ces
histoires.

— Est-ce que cela vous ennuierait que je le regarde?

— Oh! si vous voulez, dit-elle. Pauvre Ticki, il n'a plus de secrets.

— Ses secrets n'ont jamais été très secrets.

Il lut une page, tourna, et lut une autre page.

— Souffrait-il d'insomnies depuis longtemps? demanda-t-il.

— J'ai toujours eu l'impression que, quoi qu'il arrivât, il dormait comme un loir.

— Avez-vous remarqué qu'il a noté ses insomnies après coup?

— Comment le savez-vous?

— Vous n'avez qu'à comparer la couleur de l'encre. Et toutes ses observations, sur son usage de l'Evipan, comme c'est étudié, comme il insiste. Mais c'est surtout la couleur de l'encre...

Il ajouta:

— Cela donne à réfléchir.

Elle l'interrompit avec horreur:

— Oh! non, il n'a pas pu faire cela. Après tout, en dépit de tout, il était catholique!

II

— Laissez-moi entrer, juste pour boire un petit alcool, supplia Bagster.

— Nous avons bu quatre roses à la plage.

— Encore un tout petit coup.

— Très bien, dit Hélène.

Il ne semblait pas qu'elle eût désormais la moindre raison de refuser quelque chose à quelqu'un.

— Savez-vous, dit Bagster, que c'est la première fois
que vous me laissez entrer. Charmant, ce que vous en
avez fait, de ce truc. Qui aurait cru qu'une hutte Nissen
pouvait devenir aussi intime, un vrai petit nid !

« Congestionnés, l'haleine parfumée au gin rose, nous
faisons un joli couple à nous deux », pensa-t-elle. Bagster lui appliqua un baiser très mouillé sur la lèvre
supérieure et regarda de nouveau autour de lui.

— Ah ! ah ! dit-il, la bonne vieille bouteille.

Lorsqu'ils eurent avalé un nouveau verre de gin, il ôta
sa vareuse d'uniforme et l'accrocha soigneusement au
dossier d'une chaise.

— Nous allons nous mettre bien à l'aise, dit-il, et
parler d'amour.

— Ah ! oui ? demanda Hélène. Déjà ?

— L'heure où les lampes s'allument, dit Bagster, entre
chien et loup... Nous allons laisser ce vieux Georges
prendre les commandes.

— Qui est Georges ?

— Le pilote automatique, bien sûr ! Que de choses
vous avez encore à apprendre.

— Pour l'amour du Ciel vous me les enseignerez
une autre fois.

— Seul le moment présent est le bon quand il s'agit
de la bagatelle, dit Bagster en la poussant résolument
vers le lit.

« Pourquoi pas ? pensa-t-elle, pourquoi pas ?... s'il en
a envie. Bagster ou un autre... Je n'aime personne au
monde et ce qui n'est plus de ce monde ne compte pas,
alors pourquoi ne pas leur accorder cette bagatelle (le
mot de Bagster) si ça leur fait tant de plaisir. » Elle

s'allongea sur le lit, silencieusement, ferma les yeux, et, plongée dans le noir, se fit étrangère à tout ce qui se passait. « Je suis toute seule, » pensa-t-elle, sans attendrissement: simple constatation d'un fait, ainsi qu'un explorateur pourrait le faire une fois que ses compagnons sont morts de froid.

— Nom de Dieu, vous manquez d'enthousiasme, dit Bagster. Est-ce que vous ne m'aimez pas un tout petit peu, Hélène?

Et son souffle chargé d'alcool parvint jusqu'à elle, à travers les ténèbres dont elle s'entourait.

— Non, répondit-elle, je n'aime personne.

Il s'écria, d'une voix furibonde: « Vous aimiez Scobie » puis, très vite, ajouta:

— Pardon. Dégoûtant d'avoir dit ça.

— Je n'aime personne, répéta-t-elle. On ne peut pas aimer les morts, voyons. Ce serait comme si on aimait son arrière-grand-père, vous ne croyez pas? l'interrogeant comme si elle attendait une réponse, fût-ce de Bagster.

Elle gardait les yeux fermés parce que, dans le noir, elle se sentait plus proche de la mort, cette mort dans laquelle *il* s'était anéanti. Le lit trembla un peu lorsque Bagster en fit glisser le poids de son corps, et la chaise craqua lorsqu'il en retira la vareuse.

— Je ne suis pas mufle à ce point-là, Hélène. Vous n'en avez pas envie. Est-ce qu'on se voit demain?

— Pourquoi pas.

Il n'y avait aucune raison pour qu'elle refusât rien à personne, mais elle ressentait un immense soulagement qu'après tout rien ne lui eût été demandé.

— Bonne nuit, ma petite cocotte, dit Bagster. A
bientôt.

Elle ouvrit les yeux et vit un étranger vêtu de gris-
bleu qui s'agitait près de la porte. On peut dire n'importe quoi aux étrangers... ils passent et oublient comme
des créatures venues de l'autre monde.

— Croyez-vous en Dieu? demanda Hélène.

— Oh! dit Bagster en tripotant sa moustache, je
suppose que oui.

— Je voudrais croire, dit-elle, comme je voudrais
croire!

— Vous savez, ajouta-t-il, y a un tas de gens qui y
croient. Faut que je file. Bonne nuit.

Elle se retrouva seule, dans l'obscurité de ses paupières baissées, et le souhait qu'elle venait d'exprimer
remua dans ses entrailles ainsi qu'un enfant; ses lèvres
bougèrent, mais les seuls mots qui lui vinrent à l'esprit
furent: « Jusqu'à la fin des siècles, amen. » Elle avait
oublié le reste. Elle allongea le bras et sa main toucha
le second oreiller, comme si, après tout, par une chance
sur mille, elle n'avait pas été seule. Et si, ce soir-là,
elle n'avait pas été seule, jamais plus de sa vie elle
n'aurait été seule.

III

— Moi, je ne l'aurais jamais remarqué, Mrs Scobie,
dit le Père Rank.

— Wilson l'a vu.

— Je ne sais pas pourquoi, je ne puis trouver sympathique un homme qui fait preuve de tant d'observation.

— C'est son métier.

Le Père Rank lui lança un coup d'œil rapide:

— En qualité de comptable.

— Mon père, dit-elle d'un air accablé, n'avez-vous aucun réconfort à me donner?

Oh! les conversations qui s'engagent dans la maison où la mort vient de passer, songea le Père Rank; tout ce qu'on y fouille, discute, interroge, exige... tant de bruit au bord de ce silence.

— Vous avez eu une généreuse part de réconfort dans votre vie, Mrs Scobie. Si ce que croit Wilson est vrai, c'est *lui* qui a besoin de notre aide.

— Le connaissiez-vous aussi bien que moi?

— Certainement pas, Mrs Scobie. Vous avez été son épouse pendant quinze ans, n'est-il pas vrai? Un prêtre ne connaît jamais que les détails secondaires.

— Secondaires?

— Oh! je veux dire les péchés, riposta le Père Rank avec irritation. Un homme ne vient pas nous trouver pour nous parler en confession de ses vertus.

— Je suppose que vous savez ce qui s'est passé avec Mrs Rolt. Personne ne l'ignore.

— Pauvre femme!

— Je ne vois pas pourquoi.

— Je plains toujours les gens heureux et ignorants qui se créent des difficultés de ce genre avec l'un de nous.

— C'était un mauvais catholique.

— Voici la plus sotte phrase qui soit d'un usage commun, dit le Père Rank.

— Et puis, pour finir... cette horreur. Il savait sûrement qu'il se damnait lui-même.

— Ah! il le savait très bien. Il n'a jamais cru à la
mansuétude, sauf en ce qui concernait autrui.

— On ne peut même pas prier pour lui...

Le Père Rank ferma d'un claquement sec la couverture du journal de Scobie, et dit avec fureur:

— Pour l'amour du Ciel, Mrs Scobie, n'allez pas
imaginer que vous... ou moi, nous ayons la moindre
idée de ce que peut être la miséricorde divine!

— L'Église dit...

— Je sais ce que dit l'Église. L'Église connaît toutes
les lois. Mais elle ignore tout de ce qui se passe dans
un seul cœur d'homme.

— Alors, vous croyez qu'il y a de l'espoir? demanda
Louise avec lassitude.

— Avez-vous tant d'amertume contre lui?

— Il ne me reste plus la moindre amertume.

— Et croyez-vous donc que Dieu pourrait se montrer
plus amer qu'une femme? dit-il avec une âpre insis-
tance.

Mais l'argument en faveur de l'espérance la fit sour-
ciller et se dérober:

— Oh! pourquoi, pourquoi a-t-il fait un tel gâchis
de tout ce qu'il a touché?

— Sans doute cela va-t-il vous sembler bien étrange,
dit le Père Rank, que je parle ainsi d'un homme aussi
coupable, mais je crois, d'après ce que j'ai vu de lui,
qu'il aimait vraiment Dieu.

Un instant avant, elle s'était défendue de ressentir
encore la moindre amertume, mais elle en laissa échapper

quelques gouttes de plus, comme les larmes qui jaillissent, bien que les glandes soient épuisées.

— Il n'aimait assurément personne d'autre, dit-elle.

— Il se peut qu'en ceci vous ayez tout à fait raison, répliqua le Père Rank.

(Edition originale 1948.)

10 18

liste alphabétique des titres
disponibles au 31 décembre 1983

à paraître du 1er septembre au 31 décembre

* **théâtre de foire au XIIIème siècle** (d. lurcel) 1597°°°°°°

van gulik le pavillon rouge 1579°°°°°/g.d

van gulik la perle de l'empereur 1580°°°°°/g.d

van gulik le motif du saule 1591°°°°°/g.d

waugh scoop 1589°°°°°/d.é

wharton (edith) les beaux mariages 1584°°°°°/d.é

wharton (edith) leurs enfants 1585°°°°°/d.é

wharton (edith) les metteurs en scène 1586°°°°°/d.é

*	inédit.
°	interdit à la vente aux mineurs et à l'exposition (t.v.a. 33 %).
(cerisy)	colloques de Cerisy-la-salle.
(esth.)	série « esthétique » dirigée par Mikel Dufrenne.
a	série « l'appel de la vie » dirigée par Francis Lacassin.
ai	série « l'aventure insensée » dirigée par Francis Lacassin.
b.a.	série « bibliothèque asiatique » dirigée par René Vienet.
f.f.	série « féminin futur » dirigée par Hélène Cixous et Catherine Clément.
f.s.	série «fins de siècles » dirigée par Hubert Juin.
g.d.	série « grands détectives » dirigée par Jean-Claude Zylberstein.
s.	série dirigée par Bernard Lamarche-Vadel.
7	série dirigée par Robert Jaulin.
b.m.	série « bibliothèque médiévale » dirigée par Paul Zumthor.
d.é.	série « domaine étranger » dirigée par Jean-Claude Zylberstein.

Achevé d'imprimer
sur les presses d'Elanders
(Suède)

N° d'édition : 1465
Dépôt légal : décembre 1983